LES AMIS
DE LA MARQUISE
DE SABLÉ

RECUEIL DE LETTRES
DES PRINCIPAUX HABITUÉS DE SON SALON

Annotées et précédées d'une
Introduction historique sur la Société précieuse au XVIIe siècle

PAR

ÉDOUARD DE BARTHÉLEMY

PARIS
E. DENTU, ÉDITEUR
Librairie de la Société des Gens de Lettres
PALAIS-ROYAL, 17 ET 19, GALERIE D'ORLÉANS.

1865

LES AMIS

DE LA MARQUISE

DE SABLÉ

Paris. — *Imprimé chez Bonaventure et Ducessois,*
55, *quai des Augustins.*

A

MADAME LA COMTESSE D'AULAN

MADAME,

La plupart des lettres contenues dans ce volume ont été écrites par quelques-unes des femmes les plus distinguées, les plus belles et les plus spirituelles du dix-septième siècle. N'est-il pas juste que je vous l'offre, à vous qui êtes assez bonne pour lire sans trop d'ennui ce que je publie?

En travaillant, on est exposé à se heurter sur sa route à des inimitiés et à des jalousies plus ou moins franches, plus ou moins rudes. Mais le jour où l'on rencontre de sympathiques encouragements, on est amplement dédommagé de ces petites misères : on les oublie même bien vite, comme vous m'avez appris à le faire, et l'on ne songe plus qu'à mieux mériter dans l'avenir les suffrages des amis éclairés et bienveillants.

Permettez-moi, madame la Comtesse, de saisir cette occasion pour vous renouveler ici l'hommage de mes plus respectueux sentiments.

É. DE BARTHÉLEMY.

Paris, 8 *septembre* 1864.

« L'avantage des lettres intimes est qu'au milieu de bien des détails inutiles elles nous instruisent d'une foule de choses qui ne sont point passées dans l'histoire et qui méritent d'être sues. » Cette remarque, formulée si judicieusement par M. Cousin, a été la cause déterminante du livre que je présente aujourd'hui au public. Le savant académicien a, le premier, fait véritablement connaître les riches portefeuilles du médecin Valant, véritables archives de la société la plus lettrée et la plus polie du XVIIe siècle ; il a écrit la vie de la marquise de Sablé, qui était l'âme de ces salons, et à laquelle on doit bien pardonner aisément certains petits travers, certains petits ridicules, en présence des qualités sérieuses et de l'esprit élevé dont elle était douée. M. Cousin a joint en appendices aux deux éditions de cet excellent livre beaucoup de lettres émanées des personnes les plus considérables et les plus intelligentes de la société de madame de Sablé. Un plus grand nombre était cependant demeuré en dehors de ces deux recueils, et j'ai pensé qu'en glanant ces miettes, je pourrais encore faire un choix assez agréable pour les lecteurs qui aiment ce grand siècle. Il s'est rencontré, assez récemment, des critiques pour blâmer vivement les curieux qui cherchent encore à cueillir quelques fleurs aux buissons plus ou moins fleuris le long des routes à travers le XVIIe siècle; qui ont déclaré avoir « assez » de cette littérature. Tout le monde, heureusement, n'est pas de cet avis, et le nombre est grand encore de ceux qui prennent plaisir aux trouvailles que l'on peut faire sur cette époque et sur cette société.

M. Cousin nous a fait connaître mesdames de Sablé, de Longueville, de Chevreuse, de Hautefort, et, autour d'elles, quelques femmes distinguées de leur intimité, particulièrement madame de Maure et mademoiselle de Vertus; mais toutes les autres ont été forcément reléguées au dernier plan, et est-ce bien assez quand il s'agit de ce que la société française possédait alors de plus qualifié, de plus élégant et surtout de plus intelligent? Quel cercle voyons-nous, en effet, autour de madame de Sablé, puisque c'est d'elle, en résumé, que le docteur Valant s'est constitué l'archiviste, et d'elle, par conséquent, dont nous pouvons connaître dans le plus grand détail l'intimité et les relations ? Madame de la Fayette, la duchesse de Schomberg, la duchesse de Liancourt, la princesse de Guéménée, la comtesse de Maure, la marquise de Montausier, fille chérie de l'incomparable Arthénice ; madame de Choisy, la maréchale d'Aloigny-Rochefort, la maréchale de la Mothe-Houdancourt, à laquelle madame de Sablé fit obtenir la charge de gouvernante des Enfants de France ; la duchesse de la Meilleraye, la maréchale de l'Hôpital, mesdames de Gesvres, de Canaples, de Puisieux, la duchesse de Créquy, la marquise de Saint-Loup, démesurément galante et singulièrement dévote ; la duchesse d'Aiguillon, Marie de Cossé, mademoiselle d'Aumale-d'Haucourt, depuis maréchale de Schomberg, tels sont les noms que nous voyons figurer sans cesse dans les portefeuilles de Valant. Nous n'oublierons pas les saintes amies de la marquise, l'abbesse de Saint-Amand, sa nièce ; l'abbesse de Montmartre, une princesse de Guise ; l'abbesse de Fontevrault, une sœur de madame de Montespan ; Éléonore de Rohan-Montbazon, la lettrée abbesse de Malnoue ; — et chez les Carmélites, la sœur Marthe-de-Jésus (mademoiselle du Vigean), la sœur Agnès de Jésus-Maria (mademoiselle de Bellefond), et la sœur Marie-Madeleine (mademoiselle de Bains). Port-Royal ne peut être omis, et nous savons que la mère Agnès et la mère Angélique Arnauld comptaient parmi les correspondantes habituelles de madame de Sablé.

La galerie des hommes n'est ni moins brillante, ni moins nombreuse. Monsieur y figure en première ligne ; puis le duc de Longueville, le maréchal de Luxembourg, le cardinal d'Estrées, Godeau, le spirituel petit évêque de Vence ; le duc de La Rochefoucauld qui composa la plus grande partie de ses *Maximes* dans le salon de madame de Sablé, une *sentencieuse* émérite ; le maréchal d'Albret, le beau César Phœbus, comte de Miossens, qui avait si inconsidérément cédé au duc de La Rochefoucauld sa place près de la duchesse de Longueville ; le marquis de Vardes, le bon d'Hacqueville, celui que madame de Sévigné appelait *les* d'Hacqueville, tant il savait se multiplier pour obliger ses amis ; le marquis de Sourdis, le maréchal d'Aloigny, Conrart, Esprit, Gomberville, l'abbé de la Victoire, Gabriel de Choiseul, évêque de Comminges ; et puis, enfin, tout Port-Royal : Antoine Arnauld, Arnauld de Pomponne, Arnauld d'Andilly, Pascal,

Domat, l'abbé de Saint-Cyran, Pavillon, Henry Arnauld, évêque d'Angers, Sainte-Marthe, etc. On l'avouera, une pareille galerie était bien faite pour tenter un curieux. Les lettres de femmes, surtout, m'ont paru bonnes à faire connaître. « Elles montrent, a dit M. Cousin, en même temps, combien il y avait d'esprit et de goût pour l'esprit dans les grandes dames d'alors, soit qu'elles brillassent à la cour et dans les salons, soit qu'une piété précoce ou de secrètes blessures ou la politique de leurs familles les eussent jetées dans des couvents. »

Je n'ai rien cru devoir dire sur madame de Sablé ; elle a eu la fortune de trouver un historien qui a su fixer à jamais son souvenir. « Elle avait de la naissance, de la beauté, de la raison et du cœur. Si elle n'a pas beaucoup fait par elle-même, elle a eu l'heureux don d'inspirer des esprits plus hardis que le sien, elle a donné l'impulsion à un nouveau genre de littérature, les *Pensées* et les *Maximes*, et, par là, mêlé son nom à plus d'un nom illustre. Elle nous mène à travers les meilleures parties du XVIIe siècle, elle nous introduit dans les salons les plus célèbres et nous y fait faire connaissance avec la plus haute et la plus gracieuse compagnie. Nous assistons avec elle aux derniers jours de l'hôtel Rambouillet, aux samedis un peu bourgeois de mademoiselle de Scudéry, aux brillantes réunions du Luxembourg; et des délassements de la plus fine aristocratie, nous voyons naître une littérature agréable et sérieuse, celle des *portraits*, qui déjà contiennent les *caractères* de La Bruyère. Madame de Sablé va terminer sa carrière à Port-Royal ; nous la suivons dans ce salon modeste, où, vieillissante, presque sans fortune, ne vivant plus que de réflexions et de souvenirs, elle reçoit encore et sait retenir autour d'elle une société incomparable, et donne ses propres goûts à Pascal lui-même et à La Rochefoucauld. »

J'ai essayé de faire connaître cette société et d'en tracer un croquis d'ensemble avec ses lettrés, ses beaux esprits, ses précieuses, ses grandes dames et ses grands seigneurs. J'ai partagé ensuite la correspondance par personnes, en joignant à chaque nom une courte notice et en y ajoutant les lettres que Valant nous a conservées de madame de Sablé. A la fin, j'ai consacré un article spécial à Valant, beaucoup trop négligé, à mon avis, jusqu'ici, et j'ai réuni quelques pièces historiques qui m'ont paru intéressantes ou piquantes. Puisse-t-il sembler au public que je n'ai pas perdu mon temps en composant ce recueil! Puissent mes lecteurs trouver, pendant quelques instants, en le parcourant, autant de plaisir que j'en ai eu à y travailler pendant mes semaines de vacances.

Courmelois, 21 novembre 1864.

INTRODUCTION

DE LA SOCIÉTÉ PRÉCIEUSE ET DE LA SOCIÉTÉ HONNÊTE AU XVIIe SIÈCLE

Le mouvement social qui a signalé le XVIIe siècle et le distingue d'une manière si tranchée du siècle précédent ne me semble pas avoir été nettement indiqué jusqu'à ce jour : il est dû, pour ainsi dire, à l'avénement des femmes dans les salons, et constitue un des épisodes les plus curieux et les plus attrayants à étudier de notre histoire moderne. Frappé des notions incomplètes qui régnaient à cet égard, et conduit par mes travaux à approfondir chaque jour davantage cette question, j'hésitais à parler d'un sujet que nos plus éminents écrivains contemporains ont successivement abordé. Cependant, devant la persistance d'un silence qui me paraît regrettable, et au moment où les publications sur cette portion de l'histoire sociale du XVIIe siècle se multiplient de façon à nous initier à la vie intime de nos pères, j'ai cru pouvoir vaincre ces hésitations et présenter le résultat de mes recherches sur cette brillante et spirituelle société, qui n'avait jamais eu d'égale, et qui n'en aura peut-être jamais.

Il y a, dans la vie des peuples, des phases qui se représentent comme périodiquement, quoique sous des formes et des aspects bien divers. Après une certaine série de troubles et d'agitations, l'esprit semble vouloir se reposer et demander au travail et au calme ce qu'il n'a pu obtenir du mouvement et du bruit. Après les orageux débuts de la dynastie mérovingienne, pour ne pas sortir de notre pays, il y a une période savante et lettrée qui signale le règne de Charlemagne; après les désordres qui accompagnèrent la chute des Carlovingiens, les inquiétudes des millénaires et les luttes des xe et xie siècles, il y a un moment où les moines et quelques hommes distingués remirent en honneur l'étude : la philosophie et la poésie occupèrent alors les esprits. Après la guerre plus que séculaire des Anglais et les troubles populaires du xve siècle, la Renaissance ouvrit aux arts et à la littérature une ère nouvelle, arrêtée malheureusement dans son essor par la Réforme. Enfin, après notre grande révolution et les longues dissensions qui ont suivi le plus grand drame des temps modernes, nous ne pouvons assurément nous refuser à reconnaître aujourd'hui l'apparition d'un mouvement analogue, d'une ère de travail vers lequel se portent les esprits fatigués.

Le mouvement du xviie siècle est donc en quelque

sorte un événement naturel et qu'on pouvait prévoir. Les guerres qui avaient si tristement agité la France depuis un grand nombre d'années finissaient : l'un des plus habiles et à coup sûr le plus populaire de nos rois voyait la couronne solidement affermie sur sa tête : les longues dissensions de la Ligue avaient singulièrement ébranlé une société qui n'avait eu que le temps d'être ébauchée sous le bienveillant patronage de François Ier. C'est à son règne, plutôt encore qu'au temps de la reine Anne d'Autriche, qu'il faut placer l'apparition des femmes à la cour ; c'est à ce moment qu'elles commencèrent à entretenir commerce entre elles, à se visiter et à recevoir des hommes. Cet usage se perpétua en se développant, malgré les événements politiques, les dissensions religieuses et les luttes civiles, et l'on est surpris souvent de découvrir au milieu des complications les plus sérieuses, le nœud de l'action dans une intrigue galante. Mais la Ligue retarda ce mouvement social, en entravant sa marche : de ces raffinements inconnus jusqu'alors et empruntés à l'Italie, de ces essais de toute sorte tentés par quelques esprits d'élite, il n'était sorti, au moment où la Réforme provoqua en France une guerre acharnée, que ce qu'il fallait pour corrompre les mœurs, une demi-civilisation, bien inférieure assurément, dans son état incomplet, à la rude organisation des siècles précédents. Henri IV avait eu les meilleures intentions, mais le temps lui manqua, et de plus, ne sachant conserver aucun ménagement dans son goût bien connu pour les femmes, n oublier auprès d'elles ses plaisirs, il augmenta notablement le déréglement des mœurs ; il fit pis encore par les encouragements tacites qu'il donnait ainsi aux désordres des gens de cour, qui croyaient être agréables au roi en multipliant de leur côté les intrigues galantes, ou trouvaient commode de les pouvoir ainsi excuser. D'ailleurs, ces hommes qui avaient passé leur vie à cheval et dans les camps, bardés de fer, exposés chaque jour aux hasards des combats, n'étaient pas tenus de se connaître en fine galanterie, et les femmes, malheureusement, ne songèrent pas d'abord à leur en rappeler les lois. C'est cependant à elles qu'il appartenait de changer ce regrettable état de choses, d'elles seules qu'il dépendait de rétablir une société *polie* et *honnête* en France, de sociabiliser les hommes. C'étaient elles au contraire qui contribuaient le plus à entretenir une licence scandaleuse, qu'elles n'avaient pas le courage de battre résolûment en brèche, parce qu'elles ne savaient pas se résigner à renoncer pendant quelque temps à des hommages même encore empreints de la rudesse des camps et comme souillés de vin et de poudre.

Entre le commencement et la fin du XVIIe siècle, il se produisit donc une grande réforme : c'est celle que je veux essayer de bien faire comprendre aujourd'hui, et dont deux auteurs célèbres, à des titres divers, ont indiqué les extrêmes avec trop de netteté et de précision pour que je ne leur cède pas la place. Bussy-Rabutin en blâmant l'attitude des femmes dans les dernières années du règne de Henri IV, nous dit que, « voyant qu'elles eussent langui dans l'oisiveté, si elles « n'eussent fait les avances, ou du moins si elles « avoient esté cruelles, il y en avoit beaucoup de pi- « toyables, et quelques-unes d'effrontées. » Soixante ans plus tard, au contraire, voici dans quels termes le docte Huet, évêque d'Avranches, nous peint la position et le rôle des femmes, dans son *Traité sur l'origine du roman :* « La politesse de notre galanterie vient, à mon « avis, de la grande liberté dans laquelle les hommes « chez nous vivent avec les femmes. Elles sont presque « recluses en Italie et en Espagne, et sont séparées par « tant d'obstacles qu'on ne peut leur parler presque « jamais, de sorte qu'on a négligé de les cajoler agréa- « blement parce que les occasions en étoient rares. « L'on s'applique seulement à surmonter les difficultés « de les aborder sans s'amuser aux formes ; mais en « France, les dames vivant sur leur bonne foi et n'ayant « point d'autre défense que leur vertu et leur propre « cœur, elles s'en sont fait un rempart plus fort et plus « sûr que toutes les clefs, que toutes les grilles et que « toute la vigilance des duègnes. Les hommes ont « donc été obligés d'attaquer ces remparts par les « formes, et ont employé tant de soins et d'adresse « pour les réduire, qu'ils s'en sont fait un art presque « inconnu aux autres peuples. »

J'ai cru qu'il ne serait pas sans intérêt de rechercher les voies par lesquelles ce changement radical s'opéra dans un temps relativement très-court; comment en un demi-siècle, de *pitoyables* et même d'*effrontées* qu'elles étaient pour ne pas éloigner les hommes, les femmes étaient parvenues au contraire à les attirer et les asservir en devenant réservées, prudes, sévères ; comment elles avaient compris leur véritable rôle et fait subir aux mœurs la transformation qui en fit les mœurs du plus grand siècle de notre littérature ; comment, enfin, elles devinrent et furent *précieuses*. C'est sous ce point de vue que je vais essayer de les apprécier, étudiant leur double aspect social et pratique, c'est-à-dire examinant leur influence dans la société *honnête* et les services sérieux et durables qu'elles rendirent, notamment à notre langage.

Trois périodes divisent naturellement cette étude : l'une, qui commence avec madame de Rambouillet et s'étend jusqu'à la fermeture de son salon, époque de combats jusqu'à une victoire complète, radicale ; l'autre, qui s'ouvre avec la multiplicité des salons, des cabinets, des alcôves, des bureaux d'esprit, pour finir vers 1670, période *précieuse* par excellence, qui provoqua, avec raison, les railleries de Molière et les plaisanteries de Somaize, faillit compromettre le succès de l'entreprise de Catherine de Vivonne et eut à soutenir une lutte acharnée contre les attaques malveillantes de la cour; enfin, la troisième, qui est la renaissance de la *préciosité* désormais débarrassée de ses éléments parasites et ridicules, et se termine à l'avènement de madame de Maintenon, qui consacre pour ainsi dire le triomphe de la société lettrée sur la société corrompue de la cour, triomphe éphémère malheureusement, mais dont on retrouve encore les traces dans le XVIIIe siècle.

I

LES HABITUÉS DE L'HÔTEL DE RAMBOUILLET

Avant d'entrer dans l'examen de la question que je me suis proposé d'étudier, il est juste, ce me semble, de faire connaître les principaux membres de cette société aimable et célèbre, de cette pléiade de beaux esprits qui ont certes mérité la réputation à jamais assurée dont ils jouissent. La société honnête du grand siècle a d'abord soulevé les mécontentements du moment; puis elle a eu à subir la raillerie, je dirai même la persécution, et enfin, après de longues années, plus d'un siècle et demi, la réaction s'opère d'une éclatante façon et tend à reconnaître définitivement les mérites et les services, non pas des Cathos, des Madelon, des Jodelet et des Mascarille; mais des Balzac, des Sévigné, des Lafayette, des Godeau, des Voiture et de tous ces personnages dont les noms se présentent maintenant d'eux seuls, dès qu'on a prononcé les mots d'Hôtel de

Rambouillet, bien mieux connu de nous que la plupart de nos salons parisiens et, sans contredit, plus digne de l'être.

On lit à peine de nos jours Balzac [1] et l'on ne songe pas que c'est à lui cependant que revient la plus grande part dans ce mouvement littéraire, dont je cherche à esquisser brièvement l'histoire. Je ne veux pas examiner ici si l'aigle de la Charente était ou non un esprit distingué : cette question a déjà été étudiée, et de manière, je crois, à le venger de l'injuste oubli dans lequel on a trop longtemps laissé son nom. Mais Balzac occupe le principal rang, par ancienneté et par mérite, dans la société précieuse, il fut l'un des amis de Catherine de Vivonne, il a le premier, à peu près, découvert les règles d'une véritable cadence pour la prose jusque-là passablement négligée, du nombre, de l'emploi et du placement des mots, de leur sens précis; enfin, comme l'a dit très-bien un de nos modernes historiens littéraires, il a trouvé le moyen de faire pénétrer dans l'esprit la lumière de ses idées et de plaire à l'oreille par une harmonie soutenue. Balzac a successivement abordé tous les genres de littérature, les sujets frivoles comme les sujets sérieux et philosophiques. Qu'il ne l'ait pas fait avec le succès de quelques-uns de ses contemporains, ou du moins de ceux qui l'ont suivi de bien près, je ne songe pas à le nier, parce qu'en effet dans Balzac il y avait trois causes diffé-

1. Né à Angoulême en 1594, mort en 1655.

rentes d'infériorité : il lui manquait ce qu'on est convenu d'appeler le cœur, ce qui seul peut donner le feu sacré du génie ; il venait dans une époque où tout était à refaire et où il était bien difficile de s'élever sur un piédestal, quand les fondations croulaient d'un côté et affleuraient à peine le sol de l'autre ; enfin il voulut trop embrasser à la fois et nuisit singulièrement à sa réputation en ne cherchant pas une spécialité pour diriger ses études. C'est avec lui cependant, comme on l'a dit, que « la France a fait sa rhétorique ; » c'est encore à lui « que tous ceux qui ont bien écrit en prose depuis et « qui écriront bien à l'avenir dans notre langue, au « jugement d'un contemporain, devront en avoir l'obli- « gation. » Ce mot demeure aussi vrai que le précédent et aurait à lui seul dû suffire pour consoler cet esprit chagrin et jaloux qui préféra vivre dans la solitude au fond de son manoir de l'Angoumois, briller par son absence, pour employer une expression de l'époque, plutôt que de risquer de voir sa réputation s'affaiblir en demeurant à Paris. Mais les qualités mêmes de Balzac eurent leur revers, et ce revers n'est pas encore un des moindres enseignements laissés par lui à la postérité ; l'uniformité de sa méthode lasse ; la constante préparation de sa prose en bannit le naturel et l'imprévu, la symétrie de sa phrase la rend monotone, et, quand on en a lu quelques pages, on prévoit en quelque sorte dans quel ordre vont se représenter les figures habituelles de son langage, l'antithèse, la métaphore, l'hyperbole : il nous apprend à éviter d'écrire toujours trop également bien. Balzac exerça une véritable omnipotence à l'hôtel de Rambouillet, aux travaux duquel cependant il assista peu de sa personne; mais ses lettres y étaient attendues avec impatience, reçues avec bonheur, lues avec empressement : et l'on se conformait respectueusement à ses prescriptions. Et quand l'Académie française eut été établie, les conseils de Balzac ne furent pas écoutés avec moins de déférence par l'illustre compagnie qui le dispensa de la résidence, obligatoire pour tous les autres membres.

Voiture [1], « le héros » des réunions précieuses, n'exerça pas une influence moins grande sur la société polie : c'est le type de cette brillante et curieuse époque dont il a les qualités et les travers, la grâce et l'exagération. Fils, comme on le sait, d'un riche marchand de vin, Vincent Voiture se lia de bonne heure avec de jeunes gentilshommes, dont les familles avaient eu des relations d'affaires avec son père, et parvint rapidement à s'introduire dans la meilleure société où il devint M. de Voiture. Il fut admis l'un des premiers à l'hôtel de Rambouillet, alors que l'on n'y comptait que Malherbe, Gombaud, Racan, Balzac, Chapelain et quelques autres rares esprits d'élite. Bientôt *Valère* devint l'enfant gâté de ces réunions charmantes, si bien faites pour mettre en relief un esprit plus brillant et plus facile que profond : comme causeur, il servit puissamment la

1. Né à Amiens en 1598, mort en 1648.

cause de la conversation ; il y était hardi, novateur, quelquefois prétentieux, mais toujours élégant et de plus un modèle de préciosité; tellement familier avec les grands que le prince de Condé disait : « Si Voiture « était de mon rang, on ne pourroit le souffrir. » Chaudebonne prétendait qu'il « avoit assez de fortune pour « figurer parmi la noblesse et trop d'esprit pour rester « dans la bourgeoisie ; » madame de Sablé, enfin, qu'il « étoit femme par la vanité; » lui-même disait franchement, en répudiant son passé, qu'il avait été réengendré par la marquise de Rambouillet et M. de Chaudebonne. Comme poëte, ses vers sont généralement faibles, sa versification molle, diffuse, souvent prosaïque ; mais le véritable talent de Voiture, après la conversation, se montrait dans ses lettres, genre de littérature dont il peut à bon droit passer pour l'inventeur et auquel nous avons dû depuis tant de jolis morceaux. Non-seulement il avait beaucoup d'esprit dans ces brillantes causeries dont il était l'âme, mais il en faisait, le cherchait « de très-loin, » et hasardait les rapprochements les plus étonnants pour faire jaillir de leur choc une idée nouvelle, un effet inattendu : il fait positivement, dans ses petits vers, dans ses lettres, l'effet d'un acrobate qui s'expose à des dangers incessants, les côtoie, les évite et s'en sert pour mieux montrer sa dextérité. Que devait-ce être quand il était au milieu de ses admirateurs, entouré de ses rivaux, et que ce prestige, cet encouragement moral si puissant sur la verve et l'imagination, devaient aiguillonner encore ses ressources naturelles. *Valère* passait à bon droit pour l'âme de ces assemblées, du *grand rond*, comme a dit Tallemant. M. de Pinchesne, neveu et premier éditeur de Voiture, raconte qu'il a choisi trois dames de la cour pour juger cet aimable écrivain : la duchesse de Longueville et les marquises de Montausier et de Sablé, « qui veulent bien que je dise d'elles, pour la gloire de « notre autheur, qu'elles ont estimé qu'il approchoit de « fort près des perfections qu'elles se sont proposées « pour former celuy que les Italiens nous décrivent « sous le nom de parfait courtisan, et que les Parisiens « appellent un galant homme. » Voiture savait allier l'esprit le plus sérieux à cet enjouement gracieux qui lui a fait décerner le titre de roi du badinage : il remplit quelques missions diplomatiques avec succès et jouit constamment d'un grand crédit près de la reine Anne d'Autriche, qui le laissait parler avec la plus grande liberté[1].

Sarrazin[2] doit figurer après ces deux illustres précieux; il marchait sur les traces de Voiture; mais s'il plaisantait avec peut-être plus de finesse, il le faisait avec moins de grâce, surtout moins d'aménité. Il occupait du reste une place distinguée parmi les beaux

1. « Cet homme avoit de l'esprit, et, par l'agrément de sa conversation, il étoit l'amusement des belles ruelles des dames qui font profession de recevoir bonne compagnie. »
(*Mémoires* de madame de Motteville.)

2. Né en 1603, à Hermanville, près de Caen, mort en 1654.

esprits et figure dans toutes les querelles littéraires du temps, querelles qui prenaient souvent l'importance d'un événement. Comme poëte, il montra un véritable talent et ne peut être cité qu'en compagnie de Malherbe et de Racan.

Crisante, ou comme l'appelle ironiquement Despréaux, Patelin ou Pucelain, enfin le pauvre Chapelain [1], joua aussi un grand rôle dans les salons de l'époque et appartient à la première société de l'hôtel de Rambouillet; il ne méritait assurément pas les amères critiques du grand satirique du XVIIe siècle, et, si ses vers étaient d'une déplorable dureté, sa prose au moins devait trouver grâce devant son sévère Aristarque. Il en est de même de Saint-Amant [2], soldat, poëte et voyageur, l'un des premiers membres de l'Académie française, chargé à ce titre de rédiger dans le *Dictionnaire* les mots légers ou burlesques, et qui nous a laissé quelques œuvres pleines de verve et d'imagination. Si j'écoutais mon désir, je m'arrêterais longtemps sur chacun de ces hommes lettrés qui constituent, tout ensemble, la plus brillante galerie intellectuelle et à coup sûr la société la plus intéressante qu'on puisse imaginer.

Après avoir ainsi salué ceux qui, parmi les précieux, étaient de véritables vétérans, je passerai rapidement sur ceux d'entre eux qui, grands seigneurs et financiers,

1. Né à Paris en 1595, mort en 1674. — 2. Gérard de Saint-Amant, né à Rouen en 1594, mort en 1660. — M. Livet a publié ses œuvres complètes dans la *Bibliothèque elzévirienne*, parmi lesquelles il y a beaucoup de fragments inédits et curieux.

protégeaient leurs amis lettrés et leur empruntaient un peu de leur éclat littéraire en échange de l'or qu'ils leur donnaient : de ce nombre étaient Condé, Guise, Fouquet, les trois Gramont, le marquis d'Urfé, qui, comme l'a si bien démontré M. de Guémenée, en écrivant l'*Astrée*, a opéré une complète révolution, peignant des mœurs inconnues jusque-là et apportant dans son récit une honnêteté et un choix d'expressions également inusités.

Parmi les célèbres, je nommerai d'Aubignac, l'auteur du *Royaume de la coquetterie*, l'une des premières études sur cette époque, et qui fonda une académie dont le plan était à peu près exactement celui qu'on devait adopter pour notre Institut ; le petit abbé Godeau, l'imperceptible ami de Julie d'Angennes et le rival de Voiture ; Boisrobert, Montreuil, enfin les abbés de Pure et Cotin, victimes de Despréaux, mais auxquels, après tout, une amère critique a assuré une célébrité qu'ils n'auraient jamais eue autrement. L'abbé de Pure[1] n'a certes pas mérité d'être aussi complétement dédaigné et a laissé deux ouvrages qui sont dignes des éloges des gens de goût. Sa *Précieuse ou les Mystères des ruelles* est un piquant écrit où l'on retrouve quelques bonnes pensées, et dans lequel il attaque impitoyablement les beaux esprits de sa connaissance. Il inventa cette fameuse distinction des quatre amours : « l'amour « de *ouy*, l'amour de *non*, l'amour de *mais*, l'amour de

1. Né à Lyon en 1634, mort en 1680.

« *eh bien*, qui sont le propos de la coquette, de la finette, « de la discrète et de la bourgeoise. » Il est de même de l'abbé Cotin, complétement compromis aux yeux de la postérité, quoiqu'il ne fût pas sans valeur : mais il eut le tort de provoquer Boileau, tandis que l'abbé de Pure subit ses railleries sans les avoir motivées ; au lieu de laisser passer inaperçue la plaisante allusion faite par Despréaux sur ses sermons où l'on était trop aisément assis, le jeune abbé lui reprocha dans une méchante satire de copier Horace et Juvénal et lança presque aussitôt un libelle plus méchant encore. Mignot, le pâtissier-traiteur, bafoué dans la même pièce que Cotin, avait de son côté porté plainte devant le lieutenant criminel : se voyant repoussé de ses prétentions judiciaires, il trouva ingénieux de faire cause commune avec le prédicateur offensé, fit imprimer sa brochure, et comme il fabriquait alors des biscuits fort estimés, chaque fois qu'on venait en acheter, il les enveloppait dans un exemplaire de ce factum. Mais l'abbé alla trop loin ; il s'en prit aussi à Molière, et tandis que Boileau se vengeait en continuant seulement ses petites plaisanteries, le grand comique s'y prit de manière à couvrir à tout jamais le pauvre abbé de confusion, en produisant sur la scène ce ridicule Trissotin qui se nomma même d'abord Tricotin, et qui vint répéter dans les *Femmes savantes* les propres vers de son malencontreux homonyme.

Quant aux femmes, la liste en pourrait être également longue, mais je dois en omettre beaucoup si je ne veux mentionner que celles dont les noms sont demeurés aussi célèbres, j'allais dire aussi populaires; je dois, en outre, ne pas m'exposer ici à des répétitions que nécessiteraient les autres parties de ce travail. A quoi bon d'ailleurs mentionner les reines de ce monde dont les noms viennent d'eux-mêmes à la mémoire en lisant ces pages, et qui nous ont été si finement dépeintes, si spirituellement caractérisées déjà par l'éminent académicien auquel revient l'honneur d'avoir, si j'ose le dire, découvert le XVIIe siècle. Je ne puis pas pourtant, avant d'aller plus loin dans cette galerie, oublier deux des plus grands esprits catholiques de cette époque qui hantèrent l'hôtel de Rambouillet dans leur jeunesse et commencèrent tous deux à s'y faire entendre : Bossuet et Fléchier, l'aigle de Meaux et le spirituel auteur des *Mémoires sur les grands jours d'Auvergne*. J'hésite maintenant à énumérer, même brièvement, les représentants principaux de cette société créée par Catherine de Vivonne, à pénétrer dans cette pléiade qu'on ne peut s'empêcher de regretter, en voyant le nombre de ses membres à une époque relativement peu éloignée de nous et en songeant qu'ils ont emporté avec eux ce secret de la conversation qu'on désire et qu'on cherche presque vainement de nos jours : ils tombaient dans l'afféterie, dans la mignardise, je n'ai pas l'intention de le nier, encore moins de les justifier, mais cela ne valait-il pas mieux que les causeries réalistes de nos contemporains? Franchement, n'aimerions-nous pas presque autant entendre le *sonnet à Uranie* ou un dialogue sur *le royaume du Tendre*, que le récit d'une course de chevaux ou une dissertation approfondie sur les valeurs de la Bourse? Je crois cependant instructif de donner ici une courte énumération des beaux esprits qui, pendant la période du milieu du XVIIe siècle, ont en quelque sorte écrit sous l'inspiration de la société féminine, dont quelques rares membres seulement s'exposaient à tacher d'encre leurs doigts aristocratiquement effilés. Je veux nommer la troupe des gens de lettres de cette brillante époque, les commensaux des principaux salons de la moderne Athènes, les habitués assidus et recherchés des bureaux d'esprit, des ruelles et des alcôves; quand on aura vu ces noms et connu par là les ouvrages qu'ils ont laissés, il sera plus facile de se rendre bien compte du mouvement littéraire provoqué, j'allais dire créé, par l'influence de l'hôtel de Rambouillet.

C'est Bary, qui publia un traité de philosophie et de rhétorique à l'usage des précieuses, « qui ne savoient « pas le latin, » et un *Esprit de cour* qui devait, au dire de son auteur, déprovincialiser les précieuses éloignées de Paris. Benserade[1], qui marche presque de pair avec Balzac et Voiture, le rimeur ordinaire des plus belles dames de l'époque, leur enfant gâté et à qui Christine de Suède écrivait : « Louez-vous, glorifiez-

1. Paul de Benserade, né en 1612 à Lyons-la-Forêt, en Normandie, mort en 1691.

« vous de votre bonne fortune qui vous empêche de « venir en Suède. Un esprit aussi délicat que le vôtre « s'y fût morfondu et vous seriez retourné enrhumé « fort spirituellement : on vous aimeroit trop à Paris « avec une barbe carrée, une robe de Lapon et une « chaussure de même. » Gilles Boileau[1], esprit fin et délié, effacé par son cadet, contre lequel il soutint Chapelain, mais qui jouissait cependant d'une certaine importance à cause de la feuille des pensions dont il fut chargé par le cardinal de Mazarin. M. de la Calprenède[2], au sujet duquel Despréaux a dit :

Tout a l'humeur gasconne en un auteur gascon !

et qui nous a laissé quelques romans et de faibles tragédies. Colletet[3], l'un des rares amis de Despréaux, qui se maria trois fois et toujours avec des servantes, mais dont la mémoire mérite d'être conservée à cause de ses *Cris des poëtes français*. Conrart a droit à une place toute spéciale dans cette galerie[4], car c'est à lui que nous devons la plupart des détails intimes que nous possédons sur la société française du XVIIe siècle. Conrart était le « ministre » des précieuses, chargé d'instruire ceux qui voulaient faire bonne figure dans la belle société : « Sa maison, dit Furetière, est un séminaire « d'honnêtes gens, qui, après y avoir fait leur noviciat « pendant quelque temps, sont dignes d'entrer au pa-

1. Né à Paris en 1631, mort en 1669.
2. Né près de Sarlat, en 1610, mort en 1663.
3. Né à Paris en 1598, mort en 1659.
4. Né en 1603, à Paris, mort en 1675.

« lais de Rosalinde. » Corbinelli, le spirituel ami de madame de Sévigné, l'un de ses correspondants ordinaires. Esprit[1], surnommé l'abbé, bien qu'il n'eût jamais pris les ordres ; ce fut l'un des maîtres de la préciosité après la mort de Sarrazin et de Voiture. Furetière[2], trop déconsidéré par la malheureuse affaire de son dictionnaire et l'un des auteurs les plus utiles à consulter sur cette époque. Gilbert, le poëte ordinaire de la reine Christine. M. de Gomberville[3], fécond romancier, l'ennemi acharné de la particule *car* que Voiture défendit vigoureusement. Isarn, qui excitait la jalousie de Sarrazin et de Pellisson, ayant à la fois « la beauté du corps, « la galanterie, la gaieté de l'esprit et qui savoit aimer « en parfait honnête homme. » Pellisson[4], le tendre ami de mademoiselle de Scudéry, le rédacteur de ses chroniques du samedi, le favori de Fouquet, qui pendant quelques années fut presque un personnage, et sut, lors de la grande catastrophe du surintendant, faire preuve d'une énergie dont on ne l'aurait pas soupçonné capable. Loret lui-même, le chroniqueur officiel de l'époque, a sa place au milieu des précieuses et a droit à notre reconnaissance pour sa curieuse *Gazette* qui nous apprend tant de piquants détails sauvés par

1. Né à Béziers en 1611, mort en 1678. Somaize dit, en parlant de lui dans son *Dictionnaire* : « Il avoit dans sa personne, outre cent belles qualités qui le font chérir des dames, un *esprit* qui ne l'abandonnoit jamais. »

2. Né à Paris en 1620, mort en 1688.

3. Né à Paris en 1600, mort en 1647.

4. Né à Béziers en 1624, mort en 1693.

lui seul de l'oubli. La Mothe Le Vayer[1], qui fut grammairien, homme d'État, philosophe et qui inventa ce joli mot : « La pudeur est le vermillon de la honte. » La Mesnardière, qui fut, d'après l'abbé d'Olivet, physicien, traducteur, critique, poëte et historien, et de plus l'un des médecins de madame de Sablé. Perrot d'Ablancourt[2] n'est pas un des types les moins intéressants de l'époque : traducteur élégant, mais trop élégant, puisque ses œuvres ont conservé le nom de *belles infidèles*, Perrot tenait un rang distingué dans la société polie, mais il la quitta de bonne heure pour s'adonner à des études théologiques, à la suite desquelles il changea jusqu'à trois fois de religion. Patru[3], son ami, était précieux comme lui, aussi bien que Saint-Évremond[4], qui nous a laissé de curieux ouvrages. Scarron[5], par le salon de sa femme, faisait bonne mine au milieu de tous ces *honnêtes* gens. Je nommerai en finissant, M. de Scudéry[6], aussi connu que sa sœur Madeleine, et dont les romans créèrent un genre nouveau; Senecé[7] et Quinault[8], l'auteur de l'*Astrate* et de l'*Anneau royal* et d'autres tragédies connues seulement, parce que

1. Né à Paris en 1588, mort en 1672.
2. Né à Châlons-sur-Marne en 1606, mort en 1664.
3. Né à Paris en 1604, mort en 1681.
4. Né près de Coutances, en 1613, mort en 1703.
5. Né à Paris en 1610, mort en 1660.
6. Né au Havre en 1601, mort en 1667.
7. Né à Mâcon en 1643, mort en 1737. MM. Em. Chasles et Cap ont publié ses œuvres dans la *Bibliothèque elzévirienne*.
8. Né à Paris en 1635, mort en 1688.

jusqu'à « Que je vous hais! tout s'y dit tendrement. »

Cette pièce, à cause des critiques qu'elle souleva, prit les proportions d'un véritable événement littéraire. Furetière et Somaize se réunirent pour en attaquer rudement l'auteur, à qui cependant il était bien permis d'ignorer quelques détails d'érudition qu'il n'avait pu apprendre dans la boulangerie paternelle; malheureusement, il ne rachetait pas ce défaut d'instruction par une sincère modestie et il fut accusé, avec une certaine probabilité, d'avoir pillé souvent les écrits et même les pensées des autres.

Dans cette nomenclature, peut-être un peu longue, mais que j'ai crue indispensable pour bien établir la composition de cette société que je veux essayer de faire connaître, je ne prétends pas avoir dressé le bilan de la préciosité; j'ai tenté seulement d'indiquer les plus célèbres ou ceux dont l'oublieuse postérité a dédaigné de nous conserver les noms. Je ne parle pas de ceux, en grand nombre assurément, qui ont été, si je puis parler ainsi, égarés en chemin et qui ne nous apparaissent que dans la foule des beaux esprits de l'époque la plus lettrée et la plus polie de notre littérature; non plus que de ceux qui auraient trop perdu en sortant de l'obscurité où ils abritent maintenant leur éphémère apparition.

Il en est deux que je n'ai pas encore nommés et qui cependant doivent passer des premiers, quoique dans la société de leur temps ils n'aient pas fait aussi grande figure qu'on pourrait le croire, je veux parler des deux Corneille, de Pierre surtout, qui a réellement et définitivement fixé la langue française, c'est-à-dire qui en a marqué le style, les tons, les variations, différences qui ressortaient des distinctions intervenues entre les classes de la société.

II

LES PRÉCIEUSES ET LA PRÉCIOSITÉ

La société polie, pour me servir ici d'un titre si heureusement trouvé, ce me semble, par M. Rœderer, commença seulement à se former avec les premières années du XVIIe siècle par les causes diverses et multiples que le maréchal de Bassompierre a soin d'énumérer dans ses *Mémoires*. Les esprits, en effet, se rapprochèrent pour la première fois depuis de longues années et éprouvèrent le besoin de se créer des relations, d'épancher des affections trop longtemps contenues, de retrouver des habitudes presque oubliées, de renouer des communications brisées par le temps et plus encore par les guerres qui avaient souvent séparé profondément les membres d'une même famille. L'accroissement des fortunes que n'avait pas suspendu une trop longue suite de luttes civiles, le développement des lumières et des sciences à l'abri desquelles quelques hommes d'élite s'étaient réfugiés, comme pour leur demander le seul asile possible dans ces temps de troubles et d'agitations, la curiosité de tous à connaître les parties demeurées inconnues aux uns et aux autres dans cette société ébauchée seulement par la Renaissance et si rudement ébranlée depuis, le progrès général enfin qui chemine toujours sans se laisser arrêter ou dérouter par les dissensions humaines; tout semblait se réunir pour provoquer, avec le retour du calme et de la paix, l'établissement durable d'une société nouvelle dans laquelle cette fois les femmes devaient occuper le rôle principal et faire l'éducation de la génération, pleine de bonne volonté sans doute, mais ignorante et grossière, des hommes qui allaient la composer. J'ai dit, en commençant, à quel moment les femmes avaient paru dans les réunions mondaines, comment elles avaient compromis leur pouvoir ; les événements de la fin du XVIe siècle, en faisant table nette du passé, vinrent aussi effacer la faute grave qu'elles avaient commise et leur permettre de reprendre le sceptre qu'elles avaient si maladroitement laissé échapper de leurs mains. Madame de Rambouillet parut alors pour centraliser et réglementer cette réforme d'un nouveau genre et modifier à son gré des mœurs et des habitudes qui la choquaient : elle devait réussir, puisque son dessein se trouvait répondre précisément à un besoin du moment; elle allait avoir à polir cette génération nouvelle née depuis la guerre, à laquelle la paix faisait des loisirs, et qui, fatiguée des continuels bouleversements précédents, dont le récit était encore dans toutes les bouches, dont les héros vivaient encore, était avide de découvrir de nouveaux aspects, de nouvelles sensations, rajeunis de cet instinct social si profondément développé parmi nous. C'est, en effet, une des lois du mouvement, en politique comme en morale, d'amener à la suite d'une longue période de dissolution une ère de réserve, de calme et même de pruderie. Pendant les luttes armées du siècle précédent, on avait pu rarement s'occuper des femmes, plus rarement songer au charme de leur société, et on les avait un peu aimées en soldat; d'après le système que je viens de présenter, la réaction dans cet ordre de choses devait en être plus vive et amener une tout autre direction entre les sexes. Un spirituel écrivain a dit, au sujet de cette intéressante époque, un mot qui me semble très-vrai, c'est que jamais on n'a dû avoir autant besoin de parler en France que dans les premières années du XVIIe siècle. La conversation naquit justement du désir des femmes d'inculquer aux hommes les principes mis à la mode par l'hôtel de Rambouillet, et du besoin des hommes de prendre des détours à l'aide desquels ils pussent à la fois s'attirer la bienveillance de leurs gracieux professeurs et leur faire comprendre ce qu'ils ne pouvaient plus dire brusquement comme autrefois. Ce fut un double travail auquel, en résumé, nous devons, non-seulement les belles œuvres intellectuelles du grand siècle de notre littérature, mais encore tout l'édifice de notre société moderne : on apprit à causer, à se plaire dans des salons, à jouir des charmes d'une conversation qui se généralisa bientôt et éleva singulièrement le niveau des esprits. Comme l'a dit si finement Montesquieu, il faut tant de paroles pour expliquer la prière muette ! Mais la conversation ne demeura pas longtemps enserrée dans un cercle aussi restreint; à mesure que ce nouveau penchant social se formait, gagnait de haut en bas toutes les classes, elle s'étendit parallèlement aussi, et, devenant bientôt un besoin général, constitua en quelque sorte une lice où chacun voulut essayer de conquérir quelques-unes de ces palmes littéraires recherchées alors à l'égal des lauriers guerriers en honneur au siècle précédent.

Je ne ferai que nommer en passant la marquise de Rambouillet [1]. Tout en lui reconnaissant l'honneur d'avoir été la directrice de ce grand travail intellectuel, je ne puis songer à m'occuper d'elle : on en a trop souvent parlé, on a trop écrit sur elle, sur sa fille, madame de Montausier, sur son salon bleu, sur ses habitués, pour qu'il soit permis d'en reparler ici : aussi bien, mon but est-il de montrer la réforme morale opérée après la disparition de ce cénacle fameux et la généralisation de la préciosité dans la société. Je ne veux que signaler ce salon comme le point de départ de la

1. Catherine de Vivonne, née en 1588, mariée en 1600 à Charles d'Angennes, marquis de Rambouillet, morte en 1655.

révolution dont j'essaye de suivre les détails : ce fut d'abord un terrain neutre où les gens de tous les partis purent se rencontrer et où se formèrent simultanément la conversation, le plus grand charme des réunions mondaines, le goût et le langage; il fut comme la source de cette belle littérature qui demeurera toujours l'un des titres de gloire de notre pays. Dans ces assemblées choisies et dont le cercle cependant s'agrandissait chaque jour, tous les sujets étaient abordés et la conversation réformait ainsi le goût en même temps qu'elle développait l'intelligence et l'instruction : les matières les plus abstraites y étaient traitées et présentées sous des formes sensibles et animées; les questions les plus complexes étaient simplifiées, les plus graves étaient égayées, les plus sèches étaient adoucies; on apprit à déguiser d'une façon convenable ces sujets trop franchement énoncés jusqu'alors et dans lesquels se complaisaient par trop nos aïeux. Grâce à ce nouveau moyen de se produire, les femmes aussi dépouillèrent cette frivolité, cette ignorance, dans lesquelles elles demeuraient faute de pouvoir se servir d'une instruction qui eût été au moins inutile; et ce ne fut pas une des causes les moins décisives de l'empressement des hommes à adopter la réforme proposée par Catherine de Vivonne, que de voir multiplier ainsi les occasions de se trouver dans la société des femmes. Ce sera l'éternel honneur de la marquise de Rambouillet d'avoir résolûment et énergiquement maintenu son plan de réforme, de ne s'être laissée ébranler ni par les critiques des uns, ni par les menaces des autres, ni par les railleries de la cour; mais au contraire d'avoir, par sa constance, vaincu peu à peu cette résistance qui, au début, paraissait invincible et d'avoir fait enfin passer son système en règle qui devint exemple et autorité, système hors duquel on put dire qu'il n'y avait plus de salut pour un homme qui voulait être *honnête homme.*

Je ne parlerai plus de l'hôtel de Rambouillet ni de sa noble propriétaire, sinon pour citer une lettre demeurée inédite et que j'ai trouvée dans les portefeuilles de Vallant, le médecin lettré de la marquise de Sablé, et qui me semble assez intéressante et assez *précieuse* pour trouver place ici. Elle est écrite par M. de Montausier à madame de Sablé, à l'époque où elle s'était à peu près complètement éloignée du monde : j'aurais voulu pouvoir préciser exactement à quelle occasion la marquise avait songé à venir habiter l'hôtel de Catherine de Vivonne, mais je n'ai pas su le découvrir ; l'éminent historien des femmes du XVIIe siècle lui-même est muet sur cette partie de la vie de l'amie de la duchesse de Longueville et paraît avoir ignoré ce détail.

« Je vous rends de très humbles grâces, madame, de la bonté que vous avez de vouloir aller loger à l'hôtel de Rambouillet, car en cela vous me faites une faveur particulière que je reçois comme une des plus grandes marques que vous pouviez me donner de votre amitié, et vous savez que c'est la chose du monde à laquelle je suis le plus sensible. Non-seulement vous vous servirez de tout le grand appartement, mais de toute la maison et pour toute l'année, si vous êtes bien aise de m'obliger, comme je l'ai toujours si bien connu en autre chose. Vous trouverez tout prêt, madame, quand vous voudrez y aller; la chambre bleue sera meublée, les cabinets et tout le reste, et vous n'aurez besoin de faire porter aucun meuble, car il y en a de reste à l'hôtel Rambouillet, si ce n'est que vous ne crussiez ne vous trouver pas si bien dans un autre lit que le vôtre; mais si vous n'avez nul scrupule là-dessus, songez, madame, qu'en vous servant de tout ce qui est à moy, vous augmenterez de beaucoup la grâce que vous me voulez faire. Je vous supplie très humblement d'en être persuadée et de ne vous mettre point en peine si madame de Montespan a envie d'y aller, car elle n'y songe pas [1]. J'ay déjà de l'impatience d'avoir l'honneur d'être votre hoste, et je vous conjure de faire en sorte que vous ne m'ayez pas donné une espérance vaine, puisque vous ne pouvez douter que ce ne fût, madame, une mortification pour moy qui vous honore, qui vous respecte, et, si vous me permettez de le dire,

1. Il existait une grande intimité entre madame de Montespan et M. et madame de Montausier, cette dernière s'étant montrée très-accommodante dans les amours du roi. (Voir *Madame de Sablé*, de M. V. Cousin, p. 407 et suiv.)

qui vous aime avec plus de tendresse que personne au monde.

« MONTAUSIER.

« Saint-Germain-en-Laye, 22 juin 1675. »

Il ne paraît pas cependant que madame de Sablé ait réalisé les vœux de M. de Montausier; car il y a encore une lettre de lui, du 2 novembre 1677, dans laquelle il la presse aussi vivement d'aller « occuper et commander[1] » à l'hôtel de Rambouillet. Le duc de Montausier, d'ailleurs, semble avoir ressenti un vif sentiment pour la marquise de Sablé, — il ne faut pas oublier que l'un était né en 1610 et l'autre en 1599 ou 1608, selon quelques flatteurs, — et les portefeuilles de Vallant nous ont conservé un assez grand nombre de billets qui deviennent plus fréquents après la mort de la duchesse. Je profiterai du silence du biographe de madame de Sablé sur cet épisode qui pouvait bien passer inaperçu, en effet, au milieu des détails autrement importants qu'il mettait en lumière, pour reproduire encore ici une lettre de Montausier, non datée, mais placée par le fidèle médecin à l'année 1666.

« Je ne puis, madame, me donner l'honneur de vous écrire sans confusion, étant obligé de me servir d'une

1. Nous publions cette lettre dans ce volume, à l'article de M. de Montausier.

main étrangère pour cela. Mais je ne puis aussi, sans une violence étrange que je me fais, me résoudre au silence avec une personne à qui j'ay tant de grâces à rendre et dont la bonté et la générosité font une des plus solides joies de ma vie, et, comme vous avez ouï dire qu'on succombe plutôt aux tentations que le plaisir inspire aux autres, je n'ay pu m'empêcher, madame, de vous dire que tant de grâces obligeantes que vous ne vous lassez jamais de verser sur moy, et dont votre cœur et votre esprit sont des sources qui ne tarissent point, n'arrosent point un champ infertile. Je les reçois avec joie et avec reconnoissance, et comme votre cœur est si bien fait qu'il ne faut pas d'autre paiement que celui-là, je suis le plus satisfait du monde de vous payer si bien, trouvant en moy sans peine et sans effort de quoy vous satisfaire. Pour moy, madame, je ne me satisfais point de la monnoye que je vous donne, car encore qu'elle ne soit pas fausse, et je vous en puis assurer, elle est néanmoins de trop bas aloy à mon gré, et je voudrois vous témoigner ma reconnoissance par des services effectifs rendus à vous et à vos amis. Cependant, madame, j'ay le déplaisir de vous être toujours inutile, qui est pour moy une mortification que je sçaurois exprimer. Ce qui me console cependant un peu, moy qui suis intéressé, c'est que je n'en suis pas moins bien avec vous et que vous m'honorez autant de votre amitié en cet estat-là que si j'estois aussi puissant que tous les ministres ensemble. Vous voyez, madame, que je vous découvre mesme ce qui est de vilain dans mon cœur ; mais que me serviroit-il de le cacher? Vous estes une si grande maîtresse en l'art de les pénétrer jusques au fond, que je ferois inutilement le fin avec vous. Mais puisque cela est, vous voyez bien dans le mien que de tous ceux que vous avez possédés, et ce n'est pas peu dire, vous n'en avez jamais eu un qui eût pour vous plus de respect, d'admiration et de reconnoissance, et, si j'ose le dire, de tendresse et d'amitié que luy. Les vivans et les morts me le pardonneront, si il leur plaît ; il faut qu'ils me cèdent la qualité d'être plus que personne, madame, votre très-humble, très-obéissant et très-assuré serviteur, et de plus, passionnément et sincèrement attaché à vos intérests.

« MONTAUSIER. »

Je me hâte de clore cet intermède qui, je l'espère cependant, ne paraîtra pas trop long à cause des personnes auxquelles il se rapporte, et de me placer à l'année 1650, au moment où l'hôtel de Rambouillet venait de se fermer et où de nombreuses coteries se formaient, au moment enfin où les précieuses paraissent dans toute leur splendeur. On avait alors dépouillé dans la *société honnête*, la rudesse et l'ignorance de la période précédente ; la tenue de ses représentants était plus sévère, leurs expressions plus choisies : les femmes surtout avaient pris des manières distinguées et bien éloignées de la liberté de celles qui suivaient encore les usages surannés de l'ancienne cour ; la mode, ce puissant agent social, avait à cet égard prononcé son verdict : tous voulurent prendre l'air des habitués du salon de la marquise de Rambouillet ; beaucoup de ceux qui furent évincés adoptèrent le genre, l'attitude des heureux élus pour faire croire qu'ils l'étaient eux-mêmes ; d'autres les copièrent à leur tour, et bientôt tout homme bien élevé dut revêtir ce costume moral, ce vernis[1] ; on comprend à combien de caricatures bouffonnes ces essais aboutirent pour quelques-uns. Les femmes qui avaient réellement fait partie de la société de madame de Rambouillet prirent alors le surnom de *précieuses*, sans qu'aucune idée maligne fût originairement attachée à cette désignation ; mais le jour où cet esprit organisateur, ce grand directeur vint à faillir, bien que sa puissance se soit peu à peu amoindrie, par les troubles de la Fronde d'abord, puis par le départ de Julie d'Angennes, qui, après de longues hésitations, se résigna en se mariant à aller habiter l'Angoumois avec M. de Montausier ; le jour où le fameux salon se ferma, une nouvelle et profonde révolution s'opéra. A la place de cet hôtel si brillant, si fréquenté, si célèbre, où la mode et l'esprit prononçaient en dernier ressort des jugements souverains, se formèrent de nombreuses coteries ; le goût des bureaux d'esprit,

1. Notice de Segrais à la suite des *Mémoires* de Mademoiselle de Montpensier.

comme on disait alors, se répandit; chacun voulut avoir son cercle, son alcôve, et ce mouvement ne pouvait naturellement manquer de provoquer la décadence de ces réunions devenues moins sérieuses par leur multiplicité même. Les nouvelles sociétés, composées d'abord presque exclusivement des habitués du salon bleu et de leurs intimes amis[1], tentèrent au début de cette seconde période de suivre de respectables errements; ce fut malheureusement le petit nombre. Parmi ces fidèles, les uns avaient quitté leurs anciennes habitudes avec une certaine peine, les autres avaient trop prématurément essayé de faire peau neuve, la plupart avaient un côté plus ou moins imparfait, et ces défauts, légers et inaperçus tant que la marquise ou sa fille avaient été là pour diriger le goût et maintenir le droit inviolable de l'*honnêteté*, devinrent graves, inquiétants, et, grandissant chaque jour, compromirent rapidement l'œuvre de madame de Rambouillet. Les femmes surtout, qui avaient pendant de longues années reconnu ce souverain pouvoir, ne le virent pas toutes disparaître avec regret; elles voulurent se dédommager de la soumission observée par elles durant une si longue tutelle. Le surnom de *Précieuse*, demeuré jusque-là exclusivement hors du langage usuel, constituait un titre d'honneur assez solidement établi pour qu'il pût résister d'abord aux exagérations de celles qui le portaient et qu'il ait fallu la comédie de Molière et le satirique

1. *Royaume de la coquetterie*, par l'abbé d'Aubignac, 1654.

dictionnaire de Somaize pour mettre au ban de l'opinion ces femmes prétentieuses et guindées, ces prudes revêches, ces précieuses ridicules, en un mot, dignes devancières des bas-bleus de nos jours. Les femmes ridicules n'étaient pas en trop grande minorité à l'hôtel Rambouillet, et l'on peut penser si, libres du joug et de la surveillance, elles se hâtèrent de jouir de cette indépendance trop longtemps différée à leur gré. Une sorte de lutte s'établit entre elles à qui se distinguerait le plus, c'est-à-dire en réalité à qui mériterait le plus d'exciter les moqueries du public et la verve des satiriques. Pour se faire un renom d'honnêteté, on affecta la pruderie ; sous prétexte de vertu, on devint compassé. Pour paraître châtié et soigneux dans son langage, on prit mille circuits, on commenta de cent façons sa pensée, on la tortura, on parvint enfin à exprimer d'une manière très-indécente réellement les choses qu'on cherchait à voiler ; pour donner plus de netteté à sa pensée, on arbora un purisme ridicule ; pour plus d'originalité, un *maniérisme* incompréhensible, sans pour cela être plus spirituel ; on se mit à contourner ses phrases, à alambiquer ses pensées, à placer des mots tout surpris de se trouver réunis, à en bannir d'autres pour éviter des syllabes ou des consonnances déplacées ; enfin, la grâce, l'élégance, la pureté du langage et des manières de l'hôtel de Rambouillet firent place à la minauderie [1]. Les mœurs sévères de la mar-

1. Rœderer, *Mémoires pour servir à l'histoire de la société polie*

quise furent bientôt moins en honneur, et les intrigues galantes reparurent dans ces comités, ces cercles, ces alcôves, comme on voudra les appeler. Chaque précieuse ne songea plus qu'à détrôner ses rivales, à compter autour d'elle un plus grand nombre d'alcôvistes, à siéger au milieu d'un royaume plus brillant que celui de sa voisine. En 1660, M. de Somaize énumère plus de huit cents précieuses et signale plus de cinquante salons habituellement fréquentés[1]. A cette époque, mais seulement à cette époque, le mot de précieuse commence à devenir inévitablement ridicule ; encore Molière a soin, en écrivant la préface de son inimitable critique, d'ajouter « que les plus excellentes « choses sont sujettes à être copiées par de mauvais « singes qui méritent d'être bernés ; qu'aussi les véri- « tables précieuses auroient tort de se piquer, lorsqu'on « joue les ridicules qui les imitent mal. » On pouvait donc encore, en 1659, donner honorablement ce nom aux femmes distinguées qui conservaient et perpétuaient les traditions de l'hôtel de Rambouillet. La comédie de Molière cependant emporta le morceau, et

en France. C'est le premier, et sans contredit l'un des ouvrages les plus remarquables qui aient été publiés sur ce sujet, et qu'il faut consulter toutes les fois qu'on s'occupe de cette curieuse époque ; il est à regretter que, n'ayant pas été mis dans le commerce, ce livre soit presque introuvable.

1. *Le Dictionnaire des Précieuses*, par le sieur de Somaize.— Je tiens à signaler ici l'excellente introduction dont M. Livet a fait précéder ce curieux ouvrage, dans l'édition publiée pour la *Bibliothèque elzévirienne*.

même alla plus loin que ne le souhaitait l'auteur ; car, en 1661, Jean de la Forge nous raconte dans son *Cercle des femmes savantes*, que « la coterie si nombreuse « que l'on désignoit sous le nom de précieuses, s'étant « attirée les moqueries de tous les hommes sensés par « les excès où elle étoit tombée en voulant surpasser « les mérites de l'hôtel de Rambouillet, en confondant « les qualités vraies avec de ridicules exagérations, le « savoir sérieux par le pédantisme, et voyant « que « chacun commençoit à se divertir à leurs dépens et « qu'on les jouoit en public, » elles abandonnèrent ab- « solument leur nom devenu fâcheusement célèbre et « adoptèrent celui d'*illustres.* » Je voudrais ne pas multiplier inutilement les citations, mais je ne puis m'empêcher de rapporter ici le jugement que Somaize, en tête de son grand *Dictionnaire des Précieuses*, porte sur ces femmes déjà bien éloignées par leurs mœurs et leurs habitudes de leurs nobles devancières : ce passage me paraît établir nettement la démarcation entre les compagnes de madame de Rambouillet et les modernes précieuses qui semblent constituer une sorte de demimonde mal connu jusqu'à présent dans le XVIIe siècle : « Il est nécessaire de savoir qu'il y a quatre sortes de « ces femmes. Les premières sont tout à fait ignorantes, « ne sçavent ce que c'est que de livres ou de vers et « sont incapables de dire quatre mots de suite. Les se- « condes ne lisent pas plus que les premières, et quoi- « qu'elles ne se mêlent ny de juger les vers, ny d'en

« lire, elles ne laissent pas d'avoir autant d'esprit que « de jugement, et comme elles n'ont point la tête pleine « d'une infinité de connoissances confuses qui ne font « que charger l'esprit, elles parlent en conversation et « répondent à ce que l'on dit avec autant de prompti- « tude qu'elles s'expliquent nettement et avec facilité ; « et c'est de ces sortes de femmes qu'il y a le plus dans « le monde et dont nous entendons parler quand nous « disons un esprit de femme... Les troisièmes sont celles « qui, ayant ou un peu plus de bien, ou un peu plus de « beauté que les autres, tâchent de se tirer hors du com- « mun, et, pour cet effet, elles lisent tous les romans et « tous les ouvrages de galanterie qui se font. Toutes « sortes de personnes sont bienvenues chez elles ; elles « reçoivent les vers de tous ceux qui leur en envoyent et « elles se meslent bien souvent d'en juger, bien qu'elles « n'en fassent pas, s'imaginant qu'elles les connoissent « parfaitement parce qu'elles en lisent beaucoup. Elles « ne sçauroient souffrir ceux qui ne sçavent ce que c'est « que galanterie, et comme elles tâchent de bien parler, « disent quelquefois des mots nouveaux sans s'en ap- « percevoir, qui étant prononcés avec un air dégagé et « avec toute la délicatesse imaginable, paroissent sou- « vent aussy bons qu'ils sont extraordinaires, et ce sont « ces aimables personnes que Mascarille a traitées de « ridicules dans ses *Précieuses*, et qui le sont en effet « sur son théâtre par le caractère qu'il leur a donné..... « Les quatrièmes sont celles qui de tout temps, ayant

« cultivé l'esprit que la nature leur a donné, et qui s'é-
« tant adonnées à toutes sortes de sciences, sont deve-
« nues aussi sçavantes que les plus grands autheurs
« de leur siècle. »

Comme on le voit, de ces précieuses diverses, les unes, en résumé, sont véritablement précieuses, les autres ne peuvent être comptées que pour une variété de femmes galantes. Il faut convenir que ces véritables précieuses, celles qui trouvaient grâce également devant Molière et devant Somaize, les amies peut-être, les disciples assurément de la marquise de Rambouillet, celles qui occupaient enfin le premier rang dans la société féminine, devaient être bien peu nombreuses pour qu'on osât s'attaquer à la généralité sans trop faire attention aux éclaboussures qui rejaillissaient nécessairement sur celles mêmes que les critiques prétendaient mettre hors du procès. Molière, d'ailleurs, ne devait pas s'arrêter en si beau chemin; en 1671 et en 1672, il attira encore l'attention et les railleries du public sur cette coterie de femmes lettrées et prétentieuses en écrivant *la Comtesse d'Escarbagnas* et *les Femmes savantes*. Cette dernière pièce fut spécialement faite pour achever l'œuvre commencée par *les Précieuses ridicules* : elle est sans contredit l'une de celles qui prouvent le mieux le talent de notre immortel comique; car il semblait à bon droit difficile de remplir cinq actes d'une intrigue amusante avec un ridicule en résumé si mince et déjà tant de fois rebattu; la prévention fut même assez forte pour qu'on se refusât au commencement à applaudir et à reconnaître le succès de la comédie, et cependant on ne peut plus finement représenter les contrastes divers qui signalaient alors la société : Philaminte, Armande et Bélise sont entichées du pédantisme auquel l'hôtel de Rambouillet avait, il faut bien l'avouer, ouvert la porte, et coiffées de l'amour platonique mêlé d'une philosophique contemplation

Qui nous monte au-dessus de tout le genre humain
Et donne à la raison l'empire souverain,
Soumettant à ses lois la partie animale,
Dont l'appétit grossier aux bêtes nous ravale.

La jeune Henriette, au contraire, s'en tient au terre-à-terre traditionnel, et, avec la grosse Martine, la servante un peu rudement embouchée et qui ne va rien emprunter pour son langage « aux communs » ou « aux nécessaires » à la mode, représente le simple et traditionnel bon sens. Les accessoires de cette comédie complètent excellemment le but que s'est proposé Molière et peignent bien au naturel la société contemporaine ; la querelle de Trissotin et de Vadius n'est, comme je l'ai dit, que la copie d'une aventure toute semblable arrivée dans le salon de Mademoiselle au Luxembourg et où l'abbé Cotin joua le rôle principal. Molière eut la malice de reproduire les propres vers du malheureux abbé. La *Comtesse d'Escarbagnas* devait attaquer cette manie provinciale de singer les us et coutumes de Paris et d'exagérer les ridicules. Au moment où nous sommes parvenus, en effet, la préciosité avait envahi les principales villes du royaume : Lyon et Toulouse rivalisaient avec la capitale par leurs bureaux d'esprit; à Reims, le chanoine de Maucroix en avait donné également le goût; on en retrouvait à Aix, à Poitiers, à Bordeaux, à Arles, à Mâcon, à Avignon, à Montpellier; partout enfin où quelques exilées des alcôves de Paris étant venues se poser, cherchèrent à se créer des ressources sociales et à adoucir ainsi le regret d'avoir quitté leur bonne ville; pour quelques vraies précieuses, dont M. de Somaize nous donne soigneusement les noms, combien de comtesses d'Escarbagnas parmi les présidentes, les élues, et les conseillères de présidiaux jalouses de rivaliser avec les Parisiennes.

L'opinion publique ne s'y trompait pas, et, malgré les efforts, même les menées actives de ceux ou de celles qu'on fustigeait si rudement, elle se prononçait contre les ridicules et savait gré à ceux qui les montraient ainsi résolùment du doigt. Personne n'ignore qu'à l'une des premières représentations des *Précieuses ridicules*, un vieillard se leva au parterre en criant : « Courage, Molière ! voilà de la bonne comédie. » Une autre fois, Ménage, un précieux entre les précieux s'il en fut, sortant du théâtre après avoir vu la même pièce, ne put s'empêcher de dire à Chapelain, qui l'accompagnait : « Monsieur, nous admirions, vous et moi, toutes « les sottises qui viennent d'être si finement et si jus- « ment critiquées ! »

De la création de la marquise de Rambouillet, ne resta-t-il rien, sitôt que cette noble femme eut fermé les yeux, et la belle Julie eut-elle la douleur de voir échouer l'œuvre de sa mère, œuvre qui était bien aussi un peu la sienne ? Non, certes. L'incomparable Arthénice put assister à la réalisation du but qu'elle avait ardemment poursuivi. Elle avait vu une société véritable se constituer, le goût de la conversation s'établir, le langage s'épurer ; les hommes perdre leur rude sans-façon, et les plus entichés des anciennes mœurs abjurer leurs erreurs pour pouvoir pénétrer dans le petit salon bleu ; partout, à la cour, à la ville, en province, dans les châteaux, on avait adopté avec empressement ces coteries littéraires, ces jeux d'esprit, qui, bien que souvent poussés jusqu'au delà des limites du bon goût, n'en rendirent pas moins d'immenses services à la cause de la société polie. Du reste, le jugement du monde se retrouve mieux que je ne saurais essayer de le rendre dans ce passage de l'oraison funèbre de la duchesse de Montausier, quand Fléchier, un des plus anciens fidèles de l'hôtel de Rambouillet, ne craignit pas de lancer ce magnifique éloge du haut d'une chaire catholique : « Souvenez-vous de ces cabinets que l'on « regarde encore avec tant de vénération, où l'esprit « purifioit, où la vertu étoit révérée sous le nom de

« l'incomparable Arthénice, et où se rendoient tant « de personnes de qualité et de mérite, qui compo- « soient une cour choisie, nombreuse sans confusion, « modeste sans contrainte, savante sans orgueil et « polie sans affectation. »

III

RÔLE DES PRÉCIEUSES PAR RAPPORT A LA LITTÉRATURE

Les services rendus à la société par les précieuses sont de trois sortes. Je viens d'essayer de faire comprendre comment elles ont constitué la société elle-même en donnant le goût des réunions, de la conversation, de la délicatesse, de la sociabilité, en un mot; il me reste à faire pareillement apprécier le rôle qu'elles ont joué par rapport à la réforme du langage et par rapport à la littérature.

Dans le monde on ne connaît guère aujourd'hui les précieuses que par la comédie où Molière leur a infligé l'indélébile cachet du ridicule : c'est ce qui empêche qu'on ne les prenne plus souvent au sérieux. J'espère être déjà parvenu à les sauver un peu de cette espèce de proscription : je ne pense pas être moins heureux en m'occupant des services qu'elles ont rendus à la langue française. Bien des gens, de nos jours, imitent ce bon M. Jourdain qui faisait de la prose sans le savoir, et parlent le langage des ruelles et des alcôves sans certainement s'en douter. Je ne songe nullement à entreprendre une justification, qui serait au moins ridicule elle-même; je ne prétends pas prendre la défense du parler prétentieux de Cathos et de Madelon; mais je tiens à montrer, à ceux qui l'ignorent, la finesse que les précieuses ont donnée à notre langue et les expressions heureuses qu'elles ont mises en usage. Nul doute qu'en parcourant les diverses publications précieuses parvenues jusqu'à nous, on ne se sente pris d'une forte envie de rire en lisant les phrases véritablement impossibles que forgèrent les plus beaux esprits du temps. La marquise de Rambouillet voulait seulement polir le rude langage du siècle précédent, châtier quelques expressions et repousser complétement celles qui ne pouvaient être corrigées; mais ses disciples exagérèrent ses leçons comme elles avaient exagéré ses conseils. S'il était raisonnable, ainsi que le dit l'abbé de Pure [1], de rechercher de bonnes expressions pour mieux rendre les pensées et en même temps donner plus de force à la conversation, pour prendre un juste milieu entre le style trop familier et le style trop pompeux, il était déplorable de voir les ridicules excès où conduisit ce louable projet. Les précieuses voulurent renchérir les unes sur les autres, effacer complétement les mots communs, ceux qui pouvaient prêter à un double sens fâcheux, et allèrent si loin que ce n'est souvent qu'en cherchant

1. *La Précieuse, ou Mystères des Ruelles.*

longtemps qu'on découvre les causes qui ont fait frapper certains mots d'ostracisme : quelques-unes enfin firent non-seulement la guerre aux mots, mais aux syllabes qui les composaient et dont la consonnance pouvait, en frappant l'oreille, éveiller des idées indignes d'elles, comme cette belle précieuse, qui ne permettait pas qu'on dît devant elle : *J'aime le melon*, parce que c'était « prostituer » le mot *j'aime*, et qui n'autorisait pas au delà de *j'estime* pour cet usage. Peut-on croire que c'est sérieusement que des femmes douées de bon sens s'amusèrent à dire à quelqu'un : « Contentez, s'il vous plaît, l'envie que ce siége a de vous embrasser; » ou encore : « Prenez figure » pour : « Asseyez-vous ; » à un laquais : « Otez le superflu de cet ardent » pour : « Mouchez cette chandelle. » Qu'on me permette de relater ici quelques-unes des expressions de ce curieux vocabulaire ; ce n'est pas seulement un motif de simple curiosité ou de critique qui m'y détermine, mais c'est qu'au milieu de ces nouveautés, de ces ridicules même, on trouve la parenté d'un bon nombre de nos termes actuels : l'almanach, la mémoire de l'avenir; la boutique d'un libraire, le cimetière des vivants et des morts; des chevaux, des pluches ; un carrosse, l'assemblage de quatre corniches ; les chenets, les bras de Vulcain ; le cours, l'empire des œillades; dîner, donner à la nature son tribut accoutumé ; un verre d'eau, un bain intérieur; une fenêtre, la porte du jour; les joues, les trônes de la pudeur ; un laquais, un nécessaire ou un commun [1]. Est-ce sérieusement qu'on pouvait dire « à sa commune d'aller quérir un zéphyr dans le précieux [2]; » ou à un galant : « Vous m'encendrez et m'encapucinez le cœur [3]. »

Béatrix a bien le droit de s'écrier dans la comédie des *Véritables Précieuses* [4] : « Las! dites-moy s'il y a rien « de plus ridicule que de nommer le médecin un bas« tard d'Hippocrate? Voylà bien honorer la médecine, « ma foy! et c'est là le moyen d'encourager messieurs « les médecins à nous tirer des bras du vieil rêveur, ou « plutôt de l'empire de Morphée, ou pour mieux dire « du lit auquel vos sçavants ont donné ces noms. C'est « encore assez bien débuter que de nommer les pieds « les chers souffrants, le boire le cher nécessaire, et « d'appeller le potage l'union de deux éléments. A « quoy bon toutes ces obscurités et pourquoy dire en « quatre mots ce que nous disons en deux. Est-ce qu'il « ne seroit pas mieux de dire : Soufflez ce feu, que : « excitez cet élément combustible? Donnez-moy du « pain, que : apportez le soutien de la vie? Voylà une « maison, que de dire : voylà une garde nécessaire. Il « n'y a rien de plus insupportable que de nommer des « dents un ameublement de la bouche et de dire, pour

1. *Grand Dictionnaire des Précieuses*, par Somaize.
2. « Ma suivante, allez chercher l'éventail dans le cabinet. »
3. « Vous me témoignez un ardent amour. »
4. M. Ch. Livet a retrouvé ce petit pastiche, dont M. Rœderer regrettait la disparition, et l'a publié à la suite du dictionnaire de Somaize.

« faire voir que l'on a longtemps balancé à faire une « chose, qu'il est monté des incertitudes à la gorge. « Dites-moy un peu, il y a-t-il aucun sens à cela, non « plus que de dire qu'une femme a des absences de « raison, pour dire qu'elle est jeune? Et dites-moy enfin, « s'il y a rien de plus extravagant que d'appeler des « traîtres un paravent, le miroir un peintre de la der- « nière fidélité, une porte la fidelle gardienne. Si par « hasard un jaloux qui auroit fermé la porte sur sa « femme et en auroit la clef étoit trompé par un galand « qui en auroit une fausse clef, venant à savoir la chose, « pourroit-on encore appeler la porte la fidelle gar- « dienne? »

Mais à côté de ces travers incontestables, quelles traces nombreuses, je dirai même heureuses, les précieuses n'ont-elles pas laissées dans notre langage ordinaire! Combien n'ont-elles pas enrichi notre dictionnaire! Le mot d'*obscénité* si décrié par Molière est aujourd'hui d'un usage vulgaire : il en est de même de l'*urbanité*, timidement produit par Balzac pour qualifier l'éducation romaine, comme l'*atticisme* désignait l'éducation grecque, et qui est parfaitement adopté maintenant. C'est mademoiselle de Scudéry qui nous a fait connaître « un esprit plein d'expédients, le rire « d'intelligence, un ameublement bien entendu » et « l'anatomie du cœur. » C'est la marquise de Mauny qui nous recommande de ne pas nous « encanailler; » nous devons à la marquise de la Grenouillère les cheveux « d'un blond hardi, » à Balzac encore, « la « sécheresse d'une conversation » et « la solitude de livres; à M. Leclerc, « une compréhension difficile; » à Perrot d'Ablancourt, « une humeur communicative; » à Saint-Amant, cette formule si fréquemment employée : « Le mot me manque. » Il ne sera pas, je crois, inutile de relater ici encore quelques-unes de ces phrases ou de ces expressions sur l'origine desquelles on est si peu instruit et dont on ne songe pas à reporter l'honneur à cette société, dont Cathos et Madelon n'étaient après tout que les caricatures : — « La frayeur court dans la foule; —le front chargé d'un sombre nuage; — laisser mourir la conversation; — revêtir ses pensées d'expressions nobles et vigoureuses; — être pénétré des sentiments d'une personne; — vomir des injures, » autant de termes précieux. Ils parlaient encore la même langue ceux qui disaient : « Châtier son style; — dépenser une heure; — c'est la plus naturelle des femmes; — avoir de la qualité, du bien, de l'esprit; — être brouillé avec le bon sens, avec quelqu'un; — se récrier; — avoir le sens droit; — le tour du visage, le tour d'esprit; — les affaires ont une heureuse tournure; — connaître un peu son monde; — c'est un coup sûr; — jouer à coup sûr; — savoir prendre ses mesures; — faire mille amitiés; — agir sans façon; — cela est de mon goût; — n'entrer dans aucun détail; — s'embarquer dans une mauvaise affaire; — prendre le meilleur parti; — pousser les gens à bout ; — sacrifier ses amis ; — ne pas être dupe ; — cela est fort ; — être content de soi-même ; — savoir bon gré ; — briller dans la conversation ; — s'attirer de l'estime ; — raffiner sur sa langue ; — étudier le goût des gens ; — faire des avances ; — faire figure dans le monde, » etc. Certes, ceux qui répètent chaque jour quelques-unes de ces phrases ne soupçonnent pas leur origine, et plus d'un qui a jeté ou jette encore la pierre à cette société pourrait bien être pris en flagrant délit de préciosité. Mais en faveur de celles-là, l'usage, cet arbitre suprême entre l'innovation et la routine, a prononcé et les a fait tomber dans le domaine public.

La société précieuse a fait bien plus encore pour le langage, en établissant les règles d'une orthographe nouvelle qui vint le dégager des entraves lourdes et gênantes du vieux français. et lui donner les allures vives et alertes qu'il a conservées depuis ; ce changement apporté à l'orthographe, et dont les conséquences ont été si importantes pour le génie de la langue, remonte à l'année 1666 ou environ.

Somaize raconte que quelques précieuses, entre autres mesdames Leroy, de Saint-Loup et de la Durandière, jalouses du succès que leurs rivales obtenaient avec leurs néologismes, voulurent aussi faire une œuvre durable et résolurent avec M. Leclerc, de l'Académie française, de réformer l'orthographe ancienne de manière à ce que l'on pût écrire comme l'on parlait ; on décida tout d'abord qu'on enlèverait de tous les mots les lettres superflues.

C'est au XVIe siècle, sous la double influence de la Renaissance, c'est-à-dire de l'*italianisme* si fort mis à la mode par la guerre au delà des monts et par le goût pour les auteurs anciens, et de ce que Henri Estienne a appelé le *courtisanisme*, que s'étaient opérés ces changements nombreux et généralement fâcheux apportés à notre langue. A des articulations fortes, à des diphthongues sonores, la Renaissance substitua la mollesse des élisions et la fade monotonie des voyelles isolées. Pour n'en donner qu'un exemple, je citerai la diphthongue *oi*, spéciale à notre vieux langage; comme le dit encore Estienne, elle ennoblit les monosyllabes en même temps qu'elle les fortifie; on peut s'en rendre compte par les mots *loi*, *foi*, *roi*, *moi*, *voix* qui représentent si bien l'expression sonore de la parole. En adoptant, au contraire, ces formes mignardes et efféminées qui déshonorèrent la cour des derniers Valois, on enlevait à la langue « ses robustes et virils accents. » Quelques explications sont nécessaires à cet égard pour faire connaître ce mouvement à peu près inconnu. L'un des premiers mots sacrifiés par les gentilshommes à la mode du XVIe siècle fut *la royne*, qui devint *la reine*, en perdant son expression roide et en quelque sorte majestueuse; de roi, on ne put jamais faire le *ré* en dépit des efforts des hardis novateurs qui triomphèrent cependant du *françois*, malgré ses auteurs gaulois, et l'italianisèrent en *francès*, français; quelques mots furent préservés de ces déguisements ; comme l'a dit un auteur spirituellement érudit, la *lói* échappa, parce que, à la cour, on n'en parlait pas, et la *foi*, parce que c'était un cri de ralliement trop connu pour qu'on pût y toucher dans ces temps de guerres civiles. C'est sur ces entrefaites, c'est-à-dire au milieu d'une véritable anarchie grammaticale, que les précieuses résolurent d'intervenir, non plus seulement pour embellir et étendre le côté spirituel et intelligent du langage, mais pour rendre plus rationnelle et plus harmonieuse la partie matérielle. Il fut donc décidé, en se conformant à la plupart des règles précédemment proposées par Malherbe, que l'on diminuerait le plus possible les mots, en enlevant les lettres répétées inutilement ou introduites inutilement aussi pour l'œil et pour l'oreille. Les *s*, presque exclusivement mises dans les mots à la fin des premières syllabes terminées par des voyelles simples, furent absolument supprimées et remplacées par des accents circonflexes sur la même voyelle, quand elle se trouvait dans le mot, par un accent aigu quand elle se rencontrait au commencement [1]. C'est donc de ce moment que notre langue fut complétement débarrassée de ses dernières entraves, car ces lettres pesantes et inutiles étaient de véritables chaînes qui alourdissaient le parler et ralentissaient le récit. Cette réforme,

1. Supresme-suprême; prosne-prône; teste-tête; estale-étale; escloses-écloses. On comprend que cette règle subit quelques exceptions.

due à la préciosité, non pas de l'hôtel de Rambouillet, mais à celle que je proposerais d'appeler la seconde préciosité, étonna d'abord et ne fit que peu de prosélytes; mais le hasard voulut que quelques hommes d'un incontestable talent, et par-dessus tous Corneille et bientôt Racine, adoptassent cette nouvelle grammaire, si bien faite pour seconder leur talent poétique et prêter à leurs vers cette grandeur et cette ampleur qui manquaient à leurs devanciers. Le succès de l'essai tenté par mesdames Leroy, de la Durandière et de Saint-Loup fut assuré, et il est passé à la postérité, comme il en arrive pour la plupart des grandes inventions, sans que la majorité du public connaisse seulement les noms de ces réformatrices. Je ne veux pas ici m'occuper de la qualité de ces femmes spirituelles et lettrées; je n'irai pas rechercher avec Somaize, avec d'Aubignac, avec Segrais, avec l'abbé de Pure, à quelle classe elles appartiennent, si elles sont du monde ou du demi-monde du XVIIe siècle; mais je leur veux rendre cette justice méritée qu'elles ont puissamment contribué aux progrès, aux embellissements de notre langue, à son développement, à son enrichissement, et par leur excès de pruderie même, elles ont mis hors la loi quantité de mots vieillis ou indécents qui la déshonoraient.

On ne se figure pas combien de mots d'une déplorable grossièreté se glissaient fréquemment dans la conversation aux plus beaux jours du XVIIe siècle : Molière et La Fontaine aimaient ces mots qui se rencontrent à chaque page chez Montaigne et chez Rabelais, et sont représentés à tort comme l'expression d'une grande naïveté. Les précieuses certainement allèrent trop loin en proscrivant même des syllabes, mais du moins cette excessive rigueur fit effacer du langage poli tous ces termes par trop *gaulois,* comme on les appelle je ne sais pourquoi, et qui prêtaient à la conversation un cachet de trivialité et de bassesse regrettable : mieux vaut encore, comme madame de La Fayette, discourir chez Gourville sur les personnes qui ont le goût au-dessus ou au-dessous de leur esprit, et se jeter dans des subtilités où l'on n'entendait plus rien, que d'écrire ou de parler de manière à faire rougir et à donner au discours comme une odeur des lieux que fréquentait l'auteur.

On ne s'est jamais assez nettement figuré quelle révolution littéraire ce mouvement précieux a produite et devait produire ; qu'on songe donc aux résultats que ne pouvait manquer d'amener une société composée de huit cents femmes, dont quelques-unes éminemment distinguées, et toutes lettrées et polies, et de quelques centaines d'hommes qui rivalisaient entre eux pour occuper une place honorable dans cette foule d'élite et faire bonne figure dans ces joûtes savantes. Quelles nouveautés ne devait provoquer ce concours perpétuel, cette lutte morale, cette torture intellectuelle, où l'on devait placer son esprit pour en tirer quelque chose de neuf, d'original, de piquant, dans une lice ouverte à tous les amours-propres, où la critique était libre et avait beau jeu, où les images les plus surprenantes, les tours les plus maniérés, les mouvements les plus tourmentés se croisaient en tous sens, où enfin, bien plus que l'amour-propre seul, l'amour régnait en maître et stimulait rudement les uns et les autres ? Paris était alors une immense académie, mais une académie ouverte pour tous, maîtresse absolue dans le domaine qu'elle s'était attribué et que personne ne songeait à lui dénier : quel résultat ne pouvait pas obtenir une puissance si fortement organisée et qui, de plus, venait, comme je l'ai dit au début de cette étude, pour répondre précisément au besoin de l'époque ? Quand ce mouvement social et littéraire se produisit, tout était à refaire et il était bien nécessaire au goût d'être convenablement guidé avant de s'asseoir définitivement. Au commencement de cette réforme, nul doute que des tentatives inutiles, ridicules, absurdes même quelquefois, ne se soient produites, surtout avec ces petits cénacles, qui, craignant de se laisser effacer ou devancer par leurs voisins, se hâtèrent trop bruyamment. Mais comment aurait-il pu arriver que la part des bons et des mauvais ne se fît pas promptement avec une organisation aussi libre, aussi indépendante que celle que je viens d'indiquer ? Cette conversation, mise à la mode par le XVIIe siècle, devait être le mobile à l'aide duquel s'effectuerait cette séparation de l'ivraie et du bon grain ; ces essais continuellement répétés devant un auditoire choisi, surveillé par une critique libre et souvent jalouse, constituaient une véritable école, une académie chargée en résumé de fixer les questions pendantes devant l'arbitrage du goût. Tout se produisit d'abord : les choses les plus fines, les plus exquises, les plus délicates, et les tournures les plus maniérées, les plus tourmentées; mais le bon sens en fit rapidement justice et repoussa cet esprit de mauvais aloi qui menaçait de se faire jour, et que Molière voulut spécialement fustiger. Au bout d'un temps par conséquent assez court, la question de la transformation du langage était à peu près tranchée, et Balzac, La Rochefoucauld, Pascal, Corneille avaient pu écrire leurs ouvrages sans craindre désormais la vieillesse pour le style ; la langue était donc fixée et la partie matérielle de cette pacifique révolution heureusement terminée. C'est à partir de cette époque que nous voyons aussi les auteurs employer un style propre et se créer des individualités littéraires, au lieu de demeurer confondus comme auparavant dans la foule. C'est à la suite du mouvement que je crois être parvenu à indiquer avec une certaine précision, quoique, je ne me le dissimule pas, très-imparfaitement, que nous voyons les grands genres de notre littérature nettement accusés et admirablement représentés, outre ceux que je viens de nommer, par Bossuet, Racine, Boileau, Molière, Descartes, maîtres que l'on n'a guère depuis imités qu'à de longues distances. On sentit le besoin d'élaguer de son style tout ce qui ne rentrait pas immédiatement dans le sujet qu'on se proposait de traiter, et de se conformer en quelque sorte à ce même objet; les illustres écrivains que je viens de citer, demeurèrent chacun dans leur spécialité, ou bien, quand l'un d'eux, comme Molière, alliait deux rôles bien divers l'un à l'autre, celui du penseur et celui du joyeux comique, il ne laissait pas s'établir de confusion entre eux et demeurait lui-même dans chacun.

Mais restait encore la question du goût, le polissement des dernières aspérités, l'emploi des locutions, le ton, ce je ne sais quoi enfin qui répand dans la conversation un charme indéfinissable en lui imprimant le cachet qu'elle doit précisément avoir ; c'est là que l'on doit encore reconnaître l'influence des précieuses dans la littérature, comme nous venons de le faire pour les relations sociales et le langage, et c'est effectivement le complément de l'œuvre de réforme tentée par la marquise de Rambouillet, réforme nécessaire, puisqu'elle s'opéra après elle, malgré les maladroites exagérations de ses disciples. Le style épistolaire, comme la conversation dont il n'est du reste qu'une variété, est pareillement né de la préciosité, et n'est pas, à mes yeux, un des moindres mérites de cette société élégante qui sut porter dans tous les genres auxquels elle toucha sa politesse et son honnêteté. Voiture et madame de Sévigné sont les deux épistolaires qui représentent à la foule cet art gracieux et délicat; mais que ne cite-t-on également Montausier, Vardes, Arnaud, Nicole, l'abbé de Sévigny, le maréchal d'Albret, et après la belle châtelaine des Rochers, mademoiselle de Vertus, madame de Guise abbesse de Montmartre, mesdames de Sablé, de Longueville, de Maure, de Bregy, de La Fayette. Je m'arrête, car nous allons les retrouver tout à l'heure.

On est étonné quand on feuillette quelques-uns des recueils manuscrits enfouis dans nos bibliothèques, de voir avec quelle élégance nombre de gens écrivaient alors. Je ne parle pas des quelques célébrités que je viens de citer, mais bien de cette foule d'inconnus qui savaient tourner une lettre de manière à la rendre agréable à lire à deux cents ans de distance, et même quand nous ignorons souvent les choses auxquelles il est fait allusion.

IV

LES PRÉCIEUSES ET LEURS SALONS

Parmi les nombreuses maisons ouvertes à la suite de la fermeture de l'hôtel de Rambouillet [1], la plupart n'obtinrent que partiellement les faveurs du public et bien peu parvinrent à occuper un rang important; tels

1. D'après Somaize, voici quel était le nombre des maisons précieuses notables ouvertes en 1660, au moment de ce que j'appellerai l'apogée de ce mouvement : mademoiselle de Scudéry, madame Arragonais, mesdemoiselles Bocquet, madame de Bregy, madame de Choisy, mademoiselle Colletet, madame de Fiesque, qui comptait parmi ses habitués le prince de Condé et le duc d'Enghien; madame d'Aligre, madame de Bouchavannes, ma-

furent cependant les salons de la maréchale d'Albret et de la duchesse de Richelieu : c'est dans le premier que se fit connaître madame Scarron, et madame de Sévigné s'y faisait également remarquer. « M. et madame « de Richelieu, dit madame de Caylus, rassembloient « chez eux aussi tout ce qu'il y avoit de meilleur à Paris « en hommes et en femmes ; et c'étoient à peu près les « mêmes gens, excepté que l'abbé Testu, intime ami de « madame de Richelieu, dominoit à son hôtel et s'en « croyoit le Voiture[1]. » Mademoiselle de Montpensier tenait pareillement un cercle important, et le docte Huet, évêque d'Avranches, n'hésite pas à la comparer à Mécène : c'est même à elle que revient l'honneur d'avoir le plus intactement conservé les anciens us et coutumes de la vraie société précieuse. Sa petite cour fut un centre de bel esprit et créa un certain goût littéraire qui se peint dans sa galerie de portraits, les *Divertissements de la princesse Aurélie*, dans la *Relation de l'Ile imaginaire* et dans l'histoire de la *Princesse de Paphlagonie*, passe-temps de sa disgrâce de la fin de la Fronde et produits de sa plume fantaisiste et de l'esprit de sa société dans les années qui suivirent. On retrouve autour de Mademoiselle les femmes les plus distin-

demoiselle de Sully, madame de La Fayette, madame de Saint-Martin, « l'une des précieuses les plus ridicules, » au dire de Somaize; madame Paget, madame de Maure, madame de La Garde, madame de Suze, madame de Villaines, madame de la Calprenède. Il ne faut pas oublier le salon de Ninon.

1. *Souvenirs de la comtesse de Caylus*, p. 140.

guées de ce temps : la marquise de Sablé, la comtesse de Maure, la duchesse de Longueville et bien d'autres. Segrais, « espèce de savant tourné sur le bel esprit, » dit Mademoiselle, était l'âme de cette société, qu'il dirigeait et où il entretenait le goût d'une littérature qui n'était que le reflet ou la continuation des romans de mademoiselle de Scudéry, mais avec un goût plus sûr et plus épuré. On sait que ce fut dans ce salon que l'on tenta pour la première fois les *portraits littéraires*, ancêtres immédiats des *caractères* [1]. Ce goût se développa rapidement sous la double impulsion de la marquise de Sablé et du duc de La Rochefoucauld, qui s'éprirent singulièrement de ce genre nouveau; ces portraits se multiplièrent à l'infini, et cet excès encore conduisit au ridicule ; il ne tarda pas à courir une pièce de vers très-curieuse, intitulée : *Remontrances des peintres aux précieuses,* dans laquelle ces artistes exprimaient aux précieuses le chagrin que leur causaient des portraits, qui les exposaient, eux, à un abandon complet et à la misère. Ils les suppliaient ironiquement de « les avoir à mercy et de leur être pitoyables [2]. » Bientôt trois salons vinrent encore donner aux amis du bel esprit et de la littérature l'occasion de se réunir et de causer, ce qu'on savait si bien faire alors : celui de La Rochefoucauld, qui, malade souvent de la goutte, attirait chez lui ceux

1. Nous avons publié une nouvelle édition de la *Galerie de portraits,* avec un certain nombre d'inédits. (Didier, 1859.)

2. Nous l'avons publiée dans la *Revue universelle des arts.* (Novembre 1860.)

qu'il ne pouvait plus aller visiter[1]; ceux de madame de Longueville et de madame de La Fayette, « la femme de « France, dit Despréaux, qui écrivoit le mieux et avoit le « plus d'esprit. » Cette dernière recueillit plus tard le bon Segrais, quand Mademoiselle l'eût renvoyé pour le punir d'avoir blâmé son amour pour le duc de Lauzun, et compta bientôt parmi ses plus exacts habitués La Rochefoucauld qui fut son ami inséparable, Huet et madame de Sévigné qui data tant de lettres de cet hôtel.

Jusqu'à ce moment, la société précieuse n'avait pas encore eu de rivale officielle ; les amis de l'ancienne licence multipliaient bien les attaques contre elle et applaudissaient Molière qui, cependant, tout en flagellant ce travers, ne songeait pas à encourager ces tentatives rétrogrades; mais enfin il n'existait pas, à proprement parler, de société constituée pour lui disputer avec avantage le sceptre de la mode. Depuis la mort de Louis XIII, il n'y avait pas de cour, car on ne peut donner ce nom au modeste entourage de Louis XIV durant la régence d'Anne d'Autriche et la tutelle de Mazarin. Il y eut donc là comme un temps d'arrêt heureusement produit en faveur de la marquise de Rambouillet, qui permit à ses disciples d'affermir assez solidement cette réforme sociale pour qu'elle pût résister aux menées qu'on allait certainement diriger contre elle. Le hasard voulut malheureusement que cet ennemi parût

1. Voir notre *Histoire de la vie du duc de La Rochefoucauld*, en tête de ses œuvres inédites. (Hachette, 1863.)

précisément au moment où la préciosité était devenue ridicule et trouvât par conséquent une tâche plus facile. Nous voyons donc l'année 1660 modifier singulièrement l'existence de la coterie *honnête* et allumer la guerre entre deux éléments jusqu'alors séparés seulement par un tacite désaccord. La cour prit par le mariage du roi une attitude tout autre que du temps où Mazarin tenait Louis XIV sous une sévère férule : nombre de gens alors désertèrent les bureaux d'esprit pour reprendre au château d'anciennes et regrettées habitudes; les plaisanteries redoublèrent et l'on fit un écho sonore aux critiques de Molière et de Somaize. La cour cependant, et comme à son insu, avait profité de la divinité qu'elle repoussait maintenant impitoyablement; or, si elle n'était pas précieuse dans le sens désormais admis de ce mot, elle était devenue polie, élégante, lettrée; elle formait alors et réellement la société française et aurait seule mérité le titre de précieuse, si ce surnom avait continué comme autrefois à servir de titre d'honneur. La lutte était engagée, mais le succès n'était pas douteux; tandis que d'un côté se trouvaient la distinction, la science et le nombre, de l'autre on ne comptait plus que quelques rares attardés, ou des esprits jaloux, désireux de demeurer en dehors du mouvement qu'ils avaient provoqué et activé, envieux du succès qu'ils avaient implicitement préparé, et résolus à trouver mal tout ce qui n'était pas fait, conseillé ou prévu par eux. Ce fut bien réellement le commencement de la fausse préciosité, partant de sa décadence, quoique, si j'osais, je sois disposé à donner le nom de préciosité à la société de la cour, à celle où brillaient cette nombreuse famille des Mancini et des Martinozzi, et toutes les grandes dames dont on trouve la mention dans les lettres de la marquise de Sévigné, l'une d'elles, et tous les grands hommes dont la France littéraire a le droit de s'honorer. La grande différence, désormais, qui seule doit diviser à un point de vue sérieux ces deux sociétés, fut celle des mœurs; tandis qu'à la cour la licence prenait pied peu à peu et gagnait de proche en proche autour d'un roi qui en avait fait comme un des côtés de sa vie, chez les précieuses, la rigidité, la pruderie étaient de plus en plus honorées et soigneusement gardées.

L'avénement de la galanterie constitue une des phases sociales les plus importantes du XVIIe siècle et fut une réaction contre le rôle pris par les femmes à cette époque, après un trop long délaissement ; leur honnêteté devint bientôt un embarras pour une brillante carrière et un ridicule aux yeux de la foule des courtisans. Comme sous Henri IV, les mœurs se relâchaient, parce que le roi en donnait l'exemple et que chacun croyait faire acte de fidèle sujet en l'imitant et en satisfaisant ainsi sur un spécieux prétexte ses propres passions. En même temps les goûts futiles reprenaient le dessus : on négligeait à la cour l'étude des choses sérieuses aussi bien que de la bonne littérature; on désapprenait la conversation, on perdait cette éducation si péniblement ébauchée par la marquise de Rambouillet. Madame de Sévigné pouvait se plaindre de la mauvaise tenue des jeunes gens de son temps, et le jour n'était pas loin où M. de Coulanges devait dire :

> Je trouve que les jeunes gens
> Aujourd'hui prennent trop leurs aises :
> Chez les dames du bon vieux temps
> Prenoient-ils les meilleures chaises?
> En voyoit-on de renversés,
> Les jambes, les genoux croisés?

On courait en foule applaudir les comédies de Molière, parce qu'elles résumaient les rancunes de cette portion de la société, qui, à ce prix, oubliait les traits directement décochés contre elle à l'ombre de ce drapeau : « On se moquait à la cour, dit encore madame de « Caylus dans ses *Souvenirs*, de ces sociétés de gens « oisifs, uniquement occupés à développer un senti- « ment et à juger un ouvrage d'esprit. Madame de « Montespan elle-même [1], malgré le plaisir qu'elle avoit « trouvé autrefois dans ces conversations, les tourna « après en ridicule pour divertir le roi. »

A l'époque où nous sommes arrivés, c'est-à-dire vers 1675, au moment où le duc de Montausier pressait la marquise de Sablé de venir occuper l'hôtel de Rambouillet, sans doute avec la pensée qu'elle rouvrirait le fameux cabinet, on comptait quelques nouveaux salons,

1. Madame de Montespan avait fréquenté assidûment l'hôtel d'Albret, et c'est là qu'elle se lia avec la veuve de Scarron.

malgré l'opposition croissante de la cour : on s'assemblait et on causait chez madame Cornuel, femme d'un trésorier de l'extraordinaire des guerres, et, jusqu'à sa mort, arrivée en 1694, Chaulieu nous dit que

> L'on vit chez elle incessamment
> Des plus honnêtes gens l'élite ;

chez le cardinal de Retz, où trônait madame de Sévigné; chez madame de Coulanges, chez le comte de Brancas; surtout chez madame de La Sablière, qui portait un nom de bon augure, quoique très-roturier, Rambouillet. Ce salon tint réellement le haut bout pendant la seconde moitié du siècle dans la société parisienne, par la réunion d'esprits distingués et de savants divers que la marquise sut réunir constamment par ses attentions et conserver par ses qualités.

La préciosité, en somme, résistait aux rudes attaques dont elle était l'objet et maintenait fièrement son drapeau sans rien rabattre de ses prétentions ; cette résistance même est un succès et l'annonce d'un triomphe assuré. Les plus beaux noms de France se faisaient encore honneur d'appartenir à quelques-unes de ces coteries, et plus d'un parmi ceux qui, à Versailles ou à Marly, déclamaient contre la pruderie et la rigidité des Scarron, des La Fayette, des Sévigné, des Coulanges, des La Sablière, des Sablé, étaient trop heureux quand ils pouvaient venir en cachette offrir leurs hommages à ces spirituelles femmes chez lesquelles l'esprit s'alliait à la vertu. Nul doute qu'en présence des salons dont j'ai cité les noms, il ne s'en était formé d'autres où les mœurs de la cour trouvaient une honteuse complaisance; comme à l'hôtel de Bouillon, à l'hôtel de Nevers, à l'hôtel de Soissons, dont Bussy-Rabutin s'est fait l'historien dans ses *Amours des Gaules*. Ces mauvais exemples devaient tôt ou tard être jugés à leur valeur par le bon sens public et ils ne nuisaient plus d'ailleurs aux cercles proprement précieux. A ce moment, en effet, on peut reprendre l'usage de ce mot dans son sens primitif; l'essor fâcheux donné aux préceptes de l'hôtel de Rambouillet et qui avait abouti à la multiplicité regrettable des centres de réunion, à l'exagération outrée des règles de la bonne éducation, au développement trop grand d'une morale réellement devenue absurde par ses propres excès, avait fait faire prompte justice de ces défauts. Moins de dix ans après la fermeture de l'hôtel de Rambouillet, toutes ces coteries avaient disparu; ces types ridicules n'existaient plus et il ne restait que quelques hôtels où se pressaient des femmes spirituelles et suffisamment instruites, des hommes élégants, distingués et savants; où la tradition des bonnes manières fut conservée, où l'éducation trouva un abri, où enfin la conversation fut entretenue et préservée de la destruction dont on la menaçait. On n'a pas bien compris ce mouvement de nos jours, et quoique ce que je vais dire paraisse presque un blasphème ou du moins une hardiesse bien osée, je reprocherai à Molière d'avoir trop contribué à la réputation ridicule qui enveloppa les femmes, qui n'étaient ni galantes, ni ignorantes de son temps, réputation qui, subsistant à travers les siècles, est parvenue jusqu'à nous et entretient encore la foule assez vivement dans ce préjugé pour que l'attaquer paraisse une tentative inutile, et défendre les précieuses un paradoxe. Je laisse de côté, je le répète, la période qui s'étend de 1655 environ à 1670, et pendant laquelle réellement il y eut une émulation fâcheuse, regrettable et contre laquelle Molière a sévi avec raison et succès. Mais quand je vois ensuite le personnel de la société précieuse, je ne puis m'empêcher d'admirer ces réunions que nous ne pourrions plus imiter même de loin aujourd'hui, et je m'associerai à madame de Sévigné qui emploie désormais ce mot *précieux* pour désigner un objet de prix, de même qu'elle parlait, en écrivant à sa fille, de l'honnêteté et de la *préciosité* de son long veuvage[1]; je parlerai de la préciosité de cette société où les femmes comprenaient au moins la vertu au lieu de ressembler à celles dont Bussy-Rabutin a dit : « La facilité de toutes ces dames « avoit rendu leurs charmes si méprisables qu'on ne « sçavoit plus ce que c'étoit que les regarder. » A cette époque, en effet, les mœurs étaient arrivées à un degré de licence qui ne peut être apprécié. Bourdaloue avait dû en parler du haut de la chaire, et le roi exiler quelques jeunes courtisans pour satisfaire l'opinion publi-

1. Lettre du 21 octobre 1671.

que. En lisant les lettres de la princesse Palatine, même le solennel *Journal* de Dangeau, on peut se convaincre de ces honteux désordres et du rôle humiliant de la femme dans cette société qui se vantait de ne plus être précieuse. Je veux donner une idée de la dégradation où les plus grandes dames de la cour étaient descendues, en citant ici le passage d'une lettre de madame de la Troche à madame de Grignan, passage demeuré jusqu'ici inédit, bien que la lettre à laquelle il appartient ait été publiée par M. de Monmerqué[1]. Madame de la Troche raconte à la fille chérie de la marquise de Sévigné les nouvelles de la cour et de la ville; elle ajoute :

« Madame la maréchalle de Rochefort a donné un « soupé qui est encore fort segret, mais qui ne laissera « pas de faire du bruit, à madame de Chartres, où es- « toient mesdames de Sforse, de Blansac et de Saint- « Pierre ; on y but tant et tant qu'il fallut coucher la « princesse dans le lit de la maréchalle, sa fille et ma- « dame de Saint-Pierre tombèrent sous la table, d'où « elles ne se relevèrent que pour vomir et faire d'au- « tres salletés. . . . .[2] ; pour madame Sforce, « elle eut assez de raison pour envoyer querrir son « carroce et pour s'aller cacher chez elle. Madame de « Chartres est plus entêtée que jamais de madame de

1. Édition des *Lettres de madame de Sévigné*, de 1818.— Cet autographe appartient à madame la comtesse d'Hautpoul, née de Castellane : il est daté du 25 novembre 1699.

2. Il y a là un détail sur madame de Saint-Pierre, que je ne puis reproduire.

« Blansac. On dit que c'est à cause du chevallier de
« Roye et que Monsieur, qui la trouve aussi fort à son
« gré, ne peut souffrir que madame sa belle-fille soit
« de son goût. Je vous parle un peu librement, ma-
« dame, mais c'est à condition que vous brullerez ma
« lettre et que vous ne me commettrez pas. Nos di-
« vines m'ont priée plusieurs fois de vous faire leurs
« compliments. » J'aime mieux, cent fois mieux ces *divines*, véritables sœurs des précieuses, même avec leur pruderie, leur maniérisme et tous les défauts qu'on pourra leur reprocher, que ces femmes qui traînaient dans l'orgie et le vice les plus beaux noms de la noblesse française. On aurait dû espérer que l'excès même des débauches amènerait une heureuse réaction, comme déjà l'excès de la préciosité avait modifié très-heureusement la société polie trop ardente à compléter la réforme entreprise sous son drapeau; on put l'espérer un moment, mais ce moment dura peu; c'est quand madame de Maintenon, véritable représentante de la préciosité, triompha des résistances du monde. Sa victoire fut celle de la société, c'est-à-dire de tout ce qui restait fidèle aux traditions de l'hôtel de Rambouillet, précieuses, illustres ou divines, comme on voudra les appeler. Madame de Maintenon eut l'insigne honneur de faire comprendre au roi les charmes de l'intelligence, de la conversation, d'un esprit délicat et instruit, au lieu de ces amours éphémères et grossières; la société dont elle faisait partie devait donc désormais

dominer; mais, malheureusement, à cette époque le roi était vieux; la mort, en frappant coup sur coup autour de lui et décimant sa famille, l'avait éloigné de son goût pour les fêtes et les brillants divertissements ; les premiers revers avaient dû le forcer à compter avec les finances appauvries du pays, l'âge d'ailleurs avait refroidi ses allures magnifiques; la cour était devenue sévère et muette; chacun la fuyait, comprenant qu'il ne fallait que de la patience pour attendre la venue d'une ère nouvelle, qui serait, si je puis employer ainsi ce mot, la consécration de désordres regrettés. Madame de Maintenon vint trop tard; il aurait fallu qu'elle pût régner à Versailles quand elle avait encore autour d'elle ces femmes belles, spirituelles et jeunes, qui auraient pu certainement par le double charme de leur esprit et de leur beauté opérer sur les courtisans la même révolution que les premières habituées de l'hôtel de Rambouillet avaient amenée chez leurs contemporains. Mais, en 1685, Madeleine de Scudéry avait soixante-dix-huit ans, Ninon de Lenclos soixante-neuf, madame de Sévigné cinquante-neuf, madame des Houlières quarante-huit, madame de Motteville soixante-cinq; La Fontaine, Saint-Évremond, Ménage, Pellisson, avaient dépassé la soixantaine, deux d'entre eux de beaucoup; d'autres, Chapelain, Cotin, Mézerai, étaient morts depuis quelques années déjà ; ce n'était pas ce qu'il fallait pour ramener une jeunesse ardente au plaisir, folle et débauchée.

La conversion du roi opéra certainement un grand changement, et nombre de gens qui ne connaissaient d'autre règle de conduite que celle qui était suivie par le souverain, se convertirent avec lui. La société de la cour allait former cette société dévote que La Bruyère a si bien peinte en démasquant son hypocrisie ; la portion vraiment honnête allait devenir si grave et si austère qu'elle ne pouvait manquer d'effrayer et d'éloigner les esprits honnêtes aussi, mais élégants et mondains qui seuls continuaient réellement de représenter la préciosité. Ceux-ci trouvaient leur place, soit chez la marquise de Lambert, soit chez la duchesse du Maine, dont le palais de Sceaux devait remplacer celui de Chantilly, et où se réfugia le *clergé de monsieur le Prince,* comme on appelait les courtisans lettrés et polis qui entouraient le grand Condé ; ce furent ces deux salons qui maintinrent la tradition de la société et la léguèrent au XVIIIe siècle. Au moment de l'avénement de madame de Maintenon, que je considère comme le triomphe, mais le triomphe trop tardif pour être efficace, de la préciosité, il y avait donc quatre classes sociales bien distinctes : la coterie de la cour, sévère, intelligente assurément, mais trop prude, trop collet-monté, et à laquelle madame de Maintenon donna une direction trop austère ; la coterie que je nommerai de l'ancienne cour, de plus en plus dissolue et qui conduisit aux honteuses débauches du souper de la maréchale de Rochefort ; la coterie vraiment précieuse où se retranchèrent les débris des anciens habitués des ruelles et ceux qui voulurent demeurer fidèles à ces salons où l'esprit fin et aimable s'entretint, et où la conversation demeura en honneur ; enfin, la coterie, précieuse sous les yeux du roi, débauchée hors de Versailles, coterie corrompue et qui, loin de réformer ses vices, en ajouta un encore à une liste trop longue déjà, l'hypocrisie.

J'ai dû laisser dans l'ombre tout un côté de cette société que je me suis proposé d'étudier : sortie de la noblesse, habituée de la cour et des salons aristocratiques, la préciosité ne demeura pas cependant toujours uniquement dans ces régions privilégiées. L'esprit d'imitation, si puissant en France, ne tarda pas à s'en emparer, et de ces hautes sphères, la préciosité se répandit bientôt dans la bourgeoisie, comme je l'ai dit plus haut; c'est vraiment là surtout que se multiplièrent les précieuses ridicules, et c'est quand le fouet de Molière eût flagellé ces fâcheuses imitatrices, quand elles se furent presque dispersées d'elles-mêmes sous les coups redoublés de cet impitoyable satirique, que le nom qu'elles avaient compromis put redevenir en honneur, et que Segrais put dire, pour mettre le dernier mot à l'éloge de la duchesse de Châtillon :

> Quel seroit le brutal qui ne l'aimeroit pas?
> Obligeante, civile et surtout précieuse.

La préciosité ridicule se réfugia en province et y

subsista longtemps. Un jour, j'essayerai d'étudier cette double variété de la société lettrée du XVIIe siècle : la précieuse bourgeoise, telle que Furetière nous l'a dépeinte dans le *Roman bourgeois*, et la précieuse provinciale, telle que mes recherches personnelles m'ont permis de me la représenter.

Mais aujourd'hui je devais, pour ne pas m'égarer, me borner à étudier la société précieuse et honnête, à son point de départ et dans son élément primitif, c'est-à-dire à la ville et à la cour. J'arrêterai donc ici cette étude. Il est temps d'en finir avec les précieuses et leur société. J'avais commencé avec le désir de ramener l'opinion en leur faveur, sans cependant vouloir le moins du monde fronder des idées justement admises, quoique produites en partie par les exagérations d'esprits trop amis du paradoxe ou trop épris des nouveautés. Je crois avoir fait avec équité la part des unes et des autres précieuses ; de celles que Molière lui-même appelle sérieuses et de celles auxquelles il a attaché le surnom à jamais célèbre de ridicules. Si j'ai réussi, je m'estimerai heureux ; car j'aurai réussi à détruire un préjugé, ce qu'on ne saurait jamais considérer comme un travail inutile, et, dans tous les cas, mon étude aura servi à faire connaître des recherches récentes publiées par d'honorables érudits, investigateurs infatigables du XVIIe siècle.

La société précieuse, à ce titre, avait droit d'attirer leur attention, et on est encore loin d'avoir dit le dernier mot avec elle. Cette société a rendu de trop grands services pour qu'il en puisse être autrement; le bon grain n'y fut pas étouffé par l'ivraie; l'Académie s'y recruta presque entièrement, Bossuet y débuta, Corneille y lut ses premiers vers, et je crois avoir suffisamment mis en relief, dans le cours de cette étude, le rôle décisif que joua la préciosité au point de vue du polissement des mœurs et de la transformation du langage.

C'est surtout par cette portée morale et intellectuelle que les précieuses exercèrent une profonde et bienfaisante influence en dirigeant les esprits vers la culture des lettres et en mettant à la mode la conversation, cette littérature parlée qui prépara toutes les autres. C'est ce que j'avais le désir de faire remarquer. Si j'y suis parvenu, et si, en même temps, j'ai pu bien faire saisir à mes lecteurs les trois époques qui divisent cette histoire, comme les deux catégories qui partagent la société précieuse, et rendre par conséquent à l'une d'elles l'estime qui lui est due, j'aurai complétement atteint mon but. C'était dans tous les cas l'introduction naturelle avant d'entrer nous-même dans le salon de la marquise de Sablé et de la voir entourée de ses nombreux, élégants et intelligents amis.

LES AMIS

DE LA MARQUISE

DE SABLÉ

LETTRES DE MADAME DE SABLÉ

La famille de Souvré occupait un rang considérable dans la noblesse du Perche, où Macé possédait la seigneurie de ce nom, en 1351. L'un de ses descendants fit brillamment la campagne d'Italie, sous Louis XII, et fut blessé à la bataille de Ravenne : il épousa une fille de Jacques Berzeau, secrétaire des finances, qui lui apporta en dot la seigneurie de Courtenvaux. Son petit-fils fut Gilles de Souvré, marquis de Courtenvaux, baron de Lépine, qui débuta en suivant le duc d'Anjou en Pologne ; ce prince, devenu roi de France, le nomma maître de sa garderobe et capitaine du château de Vincennes; plus tard, il lui donna le gouvernement de Touraine. Henri IV le choisitcomme gouverneur du Dauphin et le décora du collier des Ordres. Enfin Louis XIII, après l'avoir fait premier gentilhomme de sa Chambre, l'honora du bâton de maréchal de France en 1615. Il mourut à Courtenvaux en 1626, âgé de quatre-vingt-quatre ans. Il avait épousé, en 1582, Françoise de Bailleul, fille unique de Jean, seigneur de Renouard et de Messey, chevalier de l'Ordre; elle mourut en 1617, laissant le second marquis de Courtenvaux, chevalier des Ordres, premier gentilhomme de la Chambre, gouverneur de Touraine, mort en 1656; — le baron de Renouard, qui forma un rameau; — l'évêque de Comminges et d'Auxerre, mort en 1631; — le grand prieur de France, qui fit vaillamment les campagnes contre les protestants et était très-avant dans l'intimité de Mazarin : il ne mourut que le 22 mai 1670; — Françoise, gouvernante du Dauphin, depuis Louis XIII, mariée en 1601, à Artus de Saint-Gelais-Lusignan, seigneur de Lansac, morte le 27 juin 1657, laissant : le marquis de Balon, père de la duchesse de Créqui; Marie, femme de René de Courtalvert, seigneur de Pezé; et Françoise, mariée à Louis de Prie, marquis de Toucy; — Madeleine, demoiselle d'honneur de la reine en 1610, mariée en 1614, à Urbain de Montmorency de Laval, marquis de Sablé, fils du maréchal de Boisdauphin; elle demeura veuve, en 1640, avec trois fils : Henry, évêque de Saint-Pol-de-Léon; Urbain, marquis de Boisdauphin, mort en 1661; Guy, marquis de Laval, lieutenant général, tué au siége de Dunkerque, en 1646, et une fille, Marie, religieuse à Saint-Amand : — enfin Anne, abbesse de Préaux, après sa tante Marguerite de Souvré, puis de Saint-Amand, où elle mourut le 14 mars 1651, après un gouvernement de vingt et un ans.

Le marquis de Courtenvaux, qui épousa Catherine de Neufville de Villeroy, dame d'atours de la reine Anne d'Autriche, eut cinq enfants : Nicolas, mort jeune; Henri, tué au siége d'Arras en 1640; Charles, abbé de Saint-Calais, puis marquis de Courtenvaux, marié à Éléonore Barentin, et dont la fille unique, née posthume le 30 novembre 1646, épousa le marquis de Louvois; Eléonore, abbesse de Saint-Amand, après sa tante, et Madeleine qui succède à sa sœur.

Il nous suffira maintenant d'ajouter que Madeleine de Souvré naquit vers 1599, et mourut à Paris le 16 janvier 1678. M. Cousin n'a rien laissé à dire sur elle, mais il a justifié du moins à l'avance ceux qui viennent après lui recueillir ce qui peut encore intéresser autour de cette femme, dont il a si justement dit : « Nous nous sommes complu à recueillir tout ce qui pouvait rester d'une personne qui a tenu une si grande place dans son siècle, et pris part à tant d'affaires importantes en politique, en religion, en littérature. Le don particulier qu'elle avait reçu était une raison aimable et ingénieuse; son rôle a été d'exciter et de faire valoir l'esprit des autres; son honneur, d'inspirer et de voir sortir de son modeste salon des productions illustres qui protégent sa mémoire. Son nom est à jamais inséparable de celui de La Rochefoucauld, comme aussi de celui de madame de Longueville et même de Port-Royal. Il reste attaché au souvenir de la société grave et charmante qu'elle rassembla et garda longtemps auprès d'elle. »

A L'ARCHEVÊQUE DE PARIS

1660.

Comme je sens toute la reconnoissance de vos bienfaitz, j'ay toujours espérance de vostre secours dans mes besoins. Il faut, Monsieur, pour cela que vous me permettiez de vous expliquer mes infirmitez. Imaginez-vous, Monsieur, s'il vous plaist, que j'ay une constitution tellement délicate que je m'enrhume mesmes pour sortir de ma chambre en hiver, et de rhume tellement considérable que comme il me tombe toujours sur la poictrine je serois toujours en danger si je prenois l'air en ces temps-là parce que cela fait des accidens dans mon mal fort périlleux pour l'oppression que je souffre. Vous avez la bonté de me donner, Monseigneur, un remède pour Port-Royal [1], mais chez mon frère où je suis présentement par des necessitez invinsibles [2], je ne puis aller à la messe les plus grandes festes sans me mettre en ce danger. Madame la Duchesse de Schomberg m'a offert une commodité, pourveu qu'elle soit approuvée de Vostre Grandeur. C'est de me vouloir donner une chappelle portative qui a servi à la première femme de feu M. de Schomberg, fille de Madame la marquise d'Epinay qui estoit, comme vous sçavez, une sainte [3]. Cela m'a fait croire que l'usage en ayant esté accordé à Madame sa fille, l'on a pu luy permettre ainsy. Comme je crois en avoir plus de besoin que personne par le préjudice que je reçois de l'air en hiver, je suis persuadée par expérience que je puis espérer en tout ce qui se pourra permettre de vostre bonté, mais, Monseigneur, je ne vous demanderois pourtant rien qui peust blesser le moins du monde vostre conscience et la mienne quand je le pourrois obtenir. Ainsy, Monseigneur, je demande à Vostre Grandeur en cela aussy bien un conseil qu'une grace, affin d'estre assurée par un juge aussy exact que vous estes, lequel sera le mieux que je n'entende point la messe les plus grandes festes ou que je l'entende de cette sorte.

1. Où elle avait été autorisée à avoir une tribune fermée dans une des chapelles de l'église.

2. Au Temple.

3. Françoise d'Épinay, fille de Claude d'Épinay, comte de Duretal, marquis de Barbezieux, et de Françoise de La Rochefoucauld, morte le 6 janvier 1602, nièce du second maréchal de Schomberg.

La personne du monde qui a le plus de respect et, si je l'ose dire, d'amitié pour Vostre Grandeur, et qui est plus parfaitement vostre très humble et très obeissante servante.

A M. DE MONTAUSIER

Ce 4 juin 1661.

Il semble qu'il ne faudroit pas rompre le vœu que j'ay fait de ne vous point escrire, pour vous témoigner seulement la part que je prends à vostre desplaisir, parce que je suis bien asseurée que vous ne douterez point qu'il ne me touche beaucoup[1]. Je ne puis pourtant m'empêcher de vous dire que le monde pense que vous........

Vostre sang m'est très sensible. Je ne vous en diray pas davantage, et vous ne me respondrez pas s'il vous plaist un mot, si vous voulez avoir quelquefois de mes nouvelles. Je voudrois que ce fut une menace afin que je pusse avoir la liberté de vous escrire sans craindre de vous incommoder.

A MADEMOISELLE

Dimanche au soir, 7 avril 1664.

Vos reproches, Madame, sont les plus obligeants du monde. Hélas! il m'est impossible de ne me souvenir pas du respect que j'ay pour vous. Je ne manqueray pas d'escrire à Monsieur de Creil, mais vous ne me dites

1. Une maladie très-grave que fit la marquise de Montausier à cette époque, et qui mit sa vie en danger.

point le nom de ce pauvre homme, ny son affaire. Il faudroit au moins avoir un placet et sçavoir pour qui. Monsieur de Creil a grande réputation dans sa chambre. Il est tout à fait de mes amis et tout à fait juste.

A M. le Président PELETIER.

Décembre 1664.

Je vis hier la dame qui me conta tout ce qui s'est passé entre vous, et ce qu'elle vous a mandé sur la pensée que vous avez eue. Je vous advoue, Monsieur, que je l'ay blamée et louée tout ensemble de la résolution qu'elle a prise sy brusquement et de la reconnoissance qu'elle a de l'estime que vous avés pour elle. Il me semble qu'il y a tant de bien à faire dans l'éducation d'une princesse de cette qualité, que cette dame quy a tant de vertu et de piété doit prendre beaucoup sur elle pour faire un aussy grand bien que celuy qu'elle peut faire, estant auprès de cette personne. Je vois bien que sa prudence luy fait voir de loin beaucoup de difficultés à accomplir les devoirs qu'elle se trouveroit obligée de rendre qui la retiennent plus que sa santé et surtout son humilité. Cependant, Monsieur, je trouve la chose si excelante pour cette princesse, que j'ose vous dire qu'il me semble qu'il ne faut pas s'en tenir là; et je m'imagine que le pouvoir que vous avés sur l'esprit de la dame par l'estime et l'amitié que vous avés pour elle et celle qu'elle a pour vous, et par l'aplanissement que vous pouvez aporter à ces difficultés qui luy font peur, fera qu'enfin elle se pourra rendre. Je vous demende pardon de la liberté que je prens de vous dire mes sentimens. Ce n'est pas que je présume de moy, mais je présume que vous pouvez beaucoup pour vos amis. Personne au monde n'est tant que je suis, Monsieur, etc.

A M. D'AVAUX[1]

3 juillet 1665.

Vous estes le premier qui m'avés mandé le jugement de mon procez et cela vous estoit deu ; car il n'y a rien de si naturel que d'aprendre à ses amis les bonnes nouvelles que l'on sçait. Je me souviens encore et je m'en souviendray toute ma vie que ce fut vous qui m'apristes après avoir bien sollicité le gain de ce grand procez d'où dependoit tout mon bien [2]. Celuy-cy n'est pas de si grande importance ; vous y avés néanmoins fait tout de mesme, et ainsy je vous dois tout l'avantage de mes grandes et petites affaires. Je ne sçay comment reconnoistre toutes ces obligations si vous ne mettés en compte une amitié comme celle que j'ay pour vous, qui, en vérité ne se peut payer.

A MADAME DE L'HOPITAL

Décembre 1665.

J'ay le cœur sy ramply de tous les sentimens de

1. M. de Mesmes, comte d'Avaux, président au Parlement.

2. Quand, en 1649, elle dut plaider contre les créanciers de son mari pour se faire adjuger la terre du Bourget comme remploi de sa dot et de son douaire, tandis que son fils voulait tout faire vendre.

respect, d'amour et d'estime qu'on doit avoir pour vous que je n'ay point eu peur de perdre l'honeur de vos bonnes grasses par mon silance. Car, madame, la vérité est si forte qu'on se repose sur elle contre toutes les plus méchantes aparance. Je vous avoue, quy n'y a rien au monde quy samble plus vilain que l'oubli dons vous m'avés pu soubsonner. Mais, madame, quand vous saurés que vous m'avés plus tost dû plaindre, que vous plaindre de moy, vous me pardonnerez aisément. J'ay été terriblemans malade d'une de ces flucsions que vous savés, que je n'ay pu escrire non plus que parler, parseque j'en ay eu une grande opresion aveque un poids d'une grose fievre continue.

Jugés, madame, sy j'ay peu faire aveque cela ce que j'eusse fait en santé par le plus grand plésir du monde. Mais, en vérité, vous estes encore plus cruelle que sy vous ne m'aviez rien mandé, car plus vous faites de grase et plus je me sans touchée de vostre absance sans que vous me donniés aucune esperance de vostre retour. J'ay bien parlé de vous aveque une certène personne et de celle que vous savés quy avoit quelque prétansion. Mais ce sont de ces choses quy ne se peuvent escrire. Je vous demande en grâce de me faire sçavoir le temps que vous reviendrez, quoy que vos lettres soient tousjours extremement agreables, j'ay beaucoup senti que vous ne me l'ayez point fait esperer. Faites moy l'honneur de croire que je n'ay pas passé un jour où je n'ay pensé à vous et que personne au monde ne sera jamais sy attaché à vous que je suis.

A M. DE MONTAUSIER

Le 10 avril 1666.

Il m'est bien facile, Monsieur, de me passer de vostre escriture, quand je reçois des marques si belles et si obligeantes des mouvemens de vostre cœur. Si j'avois quelque chose à désirer après cela, ce seroit d'en recevoir plus souvent. Mais comme je vous preffère à moy, je ne voudrois pour quoy que ce soit, dans l'acablement d'affaires où vous estes avoir cette satisfaction. Au reste, Monsieur, je sens si bien par vostre absence que vous me donniez quasi tout le plaisir que j'ay trouvé en ce quartier que je n'y puis plus durer et je suis sur le point de m'en retourner à Port-Royal en attendant vostre retour et celuy de madame vostre femme. Elle est dans une si grande faveur qu'on ne parle que de la délicatesse du Roy sur ce que madame de Béthune l'a mise en jeu dans sa querelle. Le père A.... (*Le reste manque.*)

A MESDAMES DE CANAPLES[1] ET DE CRÉQUY

25 avril 1667.

Je vous assure, Madame, qu'il y a long temps que je ne me suis tant apersue de m'estre privée de toute sorte de visite, qu'en cette ocasion où je voudrois aler moy-

1. Anne de Beauvoir du Roure, fille de Claude, seigneur de

mesme me réjouir aveque vous de l'heureus retour de monsieur votre fils[1]. La chose et les sirconstance vous doivent donner tant de satisfaction que ceux quy vous honorent comme je fais y doivent prendre part; je le fais donc, Madame, dans la manière que je le puis. Enfin, Madame, je vous assure que l'absance ne fait pas naistre, mais bien renouveller les sentimens que j'ay toujours eus pour votre vertue. Vous sçavés, Madame, comme je l'ay de tout temps estimée et honorée; je vous suplie aussy de vous en souvenir, afin que vous me fasiez plus aisément l'honneur de me croire très parfaitement, Madame, votre très humble et très obeyssante servante.

Je crois, ma chère et belle niesse[2], que vous auriez sujet de vous plaindre de moy si je me pouvois taire au mesme temps que tout le monde parle du retour de monsieur vostre beau frère, come d'une fort grande nouvelle. Ce n'est pas de cette sorte que je vous en

Bonneval, et de Marie d'Albert de Luynes; mariée en 1620 à Charles de Créquy, second fils du maréchal de Créquy, duc de Lesdiguières, qui fut comte de Canaples, mestre de camp aux gardes françaises, tué au siége de Chambéry en 1630; morte le 18 février 1686.

1. François, marquis de Marins, son troisième fils, lieutenant général. Ce brillant militaire avait quitté la cour à la suite de quelques menues affaires. Il y fut rappelé en 1667, pour recevoir le commandement d'une division sous le maréchal de Luxembourg, ce qui lui valut, le 8 juillet 1668, le bâton de maréchal de France.

2. Anne-Armande de Saint-Gelais-Lansac, dame d'honneur de la reine Marie-Thérèse, fille de Gilles de Saint-Gelais, marquis de Balon, et de Marie de Vallée-Fossés-Everly; mariée en 1660 à Charles de Créquy, duc de Créquy, pair, ambassadeur à Rome, etc. Madame de Sablé la traitait de nièce, la marquise de Balon étant la fille de la sœur de son mari.

escrit, c'est pour prendre part à tout ce qui vous touche et à monsieur vostre mary; car je vous assure que je prends une grande part à tous vos interests, et que personne au monde n'est plus que je ne suis de l'un et de l'autre.

A M. DE VENCE[1]

Ce 28 avril 1667.

Ce que vous dittes que vous ne doutés pas que le roy fasse, quand il luy plaira et peut estre bientost, pour les eglises et pour les conquestes ce que Clovis a sçeu faire, mais que vous respondriés bien que Clovis n'auroit pensé ny escrit come luy, ne se peut payer et sy je ne sçavois il y a longtemps que vostre esprit est au dessus de tout exemple, je vous dirois pour bien louer cet endroit de vostre lettre que Voiture l'auroit escrit tout comme vous. Je vous garde les plus jolies choses du monde que nostre abbé m'a escrit de son costé pendant son absence. Il m'avoit bien préparée à voir dans vostre lettre au Roy et à Monsieur Rose tout ce que j'y ai trouvé. Mais je vous advoue que j'ay été surprise de la délicatesse de cette pensée, et qu'elle me touche seule autant que toute la force de vos raisons et l'éloquence par où vous avés bien entrepris de persuader le Roy. J'ay esté estonée de sa réponce, car encore que tout le monde dise qu'il parle bien et si

1. Antoine Godeau, « le nain de la princesse Julie, » évêque de Vence, 1605-1672.

juste, comme les roys n'ont pas acoutumé d'escrire, il est fort extraordinaire qu'il le fasse comme les plus grands maistres, tant pour les dits que pour la pensée. Cet endroit où il dit que vous lui donnez de l'esmulation me plaît tout à fait.

A M. FROTTÉ

8 octobre 1667.

J'ay veu une relation que vous avez faitte qui me donne des pensées dont vous ne vous douteriés jamais. C'est qu'après vous avoir excusé jusques à cette heure envers monsieur vostre père sur tant de sujets de plaintes qu'il fait contre vous, je vous accuse présentement plus que personne. Vous avez donc bien l'esprit de remarquer tout ce qui se passe au lieu où vous estes, de le descrire fort agréablement et avec beaucoup d'intelligence, et vous manqués à suivre les conseils d'un si bon et si habille père ! En vérité, cela n'est pas excusable, car les deffauts de l'esprit sont pardonables, mais de la volonté ne le sont point du tout. Ainsi je ne puis que vous blamer de dire si bien et de faire si mal, d'avoir de la capacité et de ne la pas employer, comme monsieur vostre père, à tout ce qu'il y de beau, de bon et d'honeste dans le monde. J'ayme tant M. et madame Frotté que j'ayme tout ce qui leur apartient. C'est ce qui me fait prendre part à vos interest et à vous dire que si j'ettois assez considérable pour pouvoir vous menasser de n'avoir pas mon amitié ou pour vous la promettre come quelque chose, je le ferois affin de vous exciter à une bonne pénitence et à une soumission que Dieu et la raison demendent de vous. Quoy que vous en puissiez croire, tout ce que je vous dis vient d'un cœur plein de tendresse pour le père, pour la mère et pour les enfants.

A M. FEYDEAU[1]

1er janvier 1668.

Ne trouvez vous pas que je fais mal de vous dire tant de douceurs et que cela ne vaut rien pour la retraite. Je n'en fais aucun scrupule, car il est du bon sens de se voir comme l'on voit les autres, et de ne croire rien de soy par ce qu'on en dit, mais par ce qu'on en voit soy-mesme...

A MADAME DE SAINT-LOUP[2]

Billet pour la prier de décider le comte du Lude à laisser à Madame de l'Abbaye-aux-Bois la chasse d'une petite terre qu'il vient d'acheter.

25 mars 1670.

Si vous mesurez la grâce par le prix qu'on de-

1. Mathieu Feydeau (1616, 24 juillet 1694), ardent janséniste. Il fut exclu de la Sorbonne en même temps qu'Arnauld d'Andilly, et finit par être exilé à Annonay. — Son frère, mort dès 1650, était aumônier de la Visitation de Moulins et assista aux derniers moments de la sainte mère de Chantal.

2. Catherine de La Roche-Pozay ; galante et dévote, elle a donné carrière aux chroniqueurs du temps. A la mort de madame de Liancourt, elle voulut épouser son mari. Madame de Longueville la connaissait, et elle eut souvent à s'en plaindre, à cause de ses commérages.

mande, ce ne seroit pas grand chose, mais on la comptera comme très grande et je vous en auray une obligation extraordinaire et très sensible pour de certains endroits que je vous diray quand j'auray l'honneur de vous voir.

A MADEMOISELLE

13 juin 1670.

Vostre bonté et vostre générosité, madame, n'ont point surpris mon jugement; car j'ay tousjours reconnu que vous estiés en vous-mesme telle que vous avez paru pour moy. Mais elles ont bien surpris mon espérance, parce que je ne me croiois pas digne de tant de grâces. Madame Tamboneau m'a raconté ce que vous avez eu la bonté de dire au roy. C'est un bien que j'estime plus grand que celuy que Vostre Altesse Royalle a eu la bonté de me vouloir procurer. Car en vérité, mademoiselle, rien n'est plus sensible à mon cœur, que d'avoir un peu touché le vostre. Si j'ettois assez heureuse pour pouvoir rendre mes assiduités à Vostre Altesse Royalle, elle verroit assurément que personne au monde ne peut estre, avec plus de passion et de respect que je suis, sa très humble , très obéissante et très fidèle servante.

A MONSEIGNEUR D'AUTUN[1]

4 décembre 1670.

Vous ne soriez faire que je ne saute pas dans les ocasions le bien ou le mal quy vous arive, monsieur; c'est pourquoy je suis véritablement touchée de la perte que vous avez faite de madame vostre mère, sachant bien que vous avez toujours esté fort sansible à ceux qui sont de vostre sang. Pour moy, monsieur, quy ne puis, quoiqu'il arive, m'anpescher d'estre pour les gens qui sont une fois antrés dans mon cœur, je ne puis ausy, quelque peine que je fase m'anpescher de prandre part à ce quy les touche. Prenez s'il vous plait, monsieur, selle que vous avez en ceste constance et me faites l'honneur de croire, quand je ne vous dirois pas un mot, que je seray toute ma vie vostre très humble et très obéissante servante.

A M. DE MONTAUSIER

1671.

Encore que je me sente assez forte auprès de vous, monsieur, pour n'avoir besoin de rien, je ne laisse pas

1. Gabriel de Roquette, vicaire général du prince de Conti, abbé général de Cluny, nommé évêque d'Autun le 1er mai 1666, sacré le 10 avril 1667, cérémonie à propos de laquelle madame de Sablé lui adressa un billet de compliment, également conservé par Valant.

d'estre bien ayse d'avoir une lettre de M. Leroy[1] à vous envoyer : comme c'est son affaire propre et que vous me faites l'honneur de l'aymer il a longtemps, je ne doute pas que la chose ne réussisse; vous avez une générosité pour faire du bien à tout le monde; mais, pour vos amis, il n'y a rien de pareil à vous. M. de la Pejan est revenu si remply de la manière dont vous avez reçu ma prière que j'en ay eu une double joye, tant pour le bien de mon amy, que pour voir un aussy honneste homme qui est M. de la Pejan au nombre de ceux qui reconnoissent si bien tous vos mérites. Il est charmé de M. le Dauphin; il m'a conté de quelle sorte il a reçu un ambassadeur, cela m'a fait un grand plaisir, car tout ce qui est de bien en M. le dauphin est le vostre propre. La personne en faveur de qui est la résignation, n'estant pas icy, je vous supplie humblement, monsieur, de trouver bon que je prie M. Destancheau de solliciter le père Perrier de votre part pour les conclusions de l'affaire. Je dis M. Destancheau parce qu'en celle de M. Huvet, il eut la bonté de faire les diligences parce qu'il savoit que j'y prenois part.

A M. DE VENCE

Encore que Monsieur l'abbé puisse bien mieux que moy vous dire de quelle sorte je suis sensible à l'hon-

1. Abbé de Hautefontaine, au diocèse de Châlons; sa lettre à madame de Sablé est datée de ce lieu, 5 août 1671; on y lit : « Que de choses je pourrois vous écrire sur l'élévation de M. de Pomponne à la charge de secrétaire d'Etat! Mais ce que vous

neur de vostre souvenir et la parfaitte estime que j'ay pour vous, je ne puis, Monsieur, m'empescher de vous en donner une nouvelle marque. C'est que j'ay esté aussy inquietée du bruit qui a couru du mauvais estat d'une reyne de vostre façon que si j'y avois eu tout l'intérêt du monde. Enfin j'en ay trouvé le fons et j'ay apris qu'elle est encore mieux que vous ne l'avés laissée par la confession mesme de ceux quy avoient pris plaisir de semer ces mauvaises nouvelles. Je souhaitte pour vostre satisfaction que son estoile ne gaste rien de ce que vostre capacité et vostre prudence ont fait pour elle. Je voudrois, Monsieur, que vous sçussiez le plaisir que je prens en toutes rencontres et en bon lieu de faire remarquer jusques aux moindres traits de la gloire que vous méritez; car ce vous seroit un témoignage de mon affection, et j'ose dire, de mon jugement, au moins en comparaison de certaines gens qui laissent tout perdre et tout mourir sans rien dire et sans rien sentir des plus belles et des plus grandes actions. Cela me donne autant d'indignation que vous en devriez avoir de n'estre pas encore dans toutes les dignités que vous meritez et que vous aurés assurement bien tost.

A MADEMOISELLE

Madame,

Tout ce qui regarde la satisfaction de Vostre Altesse Royalle m'est sy sensible que j'ay esté tousjours agitée

pensez sur toutes les choses qui se présentent vaut mieux que tout ce que l'on en pourroit escrire de meilleur. »

d'inquietude par le souhait et l'impatience que j'ay de voir ses désirs acomplis. Et comme ce qui la touche est aujourd'huy ce qui fait les plus considérables evenements de la cour, encore que j'y aye renoncé, mesme par la seule curiosité, je ne puis m'empêcher d'avoir des soins continuels d'aprendre tout ce quy regarde le contentement et le repos de Vostre Altesse Royalle; ce fut ce quy me rendit sy hardie, Madame, que d'oser porter ma rejouissance devant les yeux de Vostre Altesse Royalle en me donnant l'honneur de luy escrire, dès que j'apris la bonne nouvelle d'un sy heureux mariage. Mais, Madame, comme je n'ay reçeu aucune marque dans la lettre que Vostre Altesse Royalle m'a fait l'honneur de m'escrire, qu'elle eut reçeu la mienne, d'un costé j'en ay eu une extreme joye de me voir honorée de son souvenir et de l'autre de la douleur de pouvoir douter sy elle avoit reçeue celle que j'avois pris la liberté de lui escrire pour luy exprimer la continuelle passion que j'ay pour son servisse et les respectueuses assurances de la grande tendresse que j'ay eue pour ces gens là, par leur piété et par le bien qu'ils peuvent a l'Église, de ne pas tacher leur reputation de la perte de vos bonnes graces, et apres toutes ces choses qui regardent la charité, nous vous demendons, Monsieur Le Nain [1] et moy, que vous calmiés un peu vostre esprit qui souffre sans doute quelque violence d'agir si fort contre sa nature. L'on a faict ce que vous avez demendé à l'egard de Monsieur d'Andilly. Je crois que sa

1. Louis-Sébastien Le Nain de Tillemont, fils d'un maître des requêtes, né en 1637, mort en 1698. Ce fut un des plus savants « messieurs » de Port-Royal : il ne prit les ordres qu'en 1680.

seule consideration vous doit obliger par la peine que cela luy feroit de nous accorder le silence que nous vous demendons et qu'il vous demenderoit sans doute s'il sçavoit ce que vous avés dessein de faire. Au reste, il me semble que Monsieur Le Nain dit si bien tout ce qui est necessaire pour ménager vos interests et vostre honneur, que je n'y puis rien adjouter, mais seulement me conformer a luy dans l'attachement que jay a tout ce qui vous touche.

A M. DE LONGUEVILLE

J'ay longtemps délibéré si je devois me donner l'honneur de vous escrire pour une chose qui vous surprendra peut-être de ce que j'ose l'entreprendre. Je le fais pourtant, Monseigneur, après avoir bien considéré les continuelles bontés que vous avez toujours eues pour moy et aussi l'affection que je sens pour vostre personne et pour vostre maison. J'entreprends donc, Monseigneur, de vous dire que je me mesle d'un mariage pour M. de Fontenay avec une tres honneste personne qui est la fille de M. Frotté, lequel a l'honneur d'être connu et estimé de vous; mais comme M. Frotté a si peu de biens qu'il aura de la peine à donner toutes les sûretés qui sont nécessaires pour assurer les conventions d'une femme, on fait une grande considération sur l'espérance de vos bienfaits et l'on m'a priée de sçavoir vos sentimens sur cela en cette occasion. En vérité, Monseigneur, si vous considérez que vous avez trouvé et vostre maison en M. de Fontenay tout ce qui se pouvoit trouver de mieux dans toute la France, je me suis doutée de votre bonté et de votre générosité pour luy, surtout quand je pense au bonheur qu'a M. votre fils d'avoir une personne si habile et si vertueuse. Je puis vous assurer avec toute la sincérité imaginable, que le jugement que je fais de lui n'est pas un jugement particulier et qu'il a la voix publique des plus honestes et des plus habilles gens de la cour, car je n'entens jamais louer M. vostre fils de tant de choses extraordinaires qu'on voit paraistre en luy sans entendre au même temps parler de l'advantage qu'il a d'avoir un gentilhomme d'un mérite si accomply, tant pour l'esprit que pour les sentimens de son ame. Pour moy, Monseigneur, je suis si touchée des progrès que fait M. vostre fils tous les jours par la conversation des gens qui sont auprès de lui, que quelque peine qu'il y ayt à prendre pour telles commissions, car on n'aime pas à demander, même aux plus généreux, je compte pour un si grand bien qu'il ait un homme de ce mérite, que je doute pas que vous ne vouliez faire pour luy ce que vous feriez pour en trouver un pareil, si vous ne l'aviez pas. Ainsi, je n'ai point de confusion de ce que je fais, et je suis persuadée que rien ne vous peut choquer en cette occasion de la personne du monde qui vous honore le plus et qui est vostre...

BILLET A....

Lui souhaitant bon voyage, bonne santé.

Pour jouyr plus agréablement des beautés de la campagne... consultez bien tous les médecins que vous verrez pour trouver quelque remède à vos vapeurs, car j'ay bien meilleur opinion des médecins de ce pays que de ceux-ci.

FRAGMENT DE LETTRE

A MADEMOISELLE D'AUMALE

.....Vous avez fait la meilleure partie de nostre conversation entre nostre maréchal[1] et moy. Je vous ayme tous deux encore plus depuis que je sçay que vous vous aymez d'une sy bonne amitié ; car du costé de la passion ce ne seroit pas une grande merveille qu'il en eust pour vous, et c'en est une pour luy de vous aymer de bonne amytié...

---

1. Probablement le maréchal de Schomberg, que mademoiselle d'Aumale épousa plus tard.

I

LA DUCHESSE D'AIGUILLON

La famille du Plessis était une des plus anciennes de la province du Poitou, où elle était connue dès le règne de Philippe-Auguste. François du Plessis, seigneur de Richelieu et de Chilon, dixième descendant de Guillaume du Plessis, seigneur du Plessis et de Breux qui vivait en 1201, fut lieutenant de la compagnie des ordonnances du duc de Montpensier, et se distingua, en cette qualité, à la bataille de Moncontour ; il accompagna le duc d'Anjou en Pologne, fut créé à son retour grand prévôt de l'hôtel, chevalier des Ordres en 1586 et capitaine des gardes immédiatement après l'avénement de Henri IV; mais il mourut presque aussitôt, pendant le siége de Paris, laissant, de Suzanne de la Porte, trois fils : Henry, maréchal de camp, tué en duel par le marquis de Thémines, sans laisser de postérité de Marguerite Guyot de Charmeaux;— Armand-Jean, qui devint le célèbre cardinal de Richelieu, et Alphonse-Henri, cardinal, archevêque de Lyon et grand aumônier de France. M. du Plessis-Richelieu eut également deux filles : Françoise, qui épousa, en 1603,

René de Vignerod, seigneur de Pont de Courlay, Glenay, etc., et mourut en 1615, et Nicole, femme d'Urbain de Maillé, marquis de Brézé, maréchal de France, morte en 1653.

Du mariage de Françoise naquirent : François de Vignerod, marquis de Pont de Courlay, général des galères, dont le fils aîné fut substitué aux noms, titres et armes du cardinal duc de Richelieu, et Marie-Madeleine de Vignerod, dont je publie ici quelques billets, écrits pendant la période la moins heureuse de sa vie.

Marie-Madeleine de Vignerod naquit vers 1605 : elle épousa, malgré elle, Antoine de Grimoard de Beauvoir, marquis de Combalet, lieutenant général des armées et colonel du régiment de Normandie, qui fut tué au siége de Montpellier en 1621 [1].

Demeurée veuve de très-bonne heure et sans enfants, la marquise de Combalet, tout en affichant une grande exagération religieuse, se laissa nommer, en 1625, dame d'atours de la reine Marie de Médicis, charge qu'elle conserva jusqu'en 1631 ; sa situation grandit singulièrement, à mesure que la puissance de son oncle grandissait ellemême. Le cardinal de Richelieu l'aimait tendrement et tenta, à diverses reprises, de lui faire contracter les plus brillants mariages, avec le comte de Béthune, le duc de Lesdiguières, pour ne mentionner que les plus notables ; mais elle ne voulut jamais y consentir, conservant ses habitudes d'excessive piété, et renouvelant chaque année le vœu fait par elle, au moment de la mort de son mari, — on assure que le mot veuvage ne peut être employé ici, — d'entrer aux Carmélites. A la fin, Richelieu fit signer par le roi des lettres patentes, datées de Saint-Germain-en-Laye, au mois de janvier 1638, enregistrées le 19 mars suivant, et érigeant la seigneurie d'Aiguillon en Guyenne en duché-pairie, au profit de madame de Combalet, avec transmission à celui de ses parents, mâle ou femelle, qu'il

1. Il était fils unique de Claude, marquis de Bonnevaux et de Combalet, gouverneur d'Amiens, et de Marie, sœur du connétable de Luynes.

lui plairait de choisir. Ces lettres sont conçues dans les termes les plus flatteurs pour la marquise :

« ...... Les services de nostre très-cher et très-amé cousin le cardinal de Richelieu...... nous donnent une telle satisfaction, que nous sommes conviés ...... aussi à les étendre aux personnes qui lui appartiennent, entre lesquelles la dame Marie de Vignerod, veuve dudit sieur de Combalet, estant une des plus proches comme nièce de nostredit cousin, c'est avec contentement que nous nous portons à la traiter favorablement, d'autant plus que les grandes et rares vertus de ladite dame ne la rendent pas moins recommandable que les bonnes et considérables qualités qu'elle a de sa naissance, les unes jointes aux autres lui ayant acquis l'estime de la cour, où elle a toujours esté, depuis son enfance, dans les chargés que les filles et dames issues des familles les plus illustres du royaume ont auprès des reines...... »

La duchesse d'Aiguillon figura avec distinction dans la société polie de son temps; elle fut particulièrement liée avec la marquise de Sablé. Elle jouissait d'une parfaite réputation, quoi qu'en dise Tallemant, qui cherche à l'accuser sans pouvoir rien préciser, et ainsi que le constatent ces vers du petit de Beauchasteau :

On voit bien que c'est la nièce
Du cardinal de Richelieu;
Comme il passoit pour demi-dieu,
Sa moindre qualité, c'est celle de duchesse :
Si l'un par son esprit se faisoit admirer,
L'autre par sa vertu se peut faire adorer.

Elle fit toujours beaucoup de bien et doit être comptée parmi les bienfaiteurs de deux couvents de Carmélites de Paris. Outre les lettres que nous donnons ci-après, les portefeuilles de Valant renferment quelques autres billets trop peu importants pour trouver place ici. Un jour elle offre à la marquise sa maison de Ruel pour s'y installer pendant une épidémie de petite-vérole qui régnait à Auteuil, où madame de Sablé passait ses étés; une autre fois, c'est pour la remercier de ses belles et bonnes confitures de coing. Plus tard, elle écrit au docteur Valant pour avoir des nouvelles de son amie (1672) : « C'est une personne si précieuse et qui me l'est de telle manière que je serai tous les jours à sa porte pour aprendre à chaque moment des nouvelles sans que je n'ay esté en estat de le pouvoir faire. »

La duchesse d'Aiguillon mourut à Paris, le 1er avril 1675, ayant désigné pour lui succéder sa nièce, Marie-Thérèse Vignerod du Plessis-Richelieu, dite mademoiselle d'Agenois [1] : celle-ci, née le 25 avril 1636, ne se maria pas, et quitta son duché d'Aiguillon pour se faire religieuse, au mois de juillet 1692; elle mourut à Paris en décembre 1704, « dans un couvent, dit Dangeau, où elle étoit novice; elle l'avoit été dans deux ou trois autres sans se faire religieuse; elle signoit : la duchesse novice, et étoit fort extraordinaire en tout. » Ce couvent était celui des Filles du Saint-Sacrement de la rue Cassette. Le duc et le marquis de Richelieu, ses frères, se disputèrent le duché d'Aiguillon que le Parlement adjugea finalement à son neveu Louis-Armand, duc de Richelieu.

1661.

Je me resjouis avec vous, madame, de ce que l'affaire de madame la mareschalle de La Motte [2] est

1. Le petit de Beauchasteau avait dit d'elle :

> Sortir d'un sang si beau, si grand, si glorieux,
> Qu'il vous unit avec nos demi-dieux;
> Voir briller les vertus de votre illustre race,
> Ne voir point de beautés que la vostre n'efface,
> Eut-on jamais un destin plus heureux?

2. Sa nomination de gouvernante de l'infante de France.— Louise de Prie, fille du marquis de Toucy et de Françoise de Saint-Gelais, mariée le 21 novembre 1650 à Philippe de La Mothe-Houdancourt, duc de Cardonne, maréchal de France, veuve en 1657, morte le 6 janvier 1706, âgée de quatre-vingt-

faite; vous ne doutés pas que personne ne prent tant de part que je fais à tout ce qui vous touche, et elle aussi.

C'est demain que mon affaire se juge; priez Dieu et le faittes prier pour vostre très obéissante servante.

A Fontainebleau, ce 23e de juin 1661.

Vous avez tant de bonté pour vos amies que cela les devroit consoler de la manière que vous prenez part à leurs malheurs[1]. Celui qui me vient d'arriver, si on peut nommer ainsi les choses que Dieu nous envoie pour nous humilier, est si surprenent et si impréveu qu'il a eu quelques circonstances qui en ont augmenté la rudesse; mais en vérité, à prendre les choses comme je le debvrois (ce que je suis bien loing de faire), c'est une grâce que Dieu me fait de m'envoier des occasions de soufrir et de faire pénitence, puisque je n'ai pas le courage d'en faire. Aiez la bonté de lui demander qu'il me la face faire dans cette occasion et dans toutes les autres qu'il lui plaira de m'envoier et croiés qu'on ne vous honorera jamais plus véritablement ny avec plus de pation que je faits.

cinq ans. Madame de La Mothe-Houdancourt était nièce de madame de Sablé, parce que sa mère était fille de Françoise de Souvré, sœur de la marquise, goûvernante des enfants de France et femme d'Arthur de Saint-Gelais Lusignan.

1. Il s'agit ici évidemment du procès que le prince de Condé intenta pour la succession du cardinal de Richelieu, procès dans lequel madame d'Aiguillon fut traitée de « gourgandine, » et où il lui fallut débourser une somme considérable pour conserver son duché.

Juillet 1667.

VOSTRE pasté est excelent comme tout ce qui part de vostre admirable esprit et de vos mains. J'ay esté pour voir l'abbé dont vous mescrivez, mais je ne l'ai sçeu voir. L'abbé Huvette n'y estoit pas; et j'ai renvoié lui parler pour avoir audience, tant j'avois de désir, quelque misérable que je sois, de faire une tentative, espérant qu'en vous obéissant au moins je ne gasterois rien. Mais l'abbé Huvette m'a mandé que l'abbé Rospillozi[1] ne recevoit point de visites de dames et qu'il estoit pour affaires ici ; quoique je n'ozasse pas espérer rien d'une si chetive entremise, je vous confesse que le désir ardent que j'ai de voir la paix solidement establie m'a donné du déplaisir. Si la personne que je vis chez vous a parlé, il aura peu faire incomparablement en toutes sortes de manières plus que la dernière des créatures, mais qui est la plus véritablement à vous.

Je vous rends cent mille grâces pour vostre pasté.

JE vous suis infiniment obligée, madame, de l'avis que vous m'avez donné. J'ai trop de considération pour madame de Comartin[2] et pour le nom qu'elle porte pour souffrir qu'elle peust estre mal satisfaite de moy.

1. Jacques Rospigliosi, fils du duc de Zagarola, créé cardinal le 12 décembre 1667 ; il vint en 1663 pour les affaires de Port-Royal, et paraît avoir été assez lié avec madame de Sablé, d'après une lettre que lui écrivit celle-ci.

2. Madeleine de Choisy, fille de Jean, seigneur de Baleroy, et

Je me suis mise sur le pié de vostre lit, n'y aiant veu personne en entrant pour éviter de prendre la place des chaises ou j'avois ce me semble veu des dames en entrant, qui me sembloient s'en estre esloignées ; vous voiés, madame, comme je suis inconsidérée ne m'estant pas aperçue, et ne me souvenant pas mesme de l'avoir poussée en passant pour m'asseoir sur vostre lit, ne m'estant apliquée qu'a ne prendre point la place de celles qui estoient auprès de vous [1]. J'ai grand besoin que Dieu et les hommes oublient mes fautes. J'espère cette bonté de vous et que vous me croyés aussi véritablement à vous que je suis.

En vérité, madame, rien n'esgale vostre magnificence ; cela va à la profusion ; car vous me départés de vos présents en telle abondance que j'en suis honteuse, et il n'y a que de vous que j'en voulusse recevoir, n'aimant pas à estre obligée à d'autre qu'à vous à qui je la suis de longue main et à laquelle je serai toute ma vie redevable [2]. J'espérois vous aller faire mes remer-

de Madeleine Le Charon, seconde femme de Louis Le Fèvre de Caumartin, président aux requêtes du palais et conseiller d'État, veuve en 1624, morte le 18 novembre 1672. Leur fils unique, conseiller d'État, épousa, en 1664, Catherine de Verthamon.

1. Il paraît que ces questions de préséance tenaient une grande place dans les relations, à cette époque : on peut voir, à ce sujet, les plaisantes aventures de ce genre qui arrivèrent à madame de Maure et la brouillèrent avec quelques-unes de ses amies.

2. Elle aimait beaucoup les cadeaux, étant, suivant Tallemant, très-avare. Il raconte entre autres que, voyant Cornuel à

ciements très humbles moi-mesme; mais j'ai apris avec grand deplesir que vostre rume vous empesche de voir personne. Ce m'est un double deplesir de ne pouvoir recevoir cet honneur la. Faites moi l'honneur de me croire toute à vous.

l'extrémité, elle envoya prendre six chevaux blancs qu'il avait: « Quand il fut mort et qu'on vint les lui redemander, elle répondit que les morts n'avoient pas besoin de chevaux. »

II

LE MARÉCHAL D'ALOIGNY-ROCHEFORT

Henry-Louis d'Aloigny, marquis de Rochefort et du Blanc, baron de Cors et de Craon, capitaine des gardes du corps, était issu d'une des plus anciennes familles du Poitou ; il entra au service dès sa première jeunesse et commença par commander la compagnie de gendarmes du prince de Condé. Il fut nommé maréchal des camps et armées, à la promotion de 1668, lieutenant général en 1672, et il fut chargé, l'année suivante, du commandement des troupes placées en Lorraine, Barrois et dans les Trois-Évêchés, pays dont il obtint le gouvernement général le 27 février 1675 avec le bâton de maréchal de France. Le 10 mars 1676, il fut choisi pour commander en chef l'armée rassemblée entre la Meuse et la Moselle, mais il mourut dès le 22 mai, à Nancy. Il avait épousé, le 22 avril 1662, Madeleine de Laval-Boisdauphin, fille de Gilles, marquis de Laval, — fils cadet lui-même de la marquise de Sablé. — Madame de Rochefort fut nommée dame du palais de la reine le 1er janvier 1674, et dame d'atours de la dauphine le 8 janvier 1680; elle mourut le 1er avril 1729, âgée de quatre-vingt-trois ans.

Le seul représentant actuel de cette maison est le marquis d'Aloigny de Rochefort, lieutenant-colonel de hussards de la garde royale, lequel n'a pas d'enfants de mademoiselle de Saulx-Tavannes.

Madame de Longueville et vous, Madame, pourriez l'une et l'autre beaucoup plus sur moy que me faire relacher des intérets de Monsieur de S. Etienne, sy j'avois songé à les prendre; mais il n'est pas juste que je fasse valoir en cela le respect que j'ay pour Madame de Longueville, ny la soumission que j'ay pour les choses que vous m'ordonnez, car je ne connois point Monsieur de S. Etienne, il n'est point dans ma compagnie et je ne crois pas qu'il soit dans les trois autres, et je puis vous assurer que s'il se présente pour entrer dans les gardes du roy où par hazard il pourroit estre introduit sous quelque autre nom, aussitôt que j'en seray adverty, il n'y demeurera pas. Je souhaite que ce que j'ay l'honneur de vous escrire puisse estre utile à la personne que vous considérés. Je vous rends mille graces, Madame, de l'honneur que vous me faites par la part que vous prenés au peu de fatigues que j'ay eu en route. S. M. qui m'en a fait partir après la prise de Dôle pour m'en venir icy m'a osté le moyen de recevoir vostre lettre qu'à mon arrivée à Nancy. Si je l'avois eu plutost, Madame, je n'aurois pas manqué de vous montrer dans l'instant que je m'estime extrêmement heureux d'avoir une petite occasion de vous pouvoir plaire et que, de tous ceux qui ont l'honneur de vous appartenir, il n'y en a pas qui soit avec plus de respect que moy vostre très humble et obéissant serviteur.

A Metz, ce 19 juin 1674.

III

LA MÈRE ANGÉLIQUE ARNAULD

Jacqueline-Marie-Angélique Arnauld naquit le 8 septembre 1591 : sœur de la mère Agnès, de Henry, évêque d'Angers, de M. Arnauld d'Andilly, d'Antoine Arnauld, elle fut religieuse à huit ans et devint, contrairement à tous les règlements, à onze ans, abbesse de Port-Royal, où, en 1611, elle introduisit la réforme de Cîteaux, en faisant revivre dans son monastère toute l'austérité prescrite par saint Bernard. Elle transféra son abbaye des Champs à Paris, en 1630, et, ayant obtenu du roi de rendre la charge abbatiale élective tous les trois ans, elle se démit de sa dignité. Élue abbesse le 2 octobre 1642, elle fut continuée malgré elle pendant douze ans. Elle mourut le 6 août 1661. La mère Angélique de Sainte-Madeleine regretta longtemps sa translation à Paris : il paraît même qu'elle s'en faisait un scrupule, et dès 1646 elle se pourvut d'une autorisation de l'archevêque pour remettre des religieuses dans l'ancien monastère, en dépit des efforts de celles de Port-Royal de Paris qui craignaient, avec raison, l'éloignement de leur chère mère. « Dieu y est toujours mieux servi qu'il ne le sera parmi nous, écrivait-elle à la reine de Pologne, en parlant de Port-Royal des Champs. C'est une merveille de voir le silence, la modestie et la dévotion même des valets qui nous préparent les lieux avec une aussi grande affection que si nous étions des anges qu'ils attendroient. » Le 13 mai 1648, elle s'y réinstalla avec neuf religieuses, et y fut reçue avec les témoignages de la plus véritable allégresse. Elle eut presque aussitôt à souffrir des conséquences de la Fronde, qui exposaient l'abbaye à de véritables dangers.

Mais je ne prétends pas écrire ici la biographie de la mère Angélique ; il nous faudrait pour cela retracer l'abrégé de l'histoire de Port-Royal, ce qui n'entre nullement dans nos projets. Les lettres que nous publions existent à la Bibliothèque impériale, en autographes (*Supplément français*, n° 3029, 9) : une est dans le même fonds, n° 3029, 9. Il y en a, dans les portefeuilles de Valant, sept qui ont été précédemment imprimées, six dans la collection de *Lettres de la mère Angélique*, publiées à Utrecht en trois vol. in-12, 1742-1744, et une dans les *Vies édifiantes*, t. Ier, p. 198. En revanche, neuf lettres de la mère Angélique à la marquise de Sablé, insérées dans l'édition d'Utrecht, ne se retrouvent pas dans ce recueil manuscrit.

Ces lettres sont curieuses par les conseils que la mère Angélique y prodigue à son amie, les douces railleries avec lesquelles elle cherche à lui faire remarquer ses ridicules appréhensions. Le savant éditeur des *Lettres de la mère Agnès Arnauld*, M. P. Faugère, me semble s'exagérer un peu la valeur de la mère Angélique, quand il dit que les lettres de la mère Agnès « ont moins de force, en « quelque sorte virile, » que celles de la mère Angélique. Celles-ci, au contraire, me paraissent pleines de douceur, d'onction même, et surtout d'une inépuisable bienveillance.

C'est vers l'année 1640 que madame de Sablé commença sa liaison avec la mère Angélique ; elle vint lui demander ses conseils en même temps que madame de Guéméné, qui ne persévéra pas comme elle : leur correspondance débute dès le temps de l'emprisonnement de M. de Saint-Cyran. La mère Angélique paraît s'être vivement attachée à elle et avoir eu une grande influence sur sa direction. « Madame de Sablé vient à Port-Royal, écrit-elle à la reine de Pologne en 1641, le plus qu'elle peut, ayant pris une maison fort proche, en attendant que celle qu'elle a fait bâtir soit sèche. Elle se sépare le plus qu'elle peut du monde, et sincèrement elle veut être toute à Dieu [1]. »

Les persécutions qui recommencèrent, en 1666, contre l'abbaye et aboutirent d'abord au renvoi des pensionnaires et des novices, affligèrent cruellement la mère Angélique. Elle vint à Paris à la fin du mois d'avril, quoique assez souffrante et assista au départ des jeunes filles que cette mesure désolait. Ces émotions ravivèrent ses douleurs, et, à la fin de mai, elle dut garder le lit et cesser de s'occuper des affaires qui lui tenaient si vivement à cœur. Elle passa les deux derniers mois de sa vie à prodiguer les conseils et les exhortations à tous ceux qui l'entouraient, et la considéraient déjà comme une sainte. Elle écrivit, à ce moment, une lettre à la reine mère pour repousser en son nom et au nom de l'abbaye toute imputation d'hérésie.

1. M. Sainte-Beuve, dans son *Port-Royal*, consacre la moitié d'un chapitre à madame de Sablé, qu'il juge avec peu de bienveillance. L'historien de Port-Royal, qui élève fort haut la valeur de tous les habitants de l'abbaye, me paraît en cette circonstance peu logique, car il dément constamment le jugement porté par les pieuses amies de madame de Sablé, et qui doivent cependant ici éclairer l'opinion et la former. M. Sainte-Beuve explique cette bienveillance de mesdames et de messieurs de Port-Royal par l'influence de la marquise et par sa générosité, ce qui donnerait une triste idée de ces saints solitaires. « Bref, dit-il en se résumant, il la fallait accepter avec ses charges. Port-Royal eut en elle une charge « mémorable. — Elle les a bien fait *endéver*, comme on dit. »

Lundi matin. (Avant 1653 [1].)

Je commençai hier a vous escrire et ne pus achever tant j'eus de tracas. J'ay sçeu que Madame la Contesse de Maure n'est a nostre mayson, mais je ne sçay si elle a ouvert la lettre. Je n'avois pas envoyé le billet ne l'ayant point trouvé lorsque je fermé la lettre. Dieu veuille qu'elle ne l'ait point veue. J'eus tort d'y mettre quelque chose qui la put choquer. Il faut toujours eviter en toute chose ce qui peut blesser le prochain autant qu'il est possible. Je loue Dieu de ce que Madame vostre sœur se porte si bien de sa blessure, nous l'avons mise a une neufvaine que nous finîmes hier [2].

Je prie Dieu qu'il commence ce qu'il a commencé si tost que j'eus reçeu vostre billet. On en mit un à la grille afin que les sœurs de l'assistance priasse Dieu et on continuera. Mais quand donc voyés vous, ma chère sœur, que le mauvais air est passé? C'est chose pitoyable. Il y en a plus dans les rues que céans. Cela est pitoyable que nostre maison vous face peur, ou il n'y en a point entre nous (*sic*). Nous n'avons pas une seule malade et nos convalessentes reprennent leurs forces tout à fait; j'ay toujours grande peine a marcher, et il y a aparence que je ne feré de ma vie grand chemin.

1. Les portefeuilles de Valant renferment de nombreuses lettres de la mère Agnès, mais toutes ont été publiées par M. Faugère.

2. Anne de Souvré, abbesse de Saint-Amand, morte le 14 mars 1651, ou de madame Saint-Gelais-Lusignan, morte le 27 juin 1657.

Il faut finir le pèlerinage et nous sommes bien misérables de ne pas desirer que ce soit bien tost.

Je suis toute à vous, ma tres chere sœur. Notre mère la Mère Agnes, ma sœur Anne[1], etc., vous saluent tres humblement et sont vos tres humbles servantes et moy plus que pas une.

(1652 ou 1653.)

Ma très chère sœur,

Ma pauvre sœur Anne est au lit, ayant esté seignée ce matin pour un mal de gorge, qui en est soulagée grace a Dieu. J'ay esté bien ayse de voir la lettre de madame de L.[2], la constance de son affection y paroissant toute entière; vous aviez bien fait de la remettre. Quand elle sera desembarassée, car les visites pressées avec des personnes comme celle-la sont peu satisfaysante. Je vous admire, ma très chère sœur, de vouloir que de pauvres religieuses comme nous reconoisse l'honneur que nous fait une grande princesse[3] de témoigner de la bonne volonté, en prenant la hardiesse de l'importuner; nous ne blâmons pas celles qui ont d'au tre pansées : elles ont leurs principes et nous les nostres. C'est à chacun à suivre humblement sa voye. Je prie Dieu qu'il nous face toujours marcher par celle de la petitesse et simplicité qui nous convient, sans manquer à la charité et à la reconoissence que nous devons.

1. Anne-Eugénie de l'Incarnation (Arnauld), née en 1594, professe à Port-Royal en 1618, y mourut le 1er janvier 1653.
2. Madame de Longueville.
3. Mademoiselle.

Vous pouvez écrire à M. de Vandi ce qui vous playra et en disant que nous avons tous les sentiments de très humble respect et de la reconoissence vers Madamoiselle qui nous rend très soygneuse de prier Dieu pour Son Altesse. Vous direz bien vray et pour le bien faire il faut que nous demeurions en silance et en la plus grande séparation que nous pouvons de tout le monde, et surtout de grandeur et puissance. Je suis tout à vous, ma très chère, j'importune vostre migraine.

Saint-Joachim, 20 mars 1653.

Ma très chère sœur [1],

Encore que j'aye la migrayne, je ne puis remettre à vous dire qu'absolument, je remets à vostre bonté et sagesse tous nos interetz touchant vos veues. Je n'ay jamais entendu vous y comprendre, n'ayant nulle peine que vous nous voyés à quelle qu'heure que ce soit, ni mademoiselle Soyé, et si Dieu vous donne, comme il poura ariver avec le temps, des femmes aussi sures que celle la tout de même, encore même, il sufit que vous empeschiez celles que vous avez de nous regarder, et que pour les etrangers les fenestres d'en bas lorsqu'elles seront à vostre chambre soient fermées à clef. Je specifie cela parce que vous le voulez, car enfin je suis tres persuadée que vous aurez autant de soin et peut estre

1. Cette lettre est relative à des jours que la marquise voulait ouvrir sur les jardins du monastère, ce qui inquiétait fort la sœur. Elle a été publiée par M. Sainte-Beuve, dans son *Port-Royal*, t. IV, p.454.

plus que moy qu'on ne face point de discours sur nous. Que si les fenestres n'estoient fermées à clef, tel diroit nous avoir veues qu'il n'en seroit rien; vous savez, ma très chère sœur, la malice du monde et les railleries que font trop souvent les personnes du monde des religieuses, et outre cela combien de gens seroient ravis d'entendre des contes de nous, mais c'est trop vous dire. Sortés d'inquiétude, ma très chère, je ne vous demande, qu'autant de confience en nous pour tout ce que vous en desirerez, que nous en avons en vostre bonté. Bonjour, ma très chère.

Il faût que je vous dise encore que je suis ravie de ce que vous ne vous estes pas enfuye pour la fiebvre tierce de ma sœur Gabrielle. J'avois si peur qu'elle mourût que rien plus, quoy qu'on ne meure guere de la fiebvre tierce ; mais elle est si délicate et atenuée de longue main qu'elle peut mourir des moindres maux qui luy surviendroient. J'en eusse esté très fâchée, car c'est une très bonne religieuse, mais encore plus pour vous de peur que vous n'eussiez pansé qu'on ne vous eût pas dict la verité; mais, Dieu merci, *elle n'a plus de fiebvre.*

Ne grondés pas de ce que je vous ay escrit. Ma migrayne est peu de chose, aujourd'huy. Je vous suplie de songer à faire quelque remede qui diminue les vostres, c'est à moy a vous remercier, ma très chère, de ce que vous avés agreable que j'aye de l'amitié pour vous, Je prie Dieu qu'il ne m'en rende pas indigne et que je vous puisse rendre quelque très humble service.

Du 3e avril 1655.

GLOIRE A JÉSUS, AU SAINT-SACREMENT.

Ma tres chere sœur,

Il y a longtemps que je désirois me donner l'honneur de vous escrire, pour me réjouir avec vous de ce que nous avons un bon pape par la miséricorde de Dieu [1]. Je say la joye que vous en avez, et quoy que je me doute que la crainte la traverse, il ne faut pas, ma tres chere sœur, laisser de louer Dieu; car, quoy qui puisse ariver, c'est un grand bonhœur de ce qu'il est tel que la Sainte Église en est edifiée, et que, si Dieu permet qu'il nous aflige, au moins ce sera a bonne intantion. Que s'il nous console, nostre consolation sera double de ce qu'elle viendra d'un saint pasteur.

Pour moy, j'ai douleur quand je reçoy du bien de ceux que j'apreande qui ne sont pas a Dieu comme il faut, de peur qu'ils n'en reçoyvent pas une recompance éternelle. Ce n'est pas tout ma très chère sœur, d'avoir prié Dieu qu'il nous donne un bon pape, il faut continuer à le prier qu'il le conduise dans sa terrible charge. Vous, qui savés le besoin qu'on a d'une grâce nouvelle pour toutes les actions de la chrestieneté, jugerés bien du besoin qu'en peut avoir un pape dans la conduite

1. Alexandre VII (Fabio Chigi), qui succéda à Innocent X, lequel était l'auteur de la fameuse bulle de 1653.

de l'Église. Je vous envoye l'oraison que l'Église dict pour luy, que je vous suplie très humblement de dire et fayre dire aux bonnes personnes de chez vous, et a celles du dehors que vous pourez; et, pour cela, je vous prie d'avoir l'image en vostre chambre, afin que cela vous en face souvenir. Je ne voy rien de plus nécessère. C'est pitié : on se tue de parler aux hommes, on cause, on se tracace, et on ne parle point a Dieu. Et ce pandant c'est le principal. Il vous a fait conoistre avec sentiment le besoin que nous avions d'un bon pape. Le Saint Esprit nous dit : « Si quelqu'un a besoin de quelque chose, qu'il le demande a Dieu. » Nous l'avons demandé; il nous l'a donné. Continuons a prier afin qu'il le rende toujours meilleur et de la sorte que le doit estre un pasteur.

L'on nous a envoyé un billet que vous avés pris la peine d'envoyer chez nous, de Madame votre belle sœur, pour les étofes de Pologne; comme j'ettois preste de les envoyer, Madame de Brienne vint, à qui la Reyne en avoit parlé. Je les luy montrai et la priai de les emporter; mais elle jugea que ni en ayant que 3 piesses qui sufisoient pour fayre ce qui nous est permis par nos constitutions, d'avoir avec de l'or, ce que la Reyne de Pologne[1] sachant bien, n'avoit garde d'en envoyer daventage. Il seroit inutile et mal a propos de les fayre voir a la Reyne, cela estant si éloygné de ce qu'on avoit dit à Sa Majesté! elle a jugé que le ciboire

1. Marie de Gonzague, reine de Pologne, laquelle entretenait une correspondance suivie avec la mère Angélique. Celleci écrivait souvent, et ses religieuses copiaient ses lettres : elle s'en plaignit vivement à sa sœur, la mère Agnès, qui dirigeait le pieux complot.

8

aussi, quoy que tres beau pour nous et plus qu'il ne le faudroit, ne corespondant, en fasson du monde, à ce qu'on en avoit dit, ne debvoit non plus estre porté. Elle nous a promis d'en rendre compte a la Reyne, mais j'ay cru vous le debvoir aussi. J'aurois bien d'autre chose à vous dire qui ne se peuvent escrire. Il faut atendre que Dieu nous donne le pouvoir de vous entretenir. Je vous envoye du jus de réglisse, que nous avons fait icy, qui me samble très bon. Je serois ravie si vous le trouviez de même ; mais je vous suplie très humblement de ne pas jouer et de m'en dire la pure vérité ; que j'ayme mieus à mon desaventage que la plus belle dissimulation du monde. Soyez asseurée que nul air de fiebvre, ni d'autres maus, n'a aproché de ce jus de reglisse, n'y en ayant aucun céans. Que s'il plait a Dieu nous rendre cette année aussi favorable pour la santé que les deux année dernière, cette maison perdra toute la mauvèse réputation qu'elle a eu d'estre mal seine.

Je suis toute a vous, ma très chère sœur et du fonds de mon cœur. Bon jour, ma très chère.

Du 10e décembre 1655.

GLOIRE A JÉSUS, AU SAINT-SACREMENT.

Mon Dieu, ma très chère sœur, vostre migrayne me tue l'esprit comme elle fait vostre corps, et je voudrois en pouvoir porter au moins une partie, car je n'ay presque plus la mienne et il semble que la vostre se rant toujours plus fréquente et pénible. Je me console de ce que je sçay que vous la suportés de bon cœur et qu'ainsi en afligeant vostre corps, elle console vostre ame, Dieu estant si bon qu'il ne laisse quoy que ce soit qu'on soufre pour l'amour de luy sans recompance.

Vostre dépit n'est pas juste, ma très chère sœur, puisque la crainte que j'ay eu de vous embarasser n'a point esté par aucun doute de vostre bonté et charité, mais au contrayre sa esté que vous conoissant si fort obligente et sachant d'aillieurs la grande dificulté qu'il y a à placer les personnes, j'ay apréhendé que ne pouvant rencontrer l'ocasion, cela vous facha, et c'est ce que je vous suplie très humblement de ne pas fayre si Dieu ne vous donne l'ocasion. Car il faut tout abandonner pour nous même et pour les autres à la divine providance toute bonne et toute sage qui ordonne toujours tout pour le mieus. Je suis toute à vous, ma très chère sœur. Je seré bien ayse que vous faciez l'honneur à ma sœur Dorotée [1], qui est le vœu du personnage, de parler à elle. Elle ne sayt pas encore que je vous ay escrit, n'ayant pas eu le temps de le luy dire.

Du 3 septembre 1657.

Ma très chère sœur,

Je n'ay pas encore trouvé le temps, depuis nostre retour, de vous dire que je ne manque pas à parler à

1. Marie-Dorothée de l'Incarnation (Mlle Le Comte), née en 1610, élevée à Port-Royal, y fit sa profession le 7 décembre 1626; elle fut prieure des Champs de 1653 à 1659, conseillée et guidée par la mère Angélique, qui l'affectionnait particulièrement. Elle devint prieure à Paris en 1661, et mourut le 1er novembre 1674.

Monsieur S. [1] de madame vostre f. [2] la religieuse, lequel me confirma la créance que je tenois pour certaine que Madame son A. [3] ne pouvoit en fasson du monde, la faire sortir de la maison dans laquelle elle avoit droit de la renger à son debvoir, et quand Madame vostre f. souetteroit d'en sortir même pour un établissement.

Je croy, ma très chère sœur, que vous ne debvriez pas le permettre pour les très facheux inconvenient qu'il en pouroit ariver, et il me semble que sur ce que madame vostre N. [4] vous a fait paroistre désirer s'en défayre, que vous ferez très bien de luy fayre entendre fortement que vous n'y consentirez en nule manière, afin de luy en oster toute pensée. Plût à Dieu, ma très chère sœur, que Dieu me fît la grace de le bien prier pour cette pauvre fille et pour tout le reste de ce qui vous touche. Il sait les désirs qu'il m'a donnés de vous servir ; quand il luy plaira, il leur donnera quelque effect et je serai ravie, si je l'obtiens un jour de sa bonté. Je prirai qu'on mette à la premiere neufvaine vos deux filles. Elles en ont besoin toutes deux. Je suis toute à vous, ma très chère sœur.

1. M. Singlin?
2. Madame de Sablé avait deux filles religieuses : l'une à Saint-Amand de Rouen, l'autre, Armande, dans un monastère non indiqué par le Père Anselme. D'après ce qui suit, il s'agit évidemment ici de la première.
3. Madame son abbesse?
4. Madame de Sainte-Amand, sa nièce.

Du 30 octobre 1658.

Ma très chère sœur,

Je vous puis asseurer qu'ancore que je n'aye pas le bonhœur de savoir de vos nouvelles tous les jours comme a Paris, que je n'en panse pas moins à vous, et au contrayre l'insertitude de vostre estat me donne une solicitude qui me porte a prier Dieu qu'il soit tel que je le désire. Il faut que je vous advoue que les deux dernières fois que j'ay eu l'honneur de vous voir j'ay resenti quelque chose pour vous que je n'avois pas encore eu, qui m'a rendu vostre eloignement plus penible et obligée d'adorer la necessité de se soubmettre a l'ordre de Dieu. C'est en cela que je trouve ma force en toute chose et où je vous suplie tres humblement de la prendre, ma très chère sœur, et de bien chercher vostre trésor (que cette parole m'a plu) mais non pas tant par la lecture que par l'oraison, ou plus tost par le désir du cœur que par une seule parole ou par un seul regard vers Dieu qui attire plus sa misericorde que par la multitude des paroles. Contentés vous, ma très chère sœur, du Nouveau Testament. Je suis ravie de ce que Nostre Seigneur vous y donne de l'affection, car encore qu'en effect toute la Sainte escriture soit egalement digne d'amour et de respect puisquelle est du Saint Esprit, le Saint Évangile de Nostre Seigneur Dieu et homme nous doit donner ung sentiment particulier. Voycy la feste de tous les saints qui sont les effetz des paroles et des mérites de cest homme-Dieu. Je suplie sa divine bonté qu'il respande l'abondance de ces graces sur vous par la multitude des intercesseurs. Je suis plus a vous que jamais, ma très chère sœur, et d'une manière toute nouvelle. Dieu veuille que ce soit par un mouvement nouveau de sa grace.

Je prands la liberté de vous suplier très humblement quand vous verrez Mademoiselle Penquet[1] de luy dire que je ne l'oublie point.

(1658.)

Ma très chère sœur,

Je vous suplie très humblement nous tant obliger de nous envoyer M. Moussin[2] pour voir madame d'Aumont[3] qui depuis quatre ou cinq jours a un très grand mal de teste sans aucune fiebvre; et elle n'a nule confience en d'autres medecins, et n'en veut point seulement voir, craygnant qu'ilz ne luy aporte de ces mechantes fiebvres qui courent. Nous n'en avons aucune ceans et c'est un petit miracle que dans l'empressement où nous sommes, nous n'ayons point de malades que quelques maux de dens.

Je bénis Dieu, ma très chère sœur, de vous voir dans de nouveaux désirs d'estre toute à Dieu et du courage

1. Ou Renquet.

2. Fils probablement de Jean Moussin, célèbre médecin lorrain, connu par son honnêteté et sa bonne foi, mort à Nancy en 1645.

3. Anne Hurault de Chiverny, mariée au marquis d'Aumont, lieutenant général. Veuve en 1644, elle entra deux ans après à Port-Royal, où elle fit beaucoup de bien par sa générosité. Elle y mourut le 19 décembre 1658.

que vous avés de poursuivre M. de S. Ne le croyez point pour l'affayre dont est question; car pour cela seul il trompe le monde, quand il peut, mais je ne vous conseille point de quitter vostre mayson pour cela. Escrivés au révérend père prieur de Saint-Germain qui est grand vicayre de Monsieur de Metz et vous plégnés du refus que vous a fait M. le curé et luy dites que si vous ne trouvés en luy plus de charité, que vous quiterez vostre mayson [1], encore que vous en recepviez grande incomodité, estant malade. Adjoutés de beaux complimens et asseurés-vous qu'il ne vous refusera pas. Bonjour, ma très chère sœur, je suis tout à vous.

Le jour de saint Laurent.

Ce 3e jour de la nouvelle année. (1660.)

Vous me croyez peut estre desja morte, ma très chère sœur, de n'avoir point ouy parler de moy cette année et en effet que s'en faut-il? Mais je ressuscite au troisiesme jour pour vous asseurer que jusques dans le tombeau, quelque part qu'on nous enterre, je me souviendray de vos bontez et que je prieray Dieu avec Jonas dans le ventre de la baleine, qu'il vous rende heureuse cette année et toutes celles de vostre vie, jusques à ce qu'il nous rende plus heureuses en nous faisant toutes rencontrer ensemble au devant de Jésus-Christ, quand il viendra sauver son peuple de leurs pechez et de la main des pécheurs qui ne domineront pas tousjours sur l'héritage des justes, selon la prédiction du

1. Pour l'ouverture de la porte de communication.

prophète que nous n'oserions pas nous attribuer en prenant cette qualité de juste (car qui l'est devant Dieu), si ce n'estoit que leur injustice fait nostre justification, et que ce que nous ne sommes pas quand nous nous jugeons nous mesme, nous le devenons quand nous sommes condamnez par eux. Mais que dis-je ? Car ce n'est pas d'eux seuls que nous sommes jugez coupables, nos propres amis portent témoignage contre nous, parce que nous ne voulons pas témoigner contre un innocent. Sçavez-vous, ma très chère sœur, ce que cela produit ? Je m'en vais vous le dire : c'est que nous ne laissons pas de les aymer pour cela, mais nous aymons cent fois plus sensiblement et davantage ceux qui protégent notre inocence et qui ne se contentent pas de nous plaindre comme des criminelles, des opiniâtres et des révoltées. Car en vérité cette compassion est bien commune et on l'a souvent pour des inconnus et des scélerats, quand on les voit mener au supplice. Or vous estes quasy la seule qui ne nous condamnés pas et avec vous nous n'en comptons que deux ou trois dont mademoiselle des Vertus est la plus zellée. C'est pourquoy, ma très chère sœur, il ne nous pouroit jamais arriver plus de bonheur et de consolation que de tomber entre vos mains, et si au lieu de venir avec nous vous nous meniez avec vous à Auteuil, nous ferions un petit couvent où nous serions quasy aussy bonnes et régulières que dans le grand, et nous y aurions plus de loisir pour nous consoler ensemble et pour vous persuader par de bonnes preuves, que nous ne sommes pas indifférentes ni sauvages pour les personnes à qui Dieu nous a unies autant que nous avons l'honneur de l'estre avec vous. La mère Agnès veut que je vous le témoigne aussy pour elle, que si toute âgée qu'elle est on la veut obliger à aller fonder un nouveau couvent de son ordre, elle seroit ravie que ce fut plutost chez vous que nulle part, et que l'offre que vous luy en faittes luy est une sensible obligation qu'elle adjouste à toutes les austres. Quoy qui en arrive, ma très chère sœur, conservez nous tousjours au moins la place où nous sommes desja toutes establies dans votre cœur, et nous faittes l'honneur de croire que nous serons toujours partout parfaitement et inviolablement à vous.

Du samedi au soir (1660).

Mademoiselle Soyé [1] se pouvoit passer de vous fayre cette belle harangue, puisqu'elle n'estoit propre qu'à nous empescher de nous aquiter de ce que nous debvions par la terible menasse que vous nous faites. Je n'ose vous dire toutes mes pansées ; mais je vous suplie très humblement d'estre asseurée que nous ne désirons rien plus que de vous obéir, bien fâchée de ce que nous *reussions* (*sic*) souvent très mal à vous fayre conoistre nostre très sincère affection pour vostre très humble service. Je prie Dieu qu'il nous favorisse daventage à l'advenir. Je n'en veus pas perdre l'espérance et veus croistre dans le désir d'estre tout à vous daventage.

Je croy que vous sçavez bien que ma sœur Briquet [2] sera demain professe. Elle prîra bien Dieu pour vous.

1. Femme de chambre de la marquise.

2. Madeleine Briquet (sœur Madeleine de Sainte-Christine) fut élevée à Port-Royal; elle y fit profession le 11 avril 1660 et mourut le 30 novembre 1689, à 47 ans. On a plusieurs lettres de la mère Agnès, à elle adressées.

Du 24 octobre 1660.

Ma très chère sœur,

C'EST pour moy que vostre migrayne est maligne puisqu'elle m'a privée de l'honneur de vous voir ; mais je m'en console dans l'asseurence que vostre bonté l'auroit bien voulu ; car je conois vostre bon cœur ; faites moy tant de grace, ma très chere sœur, d'estre asseurée que le mien est, sans compliment, entièrement rempli d'afection et de tous les bons désirs et souhaits pour vostre très chere personne que vous sçauriez désirer et imaginer. Je vous suplie très humblement de prier Dieu qu'il daygne de m'exaucer. Je vous suplie, ma très chère, de ne prendre point la peine de vous lever demain matin après une grande migrayne. Vous n'en pouvez qu'être incomodée et j'en aurois de la peine plus que de satisfaction. La grande grace que je vous demande, c'est que vous me croyez très intimement et parfaitement à vous, et vous m'obligerez infiniment.

Du jour des SS. Innocents. (1660.)

Ma très chère sœur,

JE vous remercie très humblement de l'honneur que vous nous avez fait de nous escrire. Vous m'avez fort obligée ; car, en vérité, je vous confesse que je ne sçavois plus comme interpreter vostre si grand silance et que m'ayant fait escrire les bontés de dom Louis Daro [1] dont je loue Dieu pour l'amour des peuples qu'il gouverne, je pansois que j'eusse esté plus ayse que vous m'eussiés témoygné la vostre (bonté), dont je ne doute point, ma très chère sœur, quoyqu'il arive, quelques petits nouages qui l'obscurcissent un peu comme le soleil qui demeure toujours ce qu'il est et qui dissipe ce qui s'opose à sa clarté et à sa chaleur. Je ne sçay pas ce que l'on vous dict, mais je say fort bien que mon cœur a toujours esté, est et sera, Dieu aydant, ce qu'il doit estre pour vous; lorsque nous aurons l'honneur de vous voir, j'espère que nous vous rendrons bon compte de toute chose, et ce pandant que vous aurez la bonté de me conserver ce qu'il vous a pleu me donner et dont je ne me rendray pas indigne, s'il plait à Dieu. Je vous remercie très humblement de vos beaux coings. Je suis pourtant fâchée que vous vous en soyés defayte, sachant qu'il sont très rares cette année et que je suis un enfant de lait qui ne mange rien. Je suis toute à vous, ma très chère sœur.

(1660.)

Ma très chère sœur [2],

Nous avons agité vostre affayre et considéré avec autant d'atention que d'affection si ce nouveau dessin

1. Dom Luiz Mendez de Haro, le négociateur du traité des Pyrénées.

2. Cette lettre est relative à la grande affaire de la porte qui communiquait de la demeure de madame de Sablé avec l'abbaye. Elle concerne l'établissement de cette ouverture, qui fut

vous acomoderoit, mais j'y voy beaucoup d'inconvénient, pour ce qu'il faudroit que pour aller à l'église vous passassiés par devant les chambres de personnes qui y demeurent quand elles sont malades et que dans la vérité on ne peut mettre ailleurs. Or, vous sçavés que vos peurs là-dessus sont invincibles, non seulement pour les maladies dangereuses, mais pour presque toutes les autres auxquelles d'autres personnes ne songeroient pas. Il y a d'autres dificultés que ces peurs qui se pouroient surmonter, mais celles de malades comme vous ne le peuvent pas. On s'empecheroit bien d'en mettre proche vostre muraille ; car d'un coté c'est un escalier et de l'autre des cabinets, où on n'en mettoit pas, mais pour le passage il ne se peut éviter. Enfin, ma très chère, je ne voy rien qui vous acomode vrayment que ce qui n'est pas en nostre pouvoir. M. S.[1] verra encore toutes choses avec vous et vous estes asseurée, ma très chère sœur, qu'on fera tout ce qui se poura pour vous acomoder. Dieu est un grand maistre et fait souvent réussir les choses à l'heure qu'on y panse le moins. Nous aurons soin de le prier toujours qu'il vous regarde en sa miséricorde. On prie saint Joseph ; ne vous découragés point, ma très chère, faites tout ce que vous pourés pour Dieu et vous confiés en sa bonté. Je suis tout à vous.

Ce 5e avril.

fermée par ordre du lieutenant civil, le 8 août 1661, deux jours après la mort de la mère Angélique. Cette fermeture froissa prodigieusement madame de Sablé, qui ne put cependant obtenir satisfaction à cet égard.

1. M. Singlin.

Du 3 janvier 1661.

Vous estes trop bonne, ma très chere sœur, de vouloir aprendre des nouvelles de ma santé. Je ne vaus pas la peine que vous daygnez songer a moy, qui ne fus jamais bonne a rien et qui ne suis plus qu'une pauvre vieille languissante qui s'en va tous les jours a la mort, mais qui cepandant n'oublie point ce que je vous dois; je vous en asseure, ma très chère sœur, et que la foyblesse de mon corps ne rend point mon affection moins forte. Je m'en vante avec très grande vérité, bien fâchée que ce soit avec tant d'inutilité, n'estant pas digne de vous rendre aucun service. Je prie Dieu tous les jours pour vous ; plut à sa divine bonté que ce fut si bien qu'il daygnat regarder les désirs qu'il me donne pour vous et que je conserverai jusques à la mort; et après, si Dieu me fait miséricorde.

Je me rejouis de ce qu'on me dict toujours que vous vous portez bien. Dieu conserve vostre santé, ma très chère; je l'en suplie de tout mon cœur, et vous, l'amitié dont vous m'avez honorée depuis tant d'années et dont vous me donnés tous les jours des preuves en me norissant. Je ne voy point vostre pain sans atendrissement de cœur de la bonté du vostre qui daigne prendre ce soin. Je vous en remertie très humblement.

Ce 15 février 1661 [1].

J'AVOUERAI, si vous voulez, ma très chère sœur, que ce nouveau billet est superflu pour me persuader de votre extrême bonté pour des personnes qui ne méritent pas l'honneur que vous leur faites de les aimer, mais qui s'en tiennent néantmoins fort assurées, parce qu'elles ne sont pas si défiantes que vous, ma très chère sœur, qui faites des réflexions sur les fautes les plus innocentes, comme j'avoue que c'en est une de ma mémoire d'avoir négligé de répondre au billet qui a précédé celui ci, parce que je ne pus le faire à l'heure, et ne m'en ressouvins que quelques jours après, qu'il me parut trop tard. Voilà tout mon crime, ma très chère sœur, que vous jugerez pardonnable, si vous me faites l'amitié de me croire; mais je ne me pardonnerois pas à moi-même cette sévérité qui fait juger inutiles et superflues des choses qui ne le sont nullement; et c'est néantmoins ce que vous êtes toujours tentée d'attribuer à la charité que vous distinguez si fort d'avec l'amitié, bien que dans la vérité elle n'en soit que le rehaussement et la perfection. Tout de bon, si vous étiez à la place du roi, j'appréhenderois que cette défiance vous fît condamner à l'exil bien des personnes qui ne le mériteroient non plus que celui qu'on y envoie. Car c'est quasi nous bannir de votre conversation

1. Cette lettre et la seconde qui suit sont tirées du fonds Saint-Germain, reg. 1508, lequel n'est qu'un portefeuille de Valant, relié et classé différemment. On y trouve encore une quinzaine de lettres inédites de la mère Angélique que je n'ai osé recueillir,de peur de grossir par trop ce volume.

que de nous faire toujours accroire que nous nous en retirons, lorsque nous nous tuons de vous dire tout le contraire. En quoi ce billet m'auroit-il paru inutile, puisqu'il étoit tout à fait nécessaire pour nous assurer si vous désiriez qu'on ouvrit le rideau ou non, et que cette occasion dont vous y parlez nous en auroit mises en peine sans votre explication? Ainsi, je vous en devois très légitimement un remercîment de nous en avoir prévenue; mais vous ne devriez pas soupçonner de l'avoir cru inutile, parce que je l'ai oublié. Vous expliquerez mieux une autre fois, ma très chère, les sentimens d'une personne qui n'en aura jamais d'autres que d'une parfaite estime et d'une sincère affection pour vous; et après tout, vous en avez des preuves. Car si nous voulions chercher à nous venger de vos reproches, combien n'en n'aurions-nous point à vous faire de ce qui se passa l'autre jour au sujet de Cateau! Mais enfin, vous savez si bien contraindre le monde, qu'il faut qu'on cède à la peur de vous fâcher, mais on ne vous cédera jamais que vous aimiez plus qu'on ne vous aime.

(1661.)

Ma très chère sœur,

Je loue Dieu de vous avoir fait donner vostre permission. M. S. [1] vous fera encore dificulté et reculera tant qu'il poura; mais ne vous rebutés point, ma très chère

1. M. Singlin? Cette lettre est évidemment relative à la négociation entamée par mesdames de Sablé et de Vertus, pour décider M. Singlin à se charger de la direction de madame de Longueville.

sœur, puisque ce n'est pas manque de charité, vous asseurant que l'ayant très grande pour tous, il l'a encore très particulière pour vous ; mais son extreme humilité luy persuade qu'il n'est pas digne de servir utilement les ames et la crainte d'entreprendre et de s'engager dans la conduite des personnes engagées dans le monde luy donne une grande peine. Priés Dieu, ma très chère sœur, et nous le ferons avec vous, que son saint esprit l'engage, il ne luy resistera pas et sa conduite ne vous poura servir si ce n'est ce divin esprit qui luy face entreprandre; je prie ce mesme esprit de vous aracher bien tost de ce mechant siècle qui luy est si oposé. J'ay grande envie que Mademoiselle Soyé soit avec vous. Asseurément, ma très chère sœur, c'est une grande consolation et une force d'avoir une personne avec laquelle on puisse parler de Dieu. Je suis toute à vous, ma très chère.

(1661.)

Si vous avez, ma très chère sœur, la bonté d'écrire à madame du Pl. [1], comme vous le proposez, et que j'ose vous en supplier très humblement, je crois qu'après cela il faudra l'attendre et qu'il n'y aura plus rien à faire. Son silence me donne d'autres pensées. Néantmoins, j'arrête mon esprit, qui iroit quelquefois trop vite. Il ne faut rien deviner; les choses viennent à leur temps. Je suis seulement bien aise d'avoir fait ce que je devois en faisant cette avance de lui écrire. Je crois

1. Madame du Plessis-Guénégaud?

que je n'en puis demeurer là. Permettez-moi, ma très chère sœur, que je vous redemande la copie de mon billet. Car tout cela sont pièces de procès dont on ne s'ose défaire avant qu'il soit terminé, et un de mes juges à qui je le voulois montrer ne l'a pas encore vu. Je ne sais quand nous sortirons d'affaires; nous en avons de toutes sortes, et la plus grande ne s'accomode pas pour différer. Le plus affectionné à la cause d'entre les nouveaux grands vicaires, qui est M. Morel[1], déclare hautement la bonne volonté qu'il a pour nous, et qu'il va s'employer de tout son pouvoir pour aider à terminer les affaires. Il dit que ce que nous avons vu jusques à cette heure n'est qu'un commencement, que dans peu de temps nous en verrons la fin. Notre futur archevêque[2] verra peut-être encore plustot la peine. En vérité, Jésus-Christ n'a pas dit sans sujet : Je vous apprendrai qu'il faut craindre. Car les hommes craignent une infinité de choses qui ne le méritent pas, et ne pensent pas à craindre ce qui est seul redoutable; et pendant qu'on nous menace que nous allons être jugés et condamnés, nos juges se trouvent eux mêmes obligés à comparoître et à rendre compte de leurs jugemens et de leurs œuvres. Dieu nous fera miséricorde à tous; nous serons heureuses si tout ceci nous en rend dignes.

1. Claude Morel, d'une famille de robe de Châlons-sur-Marne; ardent ennemi des jésuites contre lesquels il composa plusieurs ouvrages; il devint théologal du chapitre de Paris et doyen de la faculté de théologie; mort le 30 avril 1679. Despréaux lui a dédié sa huitième satire.

2. Monseigneur de Péréfixe fut nommé en 1662.

Du samedi.

Il est vray, ma très chère sœur, qu'il faut mourir, mais ce ne sera pas, Dieu aidant, pour bien tost; et Dieu par sa bonté vous donnera du temps pour vous y préparer encore mieux que vous n'estes, et j'espère qu'il vous en ostera la peur au paravant par la confiance en sa bonté qui augmentera vostre charité jusques à vous faire désirer ce que vous craygnés à cette heure si fort [1]. Ne vous étonnez point, ma très chère sœur, je vous en suplie; conservez bien votre rume et il passera bien tost. J'ay aussi une grande foyblesse sur la poitrine qui m'a empeschée de me mettre dans les remèdes. En ne parlant point deux ou trois jours, cela se passera s'il plait à Dieu.

Je suis toute en peine de vostre livre. Je vous suplie très humblement que je sache quand il sera retrouvé. Je suis toute à vous, ma très chère sœur; je n'ay nul rume; ce n'est que par foiblesse, pour avoir trop parlé.

Du 16 avril.

Est-ce point assez de trois jours de silence pour vous obéir à ne vous rien dire et pour passer l'humeur où

1. Dans plusieurs de ses lettres, la mère Agnès combat également cette terreur exagérée de la mort qui poursuivait madame de Sablé et qu'elle entretenait de la manière la plus ridicule. Une fois, elle se montra très-mécontente, parce qu'on la laissa entrer dans sa tribune, à l'église de Port-Royal, pendant qu'une morte était exposée dans le chœur.

vous advouez que vous estes et celle où vous pretandez que je suis? Je panse que ouy et je vous demande permission de vous dire, ma très chère sœur, que vous ne conoissez pas les cœurs. (Je ne vous en veus pas dire la raison quoy que j'en aye envie.) Je vous asseure, ma très chère sœur, que je n'ay point de pansée de vous cacher mes sentimens; au contrayre, je suis fachée de ne vous les pouvoir exprimer dans leur sincérité, estant bien asseurée que si vous les pouviez voir, vous n'y trouveriez point la sécheresse dont vous vous plegnés, qui vient de ma lourdise et non pas de mon cœur. Nous ignorons la délicatesse de la Cour qui couvre tant de fintise et nostre grossiereté *aute* (ôte) le lustre et l'agrement de nostre véritable amitié. Je n'ose vous en dire daventage, mais j'espère que quelque jour que nous pourons avoir l'honneur de vous voir, Dieu donnera quelque jour à ces petites ténèbres. Ce pendant il sait ce que je vous suis. Je me promets qu'il en est l'auteur et qu'ainsi il me fera la grace de perseverer à estre toute à vous.

Ma très chère sœur,

Je suis très mortifiée de la continuation de cette facheuse migrayne, de ce qu'elle vous oblige de sortir au temps qu'il semble que vous debvriés plus tost demeurer, mais la necessité n'a point de loy et il est vray que vous avés trop différé de prendre des remedes. Je prie Dieu de tout mon cœur qu'il vous soulage et que vous puissiés bien tost revenir; ce pandant, ma très chère sœur, vos remedes et les afoyblissemens qu'ils vous pouront causer vous seront une pénitence, recevés (les) ainsi afin qu'ils servent à vostre ame et que la veue de la penitence vous retienne dans la douceur d'esprit et la passience vers ceus qui vous servent. Je vous dis cecy, m'imaginant peut-être faussement que vous este comme moy qui suis impassiente quand je suis foible. Bonjour, ma très chère sœur, je suis toute à vous.

Du dernier octobre.

Ma très chère sœur,

Quoy que j'aye resenti de la joye de l'effort que Nostre Seigneur vous a fait fayre de venir par ce grand brouillars pour la santé de vostre ame, je n'ay pas laissé de craindre beaucoup que celle de vostre corps n'en pâtit, et je prie Dieu de tout mon cœur que cela ne soit pas et que la grace que vous avez reçeue serve à vous mieux porter. En toute manière je serois bien ayse de sçavoir si vous c.[1] demain pour m'en rejouir et en .remertier Dieu avec vous, ma très chère. Quoy qu'il en soitl je priray Dieu par l'intercession de la sainte Mère et de tous les saints de vous donner une nouvelle vie dans sa sainte grace et qu'il la justifie tous les jours. Je vous proteste, ma très chère sœur, qu'ayant toujours joye de retourner en nostre desert, elle a esté bien traversée du deplesir sensible de m'éloygner de vous pour qui il est vray que Dieu m'a donné des sentimens plus grands que je n'avois jamais eu, mais cela ne fait pas

1. Communierez?

que je ne sois très indigne de vous servir. Je me suis consolée de ce que vous ne pouvés presque sortir de tout l'iver et en me promettant que je me donneray l'honneur de vous escrire souvent et de vous avoir toujours présentedevant Dieu. Ma très chère, je suis sincèrement et vrayment toute à vous.

Du 6e février.

Ma très chère sœur,

M. S.[1] m'avoit desja dict l'incomodité que vous aviés de ce bruit dans la teste, dont je vous plains beaucoup, sachant qu'il est très incomode. J'en ay esté plusieurs années très incomodée, mais il n'estoit pas si grand que le vostre. Il en court cette année, et le remede à ce que l'on dict est de bien se purger. Je prie Dieu, ma très chère sœur, de vous en délivrer bien tost. Je suis très en peine de ce que vous ne rencontrez point une personne comme il vous la faut et encore plus de ce qu'elles sont si rares qu'il n'y a que Dieu qui vous la puisse donner. Il la luy faut demander. Il est nostre vray pere qui a tant de bonté qu'il ne refuse point à ses enfens quand ils luy demandent avec une vraye confience et humilité qui leur est necessère. Je fis mettre dès hier des litz dans vostre chambre du dedans, et on y a couché cette nuit; on y a feit, et fera tous les jours du feu. Je suis logée a la chambre de tout embas du bâtiment neuf, où nos novisses avoient esté tout l'iver, elle est seulement chaude, que je n'y puis souffrir grand feu en ayant mal

1. M. Singlin.

a la teste. Asseurez vous que nous rendrons incontinent la vostre bonne, Dieu aydant. Pour nos affayres, ma très chère sœur, vous en savez plus de nouvelles que moy, mais quoy qu'il en soit, rien ne nous peut ariver que Dieu ne le veuille ainsi, nous n'avons rien à craindre que de n'avoir pas la preparation de cœur que nous devons avoir pour tout ce qui luy plaira nous envoyer. Tout nostre soin doit estre de la demander à celuy qui ne donne pas une pierre à ses enfens quand ils luy demandent du pain.

Je suis toute à vous, ma très chère.

Ma très chère sœur,

Vous pouvez reprendre vos chambres quand il vous playra, mais nous n'y pourons pas entrer quand elles ne seront plus dans la clauture. Vous pouvez panser, ma très chère, si je n'aurois pas autant de joye que vous de pouvoir avoir l'honneur de vous y voir. Si vous n'aviez besoin que pour vos drogues, ma sœur Catherine les iroit fayre à vostre parloir, en la présance de M. Moussin, si vous vouliés, et je vous asseure qu'il n'y a point de malades et qu'elle n'en aprochera point, s'il en survient. Je suis toute à vous, ma très chère sœur. N'ayés point peur, je vous en supplie très humblement.

Du 24 et du 26.

Ma tres chere sœur,

Si vous sçaviez la peine que me donne la vostre, je croy que vous auriez autant de peine pour moi que j'en ay pour vous. Je suis afligée que vous soyez sortie et neantmoins voyant la suite des choses, je croy qu'il le falloit, car il vous eût esté impossible de soutenir la continuité de nos maladies qui vous eussent fait mourir de frayeur. Il n'est tombé personne depuis deux jours, et deux de nos petites sont parfaitement gueries, et deux autres en bon estat, les quatre autres sont au fort de leur mal, mais sans péril aparent, grâces à Dieu. Pour les trois sœurs, ma sœur Marie de Sainte-Madeleine du Fargis [1] fut hier à l'extremité, et je croy que sans deux seignées et des sentifications et du Gilla, elle ne seroit plus au monde. Elle est beaucoup mieux grâces a Dieu : MM. Isore et Renodot en ont très bonne esperence. Pour moy, la grande peur que j'ay que nous la perdions me fait toujours craindre. On l'a encore seignée ce matin, les deux autres sont bien [2]. Enfin, ma très chère sœur, nous sommes a Dieu. Il a un tel soin de nous qu'il ne laisse pas tomber un de nos cheveux sans son ordre. Cela fait que je ne me puis inquiéter jusques au trouble. Je vous asseure pourtant, ma très chère sœur,

1. Marie d'Angennes du Fargis, née en 1618, fit profession à Port-Royal le 11 novembre 1640 : prieure de Port-Royal-des-Champs en 1660, abbesse de 1669 à 1678 et de 1684 à 1687, morte le 9 juin 1691.

2. M. Sainte-Beuve a publié cette lettre en omettant cette phrase depuis : *Grâces à Dieu.*

que je l'ay plus esté de votre crainte et de toute la peine qu'elle vous a donnée que de toutes nos malades. Au reste, ma très chère sœur, pour l'amour de Dieu, je vous en suplie très humblement de croyre que ce que l'on vous a dict, n'a point esté par autre esprit que celuy de la charité, du respect et de l'affection qui nous faisoit désirer de chercher les moyens de vous mettre en repos et en liberté d'esprit, tout nostre désir estant qu'on ait jamais subjet d'avoir regret de s'estre engagé avec nous, et il me samble que je voudrois faire impossible pour cela. Je ne me plains point de vos frayeurs. Au contrayre je les porte avec douleur, compassion très grande, et nous en avons pleuré, ma sœur Catherine [1] et moy. La pauvre fille en estoit toute pénétrée, mais je vous advoue, ma très chère sœur, que vos defiences me fâchent et ces incrédulitez que vous avés a tout ce que l'on vous dict. En sorte que vous doutés encore si l'on ne mettra point de morts au chapitre, encore qu'on vous ait tant protesté que cela ne seroit point. Jamais, tant que vous serés au monde, que je prie Dieu estre de longues année. Encore vous veux-je pardonner ça. Je voy bien que c'est un effect de l'extrémité de votre frayeur qui vous oste la présance de l'esprit, et de la memoyre ce que l'on vous a dict, et il est vray que cela me fit panser qu'il n'y avoit point de moyen asseuré que de le murer, et sans la crainte de vous facher, il le seroit et je vous asseure, que depuis le jour de la mort de nostre sœur, personne n'y a entré, et je trouve cela resonable, afin que vous soyés plus éloignée de tout mauvés air, et que vous reveniés avec

1. Novice qui avait été pendant assez longtemps auprès de madame de Sablé.

plus d'asseurence quand il playra a Dieu guerir nos malades. Je suis toute à vous, ma très chère sœur, et du cœur que Dieu conoist[1].

J'avois toujours crainte que nos lettres vous fissent peur. Cela m'a fait differer a me donner l'honneur de vous escrire ; mais mademoiselle Soyer me dict hier que je le pouvois et que les passant au feu vous n'en auriés pas peur.

Ma tres chere sœur.

Nous ne partirons qu'a la fin de la sepmaine. Si vostre peur se passe, nous pourrons avoir l'honneur de vous voir, et je vous asseure, ma très chère sœur, qu'il n'y a nul subjet de craindre. Cette pauvre fille n'est morte que de pure comsomtion ; elle estoit tellement seiche que je m'étonois tous les jours, la voyant marcher, comme elle le pouvoit fayre, et aussi est-elle finie comme une lampe ou il n'y a plus d'huille. Neanmoins, ma très chère sœur, je vous suplie humblement de ne point contraïndre vostre esprit ; la peur est un vray mal encore même qu'il n'y en put point [avoir] d'autre, d'ailleurs tout le monde se porte bien, et nous sommes bien obligées a Dieu de donner tant de santé a cette Mayson, tout se guerit aux champs, ors les fiebvres cartes. On donnera à tous les accès de vostre eau de scorsonère à ma sœur Marie de Sainte-Madeleine[2] ; nous verrons ce qu'elle fera. Si je n'ay point l'honneur de vous voir des yeux

1. M. Sainte-Beuve a omis la phrase depuis : *Et je trouve*.
2. La mère du Fargis.

du corps, je vous asseure, ma très chère sœur, que je vous verray de ceux de l'esprit et que tant que je vivray, je priray Dieu qu'il vous augmente ses saintes grâces et que vous ne soyez pas privée de l'accomplissement de vos bons désirs. Je suis toute a vous, ma très chère sœur.

Du vendredi matin.

Ma très chère sœur,

J'AY trouvé l'advis que vous m'avez fait l'honneur de me demander si important que je n'ay osé vous repondre sans parler à M. S. [1], lequel juge que vous ferez bien de fayre le compliment. Il dict qu'il ne faut pas reculer quand Dieu fait quelque ouverture, parce que nous ne sçavons pas ce qui luy plait. Au reste, ma très chère sœur, [le] santiment est très bon de vous séparer du monde autant qu'il vous sera possible, mais en suivant Dieu.

On ne vous entendit point sonner hier; il faut trouver une invention pour cela. En atendant on a ouvert le tableau dès le matin et l'ouvrira pour vespre. Nous avons fait mettre des vitres au desus de notre grille qui empesche que nous ne santions plus la mauvaise senteur les vendredis. Espérés toujours en Dieu, ma très chère, et lui demandés une parfaite confiance de sa misericorde. Je suis tout à vous.

1. M. Singlin.

Ma très chère sœur,

Je me donnay l'honneur de vous escrire hier. Depuis j'ai veu M. S. [1], auquel j'ay parlé de vous et du désir que vous aviés de le voir. Si vous le luy témoignés, asseurés-vous qu'il vous verra, mais comme il ne s'avence jamais et atent qu'on le demande, outre ce qu'il est accablé, il luy faut faire savoir ses besoins. Il nous traite ainsi et cela ne nous fait point douter de sa charité, sachant que ce n'est que par une sainte retenue et une grande humilité qui luy persuade qu'il ne peut servir. Je vous suplie très humblement de me dire si vous voyez celui qui a été si malade, où il fut après avoir esté chez vous et s'il vous parle de ses dessins.

Je vous diray une autre fois le subject pour quoy je vous fais cette demande. Je suis toute à vous.

Jeudi.

Ma très chère sœur,

Je suis fachée qu'on ne vous ait pas ouvert les fenestres. C'est que nous avons beaucoup de nouvelles venues depuis que vous estes partie, qui peut-estre se sont rencontrées à l'église lorsque vous avez sonné. Cela n'arrivera plus. Mais comme vous portés, ma très chère sœur ? Et cette mauvese santeur n'est-elle point passée? Je le désire bien fort et la destruction de tous vos enne-

1. M. Singlin.

mis visibles, sensibles et invisibles. Je suis toute à vous, ma très chère sœur. Ma sœur Catherine vous suplie très humblement de croyre qu'elle resent plus les obligations qu'elle vous a que jamais, et est aussi de plus en plus votre très humble petite servante.

Mercredy matin, 27e septembre.

VOSTRE affaire feut hier achevée avec M. de Longueil ainsi que vous l'avez souhaitté. Je ne vous escrivis point hyer parce que je venois de lire des parolles si fortes dans saint Grégoire, et j'en avois l'esprit si remply que j'avois peur qu'il m'en échappa quelque chose à cause que elles vous convenoient beaucoup. M. Singlin vous demende vostre carrosse pour mesner madame de Crevecœur en ville. C'est pour une affaire qui tend à l'en faire passer le reste de ses jours (*sic*). Ce seroit après-disné qu'elle auroit affaire, si vous pouvés sans incommodité le luy prester. Si vous avés besoin de moy je suis à vous.

Ma très chère sœur,

VOUS avez parfaitement bien fait d'escrire à M. de Sainte-Boniface. Il le faudroit bien fayre aussi à M. de Saint-Roc, qu'on dict qui alla parlé a la R.[1] si fortement. Vous ne me dites point comme va vostre santé, ma très chère sœur, la mienne ne va pas tout à fait bien, ayant

1. La reine?

un peu d'opression sur la poytrine sans aucune émotion de fiebvre. Je me vais fayre seigner, en ayant besoin, et puis je me purgeray. M. S. l'a esté seigné ce matin, mais il en avoit bien plus de besoin que moy et il y a longtemps, sans qu'il en aye peu prandre le loysir. C'est grand pitié de ce que vous ne dormés point et de ce que mademoiselle de Chalés est obligée de vous quiter. Il faut bien qu'elle se depayche de fayre son affayre. J'ay un grand désir que Dieu vous donne une personne comme il vous la faut et que vous soyez icy, puisque Dieu vous en donne un si grand désir que je croy qui vient de luy; nous avons encore une vieille sœur laye de soixante-huit ans, toute consomée, qui pourra bien mourir demain ou après. Cela etonne tout le monde de les voir aller si vite. On dict que c'est d'ennuy que nous mourons. Si nos ennemis peuvent se persuader que nous irons toutes aussi vite, peut estre nous laisseront-ils aller à Dieu paysiblement.

Je suis ravie que vous ne vous effrayés pas trop, et vrayment, il n'y a pas de quoy, car c'est comme une autre mayson eloygnée de plusieurs rues que nostre quartier et celui de l'infirmerie, outre ce que M. Renodot asseure qu'il ni a nule malignité. Pour votre peintre, je ne me conois pas à cela, mais il me semble qu'il n'y peut avoir d'injustice de le payer au prix de l'autre, à proportion de ce qu'il a fait. Je suis toute à vous, M. S. n'a assisté pas une de nos malades à la mort[1].

1. Nous ne mentionnerons qu'en abrégé trois autres billets de la mère Angélique, trop insignifiants pour être transcrits. Dans l'un, du 19 février 1656, elle débute ainsi : « Ma très-chère sœur, je ne vous ay osé escrire ces jours passés, à cause de nostre sœur défuncte, quoyque je n'en eusse point aproché,

non pas par crainte, car il n'y avoit rien de malin en sa maladie; c'estoit une fille de soixante-deux ans, très-cassée, infirme, qu'un vieux rhume a étouffée. C'est la quatrième et non pas la cinquième, comme on vous avoit dit. Enfin, ma très-chère sœur, nous mourrons tous, et si Dieu nous fait la grâce de nous y bien préparer, comme il l'en faut supplier sans cesse, notre mort sera la fin de nos maux et le commencement de tous nos biens. » Elle continue en parlant tisane, maladie et purgation. « Vous savez, ajoute-t-elle en terminant, ce qui se passe, qui nous oblige à prier Dieu plus que jamais; avec son secours, nous serons assez fortes. » Dans un autre, elle remercie madame de Sablé d'avoir parlé aux juges pour le procès des religieuses et lui dit qu'elle ne lui écrit pas à cause de la petite vérole qui règne à Port-Royal, quoi qu'elle n'approche pas des malades. Dans le dernier, elle parle de la mort d'une sœur âgée de soixante-huit ans : « C'estoit une âme vraiment à Dieu dans sa simplicité; c'estoit de ces petits auxquels Notre Seigneur révèle les mistères qu'il cache aux sages et aux grands. »

IV

ANTOINE ARNAULD

Antoine Arnauld, frère de M. d'Andilly et le vingtième enfant de leur père, est trop connu pour que j'aie à en parler avec détail ici.

Il naquit à Paris le 6 février 1612, quitta l'étude du barreau, sous les inspirations de l'abbé de Saint-Cyran, pour celle de la théologie ; il fut reçu, en 1641, docteur en Sorbonne et ordonné prêtre en 1656, puis il se retira à Port-Royal où il demeura douze ans. En 1679, il dut quitter définitivement la France, et il mourut à Bruxelles le 6 août 1694, fidèle jusqu'à la fin à ses doctrines.

Ce 29 mars (1661).

Je vous escris, Madame, sans sçavoir à quel dessein, sinon que dans le sentiment que j'ai de l'extrême injustice que l'on veut faire aux enfants de M. de Bagnols[1], ce m'est un soulagement que d'en parler à une

1. M. du Gué de Bagnols, maître des requêtes, était fils de l'intendant de Lyon ; devenu veuf, il s'était jeté à Port-Royal

personne que je n'en crois pas moins touchée que moi. Car, connoissant comme je fais quelle est vostre générosité et vostre reconnoissance, je ne puis douter que vous n'ayez conservé pour un tel ami des sentimens extraordinaires d'affection et de gratitude, et que vous ne soyez encore plus portée à en rendre après sa mort des témoignages à ses enfans que vous n'auriez fait à luy-même durant sa vie, parce qu'une amitié généreuse n'est jamais plus satisfaite que lorsqu'elle peut agir en faveur de son amy sans aucun meslange de propre interest. Or, cela n'arrive jamais davantage que quand ceux que nous aimions ne sont plus du monde, parce que tant qu'ils y sont, il est bien difficile de dis-

en 1647. Il vendit sa charge et se trouva à la tête de 60,000 livres de rentes. Il acheta, près de Chevreuse, le château des Trous, où il installa bientôt une des trois petites écoles de l'abbaye. Avec le duc de Luynes, il contribua aux travaux exécutés en 1651 à Port-Royal-des-Champs.

M. de Bagnols était d'un caractère ardent et fier, mais il se soumit complétement à M. Singlin. Il mourut le 15 mai 1657, à peine âgé de cinquante ans : « Il a tant jeûné et tant fait d'austérités, dit Guy-Patin, qu'il en est mort ; et, de peur qu'il n'en eschappât, Guénaut et un des gazetiers lui ont donné du vin émétique. Quelle sottise de prendre ce poison dans une inflammation de poumon et à jeûner si rudement qu'il en faille mourir. » Ses enfants demeurèrent aux Trous, et c'est au sujet des persécutions dirigées contre la *petite école* installée dans ce château, que ceux-ci se virent probablement tourmentés.

Madame de Sablé ne négligea pas la prière de M. Arnauld, car nous voyons la mère Agnès la remercier, le 24 mars 1662, « de l'action si bonne, si généreuse et si méritable que vous venez de faire à l'égard de notre pauvre enfant, en lui donnant la main dans un pas si glissant que celui où elle est. » Mademoiselle de Bagnols avait été demandée en mariage : elle demeura fidèle à Port-Royal et mourut en 1686, recommandant qu'on l'y ensevelît auprès de ses parents.

cerner si la considération des services que nous en espérons ne fait point une partie de la chaleur que nous avons à les servir. Et quand nous serions asseurés qu'il n'y entreroit rien de cet interest bas et commun, il y a une autre vue plus subtile dont les ames les plus nobles se gardent le moins, qui est celle d'obliger une personne qui nous en sçaura gré et qui nous en aimera davantage. Mais il n'y a rien de tout cela dans ce que l'on fait pour un amy mort; il n'est plus en estat de reconnoistre par d'autres services ceux que nous luy rendons, ny mesme de nous tesmoigner qu'il nous en a de l'obligation. Et ainsi, Madame, c'est en ces rencontres qu'on peut pratiquer excellamment ce que Jésus-Christ nous recommande dans l'Évangile de prendre pour objet de notre charité, non ceux qui nous peuvent assister en autre chose, mais ceux qui sont les plus incapables de nous faire jamais aucun bien Voilà ce qui me persuade que ce qui auroit pu affoiblir une affection moins solide et moins désintéressée, n'ayant fait qu'augmenter la vostre, la mort de M. de Bagnols ne vous rend que plus disposée à tesmoigner par des preuves effectives les sentimens qui vous restent de l'amitié que vous avez eue pour luy. Mais, de plus, Madame, vous aurez pu considérer qu'au regard de l'affaire dont il sagit, M. de Bagnols est plus vivant que s'il estoit sur la terre, puisque le zèle qu'il a eu pour l'éducation chrestienne de ses enfans est infiniment accru depuis qu'il est dans le ciel. C'est pourquoi je vous advoüe que j'aurois peine à souffrir que ceux qui ont fait profession d'aimer M. de Bagnols pendant sa vie témoignassent de la froideur en cette rencontre, parce que je ne pourrois attribuer un si mauvais effet qu'à l'une ou l'autre de deux causes également mauvaises et dangereuses. Car si cette indifférence naissoit de leur peu d'affection, il me semble qu'ils auroient grand sujet de craindre que ce défaut de gratitude envers un tel amy que fut M. de Bagnols ne fust une marque d'un grand refroidissement de charité dans leur cœur; et si elle venoit de ce qu'ils jugent cette affaire peu importante pour le bien de ses enfans, ils auroient encore, ce me semble, grand sujet d'appréhender que ce jugement ne fust une preuve du peu de sentiment qu'ils auroient pour les choses de Dieu, et de leur peu de lumière pour en discerner la grandeur et l'importance. Je sais que les personnes du monde s'estonneroient de ce langage, parce qu'ils ne font pas grande différence, en ce qui regarde les enfans, entre conduite et conduite, éducation et éducation. Et ce qui les fortifie dans cette pensée est qu'il arrive assez souvent que ceux qu'on a élevés avec plus de soin ne réussissent pas mieux que les autres, et s'engagent dans d'aussi grands déréglemens lorsqu'ils sont en leur liberté que ceux dont on n'a eu aucun soin particulier. Mais ce raisonnement, Madame, est une illusion, qui ne trompe pas seulement les gens du monde en cette rencontre, mais qui les abuse en une infinité d'autres, et leur fait regarder comme inutiles les plus sûrs et les plus ordinaires moyens du salut, parce qu'il y en a plusieurs qui s'en servent mal. Il est donc vrai, madame, qu'il y a peu d'enfans qui réussissent et qui conservent les sentimens de piété qu'on a tasché de leur inspirer, parce que les dangers du monde sont horribles ; mais il est vray néantmoins que l'éducation chrestienne est un bien inestimable, et que c'est le moyen ordinaire du salut des pères et des enfans. Ainsy Dieu ayant rempli le cœur de M. de Bagnols de ces sentimens, et luy ayant toujours fait considérer le soin de l'éducation de ses enfans comme son devoir, et le premier objet de sa piété, on a sujet de croire que tant qu'ils demeureront dans l'estat où il les a laissés, et où il a ordonné si expressément qu'ils demeurassent, cet estat choisi par un père si éclairé est une source de bénédictions pour eux et la voye la plus assurée pour les conduire au ciel. Et quand même ils viendroient à en abuser, ceux qui en sont chargés en seroient véritablement quittes devant Dieu puisqu'ils les auroient laissés dans l'ordre où la Providence les a mis. Mais si on vient à les faire sortir de cet ordre, en les faisant changer de conduite, on les prive par là des grâces que Dieu a attachées aux saintes intentions d'un si bon père, et on les expose à un danger de se perdre d'où quand Dieu même les préserveroit par une faveur particulière, ceux qui les y auroient engagés ne laisseroient pas d'estre coupables de ce scandale criminel que Jésus-Christ condamne si souvent dans l'Évangile. Car, comme saint Cyprien traite de parricides les pères qui par la crainte de la persécution faisoient manger à leurs petits enfans des viandes immolées aux idoles, parce, comme remarque saint Augustin, que, quoy que l'âge des enfans les empeschast d'en estre souillés, il n'auroit tenu néantmoins à ces pères lasches qu'ils ne leur eussent ravy la vie de la grâce par la contagion des idoles; de mesme encore que Dieu fit éviter aux enfans de M. de Bagnols les mauvaises suites de ce changement, ceux qui en seroient causes ne laisseroient pas que d'estre criminels pour avoir renversé l'ordre de

Dieu, et les avoir exposés à ce péril. Cependant, Madame, c'est à quoy on veut engager une aussy bonne princesse qu'est la Reyne par de faux prétextes de religion, et c'est ce qui nous doit faire déplorer la condition des princes et regarder avec frayeur la difficulté qu'ils auront de se sauver, puisqu'il y a tant de danger pour eux dans les actions mesmes qu'ils s'imaginent estre les plus saintes. Car ce n'est pas assez que d'avoir du zèle, jamais personne n'en a cru avoir davantage que saint Paul lorsqu'il persécutoit l'Église. Mais si quelque chose doit faire juger que le zèle n'est pas selon Dieu, est quand on entreprend d'une part au delà de ce que l'on doit, et qu'on néglige de l'autre ce que l'on doit. Et ainsy, Madame, ce sont deux choses également estranges, de voir que d'un côté l'on présume avoir assez de lumière pour condamner le jugement d'un très-homme de bien et très-éclairé dans la conduite de ses propres enfans, et que de l'autre on en ait si peu que d'avoir mis *Oratius Tubero* que vous connoissez enla place où vous sçavez qu'il est. Il est vray, Madame, que ce qui rend ces fautes plus pardonnables est que les personnes qui les commettent sont environnées d'une infinité de gens qui leur remplissent l'esprit de mensonges, et qu'il ne s'en trouve point qui osent leur dire la vérité, parce que nous sommes en un siècle où la foiblesse et la lâcheté passent pour modération et vertu, et où on croit en estre quitte devant Dieu en se persuadant que ce qu'on feroit ne serviroit de rien, quoy que nous n'en soyons pas assurés, et qu'il y ait souvent des occasions, où sans nous mettre en peine des événemens, nous sommes obligés de satisfaire à ce que Dieu demande de nous.

Ce 5 juillet.

Nous n'avons point demandé cet escrit de M. Lopez par une simple curiosité, mais parce que luy-mesme a tesmoigné désirer que nous le vissions, comme vous verrez par ce morceau d'une lettre escrite de Bordeaux, que je vous envoye et que vous pouvez montré à madame de L. [1]. Au reste, nous savions déjà bien que ce frère de M. Lopez qui est chez M. le P. de C. [2] avoit escrit à son frère pour l'intimider. Mais en vérité, Madame, ce sont présentement des terreurs tout à fait passagères. Il y avoit plus à appréhender quand il a rendu son jugement avec ses collègues, quoy qu'il ne pouvoit manquer de le faire sans trahir sa conscience, puisque le parlement leur avoit renvoyé ce livre pour en juger. Mais maintenant que ce jugement est rendu, plus ils feront voir qu'ils ont eu raison de le rendre, et plus ils se mettront hors des atteintes des Jésuites, qui ont employé inutilement tout leur crédit pour leur faire pièce, et qui n'en ont pu venir à bout, parce que ç'auroit esté la chose du monde la plus tyrannique de persécuter des théologiens pour avoir obéi à l'arrest du parlement qui les a obligés de dire leur advis sur une matière toute de théologie. Ainsy, Madame, vous jugerez sans doute, que ce n'est nullement le commettre que de montrer cet escrit, et que luy-mesme n'a point ces appréhensions-là, comme vous pourrez voir par cette lettre escrite de Bordeaux, qui est d'une personne

1. Madame de Longueville.
2. Le prince de Conti.

qui est tout à fait un homme d'honneur et à la parole duquel on se peut entièrement fier.

Après tout néantmoins, je ne trouve rien à redire à la bonté de madame de L. ny à la vostre de ne vouloir pas qu'on fasse voir un escrit qui pourroit attirer quelques persécutions contre celuy qui en est l'auteur, et je suis bien de votre advis si cela estoit à craindre. Mais je pense que vous jugerez vous-même qu'en l'estat où sont les choses, et les jésuites étant irrités contre lui au point qu'ils le sont, c'est leur donner grand avantage que de laisser croire que les professeurs n'ont eu aucune raison d'absoudre Wendrockius [1] d'hérésie ; ce qui pourroit arriver s'ils ne se deffendoient point contre la lettre que les jésuites ont fait imprimer dans Bordeaux; au lieu que faisant voir, comme il leur est fort aisé, que la prétention des Jésuites est ridicule et insoutenable, ils se mettent bien plus à couvert de la persécution des Jésuites.

Ce 31 juillet.

Il semble que vous me vouliez corrompre par des louanges, afin que je vous pardonne vostre manquement de parole. Vous ne m'avez payé qu'à demy ce que vous m'avez promis, et vous m'avez privé de la plus excellente partie de ce que vous m'aviez fait espérer. J'ai reçu les pensées des deux amis; mais je n'ay point reçu les vostres. Je ne vous laisserai point en repos que vous ne me les ayez envoyées. Si j'avois la

1. Faux nom sous lequel Pierre Nicole a écrit des notes sur les *Provinciales*.

deuxième partie de la *Logique* [1] je me vengerois en vous l'envoyant, afin de vous faire rompre la teste à des subtilités d'école, qui ne sont pas si agréables que ce que vous avez vu dans la première; mais, en attendant, je vous envoie un discours de l'ame que j'ai tiré autrefois de saint Augustin [2] et que je vous supplie de ne pas égarer parce que je n'en ai que ce brouillon. Vous y trouverez beaucoup de raisonnemens semblables à ceux de M. Des Cartes, et c'est pour vous dire le vray, ce qui m'a donné quelque affection pour ce nouvel auteur, de ce que j'ai trouvé plusieurs de ses pensées conformes à celles de saint Augustin. Car ce discours est traduit mot à mot de ce saint père, et tout ce que j'ai fait a esté seulement d'en retraucher quelques choses et d'y mettre de petits titres.

Ce 1er août.

On nous a mandé de Bordeaux que M. Lopez, théologal, l'un des docteurs qui ont absous Wendrock et celuy qui a fait l'escrit que vous avez trouvé si bon, en a fait depuis un nouveau contre une lettre imprimée que les Jésuites font courir à Bordeaux, et qu'il l'a envoyé à son frère qui est auprès de M. le prince de Conty, s'imaginant que cela suffisoit pour nous le faire tenir

1. Un de ses ouvrages intitulé : *la Logique ou l'art de penser*. —Dans un billet précédemment publié, Arnauld, en envoyant à madame de Sablé le discours placé en tête de *la Logique*, lui dit : « Ce sont des personnes comme vous que nous voulons avoir pour juges. » La première édition de *la Logique* est de 1662.

2. Il composa des *Commentaires* sur les *Confessions* de ce saint.

comme c'est son intention. Cependant, comme nous n'avons point d'habitude avec ce frère de M. Lopez, nous pourrons bien ne le point voir, si vous ne nous faites la grâce de vous employer auprès de monseigneur le prince de Conty pour vous la faire avoir. Car cet homme paroît fort habile, et quoyque d'abord il ait été un peu esbranlé par les menaces des Jésuites, maintenant qu'il est engagé dans l'affaire il y témoigne beaucoup de fermeté et peut-être mesme que cela peut servir pour détromper M. le prince de Conty, parce que cela ne luy sera pas si suspect que ce qui viendroit de nous. On nous a même escrit qu'il a esté fort satisfait de l'escrit que vous avez vu.

Au reste, je vous rends très humbles grâces de ce que vous m'avez envoyé; et vous pouvez bien vous assurer que j'en userai avec toute sorte de discrétion.

Ce 9 août.

Voila la deuxième partie de la *Logique*, puisque vous désirez absolument de la voir [1]. Mais ne vous en prenez qu'à vous mesme si vous en avez la teste rompue, puisque je vous ai déjà averty qu'elle n'estoit capable que de faire ce mauvais effet, parce qu'ayant voulu démontrer toutes les règles, il a fallu nécessairement desméler beaucoup de petites choses qui ne se peuvent comprendre sans fatiguer un peu l'imagination. C'est

1. M. Cousin a publié une lettre adressée par M. de la Brosse à madame de Sablé, au sujet de ce livre qu'elle lui avait prêté et qu'il avait « lu ou plutôt dévoré avec toute la satisfaction imaginable. »

pourquoy, madame, je vous supplie de ne lire que ce qui ne demandera pas tant de contention d'esprit. Car je serois inconsolable si je vous avois fait du mal en ne pensant qu'à vous donner une heure de divertissement.

Un conseiller de la grand'chambre du parlement de Bordeaux [1] a encore escrit à M. d'Andilly que M. Lopez a envoyé deux escrits à son frère, dont l'un est celuy que vous avez vu corrigé et augmenté, et l'autre un nouveau, afin que nous les vissions. Cependant, madame, je vois bien que la fausse politique de ce frère étouffera cet escrit et que sous prétexte d'obliger son frère, il ne tiendra pas à luy qu'il ne laisse aux Jésuites l'avantage dont ils se flattent d'avoir convaincu ces docteurs d'estre de fort meschans théologiens d'avoir absout un livre qui est vrayment hérétique. En vérité, la timidité choisit souvent de fort meschans moyens de se mettre à couvert *de ses craintes.*

1. Évidemment M. Joseph de Voisin, conseiller au parlement de Bordeaux, et cité dans la *Bibliothèque janséniste.* Il se fit prêtre et mourut en 1685.

V

ARNAULD D'ANDILLY

Robert Arnauld d'Andilly était le fils aîné d'Antoine Arnauld, avocat célèbre, et de Anne Forget, fille elle-même du premier maître-d'hôtel du connétable de Bourbon. Il appartenait à l'une des plus anciennes familles de l'Auvergne, où ses membres occupaient dans la robe et dans l'armée des positions considérables. Littérateur savant et aimable, il jouissait d'un grand crédit à la cour, où il conserva toujours une attitude irréprochable, et qui faisait dire à Balzac en parlant de lui : « Qu'il ne rougissoit point des vertus chrétiennes et ne tiroit point vanité des vertus morales. » Il quitta le monde en 1643, à l'âge de cinquante-cinq ans, pour se retirer à Port-Royal-des-Champs, où il composa un certain nombre d'ouvrages d'érudition religieuse. Il passa dix ans sans quitter le monastère dont il était en quelque sorte chargé de faire les honneurs : il paraît même qu'il y attirait trop de monde et qu'il dut, à ce propos, se rendre aux observations de son neveu, M. de Sacy. En 1656, à la suite de l'arrêt de la Sorbonne, qui avait exclu le grand Arnault de son sein, il y eut ordre de disperser les solitaires des Champs; M. d'Andilly, prévenu d'avance par le secrétaire d'État Loménie de Brienne, put écrire à Mazarin et obtenir qu'on laisserait ces messieurs se soumettre à l'ordre d'exil, sans la participation du lieutenant civil. Il se retira chez lui à Pomponne, d'où il se rendit au bout de quelques jours à Fresne, chez madame du Plessis-Guénégaud. Au bout d'un mois il était rentré à son cher désert des Champs, et Mazarin répondait à ses remerciements en le priant de ne pas l'oublier dans ses prières.

Dans la suite, M. d'Andilly s'efforça de concilier les deux partis ; il soutint vivement la tentative de l'évêque de Comminges et faillit même, à cette occasion, se brouiller avec son frère. Quand les persécutions recommencèrent, il se rallia étroitement au parti, et nous le voyons, le 26 avril 1664, assister à l'expulsion des douze religieuses qu'il bénit et escorta jusqu'à la voiture préparée pour les emmener. Une lettre de cachet lui enjoignit de regagner Pomponne, qu'il quitta en 1671 pour venir remercier Louis XIV de la nomination de M. de Pomponne à l'ambassade de Suède. De Versailles, il songea à retourner aux Champs, ce qui lui coûtait assez, car il avait mené très-doucement son exil chez lui. Du moins réfléchit-il pendant près de deux ans; il s'y réinstalla au mois de mai 1673 avec M. de Luzancy, et y mourut le 27 septembre de l'année suivante.

Ce jeudi au soir.

Comme jamais lettre ne mérita moins d'estre bruslée, je ne sçaurois assez vous dire que c'est le desplaisir que j'en ay. Si elle se fut adressée à moy, je l'aurois fait enchâsser dans de l'or, plustost que de la jeter au feu, n'y ayant rien de plus estimable et de plus rare dans un siècle aussi corrompu qu'est le nostre, que cette preuve de la vertu d'un homme qui porte à juste titre le nom d'evesque.

Ce 6 septembre 1664.

Estant prest de quitter ce saint desert avec mon fils de Luzancy [1], qui reçeut hier un ordre semblable au mien, je vous dis encore adieu en la manière que je le puis et ne vous dis point avec quelle estime, quel respect et quelle passion je suis absolument tout à vous, puisque vous me connoissez trop pour pouvoir jamais en douter [2].

1. Charles-Henry, son troisième fils, retiré à Port-Royal en 1642, mort en 1684.

2. Il y a encore un billet, dans lequel M. Arnauld d'Andilly explique comment l'évêque de Vence avait pris une lettre d'une amie d'Arnauld pour une de madame de Sablé et lui avait écrit lui-même un mot auquel elle ne comprenait rien.

VI

ARNAULD DE POMPONNE

Simon Arnauld de Pomponne, fils de M. d'Andilly et de mademoiselle Le Fevre de la Boderie, naquit en 1618; il embrassa la carrière administrative et fut nommé dès l'âge de vingt-quatre ans intendant de Casal; il fut ensuite conseiller d'État, intendant des armées à Naples et en Catologne. Le jansénisme de ses parents n'entravait nullement ses brillants succès, mais sa liaison avec Fouquet le compromit et le fit disgracier pendant quelque temps. Dès 1665 cependant, il obtint une mission pour la Suède où il retourna en 1671 en qualité d'ambassadeur. La même année, il vint recueillir la succession de M. de Lyonne comme secrétaire d'État des affaires étrangères. Il dut se retirer en 1679 pour prévenir un brutal exil ménagé par Colbert et Louvois. En 1691, il reprit son portefeuille et le conserva jusqu'à sa mort, arrivée le 26 septembre 1699, à Fontainebleau.

A Verdun, ce 2 avril 1662.

Vous devez, je vous jure, Madame, plus appréhender que moy les charbons dont vous me menacez ; vous me faites une si grande injustice en voulant les assembler sur ma tête, que je craindrois que la punition n'en tournât contre vous et que vous n'en fussiez plus bruslée que moy. Tout de bon, madame, si vous songez bien au tort que vous me faites, vous me devez de grandes réparations ; et quelque obligeans que soient vos reproches, si vous croyez que personne vous honore plus que moy, je n'ay pas moins de plaintes à vous faire que de très-humbles remerciemens à vous rendre. Mais enfin, Madame, pour vous faire voir combien ma conscience est nette là-dessus, je ne suis pas seulement bien aise de vous être redevable de tant d'obligations, je veux bien vous en avoir tous les jours de nouvelles, et quoiqu'elles dussent estre, en effet, autant de charbons à un homme qui ne les recognoistroit pas au point que je le fais, je m'acquitte tellement de mon devoir là-dessus, que je ne crains pas d'estre exposé à cette épreuve, que je puis bien dire, en quelque sorte, l'épreuve du feu. Tout de bon, Madame, j'aurois sujet d'estre fort offensé si vous m'aviez parlé tout de bon, je me garde de le croire, et de n'estre pas assuré de la créance que vous devez avoir que personne n'est à vous avec plus de respect et de vérité que moy. Si l'espérance que M. Pelletier vous a fait paroistre de me pouvoir obtenir de Arnim à Pomponne avoit un autre fondement que le désir que je suis assuré qu'il a sans doute de m'obliger, je ne demanderois rien davantage de ses bons offices et de ceux de M. Le Tellier, et je ne doute pas que si je fusse assez heureux pour l'obtenir, je n'en sois principalement redevable au plaisir qu'aura M. Le Tellier de faire une chose que vous souhaitez.

VII

SUZANNE D'AUMALE D'HAUCOURT

Nous recueillons ici un billet échappé à M. Cousin quand il a publié quatorze lettres de mademoiselle d'Aumale à madame de Sablé.

Suzanne d'Aumale d'Haucourt était fille du premier chambellan du prince de Condé; amie de madame de Grignan et fort bien posée dans la société honnête du temps, elle était, ainsi que sa sœur, fort liée avec Mademoiselle de Montpensier, avec ses deux maréchales de camp, la comtesse de Fiesque et de Frontenac, et avec mademoiselle de Vandy, qu'elle n'épargna pas toujours cependant, à ce que raconte Mademoiselle dans ses *Mémoires.* Toutes deux étaient passionnément dévouées à madame de Longueville. Suzanne était connue dans le monde précieux sous le nom de Dorenice : « Une princesse de grand esprit, dit Somaize, et de grande naissance; elle voit le grand monde et écrit fort bien en vers et en prose. » Elle épousa dans la suite le second maréchal de Schomberg et mourut sans enfants.

(1670) Ce 31e de may, à Lisle.

Je ne puis plus compter à rien toutes les joyes que j'ay eues de me voir encore honorée de vostre souvenir puisqu'elle a esté suivie par la nouvelle du triste estat où vous estes. Je ne sais rien, madame, qui puisse exprimer la douleur que j'en ay et je pense qu'il me faudra taire dessus les sentimens que j'ay sur ce qui vous touche, parce que je ne trouve rien qui vous les puisse bien faire comprendre. N'y aura-t-il personne dans le monde qui soit capable de s'occuper aussi fortement de tous vos intérêts que je le suis, et qui le veuille faire utilement. J'ay regret à n'estre pas à Paris pour voir si tout le monde est mort sur un sujet où il seroit sy honorable de vivre. Je prie M. Valant de me mander de vos nouvelles et je vous supplie très humblement, madame, d'estre très fortement persuadée que si mon amitié vous est inutile, je n'en suis que plus malheureuse et que je vous souhaite avec inquiétude tout ce que vous méritez et que je suis à vous avec tout le respect et la tendresse imaginables.

Suzanne d'Aumale.

Madame de Frontenac et mademoiselle Doutrelaire vous assurent de leurs respects et déplorent avec moy le malheur qui vous vient d'arriver [1].

1. La mort du grand prieur, son frère, arrivée le 22 mai.

VIII

MADEMOISELLE DE BELLEFONDS

La mère Agnès de Jésus-Maria était une de ces nobles et saintes filles qui préférèrent la vie austère des Carmélites aux plaisirs du monde. A cette époque, le nombre était grand de celles qui entraient au couvent par vocation véritable et allaient y prier pour leurs amies ou parentes qui résistaient peu ou mal aux séductions de la terre. On comptait alors, chez les Carmélites, mesdames de la Rochefoucauld, Séguier, Le Bouthillier, d'Anglure, de Brienne, de Bury, de Lenoncourt, de Marillac, de Chabot, de Gourgues, de Bréauté, de Langeron, etc. Judith de Bellefonds, tante du maréchal de ce nom et du maréchal de Villars, belle et spirituelle, était fort admirée à la cour : à dix-sept ans cependant, en 1629, entraînée par les conseils de madame de Bréauté, elle entra au Carmel et y fut de bonne heure choisie comme sous-prieure, puis prieure. De bonne heure aussi, elle acquit une grande autorité dans le monde, et l'on aimait venir lui demander des avis ou des consolations. Elle mourut au mois de novembre 1688 et mérita ce magnifique éloge fait d'elle par

Bossuet dans une lettre adressée à la sœur qui lui succédait comme prieure : « Nous ne la verrons donc plus, cette chère mère ; nous n'entendrons plus de sa bouche ces paroles que la charité, que la douceur, que la foi, que la prudence dictèrent toutes et rendirent si dignes d'être écoutées. La prudence étoit sa compagne et la sagesse étoit sa sœur. Sa balance étoit toujours juste et ses conseils toujours droits. »

Je vous demande mille très humbles pardons, ma très honorée et très chère sœur, de n'avoir pas respondu dès hier à la lettre que vous m'avez fait l'honneur de m'escrire, mais sans estre malade, on m'avoit fait prendre une médecine par précaution. Je ne manquai pas néanmoins de parler à nostre mère prieure pour M. Valent : elle me répond ce que je savois aussy, qui est que nostre maison n'a point de médecins qui y soient arrestés par des appointemens, se servant de plusieurs selon les occasions différentes qui y engagent : par exemple, ma chère sœur, du temps de M. Daguin [1], M. Brayer et M. Renaudot [2] traitèrent séparément quelques-unes de nos sœurs qui ont eu des maladies fort longues et qui les obligent encore à venir de fois à autre. Nous sommes toutes persuadées du mérite qui se trouve dans celuy dont vous nous parlez, ma chère sœur, et vous vous en expliquez si for-

1. M. d'Aquin fut nommé premier médecin du roi en 1671, à la mort de Vallot : disgracié en 1693, il fut remplacé par Fagon.
2. Eusèbe Renaudot, fils cadet du célèbre médecin, fondateur de la *Gazette;* il fut nommé, en 1648, premier médecin de la Dauphine, et mourut le 19 octobre 1679.

tement que, quand nous n'en aurions rien appris par ailleurs, ce que vous en dites suffiroit bien pour en concevoir une grande estime ; ainsy nous y aurons recours dans les occasions et vous rendrons de très humble remerciemens de la bonté qui vous a fait prendre ce soin à nostre esgard ; je n'ose m'embarquer et respondre sur ce que vous me faites l'honneur de me dire sur celuy de vostre amitié passée et présente ; je l'ay toujours regardée comme une grâce et non comme ayant rien qui l'ait méritée, mais aussy en avons-nous des sentimens d'une sy grande et sy tendre reconnoissance que je ne la sçaurois exprimer, et une des joies que je reçois plus sensibles est lorsque je trouve les personnes qui ont l'honneur de vous connoître assez pour que l'on puisse s'entretenir sur vostre sujet à plein fond, y trouvant une correspondance. Je ne puis nonobstant mes bonnes intentions estre assez heureuse pour vous rendre aucun service, mais au moins j'offre une pauvre prière à Dieu pour vous, ma très honorée sœur, avec tout le zèle que peut vostre très humble et très obéissante servante.

SŒUR AGNÈS DE JÉSUS-MARIA.

Ce 14 décembre 1673.

A M. VALANT

Vous avez raison, monsieur, de croire que nous vous savons un très grand gré de l'excellente nouvelle que vous nous avez donnée, car assurément nous ne pouvions pas recevoir une plus grande joye que celle d'apprendre le meilleur estat d'une santé aussy précieuse qu'est celle de madame de Montmartre; nous en avons toutes icy rendu graces à Dieu du meilleur de nos cœurs, et nostre reconnoissance passant aussy à vous, monsieur, pour ce que vous y avez contribué de vostre part, nous feroit souhaiter de vous voir premier médecin, si la charge venoit à vaquer, à condition néanmoins que vous traiteriez toujours mademoiselle de Guise et madame de Montmartre[1] et que vous viendriez de fois à autre faire des visites aux Carmelites. Nous envoyons savoir si ce mieux que vous nous marquez, monsieur, continue toujours. Je vous supplie d'assurer ces deux illustres princesses des très humbles respects de toute nostre maison et en particulier de ceux de leur très obéissante servante et la vostre.

Sᴏᴇᴜʀ Aɢɴès ᴅᴇ Jésᴜs-Mᴀʀɪᴀ.

Ce 14 septembre (1680).

1. Françoise-Renée de Lorraine, fille du duc de Guise et d'Henriette de Joyeuse, abbesse de Saint-Pierre de Reims, puis de Montmartre, en 1657, morte en 1682.

IX

LA MARQUISE DE BOISDAUPHIN

Marguerite Barentin, fille d'un président à la chambre des comptes de Paris et de Madeleine de Kerquifinien, épousa d'abord Charles de Souvré, marquis de Courtenvaux, frère de madame de Sablé, et en eut une fille unique unie à Louvois; elle se remaria, vers 1645, avec Urbain de Laval, marquis de Boisdauphin et de Sablé, fils de madame de Sablé, veuf lui-même de Marie de Riantz: devenue veuve le 6 décembre 1661 et sans fortune, — son mari ayant dû vendre tous ses biens pour payer les dettes de son père et de son grand-père,—elle entra à l'Abbaye-aux-Bois et fut plus tard pourvue d'un prieuré. Elle mourut à Paris le 8 février 1704, âgée de soixante-dix-sept ans, et fut ensevelie au couvent des Filles du Saint-Sacrement, au Marais.

Valant nous a conservé ce post-scriptum que Madame Royale de Savoie [1] écrivait de Turin à la marquise de Boisdauphin, le 4 octobre 1658, au bas d'une lettre offi-

1. Christine de Bourbon, fille de Henri IV; veuve dès 1637, elle ne mourut que le 25 décembre 1663.—L'affaire que la princesse « avoit si à cœur » était le mariage de sa dernière fille avec Louis XIV, condition qu'elle mettait pour que la Savoie demeurât unie à la France contre les Espagnols. On sait qu'au mois de novembre 1658 un rendez-vous fut fixé à Lyon pour

cielle où elle la faisait remercier de la manière dont elle avait reçu le marquis de Fleury : « Vous avez fait tant de complimens au vieux marquis qu'il en est confus en croyant que c'est en ma considération : je vous en ay de l'obligation. L'affaire que j'ay plus à cœur ne va pas selon mon désir. Je seray contente de prendre vostre sentiment. »

1er mars 1677.

Après avoir rendu à Dieu mes devoirs aujourd'huy et descendu pour cela à la chapelle de madame l'abbesse, je crois devoir employer le reste de mes forces à vous remercier moy même, madame, de ma résurrection où vous avez contribué par vos bontés extrêmes. J'en conserveray le souvenir toute ma vie et la reconnoissance. Je crois que M. Valant vous a dit l'estat où je suis. Je reprends mes forces peu à peu, j'ay un appétit désespéré, mais je me modère de peur de rechute. Je vous avoue, madame, que je croyois ne pas revenir au monde de cette maladie. Je suis bien obligée à M. Valant de ses soins. Il m'a traitée comme vostre fille et sa seconde maîtresse. Il a bien de l'honneur icy de la manière dont il traite ses malades, car il n'en meurt point entre ses mains. La mienne est toute tremblante et n'a plus de force que pour vous assurer d'être toute sa vie vostre très obéissante fille.

Boisdauphin.

les deux cours : la princesse Marguerite plut beaucoup au roi on crut le mariage conclu ; mais survint un ambassadeur espagnol qui vint offrir la main de l'infante Marie-Thérèse, laquelle fut agréée sur l'heure. Cette longue négociation se termina donc par un échec pénible, comme Madame Royale ne semblait d'ailleurs que trop le pressentir.

X

JEAN DOMAT

Cette lettre est vraiment curieuse, je crois, quand on songe à son auteur, le grave Domat, avocat du roi au présidial de Clermont-Ferrand, l'ami particulier de Pascal, l'un des jurisconsultes les plus considérables du xvIIe siècle (1625-1695) [1].

Domat fut envoyé à Paris pour faire ses études au collége de Clermont, puis il y revint souvent, et par Pascal il fut naturellement introduit dans la société de Port-Royal et chez la marquise de Sablé. On voit que le savant jurisconsulte ne se bornait pas à s'occuper spécialement des grandes questions religieuses qui inquiétaient alors tous les esprits sérieux, ou à écrire des traités sur les *lois civiles dans leur ordre naturel;* celui que Boileau a appelé le restaurateur de la raison dans la jurisprudence romaine aimait aussi les belles-lettres.—C'est au docteur Valant qu'est adressé ce billet à la suite duquel les vers

1. Voir le Mémoire biographique sur Domat, publié pour la première fois par M. Cousin, dans son livre sur *Jacqueline Pascal*.

annoncés n'ont malheureusement pas été conservés. — Les portefeuilles de Valant renferment un certain nombre de maximes composées par Domat vers 1659, époque où il fréquenta le plus le salon de la marquise et où ce genre de divertissement littéraire était singulièrement en vogue. Elles ne sont bonnes qu'à être indiquées pour mémoire.

De Mirefleur, ce 7e octobre 1671.

JE vous escris, monsieur, de la campagne où je suis dans l'embarras des vendanges, qui ne m'a pas encore guéry de ma folie, et sans sçavoir le sort des vers que je n'attens pas avantageux, je vous en envoye encore deux autres pièces et encore par le même conseil qui a participé a ma première folie; je ne les envoye pas par M. Périer: il m'est impossible de luy écrire présentement; vous aurez la bonté, s'il vous plaist, de luy en faire mes excuses, quand vous le verrez, et d'en conférer ensemble : je n'ay pu les faire voir à M. son fils, car ils ne furent faits qu'hier avant que je me disposasse à venir icy.

S'il ne se peut rien faire de ces douze et que la longueur les fasse rejester, on les peut abréger ; les uns se contenteroient du second et du troisième seuls, ou comme ils sont, ou en changeant ainsi le troisième, *quam majora gerens belli et miracula pacis;* d'autres mettroient les deux premiers et la moitié du troisième, ou les quatre premiers seuls, ou ces mesmes quatre, y adjoustant les deux derniers. Pardonnez, s'il vous plaist, monsieur, tout cet entretien, je crains beaucoup qu'ils ne vous déplaisent, mais je vous supplie en même temps qu'ils ne diminuent en rien la bonté que vous avez pour moy, car je renonceray bien plustost à toute poésie, et pour toujours. Je suis avec toute la reconnoissance dont je suis capable, monsieur, votre, etc.

DOMAT.

Je ne sais si je dois encore prendre la liberté d'offrir mes très humbles respects à madame la marquise.

J'ay adjousté à ce distique, qui est en deux façons, quelques autres qui ne sont guères que les mesmes pensées en distiques et monostiques. Ce sera assez s'ils vous donnent quelque petit divertissement.

XI

JACQUES ESPRIT

L'abbé Jacques Esprit, — qui ne fut jamais prêtre, malgré son titre, — eut une singulière existence et n'a pas laissé une réputation brillante, malgré la place réellement importante qu'il occupa dans la société polie de son temps. Né à Béziers le 22 octobre 1611, Jacques Esprit vint à Paris dès l'âge de dix-huit ans : il y débuta en passant quelques années à l'Oratoire pour compléter son éducation. Il fut introduit au bout de peu de temps à l'hôtel de Rambouillet par son frère, précepteur de l'abbé de Fiesque, et y plut par un esprit facile, vif et agréablement varié. Le chancelier Séguier le patronna hautement : il le fit entrer en 1639 à l'Académie, et obtint pour lui un brevet de conseiller d'État; mais une intrigue, à laquelle cependant il est très-probable que Esprit demeura étranger, vint lui retirer cette puissante protection. Esprit se tourna alors vers madame de Sablé, qui lui fit avoir une pension de 2,000 livres sur une abbaye, par l'influence de la duchesse de Longueville, avec laquelle il partit pour assister aux conférences de Munster.

A l'Académie, Jacques Esprit s'était fait remarquer par un goût prononcé pour s'occuper de toutes les affaires : il y intriguait beaucoup, à ce que Tallemant assure, cherchait à se créer des relations utiles, parlait haut et hardiment: « Il a toujours fait le plaisant, mais quelquefois il ne l'est guère. » Au retour de Munster, après un nouveau séjour à l'Oratoire où était son frère aîné, il s'attacha au prince de Conty pendant un voyage de ce prince dans le Midi, en s'efforçant de devenir le personnage principal de cette petite cour. L'abbé de Cosnac, dont il gênait probablement les allures, en parle peu favorablement, tout en reconnaissant son intelligence vive et amusante ; mais aussi il lui reproche une basse complaisance. « Il arriva en ce temps-là, raconte l'abbé de Cosnac, une chose de rien, s'il faut ainsi dire, qui mit le comble au mépris que j'avois pour lui. M. le prince de Conty s'étoit mis dans la tête d'aller en masque courir les rues de Montpellier. Je fis pour l'en détourner tout ce que je pus; je lui donnai assez à connoître que le seul plaisir d'être masqué étoit de n'être pas reconnu. (Le prince était complétement bossu.) Cependant personne ne s'y opposant que moy, il se masqua. Dès qu'il eût achevé de s'habiller, Esprit entra dans sa chambre, et l'ayant considéré longtemps avec un embarras affecté, il s'approcha de moy, et d'un ton extrêmement fort, quoique étouffé, il me demanda :—Qui est celui-là?—Je sortis de là en m'écriant : — Oh! le lâche flatteur! — On peut juger si Esprit me le pardonna. »

Esprit changea ensuite complétement de conduite : il rejeta bien loin le petit collet qu'il n'était d'ailleurs nullement obligé de porter, et épousa « une assez belle fille, » dit Tallemant. qui lui donna trois enfants. Il demeura constamment l'ami de madame de Sablé et fut, comme on sait, le maître de La Rochefoucauld dans l'art des maximes. J'ai raconté ailleurs les rapports existant entre l'académicien et le noble auteur qui écoutait docilement ses leçons et lui soumettait respectueusement ses essais; La Rochefoucauld parle toujours d'Esprit dans ses lettres avec une déférence évidente. Mais aussi il trouva en lui un défenseur intelligent et dévoué. M. Cousin n'hésite même pas à croire que c'est pour expliquer la doctrine de son ami qu'Esprit publia son traité de la *Fausseté des vertus humaines*, ouvrage assez remarquable et dans lequel l'auteur sait demeurer lui-même, tout en se rapprochant considérablement de La Rochefoucauld [1]. Cet ouvrage fut évidemment fait, pour une notable partie, dans le salon de madame de Sablé : de même que La Rochefoucauld soumettait ses sentences au jugement du docte cénacle, de même Esprit lisait très-probablement les chapitres de son livre avant d'en arrêter définitivement la rédaction. Nous en retrouvons dans les portefeuilles de Valant des copies qui renferment quelques variantes et témoignent de l'intérêt qu'elles inspiraient à la marquise par le soin avec lequel son docteur-archiviste nous les a conservées. La lettre que nous publions aujourd'hui démontre surabondamment la part prise par madame de Sablé à ce travail.

Jacques Esprit habita presque constamment le Midi depuis la mort du prince de Conty, arrivée en 1663; il maria deux de ses filles et fit entrer la troisième dans un couvent. Il mourut à Béziers le 6 juillet 1678. Tallemant en parle avec peu de faveur. L'abbé d'Artigny disait de lui : « Il étoit de ces hommes amphibies qu'abusivement on appelle abbés, parce qu'ils portent un petit collet. Il faisoit l'empressé auprès des dames et composoit des vers de galanterie. » Chapelain est plus explicite : « Son fort est dans la théologie et il a peu de fond hors de là. Pour de l'imagination et du style, il en a beaucoup et écrit élégamment en prose et en vers françois. L'inégalité de sa vie, quoique toujours innocente, le fait connoître pour un homme de peu de tête, et n'a pas empêché qu'on ne l'ait aimé à cause de sa bonté. De prédicateur, il est devenu courtisan, et de courtisan père de famille, le tout

1. M. Cousin s'attache, avec raison, à démontrer que c'est tout à fait à tort que l'on veut voir dans les deux volumes de ce traité, imprimé en 1678, un commentaire des *Maximes* du duc. C'est, au contraire, un livre très-original par lui-même.

pour faire fortune, dont il avoit grand besoin. » Outre son traité de la *Fausseté des vertus humaines*, Esprit a laissé la *Paraphrase de quelques psaumes*, deux rondeaux galants imprimés dans le recueil de Cotin et des vers sur la paix, cités par Loret, le 29 janvier 1661.

A Béziers, ce 19e novembre 1673.

Je croirois, madame, manquer à ce que je vous dois si je ne vous donnois avis que j'ay envoyé vostre livre à Paris[1]. Je l'apelle vostre parce que vous estes en partie cause qu'il voit le jour par l'aprobation que vous luy avez donnée lors même qu'il n'estoit encore qu'informe, et par le but que je me suis proposé de vous faire voir ce qu'il y a de plus beau et de plus exquis dans la philosophie morale des platoniciens, péripatéticiens, cirénaiques, ciniques, stoïciens et épicuriens, dont j'ay enchassé les sentimens de la manière que j'ay cru la plus capable de vous plaire. Vous y trouverez aussy, madame, un grand nombre de réflexions de celles que vous aimez, et quantité d'erreurs populaires détruites. J'y ay osté quelques phrases que vos messieurs, c'est-à-dire M. Nicole, a trouvé trop singulières et un endroit qu'il n'a pas approuvé. En vérité, c'est un homme admirable et rien ne l'est plus qu'un escrit qu'il m'a envoyé sur le sujet de l'enchaînement des vertus. Je vous suplie, madame, de vouloir bien luy témoigner la reconnoissance que j'ay du bon avis qu'il m'a donné. Au reste, madame, rien n'est pareil à celle que j'ay des

1. Le livre fut terminé, comme on le voit, bien avant l'époque où il fut définitivement livré au public.

soins et de la tendresse que me témoigne madame de Longueville. Elle a adopté mon livre, s'est chargée d'en procurer l'impression, elle a en teste de me le rendre utile et, pour y parvenir, il n'y a rien qui ne luy vienne dans l'esprit. Vous savez, madame, quel cœur j'ay eu toute ma vie pour elle, et vous jugez bien que tout ce qu'elle fait ne le détruit pas. Je ne vous suplie pas de vous joindre à elle et de vous charger aussy de la destinée de mon livre, parce que je ne vous ay point oubliée et que je sais que vous ne m'avez point oublié.

Esprit.

XII

LE CARDINAL D'ESTRÉES

César d'Estrées, fils du maréchal duc d'Estrées, frère du second maréchal de ce nom, et neveu de la belle Gabrielle, naquit le 5 février 1628. Il fut nommé de bonne heure évêque de Laon et devint l'un des amis particuliers de madame de Sablé. Louis XIV lui confia plusieurs missions qui le mirent en grande faveur. A Rome, il fut chargé de la grande affaire du jansénisme et obtint la trêve appelée *paix de l'Église.* Nommé cardinal en 1674, il contribua puissamment à l'élection d'Innocent XI; il se rendit ensuite en Bavière en 1677, passa en France en 1680 pour remettre son évêché à son neveu, et retourna à Rome pour négocier cette fois l'affaire de la régale. Il s'acquitta brillamment de tout ce qui lui fut confié, et après divers autres voyages politiques, il revint enfin à Paris en 1704: il y mourut abbé de Saint-Germain-des-Prés et académicien, le 18 décembre 1714.

Bel esprit, écrivain élégant et précieux, on ne connaît aucun ouvrage de lui : on lui attribue seulement quelques vers de la *Guirlande de Julie* et quelques autres adressés à madame de Maintenon.

(Rome.) Ce 24 avril 1672.

Je m'oublierois plustôt moi-mesme que d'oublier les bontés dont vous m'avés honoré, et je vous asseure, madame, que l'impression n'est pas moins vifve en moy que lorsque j'estois à Paris, et que certes un mérite comme le vostre est à l'espreuve de l'absence et du temps. J'ay veu mes intérêts dans une telle agitation et traversés par tant de longueurs et de contretemps, que dans cet estat, ne pouvant vous rien escrire que solliciter vostre amitié et qui soulageast vostre défiance, j'ay cru me devoir réserver à une nouvelle agréable, que la venue de mon frère me donnoit bien d'espérer et qui seroit arrivée si le dépit et la haine que ceste cour a conçue sur ma fermeté et sur mon désintéressement ne l'avoit portée à sacrifier maintenant des chapeaux à son ressentiment pour me mortifier et pour me nuire[1]. Vous auriez esté contente de l'indifférence et du mépris avec lesquels j'en ay regardé les marques et de l'indignation publique de tous les cardinaux et de tout le peuple mesme contre un si indigne procédé. Mais, chère dame, servant un prince si ferme et si bon, et maintenant sa gloire, j'estois si asseuré de ceste

1. L'évêque de Tournay,—Gilbert de Choiseul,— vennit de recevoir le chapeau de cardinal, que tout le monde croyait destiné à Mgr d'Estrées. « C'est une grande douleur pour son amie, écrit madame de Sévigné, le 1er mars 1672. On tient que M. de Laon s'est sacrifié pour le service du roi, et qu'afin de ne point trahir les intérêts de la France, il n'a point ménagé le cardinal Alfieri, qui lui a fait ce tour. » Mgr d'Estrées était d'autant plus froissé qu'il était créé *in petto,* depuis le mois d'août 1671.

esclatante protection qu'il me donne, qu'il ne doit pas m'attribuer un grand courage de n'avoir esté estonné de ce coup et de n'en avoir pas appréhendé les suites, et certes, l'on connoist assez à l'heure qu'il est que la confiance dans les bontés de mon maistre estoit bien fondée, et cette connoissance et la présence d'un ambassadeur chargé de tous ses ordres, me font prendre le parti de chercher les moyens de servir avecques quelque bienséance. Un ambassadeur ne les leur refuse pas dans ses premières honnêtetés et ils prennent à tâche d'exagérer tellement la satisfaction qu'ils en ont, qu'il est visible qu'ils cherchent cet honneste prétexte pour tout finir. Voylà, madame, l'estat où je me trouve: vous verrez que vous ne serez pas oubliée, lorsque je pourray vous faire sçavoir l'accomplissement de vos prophéties et si par hasard vous voyez le chevalier de Lorraine, il vous pourra dire combien nous avons parlé de vous. — Je réussirois encore plus aysément à (avoir) deux autres chapeaux avec les deux que le roy apparemment aura bientôt, qu'à faire agréer aucune des paroles qui sont dans le Mémoire que vous m'avez envoyé. L'affaire n'est pas mûre encore et je ne sçais quand elle le sera. Je seray heureux de contribuer à une si bonne œuvre, mais j'éviteray cependant la trop grande précipitation, car vous avez des soupçons si.... que je ne sçais ce que vous en penserez. On cherchera quelque place pour Moret et vous n'aurez pas écrit, madame, deux fois inutilement sur ce sujet à la personne du monde qui vous honore et vous respecte le plus.

Ce 20 septembre 1672, à Rome.

Tout est pour moy de conséquence quand vous y paroissez, madame, et quelque bonne opinion que vous ayez de moy, vous ne connoissez pas ou vous ne voulez pas user de tout vostre crédit quand vous me faites des prières au lieu de commandemens : vous serez servie dans la petite grâce que vous recommandez, et elle n'est pas de nature à recevoir grande difficulté. Je me suis réjouy trop tost de la réunion de vostre.... car il me semble qu'elle n'est pas trop asseurée, au moins son retour à Chambéry me le feroit soupçonner, car j'ay appris que madame de Longueville a esté malade et qu'elle se porte mieux; je ne songe point à sa perte et à sa douleur sans estre attendri [1]. Mes amis m'assurent que je puis estre assuré de vostre protection, mais je vous supplie de m'apprendre si vos conjectures sont aussi fortes en ma faveur pour l'avenir qu'elles ont esté infaillibles pour le passé. J'y ay plus de créance que tous les astrologues du monde, et de vos serviteurs il n'en est point qui soit plus présentement à vous avec plus de respect.

Après de si grandes marques, madame, de mon attention *para su persona*, je vous diray que je n'en auray pas moins pour ce que vous et cette grande princesse, pour qui j'ay toujours eu une si sensible vénéra-

1. La mort de son fils, tué au passage du Rhin.

tion, m'ordonnez, quoyque vous sembliez fonder vos espérances sur moy pour une matière si ecclésiastique sur *la parte de cavallero Honrrado*. Je ne crois pas que parmy les grands biens que l'on attend de ce pontificat nous devions craindre aucun mal pour ce qui vous touche si fort, mais je ne serois pas d'avis qu'on se pressast de rien tenter : selon les conjonctures, on verra de quoy on se pourra prévaloir. Je suis très aise que, etc.

Septembre 1676.

Ce mercredi, à 7 h. du soir.

Je reçeus, madame, hyer au soir, vostre billet, en revenant de Versailles, et je n'y ay pas encore respondu parce que je voulois moy-mesme avoir l'honneur de vous voir et de vous dire que si le tableau dont vous parlez si obligeamment estoit d'une aussi bonne main que ce billet que j'ay reçeu, il passeroit tous les originaux de Raphaël et mériteroit le cas que vous en faites. M. de Charleval[1] l'a leu et y a trouvé un goust qui auroit esté exquis dans un autre temps et qui est unique dans celuy-ci. Je vis hyer vostre amye qui est la personne du monde la plus mal servie par ses espions. Je vous en diray davantage quand j'auray l'honneur de vous voir et je croy bien qu'on ne me croira que lorsqu'il ne sera plus temps.

1. Charles Faucon de Ry, seigneur de Charleval, poëte assez estimé, dont Scarron disait, à cause de ses apparences frêles, que : « Les Muses ne le nourrissoient que de blanc-manger et d'eau de poulet. » Né vers 1613, il mourut à Paris en 1693.

XIII

L'ABBESSE DE FONTEVRAULT

(GABRIELLE DE ROCHECHOUART-MORTEMART)

Marie-Madeleine-Gabrielle de Rochechouart, sœur de mesdames de Montespan, de Thianges et du duc de Vivonne, naquit en 1645. Elle réunissait à la beauté de ses deux sœurs et à l'esprit traditionnel de sa famille une grande raison et un savoir véritable. Il paraît qu'au début elle se plia difficilement à la pensée d'embrasser la vie religieuse et qu'elle entra même à regret à l'Abbaye-aux-Bois pour y faire son éducation[1]; mais peu à peu cette vie calme et réfléchie lui plut, et c'est elle qui voulut à son tour y demeurer alors que sa mère cherchait à l'en retirer et lui proposait les plus brillants mariages. Rentrée un moment dans le monde pour céder aux prières de sa famille, elle revint à l'Abbaye sous le prétexte d'éprouver de nouveau sa vocation : elle demeura inébranlable, malgré « l'infinité de personnes considérables à la cour et à l'Église qui la sollicitoient sans cesse de se conformer aux volontés de

1. Circulaire adressée par l'abbesse qui succéda à Gabrielle de Mortemart.

madame sa mère. » Elle y prononça ses vœux dès 1665, et fut choisie en 1670 pour remplacer, à la tête de l'abbaye chef d'ordre de Fontevrault, l'abbesse qui venait de mourir, Jeanne-Charlotte, fille légitimée de Henri IV et de la comtesse de Romorantin. Tous les contemporains sont unanimes pour vanter la vertu et la science de madame de Fontevrault, comme nous l'appellerons désormais. Huet nous parle avec admiration des connaissances qu'elle avait des langues grecque et latine. Madame de Sévigné la mentionne souvent dans les meilleurs termes, tout en insistant très-inutilement et très-injustement sur sa liaison avec l'abbé Testu, de *précieuse* notoriété. Madame de Caylus dit : « On ne pouvoit rassembler dans la même personne plus de raison, plus d'esprit et plus de savoir; son savoir fut même un effet de sa raison : religieuse sans vocation, elle chercha un amusement convenable dans son état; mais ni les sciences ni la lecture ne lui firent rien perdre de ce qu'elle avoit de naturel. »

A Fontevrault, « la reine des abbesses, » comme l'appelle Saint-Simon , eut grandement à s'occuper , car, comme je l'ai dit, cette maison était chef d'ordre; elle eut de plus à la rétablir véritablement et à la reconstruire presque entièrement. Elle dut, à cause de ces diverses affaires, venir assez souvent à Paris et paraître à la cour, où le roi lui témoigna constamment le plus affectueux intérêt. Il parlait quelquefois d'elle et se plaisait à louer le tour des lettres qu'elle lui écrivait. Madame de Sévigné constate que plus d'une fois Louis XIV lui fit des cadeaux, car elle dit un jour : « Le roi a donné *encore* à madame de Fontevrault, outre les 10,000 écus, un diamant de 3,000 louis; j'en suis bien aise. » Dangeau mentionne que le 2 décembre 1700, l'abbesse retournant à Fontevrault, dîna chez madame de Maintenon et y vit le roi dans la soirée; le 5 septembre 1703, elle représenta la reine d'Angleterre au baptême de la fille aînée du duc de Bourbon, âgée déjà de treize ans et qui reçut les prénoms de Marie-Éléonore-Gabrielle : la cérémonie eut lieu à l'abbaye. Elle mourut peu de temps après, le 15 août 1704. « Le roi nous apprit le soir, à son petit coucher, la mort de madame l'abbesse de Fontevrault, dit Dangeau à la date du 18; il la regrette extrêmement : c'étoit une fille de beaucoup de mérite et d'esprit. » Elle n'avait été malade que trois jours [1].

« Cette abbesse de Fontevrault, dit Saint-Simon, avoit plus d'esprit qu'aucun de sa famille, ce qui étoit beaucoup dire, et le même tour qu'elle, et plus de beauté que madame de Montespan. Elle savoit beaucoup et même de la théologie. Son père l'avoit coffrée fort jeune; avec peu de vocation, elle avoit fait de nécessité vertu, et devint une bonne religieuse et une meilleure abbesse, et adorée autant que vénérée dans tout l'ordre dont elle étoit le chef. Elle avoit un esprit de gouvernement singulier, qui se jouoit de rien et qui auroit embrassé avec succès les plus grandes affaires. Elle en avoit eu qui l'avoient attirée à Paris dans le temps du plus grand règne de sa sœur, qui l'aimoit et la considéroit fort, et qui la fit venir à la cour, où elle fit divers voyages et de longs séjours, et c'étoit un contraste assez rare de voir une abbesse dans les parties secrètes du roi et de sa maîtresse. Il goûtoit fort cette abbesse, à qui tout ce qu'il y avoit de plus élevé en place, en rang, en crédit, faisoit la cour, et qui conserva presque une égale considération après l'éloignement de sa sœur. Sa nièce, qui lui succéda tout aussitôt par sa raison et qui étoit religieuse à Fontevrault, auroit paru une merveille, si elle n'avoit succédé à une tante aussi extraordinaire. »

L'abbesse de Fontevrault connaissait madame de Sablé par sa belle-fille de Boisdauphin, qui s'était retirée à l'Abbaye-aux-Bois; aussi la marquise s'empressa-t-elle de la féliciter de sa nomination : cette lettre indique que la liaison n'était pas encore très-intime. Madame de Sablé lui exprime ses regrets à la pensée qu'elle ne pourra pas voir réaliser l'espérance qu'elle avait de se trouver souvent avec elle : « Cependant il est vrai que vous avez un petit royaume et que cela mérite bien qu'on

1. « Madame de Montespan a réfugié sa douleur à l'ancien hôtel Créqui. » (Lettre de la marquise d'Huxelles, 20 août.) —Elle fut enterrée à Picpus.

s'en réjouisse. » La correspondance s'établit avec beaucoup de suite, et les deux nobles amies en arrivèrent promptement aux plus tendres épanchements. La marquise cherchait à attirer l'abbesse dans le parti janséniste ; mais celle-ci ne se laissa jamais entraîner, quoiqu'à Port-Royal on feignît parfois de la compter presque au nombre des alliés : on le lui reprochait même à l'Abbaye-aux-Bois, ainsi qu'elle le dit elle-même dans une lettre du 16 mars 1679, adressée à une religieuse de ce monastère : « On se trompe de me croire janséniste. Pour la doctrine qu'on leur impute, je ne l'ai pas ; mais il est vrai que les livres de ces messieurs me paraissent au-dessus de tout ce qu'on peut lire en notre langue, et que la morale qui y est enseignée, quoique très-rude à la nature, ne laisse pas de me plaire, parce qu'elle est conforme à la seule et véritable règle, qui est l'Évangile. »

Madame de Fontevrault a laissé un traité *sur la politesse*, imprimé dans le *Recueil de divers écrits*, de Saint-Hyacinthe (Bruxelles, 1736), composé en réponse à une question posée dans un des cercles précieux que l'abbesse fréquentait assidûment pendant son séjour à Paris. Il a dû être écrit vers l'année 1674, car c'est évidemment à ce sujet que madame de Fontevrault écrit à madame de Sablé, le 19 juin : « Il me semble que j'ai respondu à tous les articles de vostre dernière lettre, excepté aux louanges qu'il vous plaist de donner à ce petit discours qui est tombé entre vos mains ; mais je suis si honteuse que vous l'ayez sçu, que je ne puis vous en rien dire. » Elle a traduit également plusieurs ouvrages anciens, notamment le *Banquet de Platon* et le *Discours d'Alcibiade*. Racine les remania en partie ; mais ni l'une ni l'autre de ces traductions ne peuvent être considérées comme sérieuses, et l'abbesse sacrifia trop au désir de rendre lisible un morceau qui n'est pas précisément des plus chastes.

Moreri, dans son *Grand dictionnaire historique*, trace de l'abbesse de Fontevrault un magnifique éloge que complète véritablement l'unanimité des éloges accordés par tous les contemporains à cette femme exceptionnellement douée. Elle sut, en effet, allier les qualités les plus rarement réunies, et en même temps qu'elle était une des femmes les plus distinguées, les plus lettrées et aussi les plus aimables de son temps, elle savait diriger avec une grande fermeté l'ordre qui lui était confié. Veillant sur les religieuses, « non-seulement les sanctifiant, mais les polissant, » les animant à l'étude, par son exemple et faisant refleurir parmi elles l'amour des belles-lettres et des sciences. Ses circulaires étaient si sagement conçues que plus d'un évêque, assure-t-on, ne dédaignait pas de s'en servir. Aussi, comme l'a dit encore un contemporain, « de l'assemblage de tous ses talents, de toutes ses vertus, et d'un savoir si acquis, on auroit pu former un des plus grands hommes de son siècle. »

De son abbaye, madame de Fontevrault suivait assidûment le mouvement littéraire, avec lequel, d'ailleurs, ses fréquents voyages à Paris la familiarisaient aisément. Quelquefois même elle y attirait des gens de lettres, et nous savons, par exemple, qu'elle y reçut pendant un certain temps le poëte Genest, qui avait une estime toute particulière pour elle.

A Fontevrault, ce 3e de janvier (1670).

Vous me faites justice, madame, et, outre cela, le plus grand plaisir du monde d'estre persuadée que ce n'a point esté par gravité, que j'ai laissé passer tant de temps sans me donner l'honneur de vous escrire. Je vous ai desjà mandé bien des fois que je serois ravie d'avoir un commerce reiglé avec vous, et que vous seriez souvent importunée de mes lettres, si il se passoit ici quelque chose qui fust digne de vous estre mandé. Rien n'est si vrai que cela, madame, et je pense que vous n'aurez pas de peine à vous l'imaginer. Toutes les fois que vous avés la bonté de m'escrire je suis touchée d'admiration pour ce qu'il vous plaist de me mander et d'une joie sensible des assurances d'amitié dont vos lettres sont remplies. Jugés, madame, si ce ne seroit pas un grand bonheur pour moi d'en recevoir souvent, et si je puis négliger volontairement les moyens de me procurer une chose si agréable. Je vous conjure donc de me plaindre et de me donner des marques que vous ne m'oubliés pas; toutes les fois que vous le pourrez faire sans vous incommoder [1]. Vous m'avez fait un plaisir sensible de vous estendre un peu sur la dévotion de madame de Thiange [2]. Il me parest de la manière dont vous en parlés, qu'elle pourroit estre très solide si elle quittoit la cour; mais je ne puis croire, non plus que vous, qu'on puisse soustenir dans ce païs-là une vie aussi austère que le doit estre celle des véritables chrestiens, sur tout de ceux lesquels

1. M. Cousin n'a commencé qu'ici la publication de cette lettre.

2. Gabrielle, fille de Gabriel de Rochechouart, duc de Mortemart, gouverneur de Paris, et de Diane de Grandseigne, mariée, le 2 juin 1655, à Claude-Léonor de Damas, marquis de Thianges, morte le 12 septembre 1693. Mademoiselle a tracé un charmant portrait d'elle dans sa galerie, et les Mémoires du temps parlent souvent d'elle : les rimeurs surtout s'exercèrent en son honneur. Toujours est-il que madame de Sévigné écrit : « Madame de Thianges ne met plus de rouge et se cache la gorge : elle est tout à fait dans le bel air de la dévotion. » Elle resta à la cour, même après la retraite de sa sœur madame de Montespan, et y conserva une grande faveur. On lui laissa une pension assez forte, les entrées après le souper, avec les princesses, dans le cabinet du roi, « privilége, remarque Dangeau, auquel elle tenoit beaucoup, et dont elle avoit joui encore depuis huit jours (avant sa mort), malgré ses incommodités. » Quant à sa conversion, elle fut très-sincère.

aiant esté engagés dans le monde désirent songer à faire une sérieuse pénitence. Je pense, madame, que vous et monsieur de Treuille[1] lui aurés souvent presché cette vérité et que bientost elle la mettra en usage. Je trouve qu'elle n'est pas à plaindre d'avoir de tels directeurs, car, madame, je vous mets de ce nombre et je sçai bien que personne ne peut mieux que vous persuader de bien faire. J'ai ouï parler aussi, il y a longtemps, du mérite de M. de Treuille et l'ai mesme veu

1. Le comte de Tréville avait servi dans les mousquetaires familier dans l'intimité de Madame Henriette, duchesse d'Orléans, il assista à sa mort subite : « Tréville, que je ramenai ce soir-là de Saint-Cloud, dit La Fare, et que je retins à coucher pour ne pas le laisser en proie à sa douleur, en quitta le monde, et prit le parti de la dévotion qu'il a toujours soutenu depuis.» Il s'était mêlé intimement aussi à la société de madame de Longueville, en prenant part aux conférences tenues au sujet de l'édition projetée du Nouveau Testament de Mons ; aussi peut-on constater que, très-avancé déjà dans les idées religieuses, le coup qui frappa Madame le décida seulement à embrasser une vie que, dès 1666, il méditait d'embrasser. M. de Tréville quitta donc la cour pour Port-Royal : Bourdaloue prêcha, pendant l'Avent de 1671, un sermon où l'on reconnaît de nombreux traits contre cette conversion janséniste : La Bruyère a peint aussi le comte de Tréville sous le nom d'Arsène. Du reste, il persista dans sa résolution et il trouva certainement une grande satisfaction d'amour-propre dans la situation qui lui fut faite par cette société polie et lettrée où il trônait véritablement, et où on disait proverbialement : « Avoir de l'esprit » ou « parler comme M. de Tréville. » Vers la fin du siècle, cependant, il rentra dans le monde, et Saint-Simon assure que « le pied lui glissa parmi les toilettes qu'il fréquentoit. » (1704.) Il fut élu à l'Académie française, mais Louis XIV refusa de laisser subsister l'élection d'un « homme aussi retiré ; » car il ne lui pardonna jamais d'avoir quitté le service et la cour. Il mourut au mois d'août 1708. « Ses dernières années, dit encore Saint-Simon, furent plus réglées et plus pénitentes, et répondirent moins mal au commencement de sa conversion. »

une fois ou deux, pendant que j'estois à Paris. Je ne soubçonnois point du tout alors qu'il put estre à deux ans de là le directeur de madame de Thianges. Mais Dieu change les cœurs quand il lui plaist et je me réjouis bien quand j'apris l'année passée cette célèbre conversion. Je suis ravie, madame, que ma sœur soit assez heureuse pour estre tout à fait bien avec vous; je lui envie furieusement le plaisir qu'elle a de vous entretenir quelquefois et je voudrois au moins que vous voulussiés vous souvenir de moi, quand vous estes ensemble. Croiés, s'il vous plaist, qu'il ne se peut rien ajouter à l'admiration que j'ai pour vous et puisque vous voulez que je vous traite familièrement, soïez persuadée, madame, que toute ma vie je vous aimeroi avec toute la tendresse et la fidélité possible.

A Fontevrault, ce 23 aoust.

Je ne suis pas si malheureuse que je pensois, puisque vous ne m'avez pas tout à fait abandonnée. J'avois jusqu'ici craint ce malheur et je ne puis assez vous remercier, madame, de m'avoir conservé quelque part dans vostre amitié. Vous avez eu raison de croire que je comprendrois le sens de vostre lettre. Je l'ai tout entendu, madame, et je suis touchée comme je dois de toutes les bontés que vous m'y faites paroistre. Vous estes, je crois, bien persuadée que ma confience et mon estime pour vous ne diminueront jamais. Ainsi, madame, je ne vous en donnerai pas ici de nouvelles assurances, mais pour respondre autant que je le puis à tout ce qu'il vous plaist de me dire, je vous avouerai sincèrement qu'en effect je suis assez en repos sur une certaine affaire, que je fais touts mes efforts pour destourner mon imagination, et que, comme elle n'a aucun fondement, je ne puis pas me figurer qu'elle ait une longue durée. Si je n'entrois dans ces pensées, je tomberois dans un accablement qui, assurément, passeroit mes forces. Je ne prétends point faire pitié; mais il est certain qu'on ne peut pas soutenir, comme je fais, tout le poids de ma charge, sans estre exposée à plus de peines qu'il n'en faut pour exercer une médiocre patience. Vous jugés donc bien, madame, qu'il faudroit mourir si l'on vouloit estre encore attentive à toutes les persécutions de dehors et vous m'avouerez que j'ai raison de les oublier autant qu'il est en mon pouvoir. Dieu me fait mesme la grâce de trouver des sujets solides de consolation dans les circonstances dont je serois naturellement plus blessée, car de recevoir les plus grands outrages par des personnes auxquelles, non-seulement on n'a jamais faict de mal, mais qu'on a aimées et, j'ose dire, servies en des occasions considérables, vous m'avouerés, madame, que cela n'est point selon les reigles communes, et qu'il faut bien que Dieu permette cet horrible renversement pour ma sanctification. Je le prie de tout mon cœur qu'il me fasse la grâce d'en faire un bon usage et de regarder comme un bonheur une espreuve si extraordinaire. Voilà, au vrai, les dispositions où j'essaye d'estre sur ce sujet, si dans l'abord il n'a pas paru tant de modération, cela est bien pardonnable et vous m'avouerez qu'il y a des natures d'injustices qui font perdre toute la douceur, toute la patience qu'on pourroit avoir dans des occasions communes. Vous voiés bien, madame, que je vous descharge mon cœur autant qu'on le peut par lettre. Je vous conjure de n'en rien faire paroistre et, si vous m'aimez, de m'aider à oublier toutes ces ravoderies. Je ne veux point mettre à d'autre usage les offres que vous avez la bonté de me faire, parce que tout le mal qu'on m'a fait est irréparable. Au reste je ne puis me passer de vous dire que je suis satisfaite de monsieur d'Angers [1] au delà de toute expression et qu'il n'y a point d'honnesteté qu'il ne me fasse. Si vous lui escrivez, vous m'obligerez fort, madame, de lui faire quelques remerciements pour moi. Si on vouloit demander à ce prélat des nouvelles de ma conduite, j'aurois, je crois, le bonheur d'estre autant louée par lui que je suis blasmée par des gens qui sont à cent lieues de moi. Quoique cela soit très vrai, je pense que j'aurois mieux fait de ne le pas dire. Mais je n'ai pu retenir ce trait de vanité. C'est l'extravagance des gens qui me persécutent qui m'a fait faire celle-là que je vous supplie très humblement de me pardonner. Je suis si affoiblie de quelques remèdes que je fais présentement qu'il m'est impossible d'escrire davantage.

Nous ajouterons ici quatre lettres de l'abbesse au docteur Valant, et une dernière dont je n'ai pu reconnaître la destinataire :

(Septembre 1674.)

Vous m'avez fait plaisir, monsieur, de m'avertir d'escrire à madame de Montmartre, non pas que j'en eusse besoing, mais parce que vous m'avez prouvé par

1. Henry Arnauld, évêque d'Angers.

là que vous vous intéressiés à nostre amitié et que vous seriés fasché qu'elle fust altérée par ma faute. Je puis vous promettre que je ne vous donnerai jamais ce chagrin. C'est à vous, monsieur, ne pas souffrir que j'aie celui d'estre oubliée d'une personne que j'aime et que j'honore autant que madame de Montmartre. Je vous charge, sans scrupule, de la lettre que lui viens d'escrire parce que je sçai que vous avés souvent la joie de la voir. J'ai une autre prière à vous faire qui ne vous sera peut-être pas si agréable. C'est, monsieur, de vouloir m'apprendre si le petit livre (des *Avis de la Vierge à ses dévots indiscrets*, sur lequel M. de Tournai a fait une si belle lettre [1]), a été condamné comme je l'ai entendu dire, et ce qui est aussi arrivé de cet entretien sur la deffense que M. d'Amiens a faite de lire le Nouveau Testament de Mons. Cet escript m'est tombé depuis peu entre les mains, et, quoiqu'il contienne de belles vérités en de certains endroits, il y en a d'autres que j'ai peine à croire qui aient esté soufferts et qui, en effect, ne me paroissent pas soutenables. Je serois ravie de pouvoir vous entretenir là dessus et de sçavoir si mes jugemens sont conformes aux vostres. J'aurois

1. Gilbert de Choiseul d'Hostel, évêque de Comminges, puis de Tournay, en 1668 : il avait tenté de réconcilier, en 1663, les molinistes et les jansénistes. Il a composé de nombreux ouvrages, une *Lettre pastorale sur le culte de la Vierge*, imprimée, notamment, en tête des *Avis salutaires de la Vierge à ses dévots indiscrets*, publiés à Tournay en 1711. Il est mort à Paris le 31 décembre 1689. Madame de Sablé parle également de ce prélat dans une lettre du 13 octobre 1674 : « Que l'on est heureux, lui dit-elle, quand on a de quoi voir par soi-mesme, comme vous, et de n'être point conduit comme un oison bridé par des gens qui, estant aveugles, tombent les premiers et font tomber ceux qui les suivent. »

bien de la vanité si cela estoit et j'aurai beaucoup de joie si vous prenez la peine de m'escrire quelque chose sur tout cela. Vous jugés bien que je le tiendrai aussi secret que vous le pouvés souhaiter et que j'ai envie que ce soit de la curiosité que je vous fais parestre sur une pareille matière.

A Fontevrault, ce 9e janvier 1674.

Quoique je n'ai aujourd'huy qu'un moment de loisir, je ne puis différer à vous témoigner la joie que j'ai que vous ayés enfin songé à moy; je vous ay cru à mon esgard dans un assoupissement profond et la marquise, bien loing de vous justifier, m'a quelquefois secondée de petits mots qui m'ont confirmée dans cette opinion : quoi qu'il en soit, puisque vous vous estes réveillé, je ne prétends pas vous faire de querelle, et je vous prie seulement de ne plus me mettre dans la même peine. Puisque vous voulez que je vous mande ce que je pense des plaintes que madame de S. fait de vous, je vous avoueray sincèrement qu'elles ne me surprennent pas pour les raisons qu'elles sont iraisonnables et que je ne puis plus être étonnée sur son sujet que quand je la verray s'accomoder d'un procédé droit et juste comme le vostre. Je ne sçais si la charité n'est point un peu blessée dans cette décision, mais comme je ne vous apprends rien de nouveau et que je connois vostre discrétion, j'espère que ma sincérité en cette occasion ne sera point criminelle : il me semble que madame la coadjutrice n'espargne pas sa sœur plus que moy quand elle dit qu'on trouble son repos et quand on conserve la vie d'une de ses religieuses. J'admire comment on peut faire parade d'une telle injustice et je voudrois bien sçavoir en quoy l'on blesse l'absence d'une personne qu'elle n'aime pas lorsque sa conscience est à couvert par l'attestation de plusieurs médecins de probité, si elle ne veut bien laisser croire à tout le monde que c'est par malignité qu'elle souhaite son bonheur et que le repos qu'on lui ôte én procurant la demeure de madame Du Mas à Sainte-Menou n'est autre chose que la priver du plaisir qu'elle prend à maltraiter cette pauvre fille. Je suis naturellement si choquée des injustices que je m'emporterois encore davantage sur cette matière si je ne craignois de vous trop scandaliser et si je ne me tourmentois pour envoïer cette lettre. J'attends avec impatience vos réflexions sur les livres dont vous me parlez et je vous conjure, monsieur, de vouloir faire tenir les lettres que je vous adresse pour madame de Montmartre et madame de Sablé.

A Fontevrault, ce 19 février 1675.

C'est bien tard respondre à vostre dernière lettre; mais vous sçavez si bien les embarras auxquels je suis exposée, que je m'assure que vous ne m'aurez point pour cela accusée de paresse. J'ai leu avec honte les grands remerciemens que vous m'avez faicts pour un très petit présent, et avec plaisir ce qui a esté escrit, pour et contre le petit livre des *Avis salutaires de la bonne Vierge*. Vous croiés bien, monsieur, que je ne me meslerai pas de décider ce qui vaut le mieux de tout cela, mais je vous avoucrai franchement que rien ne m'a tant plu ni tant persuadée sur cette matière que la lettre de monsieur de Tournai. Il me semble qu'elle respond pleinement à tout, et que quand on l'a leue, les objections que l'on faict pour les avis de la bonne Vierge paraissent bien foibles ; quand il vous tombera entre les mains quelques autres escrits de cette nature, vous me ferez un plaisir extrême de m'en faire part, mais sur toutes choses je vous demande la continuation de vostre amitié qui me paroist d'un grand prix par l'opinion que j'ai de vostre esprit et de vostre vertu. Ma sœur de Fourille [1] a connu l'un et l'autre, dans le séjour qu'elle a fait à Paris, et je puis vous assurer, monsieur, qu'elle vous estime infiniment. Nous parlons souvent de vous, elle et moi, avec plaisir.

A Fontevrault, ce 28 avril 1676.

Il y a longtemps, monsieur, que la marquise sçait combien je suis flatée de votre aprobation. Ainsi, bien loing de croire me trahir, je suis très assurée qu'elle pense bien me faire un plaisir très sensible quand elle vous montre quelque chose de ma part qui peut estre à vostre goust. En vérité, elle ne se trompe pas ; car je suis si convaincue de vostre discernement et de vostre sincérité qu'il n'y a point de louanges qui m'honorent

1. Madame de Fontevrault parle de la sœur de Fourille dans une lettre à madame de Sablé, du 17 juin 1674, en lui annonçant la joie qu'elle ressent de partir pour aller chez la marquise.

ni qui me persuadent plus que celles qu'il vous plaist de me donner. De là, vous conclurez aisément, par vos bonnes maximes, qu'elles me sont très préjudiciables et sans doute il n'en faudra pas davantage pour vous faire changer de style avec moi. Le petit mot d'exhortation qui est dans vostre lettre m'a fait une impression très grande et m'a fait résoudre à ne point passer de jour (quelque affaire que j'aie) sans lire saint Paul. Je pense que vous ne me destournerez pas de ce dessein.

Obligez moi, monsieur, de continuer à me dire quelque mot de temps en temps et croiez, s'il vous plaist, que je suis la personne du monde qui vous estime le plus véritablement [1].

A Fontevrault, le 21 septembre 1682.

Vous m'obligez fort, ma chère...., d'entrer comme vous faites dans mes raisons et de m'assurer que madame de l'Abbaye-aux-Bois les a aussy entendues. Je suis toujours fort aise d'obliger, mais vous sçavez qu'il ne faut estre ami que jusqu'à l'autel. Je vois que la pauvre dame n'observe dans son gouvernement ni cette règle, ni aucune autre, c'est un grand malheur pour elle mesme et pour les personnes qui sont dans sa dépendance : l'histoire que vous me mandez là-dessus ressemble à ce que j'ay vu mille fois arriver dans ce lieu là; mais, en vérité, il ne se peut rien de plus

1. Une autre fois elle le remercie d'un livre qu'il avait choisi pour elle et lui parle « du cas que je fais de tout ce qui vient de vous et du désir que j'ai que vous me regardiez comme une de vos meilleures amies. »

malhonneste à l'esgard de madame Dofine[1]; je lui conseille cependant de mespriser cette injure parce qu'elle mesprise les personnes de qui elle part. Ma maison n'est pas si bien située, mais elle est moins orageuse, et vous pouvez en disposer assurément l'une et l'autre. Voilà enfin le Ronceray donné : je sçavois bien qu'il n'estoit pas pour ma niepce, mais il me semble que la personne qui en est pourvue ne paroissoit pas sur les rangs : je la plaindray de se transplanter à l'âge qu'elle a sy ce changement n'estoit de son choix. Mes complimens, s'il vous plaist, à M. Vallant : on dit qu'il se corrige de son insensibilité, mais il faut que ce ne soit qu'à l'égard des gens qu'il voit; j'aime mieux du moins le croire de cette sorte et n'accuser que mon absence de l'oubli où il me met : je vous prie de me mander si ma cousine le querelle toujours et surtout comment il se porte.

Je suis à vous de tout mon cœur, ma chère . . . . . . et à madame Dofine : je me flatte que vous en estes l'une et l'autre bien persuadées.

1. Madame de Boisdauphin.

XIV

ANTOINE GODEAU

Antoine Godeau était cousin de Conrart qu'il chercha vainement à convertir, et l'un des abbés les plus « honnêtes » du temps. Hôte assidu de l'hôtel de Rambouillet, on l'avait surnommé, à cause de sa petite taille, le « nain de la princesse Julie. » Il contribua à l'établissement de l'Académie française, dont il fut un des premiers membres. C'était un prêtre savant, aimable, éclairé, très-dévoué aux devoirs de sa charge, très-soigneux de sa résidence : « C'est un prélat d'un esprit et d'un mérite distingués, écrit madame de Sévigné à sa fille, le 9 mars 1672; c'est le plus bel esprit de son temps. Vous avez admiré ses vers, jouissez de sa prose; il excelle en tout; il mérite que vous en fassiez votre ami. » L'évêque de Vence mourut le 21 avril suivant.

« Lettre de M. de Vence, qui n'a pas été bruslée, comme on a dit à M. d'Andilly[1] : »

Ce 10e décembre.

Un évesque ne doit pas croire qu'il fait une fort grande action, et fort digne de louange quand il défend la vérité : il en est le dépositaire et Dieu luy ayant fait l'honneur de le luy confier, il commet une grande perfidie quand il l'abandonne ; mais il ne doit point prétendre qu'on le loue quand il le soutient. Songez donques, s'il vous plaist, à ne point élever de statues, comme vous parlez, à celuy qui ne s'élève que trop luy-mesme par l'amour-propre, mais plustost à Dieu pour luy afin qu'il le fortifie de jour en jour et le rende digne de souffrir quelque chose pour son amour?

J'ay cru, madame, que j'estois obligé de vous rendre compte de ce qui est passé par mes mains depuis que je suis enfermé dans cette solitude et de vous faire part de ce que vous serez bien ayse de voir, si vous ne l'avez desjà veu par quelqu'autre moyen. Peu après que j'ay esté arrivé en ce lieu, madame, les personnes que vous sçavez, aiant sçeu que j'y estois pour apprendre du la-

1. Voir, page 155, le billet d'Arnauld d'Andilly qui se rapporte à cette lettre de l'évêque de Vence, et dans laquelle nous corrigerons une faute typographique. Au lieu de : « Comme jamais lettre ne mérita moins d'estre bruslée, je ne sçaurois assez vous dire *que c'est* le déplaisir que j'en ay, » il faut lire : « *Quel est* le déplaisir que j'en ay. »

tin ont voulu faire espreuve du proffit que j'y avois fait, et, comme si j'avois acquis en un moment la science d'une langue inconnue, ils m'ont envoyé une quantité de passages latins qui servent à la cause qu'ils soutiennent afin que je les copiasse. Je leur ay obéy, madame, et j'ay employé à cela la plus grande partie de mon temps. Mais parmy les escripts ausquels je ne connoissois que les caractères on en a meslé un que je pouvois entendre parce qu'il estoit en nostre langue. Et quoyqu'on m'en ait recommandé le secret, m'asseurant que personne que moy ne l'avoit eu en ces quartiers, je n'ay pas laissé d'en faire une copie comme en cachette afin de vous en faire un présent, madame, au commencement de cette année. Je ne vous supplie point, madame, de le tenir secret ; car je suis asseuré que vous jugez assez que si on l'a cru nécessaire par le passé, il l'est beaucoup davantage présentement qu'il semble que tout se dispose à pousser les choses et les personnes plus loin que jamais. Je vous supplie très humblement, madame, de continuer à me considérer comme vous appartenant et ayant plus de dessein que jamais d'estre véritablement et avec un respect inviolable, madame, vostre très humble, très obéissant et très obligé serviteur.

Ce 30 novembre 1668.

Madame, la joye que j'ay ressentie de la paix de l'Église seroit imparfaite si je ne la communiquois pas avecque vous; une si grande nouvelle fait sortir les hermites de leurs déserts et rompre le silence aux plus solitaires [1]. En vérité, madame, ce seroit grand dommage d'estre mort avant que d'avoir vu une si miraculeuse résolution : elle est toute de la main de Celuy qui se plaist à tromper les craintes des hommes et à surpasser leurs espérances : de combien moins ne nous serions-nous pas contentés il y a deux mois : mais il faudroit estre avecque vous pour bien s'expliquer et pour bien raisonner sur cet événement, où il y a de si grandes considérations à faire. La principale est que Dieu n'abandonne jamais la protection de sa vérité et qu'enfin il la rend triomfante en réjouissant les spectateurs. Je vous demande la continuation de vos bonnes grâces et je suis, madame, vostre très humble et très obéissant serviteur,

Antoine, évesque de Vence.

1. La paix qui fut conclue à la fin de cette année, et qui mit fin aux querelles du jansénisme.

XV

LE ROY DE GOMBERVILLE

Marin Le Roy de Gomberville naquit vers 1600. Son père était boursier à la Cour des Comptes de Paris. Dès 1614, il publia un volume comprenant cent dix quatrains à peu près aussi peu poétiques que ceux que le petit de Beauchasteau devait mettre au jour en 1657. Lié avec tous les beaux esprits du temps et particulièrement avec Conrart, il fut compris parmi les quarante premiers académiciens. Il s'occupa particulièrement de purger la langue française de toutes les expressions mauvaises ou vieillies, et déclara une guerre acharnée au mot *car*, qu'il se vantait de n'avoir point laissé passer une seule fois dans son roman de *Polexandre*. Mademoiselle de Gournay, défenseur des vieux mots, soutint de vives discussions contre M. de Gomberville. Saint-Évremond, Sorel, Ménage et Voiture le mentionnent souvent à ce propos.

Gomberville passait ses étés dans une terre qu'il possédait aux environs de Port-Royal-des-Champs ; il s'y lia avec les solitaires qui y demeuraient et adopta évidemment leurs idées, sans pour cela donner à ses travaux une direction plus sérieuse. Comme romancier, d'ailleurs, il occupait alors une place considérable, même auprès de d'Urfé, de La Calprenède et de mademoiselle de Scudéry. Il jouissait en outre d'une estime universelle et était particulièrement prisé par Fléchier. Il est mort à Paris le 14 juin 1674, laissant de nombreux ouvrages, parmi lesquels il convient de citer son *Traité des origines des François, la Caritie, Polexandre,* plusieurs autres romans et quelques poésies latines et françaises.

Madame, j'avois toujours bien cru qu'il falloit estre plus honneste homme que je ne suis pour prétendre à l'honneur de vostre cognoissance particulière, et que vostre conversation n'estoit pas pour les personnes vulgaires. Vous estes de ces choses qu'il faut voir de loin, ou plutost qu'il ne faut voir que des yeux de l'admiration et de la foy. Sans mentir, c'est un grand malheur aux pauvres hommes de porter leur esprit si haut. Pour moy, je me repens tous les jours de l'avoir ozé, et conçoy bien que ce Romain là n'estoit qu'un phanfaron qui nous a voulu faire accroire que *in magnis voluisse sat est.* Il ne faut pas, madame, que vous fassiez l'étonnée de mon allégation ; vous sçavez ce qu'elle veut dire aussi bien que son autheur, et par conséquent vous devez demeurer d'accord que j'ay sujet de me plaindre de ma mauvaise fortune et de vostre trop chère cognoissance. Mais que faire à cela ? C'est une affaire faite et je ne puis pas n'avoir pas gousté les douceurs qui se respandent de vostre conversation, comme d'un vaze plein des meilleures essences. Il est vray que je sçay un remède : c'est de vous voir souvent, mais c'est un remède aussi difficile à trouver que celuy qui peut guérir toutes les maladies de l'esprit et du corps. Il y a un éternel obstacle au pied de vostre degré, qui désespère tous vos indignes adorateurs. Je suis de ce nombre : Voyez, s'il vous plaist, à quoy je me trouve réduit. Je vous avoue sincèrement qu'en cette extrémité, je souhaitte de vous avoir toujours admirée et ne vous avoir jamais veue de près. Mais ces sortes de souhaits sont de ceux qu'on seroit bien fasché qu'ils fussent accomplis. J'en suis là, madame, et ne vois rien à faire qu'à vous supplier très humblement de faire mon accommodement avec vous-mesme et d'oublier par pitié ou que je suis Gomberville ou que vous estes madame la marquise de Sablé. Je ne me regarde pas moy seul en cette occasion. C'est pourquoy je vous advertys que je vous parle comme envoyé de M. le comte de Saint-Paul. Ce prince m'a chargé d'apprendre de vostre propre bouche, si l'on vous a rendu les lettres qu'il vous a escrites, et celles qu'il vous avoit prié de faire tenir à madame la mareschale de la Motte et à madame de Toussy. Je ne doute point qu'au nom de ce prince, vous ne leviez toutes les difficultés et ne commandiez mesme à vostre portier qu'à quelque heure que je me présente, il m'ouvre toute la grande porte. Je n'attens que cet ordre là pour m'ériger en ambassadeur, mais en ambassadeur qui entrera dans vostre petite chambre avec tout le respect et toute l'humilité d'un homme qui ne prétend point de titre plus glorieux que celuy, madame, de vostre très humble et très obéissant serviteur.

GOMBERVILLE.

Ce 19e octobre 1661.

XVI

LA MARQUISE DE GONTAUT-BIRON

Élisabeth de Cossé était un des nombreux enfants du duc de Brissac et de Guyonne Ruellan. Ses frères formèrent les branches des ducs de Brissac et des comtes de Cossé. Deux de ses sœurs épousèrent, l'une le duc de la Meilleraye, et l'autre le marquis de Vesins ; une dernière fut abbesse de Chelles. Elle eut pour mari François de Gontaut, marquis de Biron, et mourut le 18 décembre 1678.

Tallemant la malmène assez rudement dans l'historiette qu'il consacre au maréchal de la Meilleraye.

Février 1664.

Que je suis obligée à vos bontés, madame, et que je souhaiterois vous en pouvoir tesmoigner le sentiment de reconnoissance que j'en ay. J'en auray toute ma vie de très puissants à vous honorer et vous aymer, car en vérité vous estes la meilleure amye du monde et la plus généreuse. La part que vous me tesmoignez prendre à la perte que j'ay faite de mon beau frère[1] en est une marque, et vous m'en donnez tant d'autres de l'honneur de vostre amitié que je ne sçaurois jamais assez vous en remercier. Je souhaiterois avoir les qualités que vous me donnez pour mériter par là la continuation de vostre chère amitié qui est un bien et un avantage que je chéris au delà de ce que je pourrois dire. J'ay donné vostre lettre à ma sœur de la Meilleraye[2], qui vous rend mille grâces de toutes les bontés que vous lui tesmoignez.

L'extrême affliction où elle est l'empêche de vous escrire pour vous en remercier; mais sitost qu'elle sera en estat de pouvoir escrire, elle le fera. Elle vous supplie d'estre persuadée que personne du monde ne vous honore plus qu'elle le fait et je vous demande en grâce de croire que rien n'est plus attaché à vostre aimable personne que moy, ny plus véritablement à vous que je suis.

E. DE COSSÉ.

L'on a trouvé les parties nobles fort saines : il avoit deux pierres dans la langue, deux dans le gosier et deux au cœur, voilà ce qu'on nous a dit.

1. Charles de la Porte, duc de la Meilleraye, maréchal de France, grand maître de l'artillerie, mort à Paris, à l'Arsenal, le 8 février 1664, âgé de 62 ans.

2. Marie de Cossé, fille aînée de François, duc de Brissac, grand pannetier de France, et de Guyonne Ruellan, mariée le 20 mai 1637, morte le 14 mai 1710, à 89 ans.

XVII

LA COMTESSE DE GRIGNAN

Cette lettre est, je crois, la première que l'on connaisse de la seconde fille de la marquise de Rambouillet, d'Angélique-Claire d'Angennes, sœur de la belle Julie. Celle-ci est particulièrement curieuse par les détails qu'elle fournit en même temps sur la médecine à cette époque.

Angélique-Claire d'Angennes fut élevée à l'abbaye d'Hierre, dont une de ses sœurs était abbesse, et ne la quitta qu'après le mariage de Julie avec M. de Montausier. Elle était fort belle avant d'avoir eu la petite vérole, si nous en croyons le portrait que mademoiselle de Scudéry en trace, sous le nom d'Anacrise, dans le *Grand Cyrus*. Elle avait l'esprit vif et plaisant, « mais elle est maligne, ajoute Tallemant, et n'a garde d'estre civile comme sa sœur. » Elle passa quelque temps à Reims, près d'une autre de ses sœurs qui y était abbesse de l'abbaye de Saint-Étienne ; c'est alors que mademoiselle de Rambouillet composa une épître en vers, recueillie par le galant chanoine Maucroix, et dans laquelle elle se plaint à la marquise de Rambouillet de ce que l'abbesse se condamne aux fatigues d'un jeûne exagéré. La pièce finit ainsi :

... Monsieur Saint-Etienne
En santé toutes vous maintienne,

Autant celles qui le voile ont
Et qui religieuses sont,
Que celles qui n'ont pas peut-estre
Autrement envie de l'estre.

Mademoiselle de Rambouillet, en effet, n'avait nulle envie d'embrasser la vie du cloître. Le 29 avril 1658, Loret nous raconte que

Après une recherche heureuse,
Pressé d'une ardeur amoureuse
Qui l'enflammoit depuis un an,
Mardi, le marquis de Grignan,
Homme de fort noble naissance,
De grand cœur, de noble prestance,
Avec gloire et contentement,
Epousa solennellement
La pucelle, que Dieu bénisse,
Fille de l'illustre Arthénice, etc.

Madame de Grignan donna le jour à deux filles : ses couches multipliées ébranlèrent cruellement une santé peu vigoureuse, et elle mourut le 22 décembre 1664. Maucroix adressa dans cette triste occasion une pièce de vers à la marquise de Rambouillet.

M. de Grignan se remaria peu après avec mademoiselle du Puy de Fou et bientôt ensuite avec mademoiselle de Sévigné.

Il est vray que cela est bien sot à moy de ne pas vous avoir consultée plus tost, mais mon mal me donne un tel accablement et un tel chagrin que je ne pense à rien. J'ai envoyé aujourd'hui chez la femme de votre procureur, mais son mal et le mien sont si différents qu'il n'y a pas apparence que les mesmes remèdes nous fussent propres, outre qu'elle prenoit tous les jours catre ou sinq grands verres de tisane, ce que je ne pourrois pas faire, ayant plusieurs expériences que le lavage m'est fort contraire à ce mal là : lequel m'est venu de l'opiniastreté que les médecins ont eue de me faire prendre du let et à me le faire recommencer jusque à trois fois, voyant que le mal cessoit lors que je le quittois et qu'il recommençoit dès que j'en prenois; mais comme ils estoient persuadés que le let estoit bon à ma poitrine, ils ne vouloient point prendre la peine de penser au reste, que me guérir d'un mal dont il ne m'ont point guérie, ils m'en ont donné un pire. M. Desfougère que je vois depuis quinze jours est persuadé que cela m'a si fort refroidi et affoibli les parties qui contribuent à la distribution des alimens, qu'il croit que rien ne me peut guérir que des choses extrêmement fortifiantes; pour cela, il me fait prendre d'un opiat avec de l'ambre, du corail, des perles, du mirabalan et plusieurs autres choses. Il joint à cela des bouillons de perdrix et de mouton avec des graines et des herbes qu'il prétend estre fort propres à fortifier : depuis hier je me trouve un peu mieux, je ne sçais si cela ora de la suite; s'il n'y en a pas de bonnes, je serois bien aise de voir votre médecin : je vous ferois sçavoir l'estat où je me trouverois en vous suppliant de me l'envoyer. Cependant je vous assure, ma très chère tante, qu'une des choses qui me fâchent autant dans mon mal, c'est de me trouver hors d'estat d'avoir l'honneur de vous voir et vous pouvoir assurer moi même que le temps n'a rien changé à mon cœur sur ce qui vous regarde, et qu'on ne sçauroit vous honorer avec plus de respect que je vous honore.

Comtesse DE GRIGNAN.

XVIII

LA PRINCESSE DE GUEMÉNÉE

Anne de Rohan, fille unique de Pierre, prince de Guéménée, et de Madeleine de Rieux, épousa, en 1617, Louis VII de Rohan, duc de Montbazon, pair, grand-veneur, chevalier des ordres, son cousin germain[1]. « Le monde lui plaisoit, lit-on dans le *Nécrologe de Port-Royal*, car elle plaisoit au monde. Ses avantages naturels, sa beauté, sa grande jeunesse, jointe à une parfaite santé et à tout ce qui peut rendre la vie plus agréable, étoient pour elle des charmes. C'est l'idée qu'elle donna de son contentement, parlant un jour à M. d'Andilly, son ami, qui lui rendoit visite. Une disposition si peu chrétienne toucha si fort ce grand homme qu'il crut devoir lui répondre en deux mots. Ces paroles, dites sans dessein, frappèrent le

1. Il y avait une alliance entre la princesse et madame de Sablé : le père de la première eut pour frère aîné le duc de Montbazon, qui mourut sans postérité de Madeleine de Lenoncourt, dont la mère était Françoise de Laval-Boisdauphin, tante de la marquise de Sablé.

cœur de la princesse, et Dieu s'en servit pour la faire rentrer en elle-même.... C'étoit en 1639, et M. l'abbé de Saint-Cyran étoit alors prisonnier au château de Vincennes, d'où il conduisoit plusieurs personnes malgré ses chaînes. Les grandes vérités dont ses lettres étoient remplies produisirent leur effet dans le cœur de cette princesse. Elle changea entièrement sa vie... Elle se lia très-particulièrement à notre monastère : son dessein étoit même de s'y retirer entièrement à l'avenir, et c'est dans cette vue qu'elle fit bâtir le corps de logis qui tient à l'église de nostre maison de Paris. »

Mais avant sa conversion, la princesse avait été singulièrement galante [1] : elle n'accueillit pas seulement de grands seigneurs, comme M. de Montmorency, le comte de Soissons, MM. de Bouteville, de Thou [2], — ce qui fit dire que tous ses amants faisaient une mauvaise fin, — mais elle agréa aussi les hommages dorés du surintendant Emery. Madame de Maure, à ce propos, s'écria un jour : « C'est qu'elle veut convertir le bon larron. — Elle ne le luy pardonna, ajoute Tallemant, qu'en une maladie où elle crut mourir. »

Il paraît que ce ne fut pas uniquement par esprit de

1. Madame de Motteville est très-explicite à cet égard : « Madame de Guemenée, belle-fille de madame de Montbazon, étoit aussi une des plus belles personnes du monde, et ne lui cédoit guère en la quantité d'amants et en l'estime de ces sortes de biens que les dames s'imaginent être de grands triomphes. Elle avoit le visage fort beau ; les traits en étaient tous parfaits. J'ai ouï dire à la reine, longtemps après, que les jours de bal, que les unes et les autres travailloient avec soin pour être les plus belles, elle et madame de Chevreuse, la craignant, faisoient ce qu'elles pouvoient par mille inventions pour empêcher qu'elle ne vînt effacer leur beauté; et que souvent, quand elle arrivoit en état de donner de la jalousie aux plus parfaites, elles alloient de concert lui dire qu'elle avoit mauvais visage. Sur quoi, sans consulter son miroir, elle s'en alloit, tout effrayée d'elle-même, se cacher ; et que, par cet artifice, souvent elles avoient évité la honte de n'être pas les plus belles. »

2. M. de Thou lui écrivit au moment d'aller au supplice.

dévotion que M. d'Andilly s'attacha à elle. Retz nous affirme qu'un autre sentiment entrait dans ce beau dévouement. Il la visitait souvent, et il paraît qu'un des amusements des deux amis était d'évoquer le diable. Je laisse la parole au cardinal : « Le diable avoit apparu justement quinze jours avant (sa conversion), et il lui apparut souvent évoqué par M. d'Andilly, qui le forçoit, je crois, à faire peur à la dévote, dont il étoit plus amoureux que moi, mais en Dieu, purement et spirituellement. » Enfin elle suivit le conseil d'Arnauld d'Andilly et se donna à Dieu et à Port-Royal : sa conversion cependant n'entraîna pas un abandon complet des douceurs de la vie. Elle conserva son appartement de la Place Royale, en le laissant encore fort coquettement arrangé, puisque le prince de Condé lui dit en y entrant un jour : « Mais, madame, les jansénistes ne sont donc plus si fascheux qu'on dit, puisque tout cecy s'ajuste avec la dévotion? Voicy qui est le plus beau du monde ; je croy qu'il y a grand plaisir à prier Dieu icy. » De pareilles allures inquiétaient grandement et la mère Angélique, qui lui écrivait souvent, et d'Andilly qui « espéroit sans y croire. » Saint-Cyran partageait les mêmes doutes, et de Vincennes il mandait fréquemment ses craintes à la mère Angélique. « Ce que je puis vous dire, écrit-il une fois, c'est que tout ce qu'elle déclare de sa disposition présente, qui vient sans doute de la grâce de Dieu, est dans son âme comme une étincelle de feu que l'on allume sur un pavé glacé où les vents soufflent de toutes parts. » Singlin succéda à l'abbé de Hauranne dans la direction de la princesse ; mais il ne se fit pas plus d'illusions. Au bout de six ou sept ans, en effet, à ce que nous apprend un document certain, le *Nécrologe de Port-Royal,* « elle se dissipa de nouveau et cessa de persévérer. » Puis elle revint de nouveau à la dévotion et afficha cette fois un grand dévouement pour tout ce qui touchait à l'abbaye. Un jour, la reine la prit à part à ce sujet, et lui dit : « Vos docteurs parlent trop. — Vous ne vous en souciez guère, madame, car vous ferez venir tant de cordeliers et de moines mendiants que vous en aurez de reste.—Nous en faisons encore venir tous les jours, répliqua Anne d'Autriche d'un ton sec. »

Nous voyons la princesse fort liée avec madame de Sablé et figurer parmi les personnes qu'elle consulta au sujet du livre des *Maximes* du duc de La Rochefoucauld : elle y est peu favorable : « Ce que j'en ai vu me paraît plus fondé sur l'humeur de l'auteur que sur la vérité, car il ne croit point de libéralité sans intérêt, ni pitié : c'est qu'il juge tout le monde par lui-même. » Elle se brouilla, vers le même temps, avec la comtesse de Maure pour une plaisante question de fauteuils; je l'ai racontée ailleurs, mais il faut voir aussi comme la comtesse se regimba et repoussa l'honneur que madame de Gueménée prétendait lui faire de la reconnaître comme parente.

C'est la princesse de Gueménée qui détermina Arnauld à composer son fameux traité de la *Fréquente Communion.* Un jour, madame de Sablé discutait avec la princesse, qui avait alors l'abbé de Saint-Cyran pour directeur, et la poussait à aller au bal après avoir communié dans la matinée. Madame de Gueménée s'excusait en s'appuyant sur la défense de son confesseur. Le père de Sesmaisons, jésuite et directeur de madame de Sablé, blâmait ce scrupule ; la discussion se prolongea pendant plusieurs jours et donna naissance à un mémoire rédigé par les pères de Sesmaisons, Bauni et Rabardeau. Arnauld en eut connaissance, exprima très-vivement sa désapprobation, et écrivit ce traité, qui est demeuré l'une des plus célèbres de ses œuvres.

Tallemant raconte une assez plaisante aventure à propos de la princesse. « Un fat de conseiller au parlement, nommé Nevelet, s'amusoit à aller chez madame de Gueménée. On parla d'aller au bois de Vincennes : il fut assez sot pour se mettre dans le carrosse avec madame de Gueménée et la dame de sa compagnie. Là, il s'entretint le plus pédantesquement du monde, et luy disoit, entre autres belles choses, qu'il avoit eu l'honneur d'estudier avec M. le prince de Gueménée.—Mais, adjoustoit-il, madame, il estoit bien plus avancé que moi.—Elle, ennuyée de cet impertinent, pour s'en desfaire laissa tomber un de ses gants; il jette la portière à bas et va pour le ramasser; cependant elle fait relever la portière et laisse là monsieur le magistrat, qui revint des murs du bois de Vincennes à Paris, avec sa soutane. » En parlant de la princesse au moment où il lui consacrait une historiette, Tallemant en trace ce portrait : « C'est encore une belle personne, quoiqu'elle ait cinquante ans. Hors qu'elle a le visage tant soit peu trop plat, il n'y a rien à refaire; elle a les cheveux comme à vingt ans. Je l'aurois, sans comparaison, mieux aimée que madame de Montbazon; avec cela, elle a tout autrement d'esprit, et n'a jamais fait d'emportement comme l'autre. »

Je n'aurois pas manqué à répondre à vos lettres quelqu'embarras où je sois, si vos lettres estoient sans tant de madame et avec des termes qui me paroissent pleins d'une civilité qui ne se pratique point entre des personnes qui sont dans une amitié aussi grande que celle que je croyois que vous me fesiez l'honneur d'avoir pour moi. Enfin, madame, quittez tous ces *maux* là ou je les prendrois. Je ne vous dit rien des peines où je me trouve après une surprise si terrible, je remets cela quand je pourray sortir [1].

GUEMÉNÉE.

Ce lundy, à Port-Royal-des-Champs.
26 mai 1670.

Je viens d'apprendre avec bien de la douleur la perte que vous avez faite [2]. Je sçais le sentiment que vous

1. La mort de son mari.
2. La mort du grand prieur, son frère.

avez sur ce sujet et j'en prends toute la part que je dois. Faites-moi l'honneur de le croire, j'espère avoir celuy de vous voir bientôt et de vous assurer moi mesme que je suis toute à vous.

GUEMÉNÉE.

Ce 2 décembre (1672).

EN arrivant ici j'ay reçu la lettre que vous m'avez fait l'honneur de m'escrire. J'ay esté bien heureuse de n'avoir point sçu votre maladie et d'avoir appris en même temps votre guérison dont je loue Dieu de tout mon cœur. Aussitost que je pourray sortir, je ne manqueray pas de vous aller rendre compte de mon voyage dans lequel je me suis toujours bien portée, encore que j'aye presque tous les jours marché en différents pays où je n'ay point trouvé de petite vérole, et isy il y en a beaucoup. Madame de Fosseuse-Montmorency en mourut hier au soir et se portoit bien le matin. Je vous supplie d'estre bien persuadée que personne ne peut vous honorer et aymer plus que moy, ny estre plus dans tous vos intérêts que je seray toute ma vie.

GUEMÉNÉE.

XIX

M. D'HACQUEVILLE

M. de Hacqueville était l'un des amis les plus constants, les plus dévoués de madame de Sévigné, qui en parle à chaque instant dans ses lettres. Il était accueilli dans la meilleure société du temps. On le voit à la grande fête que le prince de Condé donna à Chantilly, en l'honneur de Louis XIV. Il soigne le maréchal de Gramont lors de sa maladie de 1671, le duc de Chevreuse qui avait la petite vérole; il est des intimes de madame de Longueville; il est amoureux de la moins jolie des filles du maréchal, « mais s'en défendant comme d'un meurtre. » Il est chargé d'apprendre à madame de Gramont la mort du comte de Guiche, « dont il est tellement abymé qu'il n'est plus sociable. » Un beau soir, madame la princesse de Monaco le prenait à l'hôtel de Gramont, où il passait évidemment sa vie, pour aller courir Paris avec lui. Tout le monde louait sa complaisance extrême. Son plaisir d'obliger lui avait fait donner le surnom de *les d'Hacqueville*, parce qu'on ne voulait pas croire qu'un seul homme fît tant de choses. Un jour, à ce propos, on lui joua un assez méchant tour. On lui écrivit, à ce que raconte madame de Sévigné, une lettre anonyme, le priant de se rendre le lendemain, à telle heure, pour une consultation, chez le cardinal de Retz. « On marqua ensuite toutes les heures du jour comme il a accoutumé de les employer. On le pria de venir voir donner un remède, à cinq heures, au maréchal de Gramont, et d'aller quérir dans son carrosse M. Brayer pour le petit de Monaco; on l'avertit d'envoyer savoir des nouvelles de tous les malades dont on lui fait la liste; on le conjure de ne pas manquer de se trouver le soir chez mademoiselle de Clisson, qui a de très-grands maux de tête. » Son activité était en effet prodigieuse; il écrivait trois fois par semaine à madame de Grignan et deux fois à madame de Sévigné, quand celle-ci quittait Paris. « Songez qu'il écrit de cette furie à tout ce qui est hors de Paris et voit tous les jours ce qui y reste; ce sont les d'Hacqueville; adressez-vous à eux, ma fille, en toute confiance : leur bon cœur suffit à tout. Je me veux donc ôter de l'esprit de les ménager; j'en veux abuser; aussi bien, si ce n'est moi qui le tue, ce sera un autre : il n'aime que ceux dont il est accablé; accablons-le donc sans ménagement. » Une autre fois, madame de Sévigné parle sérieusement : « Il est vray que d'Hacqueville ne laisse rien à désirer; je n'ai jamais vu des tons et des manières fermes et puissantes pour soutenir ses amis, comme celles qu'il a; c'est un trésor de bonté, d'amitié et de capacité, à quoi il faut ajouter une application et une exactitude dont nul autre n'est capable. » Ses dehors, cependant, semblent avoir été peu sympathiques : « Quand je lisois d'Hacqueville, dit madame de Sévigné, je le croyois la tendresse et la douceur mêmes; quand on le voyoit, l'une et l'autre étoient si bien cachées sous la droiture de sa raison et sous la dureté de son esprit, que c'étoit un autre homme. » Il fut l'un des nombreux amants de la galante comtesse de la Suze. D'Hacqueville mourut subitement à Paris, le 31 juillet 1678.

Ce jeudi matin.

Mes mains, madame, m'obéissent si mal encore à cause de rhumatisme qui m'affoiblit tant les deux bras que je suis obligé de recourir à un autre pour vous rendre mille très humbles grâces de toute la vostre. C'est assurément, madame, le désir de mes amis qui leur a fait dire que je n'ay plus de fièvre; il est vrai que les derniers accès, qui avoient esté moindres m'avoient fait espérer que je n'en aurois bientôt plus : mais celui d'hier qui avança de neuf heures et qui en a duré trois plus que le précédent m'a donné bien des chagrins. M. le cardinal de Retz vint icy sur la fin, et j'apris de lui, madame, qu'il avoit eu l'honneur de vous voir : vous aurez pu juger par la longueur de sa visite du goût qu'il y a trouvé : il l'a trop bon et trop délicat pour que j'ai pu être surpris du respect et de l'estime qu'il m'a témoignés pour vous avec un extrême regret d'avoir eu si tard l'honneur de vous voir. Pour moy, madame, c'est un des plus grands chagrins de mon mal d'en estre privé; ce qui me console, c'est que l'absence ne fait rien perdre à ceux que vous honorez de votre bienveillance, et je crois que rien ne me la peut faire perdre, puisque vous me l'avez promis et que je sens dans mon cœur tout le respect et la reconnoissance qui me la peut conserver.

Hacqueville.

XX

LE PÈRE DE LALANE

Noël de Lalane fut un des membres influents de Port-Royal. Issu d'une famille noble de Gascogne, il se livra de bonne heure aux études les plus sérieuses et se fit recevoir très-jeune docteur en théologie, science à laquelle il s'adonna complétement. Il fut envoyé, au mois de mai 1653, à Rome, par les évêques de France, pour défendre devant le Pape la doctrine de saint Augustin sur la grâce. De retour à Paris, il se lia de plus en plus avec ses amis de Port-Royal et devint l'un des principaux soutiens de la compagnie. Il publia divers ouvrages sur les sciences théologiques et eut l'honneur de travailler activement à la négociation qui procura enfin, en 1668, la paix à l'Église.

L'abbé de Lalane, — il avait été pourvu de l'abbaye du Val-Croissant, — mourut à Paris le 23 février 1673, à peine âgé de cinquante-cinq ans, et comme il lisait saint Augustin pour un nouveau livre qu'il préparait sur l'amour de Dieu.

Madame,

Je n'ai point eu l'honneur de vous voir touchant la plainte que Monsieur vous a faite de ma demeure dans une de vos maisons que vous avez louée à ma sœur, parce que, comme vous savez très bien que j'y suis venu purement à cause d'elle et dans le dessein d'y vivre comme un étranger sans voir aucune religieuse et sans me mêler de rien, comme je l'ai déclaré d'abord à ma nièce, et que vous avez vu qu'en effet je m'y suis ainsi comporté depuis cinq mois, j'ai pensé que le mieux étoit de ne vous rien dire, et de vous laisser rendre témoignage à la vérité que vous connoissez ainsi que vous le jugeriez à propos. Mais je me crus obligé d'aller aussitôt rendre compte à Monseigneur l'archevêque de ma conduite sur ce sujet, et comment et par quelle occasion ma sœur étoit entrée dans cette maison, afin qu'il en pût informer Sa Majesté et Son Altesse Royale s'ils lui en parloient. Il me fit l'honneur de me témoigner qu'il en étoit satisfait; et comme je n'avois rien à faire davantage je m'en allai à ma maison des champs, espérant que l'éclaircissement qui seroit fait de tout cela ôteroit tout lieu d'improuver votre conduite sur le loyer que vous avez fait à ma sœur de cette maison. Mais apprenant que Monsieur doit retourner dans votre monastère le jour de la Commémoration des morts, et qu'il vous pourroit encore parler sur mon sujet de ce que je puis mieux éclaircir que vous, j'ai cru, madame, le devoir faire par cette lettre, afin que vous pussiez le représenter à Monsieur, comme je vous en supplie très humblement. Je vois donc, madame, qu'après avoir reconnu combien je suis éloigné de me mêler de rien à votre égard, on tâche de faire entendre qu'ayant eu beaucoup de part aux disputes passées ce n'est pas rendre le respect qui est dû à la glorieuse mémoire de la Reine-mère que de me loger dans une des maisons qu'elle a fait bâtir dans votre couvent. Mais j'espère qu'il sera facile de faire connoître à Monsieur que qui parlent ainsi ne font pas assez d'attention à l'état présent des choses. Car après que le Roi, par une des actions qui honorera le plus son règne, a procuré si heureusement la paix à l'Église, peut-on douter que si la Reine-mère, qui n'a rien désiré dans ces disputes sinon que le Pape fût satisfait, vivoit encore, elle ne reconnût pour orthodoxes et soumis à l'Église ceux dont le Pape et les Évêques ont approuvé la foi et la soumission. Elle les traiteroit donc comme tels et ne pourroit ainsi aucunement trouver mauvais que quelqu'un de ces théologiens demeurât dans les maisons qu'elle a fait bâtir et qui sont louées à ceux qui se présentent. Or comment pourroit-on faire tort à sa mémoire en ne faisant que ce qu'elle auroit certainement approuvé, si elle vivoit? Vous pourriez, madame, faire souvenir Monsieur que le Roi ayant agréé que j'eusse l'honneur de saluer Sa Majesté lorsque ces contestations finirent, j'eus l'honneur, en même temps de saluer Son Altesse Royale ; c'est une grande marque que ma foi étoit sans aucun soupçon, et que j'étois soumis à l'Église. La Reine-mère ne m'auroit donc pas sans doute autrement considéré. et me considéreroit encore de cette sorte, si elle vivoit, puisque je n'ai rien fait depuis qui me puisse rendre aucunement suspect. Enfin, madame, je vous supplie de faire encore entendre à Son Altesse Royale que je ne pourrois maintenant sortir de votre maison sans quelque flétrissure ; car comme il est constant que ce ne seroit pour aucune autre cause que pour celle qui peut regarder ma foi et ma soumission à l'Église dans le temps présent, vous voyez à quoi je serois exposé, et l'injure que je recevrois par ce traitement. Je sais que Monsieur est trop bon et trop juste pour le vouloir ; ainsi j'espère qu'aussitôt qu'il aura reconnu la vérité, il ne trouvera point mauvais que je continue de demeurer dans votre maison et d'offrir dans votre église le saint sacrifice de l'Autel pour le repos de sa glorieuse fondatrice, pour la prospérité de Son Altesse Royale, et pour la conservation de Sa Majesté et l'heureux succès de ses armes. Je suis très-sincèrement, etc.

XXI

LA DUCHESSE DE LIANCOURT

Jeanne de Schomberg jouissait, dans le cercle de madame de Sablé, d'une réputation incontestée d'esprit et de vertu. Fille du maréchal de Schomberg et de Françoise d'Epinay-Duretal, elle était belle-sœur de la duchesse de Schomberg, et, ayant été séparée de François de Cossé, comte de Brissac, qu'elle avait épousé au mois d'avril 1618, elle se remaria avec Roger du Plessis-Liancourt, duc de la Roche-Guyon, pair, marquis de Liancourt, Guercheville, comte de Duretal, chevalier des ordres, premier gentilhomme de la chambre. Sa vie est assez peu connue pour que je saisisse le prétexte de ce billet : on n'en connaît jusqu'à ce jour que deux autres dans lesquels elle juge sévèrement les *Maximes* de La Rochefoucauld, et qu'a publiés M. Cousin.

Jeanne de Schomberg avait été soigneusement élevée par son père, qui cultiva également son instruction et ses manières. « Fort brune, *mais* fort agréable, dit Tallemant, elle étoit fort spirituelle et fort gaie ; » aussi les adorateurs ne manquèrent pas autour d'elle. La disgrâce de Sully l'empêcha d'épouser un de ses fils ; contrainte de s'unir au comte de Brissac, qu'elle haïssait, elle sut le tenir à distance et faire casser promptement le mariage. Deux années après, à vingt ans, elle donnait sa main à M. de Liancourt, qui n'avait que quelques mois de plus qu'elle : beau, bien fait, galant, mais peu spirituel, elle l'aimait cependant depuis longtemps, et cette affection ne cessa jamais. Tallemant dit méchamment que la rupture du premier mariage « fut toujours pour elle une espèce de traité qui le fit toujours aller bride en main. » Elle montra effectivement durant toute sa vie une excessive pruderie, telle même « qu'elle n'auroit pas voulu parler à quelque homme que ce fût, sans que la porte demeurât ouverte, et qu'il y eût une troisième personne. » M. de Liancourt recherchait les gens d'esprit : il était très-lié avec le poëte Théophile; il aimait aussi le monde, la galanterie et il était fort à la mode, mais il n'était pas moins brave à la guerre que brillant dans un salon : il se distingua en plus d'une rencontre avec le régiment de Picardie qu'il commandait; il eut aussi d'assez nombreux duels.

Jeanne de Schomberg n'ignorait aucune des galanteries de son mari : elle en souffrait cruellement, mais courageusement; elle attendit avec patience, priant et ne négligeant rien de ce qui pouvait ramener l'infidèle; elle passait beaucoup de temps à Liancourt, en Beauvoisis, qu'elle embellissait avec un luxe presque royal. Un jour M. de Liancourt apprit qu'une note de parure, donnée par lui à une de ses maîtresses, avait été par erreur remise à sa femme, qui l'avait acquittée sans mot dire. Elle semblait alors s'occuper uniquement des travaux qu'on exécutait à Liancourt; le résultat qu'elle obtint fut magnifique et tous les contemporains vantent la merveille de cette résidence [1], où Jeanne de Schomberg avait soin de réunir toujours une compagnie nombreuse, mais soigneusement choisie. Son mari tomba malade gravement et fut admirablement soigné par elle, mieux encore quand il eut la petite vérole. Ces efforts durent être longuement soutenus, car ce ne fut

1. Voyez la description rimée de la *Maison de Liancourt* (*Recueil de pièces en prose les plus agréables du temps*. Sercy, 1662).

qu'après dix-huit années de persévérance que M. de Liancourt écouta sa femme et commença à l'apprécier. Il se décida aussi, vers 1638, à prêter l'oreille aux conseils des pieux amis de la comtesse; il se lia avec M. d'Andilly, avec M. de Saint-Cyran, qu'il osa aller plusieurs fois visiter à Vincennes. Madame de Liancourt avait enfin triomphé et elle devait jouir pendant trente-six ans de ce triomphe. «Tous ceux qui l'ont connue ont toujours admiré sa conduite à l'égard de son mari et l'ont regardée comme un modèle accompli de l'amitié conjugale la plus sage, la plus chrétienne, la plus honnête, la plus appliquée et la plus agréable que l'on ait eu de nos jours dans aucun mariage. » A dater de ce moment aussi M. de Liancourt montra la plus grande affection à la compagne qu'il avait si longtemps négligée : comme elle était dangereusement malade, il fit vœu de vendre, si elle guérissait, pour 50,000 écus de tableaux qui garnissaient sa galerie et de donner cette somme aux pauvres; vœu qu'il eut la satisfaction d'accomplir. Madame de Liancourt occupait une position éminente dans les sociétés; elle y était considérée à cause de sa vertu comme une personne vraiment supérieure et dont l'opinion s'imposait sans appel. Son mari ne paraît pas avoir grandi moralement en se convertissant : « Il dépense tout son bien en médecine, il est toujours malade, disait de lui son neveu, le grand La Rochefoucauld, en conseils de gens d'affaires, et il a toujours des procès qu'il perd, en bonnes œuvres, et on lui refuse l'absolution à sa paroisse. » — Ce dernier mot mérite une explication.

M. de Liancourt vivait dans la plus grande liaison avec messieurs de Port-Royal ; il logeait chez lui à Paris le Père des Mares et l'abbé de Bourzeis ; il avait mis au monastère la fille unique de son seul fils, tué au siége de Mardick [1] ; enfin il s'était fait arranger un modeste appartement à Port-Royal-des-Champs. Tout cela lui donnait

1. Cette enfant épousa dans la suite le duc de La Rochefoucauld, fils de l'auteur des *Maximes*, et lui porta la terre de Liancourt, qui fut depuis érigée en duché non pairie.

naturellement une réputation de janséniste renforcé, et à ce titre il se vit refuser l'absolution, le 31 janvier 1655, par le curé de Saint-Sulpice, sa paroisse, refus basé sur des griefs dont le curé n'exposa pas les causes. M. de Liancourt se retira sans se plaindre ni céder, mais l'affaire fit grand bruit : Arnauld s'en indigna et écrivit à ce propos sa *première lettre à une personne de condition*, qui provoqua un tapage bien autrement grand et aboutit à la radiation du célèbre janséniste de la liste des docteurs de la Sorbonne, jugement qui, par contre-coup, — à quoi tiennent les événements, — décida Pascal à composer ses *Provinciales*.

Madame de Liancourt partageait complétement les idées religieuses de son mari et comptait parmi ses amis la plupart de « messieurs » et de « mesdames » de Port-Royal. Quand elle maria sa petite-fille au prince de Marsillac, en 1665, elle composa un traité intitulé : *Règlement donné par une dame de haute qualité à N... sa petite-fille* [1], qui témoigne d'une exquise élévation de sentiments. Elle avait également écrit pour elle-même un *Règlement particulier* où l'on remarque cette admirable pensée : « Autant de fois que je trouverai quelque chose de beau ou bon, j'en ferai quelque action de grâces à Dieu intérieurement, et quelque acte d'amour. » Elle recommandait aussi que si la nuit quelque bonne chose à faire venait à la pensée, on se levât de suite pour en prendre note : pour elle, elle n'y manquait jamais.

La fin de sa vie fut assombrie par un long procès entamé par sa belle-sœur à la mort du second maréchal de Schomberg, son mari, en 1656. Les deux dames n'en étaient pas moins dans les meilleurs termes. Madame de Liancourt voulait aller solliciter les juges avec madame de Schomberg ; elle voulait que son avocat renseignât exactement celui de la duchesse ; elle revisait surtout très-scrupuleusement les mémoires pour en enlever tout ce qui lui paraissait le moins du monde dépasser la mesure de la plus parfaite convenance. La maladie la surprit au milieu

1. Imprimé en 1698.

de ces affaires : comme elle se trouvait à la Roche-Guyon, elle s'empressa de se rendre à Liancourt[1], où elle voulait être enterrée : « Il est temps de porter mon corps à sa dernière demeure, disait-elle. Il y aura moins de cérémonie à l'y porter vivant que mort. » Elle y mourut en effet, quinze jours après son arrivée, le 14 juin 1674, assistée par le Père des Mares. Après l'accomplissement de ses devoirs religieux, sa passion dominante était de soutenir son mari que cette mort désespérait. Il partit aussitôt après pour sa retraite de Port-Royal-des-Champs, se reprochant de trop regretter sa femme, de trop parler d'elle; il revint ensuite à Liancourt et s'y éteignit le 1er août; depuis douze jours, assure-t-on, il n'avait pas proféré un mot qui pût se rapporter à sa chère défunte.

Peu de personnes ont donné un exemple plus persévérant et plus touchant que M. et madame de Liancourt; leur mémoire demeura profondément honorée. Les contemporains sont unanimes à leur égard et ce sentiment se prolongea.

« M. de La Rochefoucauld, dit Saint-Simon, avoit un tel respect pour eux qu'il ne voulut jamais souffrir qu'on changeât rien à Liancourt de ce qu'ils y avoient fait, quoique bien des choses eussent vieilli et eussent été bien mieux autrement. C'étoit un plaisir que de l'entendre parler d'eux avec l'affection et la vénération qu'il conserva toujours pour eux. »

Madame de Liancourt est la seule des amies de madame de Sablé qui ait montré quelque indulgence pour les *Maximes* de La Rochefoucauld ; consultée par la marquise lors de leur apparition en manuscrit, elle en parut d'abord assez scandalisée, puis se radoucit : « ..... Depuis que j'ai tout lu, je fais amende honorable à vostre jugement, car je vois bien qu'il y a dans ces escrits de fort jolies choses, et mesme, je crois, de bonnes, pourvu qu'on oste l'équivoque qui fait confondre les vraies vertus avec les fausses. »

1. A cette époque, elle se contentait d'entretenir cette magnifique résidence, « se reprochant d'avoir trop aimé sa prison. »

Je vous envoye, ma chère sœur, la recepte de l'eau dont je vous ai parlé. N'en prenez pas sans l'avoir fait essayer à d'autres et sans l'avoir consulté à un bon médecin. Si vous savez quelques nouvelles, je vous conjure de me faire l'honneur de nous les mander.

J. de Schomberg.

XXII

LA DUCHESSE DE LONGUEVILLE

Le nom de madame la duchesse de Longueville suffit sans plus ample commentaire. Ce billet est curieux à cause des sentiments presque respectueux que la duchesse y témoigne à l'égard de madame de Sablé, et piquant par les détails qu'il fournit sur le goût de la belle pénitente pour les douceurs de la table. « Si vous avez quelque chose de nouveau pour manger, apprenez le moy, car je ne songe tantôt plus qu'à cela. » Madame de Sablé était célèbre par sa gourmandise. Mademoiselle, dans l'*Histoire de la princesse de Paphlagonie*, dit que « la princesse Parthénice (madame de Sablé) avoit le goût aussi délicat que l'esprit; rien n'égaloit la magnificence des festins qu'elle faisoit; tous les mets en étoient exquis. » Tallemant assure que « depuis qu'elle est dévote, c'est la plus grande friande qui soit au monde. Elle invente, ajoute-t-il, toujours quelque nouvelle friandise. On l'a vue pester contre le livre intitulé le *Cuisinier françois,* qu'a fait le cuisinier de M. d'Huxelles : il ne fait rien qui vaille, disoit-elle ; il faudroit le punir d'abuser ainsi le monde. » La Rochefoucauld appréciait grandement ce goût délicat et la science approfondie de la marquise en matière de curiosités culinaires; souvent il lui envoyait quelqu'une de ses *maximes* et demandait en échange quelque bonne recette : « Voilà tout ce que j'ay de maximes, écrit-il un jour ; mais comme on ne fait rien pour rien, je vous demande un potage aux carottes, un ragoût de mouton. » Nous voyons souvent les amies de madame de Sablé la remercier de confitures ou autres friandises qu'elle leur donnait très-généreusement. M. Cousin démontre que seule madame de Longueville dédaignait ces gourmandises et cite plusieurs passages de lettres où la duchesse affecte une grande indifférence pour le plaisir de la table. Ce billet est donc d'autant plus curieux : il prouve qu'il y eut un moment du moins où la belle duchesse « ne songeoit plus qu'à cela. »

Les deux lettres qui suivent sont très-intéressantes et montrent avec quelle conviction madame de Longueville s'était convertie, et combien elle était accessible aux scrupules.

J'arrive hier de la campagne, et la première pensée qui m'est venue, c'est d'envoyer sçavoir de vos nouvelles, n'osant vous aller voir que vous ne m'en donniez la permission, quoique je me porte fort bien, Dieu mercy ! Je vous envoie la recepte du beuf d'Angleterre, sy on ne m'a pas trompée, et vous en serez quitte pour le hazarder comme moy. Je me promets quelques bouteilles de votre eau, ayant toute bruslé celle que vous m'aviez donnée dans ma maladie. Si vous avez quelque chose de nouveau pour manger, apprenez le moy, car je ne songe tantost plus qu'à cela, et permettez-moi de vous dire cette douceur : les premières inclinations sont toujours les plus fortes. Je le sens par celle que je conserve pour vous.

LONGUEVILLE.

Prenez quatre, six ou mesme huit livres, si on veut, de beuf du simier de l'endroit où il y a du gras et du maigre, le mettez tremper huit heures dans du bon vinaigre, au bout de quoy on le retire et on le bat extrêmement pour en égouter le vinaigre et pour le faire tendre : ensuite on le sale deux jours, ensuite on le fait cuire avec de l'eau et la moitié de la saumure, doucement et longtemps.

TOUT ce que vous me dites sur le chapitre de cette affaire qu'on me fait est le plus juste du monde. Les occasions ne nous font point ce que nous sommes, mais elles nous montrent qui nous sommes. Je l'esprouve clairement en celle-cy qui m'a fait voir que j'ay cherché l'estime des hommes par ma justice extérieure, que je me suis complu, que je me suis voulu distinguer par là des autres personnes qui font profession de piété ; que j'ai cherché dans l'approbation des hommes la récompense de ces qualités que je vois bien qui n'estoient que naturelles. La preuve de cela est bien claire. Si je les avois rectifiées en les exerçant par rapport à Dieu, si je l'ose dire, la droiture de mes intentions là-dessus m'auroit suffi et je n'aurois pas été touchée du traitement que me font les hommes, ayant eu quelque sujet d'espérer que Dieu me jugeoit autrement qu'eux. Je dois donc dire du profond de mon cœur : *Justus es, Domine, et rectum judicium tuum.* — Rien n'est plus juste que Dieu se serve des hommes pour punir le péché, d'agir plus pour eux que pour luy. Quelque mal que j'aye donc pour cette affaire, il est très juste, et voilà à quoi elle me servira, quoi qu'il en arrive, de me faire connoistre à moy mesme quelle je suis : je ne faisois qu'en douter, j'en suis esclaircie par cette funeste expérience. Mais comme ce n'est pas assez de connoistre les playes, si on ne travaille à leur guérison, adressez-vous à Dieu par vos prières pour luy demander cette seconde grâce qui sera l'accomplissement de la première et sans laquelle la première me seroit fort inutile. Il est dit en quelque endroit de l'Escriture que Dieu jugera nos justices : cela est bien pour moy et j'ose espérer qu'après avoir jugé les miennes en ce monde, il n'attende pas à les punir en l'autre. J'ay suivi exactement mes règles sur la communion jusqu'à Tous-les-saints, mais toutes ces affaires icy estant arrivées depuis, j'ay esté un peu interrompue. Dieu me fit la grâce de n'estre point esmue du commencement de celle de madame de Nemours, ainsy je n'avois rien changé pour cela. Je me confessay à Meru le lendemain de la Saint-Martin, et je remis icy à communier à la Présentation ; mais cette affaire icy estant arrivée et m'ayant découvert ce que je suis, j'avoue que j'ai eu besoin de me remettre : puisque je n'ay ici que le bon M. le vicaire pour me confesser, qui ne comprendra pas grand'chose à tout ce que je lui diray. Cependant si on le juge ainsy, je me disposerai pour le premier dimanche de l'Avent ou pour le jour de la Saint-André.

LONGUEVILLE.

De Port-Royal, 23e juin.

Je ne puis me résoudre à communier demain, parce que je le ferai avec trouble, et que je crois qu'il vaut mieux remettre une action de cette nature que de la faire avec inquiétude. Avec le plus grand repos que je puisse avoir, mon esprit n'est pas à peine suffisant pour me faire communier sans peine, ainsy je suis persuadée que je ne le dois pas faire, lorsque j'en ay désir : je ne suis point la maîtresse. Je crois donc avoir reçu l'absolution avec une conscience douteuse, parce qu'il me vint en pensées dans ce temps-là que je devois dire une circonstance que j'avois omise, et le ridicule de cette accusation me retint de le faire. Il est vrai qu'il me vint bien aussy à l'esprit, que comme, on n'estoit pas obligé d'accuser ses péchés véniels, on ne l'estoit pas par conséquent d'éclaircir les circonstances, outre que je n'avois pas même dans l'esprit que ce fust un péché véniel considérable; mais je crains cependant de n'avoir pas absolument déterminé mon esprit à suivre cette dernière pensée, car celle qui me poussoit à dire ce que je ne dis pas estoit tellement meslée avec l'autre, et le sentiment de honte de dire une sottise comme celle-là m'estoit si présent et si sensible, que je crains avec raison, ce me semble, d'avoir agi par là plutost que par la bonne raison que j'aurois veue si j'avois eu plus de temps à me résoudre; mais celui de l'absolution est si court et je fus si troublée que je ne pus me déterminer. Cependant je suis aujourd'hui fort troublée, non pas de la chose, que je croie très-petite, mais de la mauvaise disposition qui fait que je suis capable de recevoir l'absolution dans ma conscience douteuse, ce que je crains qui n'ait rendu ma confession mauvaise, ne voyant pas le degré où je puis porter une si terrible chose; car dans un doute, quelque mal fondé qu'il puisse estre, une personne qui auroit la conscience droite diroit tout ce qu'elle penseroit plutost que de se commettre à abuser du sacrement, et il faut que l'orgueil soit bien grand en moy pour me faire prendre le party contraire, et qu'une conscience soit bien peu droite qui se commet à faire une mauvaise confession.

L.

XXIII

LE DUC DE LONGUEVILLE

Henry d'Orléans, duc de Longueville et d'Estouteville, prince de Neufchatel, gouverneur de Normandie, pair, chevalier des Ordres, naquit le 27 avril 1595, il épousa en première noces Louise de Bourbon, fille de Anne de Soissons, et en secondes, le 2 juin 1642, Anne-Geneviève de Bourbon, fille du prince de Condé. Il n'eut du premier lit que la duchesse de Savoie-Nemours; du second naquirent Jean-Louis-Charles, qui reçut la prêtrise en 1669 et mourut en 1694; Charles-Pâris, qui fut tué au passage du Rhin, et deux filles qui moururent au berceau.

Le duc de Longueville avait eu une fille naturelle qui fut abbesse de Maubuisson, et mourut le 16 juillet 1664.

Madame,

Je me sens si touché de la bonté avec laquelle il vous plaist de me parler sur la .... que mon fils [1] a

1. Jean-Louis-Charles, né en 1646, titré comte de Dunois : « Mal fait de corps et d'esprit, dit M. Cousin, il ne fut à sa mère

faite et de la part que vous prenez à ce qui me touche, que je ne sçais de termes qui puissent vous en exprimer le ressentiment, et je vous advoue, madame, que les marques de l'honneur de votre bonne amitié me sont si sensibles, qu'elles sont capables d'adoucir et de soulager tous les maux que je pourrois ressentir, tant j'ay d'estime, de vénération et de passion pour tout ce qui part de vous, à qui je suis, avec tout le respect imaginable, votre très humble et très obéissant serviteur,

Duc de Longueville.

... 14 de novembre 1662.

qu'un long chagrin.» Il entra dans les ordres en 1669 et mourut le 4 février 1694. —Après la conversion de madame de Longueville, le duc eut le gouvernement de sa maison et de ses enfants, qu'il confia à M. de Fontenai, gentilhomme normand et ami de madame de Sablé. Le duc de Longueville mourut peu de temps après à Rouen, le 11 mai 1663.

XXIV

LE MARÉCHAL DE LUXEMBOURG

François-Henri de Montmorency, fils du comte de Bouteville qui paya de sa tête sa passion pour les duels, duc de Luxembourg, par son mariage avec l'héritière de cette antique maison, était, comme chacun sait, l'un des principaux généraux du règne de Louis XIV.

Il naquit posthume le 8 janvier 1628, et s'attacha au parti du prince de Condé, qu'il suivit durant la Fronde. Maréchal de France en 1675, il commanda en sous-ordre l'armée de Monsieur à Cassel, et gagna bientôt après à lui seul les batailles de Fleurus, de Steinkerque et de Nerwinde.

« Le tapissier de Notre-Dame, » comme l'appelait Condé, à cause des nombreux drapeaux qu'il fit appendre aux voûtes de la cathédrale de Paris, mourut en 1695.

Au camp devant Saint-Ouen, ce 16 avril.

JE pense que vous n'este pas faschée que je me trouve auprès de Monsieur, et je suis assuré que vous seriez encore plus aise si j'étois assez heureux pour pouvoir contribuer en quelque chose à sa gloire. Mais pour ce dernier plaisir ne vous attendez pas à l'avoir jamais; il y travaille trop bien tout seul pour en laisser le soin aux autres, et ce leur en est une assez grande que d'avoir l'honneur de le suivre dans le chemin qu'il fait pour en acquérir. Voilà tout ce que l'on peut espérer avecque luy, et je vais vous dire ce que j'espère de vous. Ce n'est ni Chatillon ni Merlou, mais une autre chose dont je me soucie beaucoup; c'est que vous fassiez mes complimens à Madame, et que vous luy marquiez bien la part que je prends au déplaisir que luy doit causer ce que Monsieur vient de faire. Car, comme elle l'aime au point que vous sçavez, je la vois à l'avenir dans des inquiétudes continuelles. Monsieur a gagné une des plus complètes batailles qui se soient données de nos jours. Un si avantageux succès ne luy inspirera pas le besoin de ne faire plus autre chose, et je crois qu'il vaudroit mieux pour Madame d'avoir épousé un procureur qu'un homme comme celuy-là, qui ne songe qu'à la guerre, et qui oublie une bataille le lendemain qu'il l'a gagnée. Il est à cheval depuis le matin jusqu'au soir, pour prendre Saint-Omer, comme s'il en estoit à une conquête de plus pour que sa réputation soit bien établie. Faites aussi bien mes complimens à Mademoiselle, et pour vous, je n'en conserverai point, car nous ne somme plus à cela près. Adieu.

Nous donnerons aussi cette copie de la lettre adressée à Monsieur par le même maréchal, également à l'occasion de la bataille de Cassel, gagnée en effet par Monsieur sur le prince d'Orange, le 11 avril 1677 :

Monseigneur,

Quelque grandes que soient les actions du Roy, elles ne peuvent empêcher que l'on admire celles de Votre Altesse Royale; les unes et les autres ont trop de rapport pour les pouvoir séparer. Avouez, Monseigneur, qu'il n'est pas difficile de réussir dans l'exécution d'un grand dessein, quand on a toujours devant les yeux la sagesse, la vigilance et la valeur de Sa Majesté. Moins occupée de son intérest que de votre gloire, Elle vous a donné lieu de gagner une bataille capable de borner la plus vaste ambition. Marcher soy même à la tête d'une armée, démesler les desseins des ennemis, rallier plusieurs fois des troupes étonnées, laisser 6,000 prisonniers et forcer ensuite une ville importante à se rendre à discrétion, il faut que ce soit une action peu commune, ayant été honorée de l'estime particulière du plus illustre des Roys et suivie des acclamations de tous ses sujets. Quelque éclatant que soit le rang de votre naissance, il faut que son éclat cède à celuy de votre valeur; mais, Monseigneur, que les périls où elle vous expose font trembler un cœur qui sent tout ce que vous valez; la crainte de vous perdre au milieu de la victoire fait qu'il vous désire moins de gloire; quoique son amour paroisse intéressé, il ne laissera pas d'être estimable, estant accompagné de tous les sentimens du plus profond respect.

XXV

LA COMTESSE DE MAURE

Je renverrai au volume que j'ai consacré à madame de Maure [1]. Cette lettre avait échappé jusqu'à présent aux curieux. J'y joins le passage d'un billet de M. de Marillac à madame de Sablé, relativement à une très-vive discussion qui s'était élevée entre le comte de Maure, après la mort de sa femme, et mademoiselle d'Atry, sa nièce, au sujet d'une rente sur laquelle il réclamait tout ou partie des revenus. M. Cousin a publié, dans sa première édition de *Madame de Sablé*, plusieurs billets de madame de Longueville concernant cette affaire. La fin de cette lettre m'a paru de nature à compléter le maussade portrait du comte de Maure. Elle est écrite par Michel de Marillac, maître des requêtes, précédemment conseiller au parlement de Paris, cousin de madame de Maure.

1. *La Comtesse de Maure, sa vie et sa correspondance.* Un vol. in-18. Paris, Gay, 1863.

Vous voilà donc revenue d'Auteuil, mamour, dont je serois plus aise si je pouvois vous aller voir, mais il faut que j'aille disner au Luxembourg pour une affaire et que je coure l'après disner pour une autre. Il se fit hier un grand racomodement entre madame de Longueville et madame de Montausier, laquelle en fut jusques à pleurer. Je crois que vous êtes cause de ce bon œuvre là. Madame de Longueville ayant dit à M. le comte de Maure que vous luy aviez dit qu'elle devoit estre en scrupule d'estre avec madame de Montausier comme elle y estoit, vous avez très bien fait de les remettre et vous y avez eu meilleure main que moy, qui y ay fait ce que j'ay pu il y a déjà une bonne couple d'années; mais en ce temps-là madame de Montausier estoit inexorable, jusqu'à n'avoir pas voulu correspondre à un compliment que j'avois esté cause que madame de Longueville avoit mis dans une lettre pour elle qu'elle m'escrivit, et je crois vous avoir conté cela; mais enfin il vaut mieux tard que jamais. J'ay bien envie de sçavoir ce que vous avez dit à madame de Longueville là-dessus, et ce qu'elle a répondu, et je ne feray point de semblant; comme je vous prie de n'en point faire que je vous ay rien dit de cecy, ne voulant point faire semblant à M. de Montausier de le sçavoir, s ce n'est que madame de Longueville y consente.

.....Il sera difficile de les résoudre, les arrérages de cette rente, mais il ne le sera pas moins à persuader à

M. le comte qu'il ne la doit pas plàider, les autres estant contre luy; car, madame, un homme qui ne se peut départir d'une médiocre raison est invincible quand il se défend d'une bonne. Je luy ay escrit ce matin et luy ay conseillé de laisser mademoiselle d'Atry en repos dans sa solitude, puisque c'est la chose du monde qui luy convient le mieux présentement, et que ce sentiment estoit dû à cet esprit de justice qui luy a mesme fait prendre intérest en tant de choses qui ne le regardent point, comme en toutes les questions du temps, au préjudice de sa ratte; permettez moy, madame, cette raillerie de vous à moi, car vous entendez bien que je ne luy ay pas escrit tout cela entièrement.

De Marillac.

Ce 25e juin (1664).

XXVI

LE MARQUIS DE MONTAUSIER

Tout le monde connaît la vie du duc de Montausier depuis l'excellente étude que lui a consacrée M. Amédée Roux. Né en 1610, Charles de Sainte-Maure entra au service de très-bonne heure, et mérita par ses services le grade de maréchal de camp dès l'année 1638 : gouverneur d'Alsace peu après, le marquis de Montausier eut à se distinguer fréquemment pour la défense de cette province. Pris malheureusement au combat de Dettingen, il passa dix mois en captivité et rentra avec la résolution de demander la main de la belle Julie d'Angennes, dont il était amoureux depuis plusieurs années et à laquelle il avait déjà dédié la fameuse « Guirlande à Julie. » Il abjura alors le protestantisme et se maria au mois de mai 1645. Il emmena presque aussitôt sa femme en Saintonge, dont il avait obtenu le gouvernement avec le grade de lieutenant général, et il y resta de longues années, presque sans reparaître à Paris. Demeuré constamment fidèle au roi pendant les troubles de la Fronde, M. de Montausier fut pourvu en 1662 du gouvernement de la Normandie et il eut à s'y faire remarquer immédiatement par son dévouement à l'occasion d'une peste qui ravageait le pays. Sa femme avait été pourvue, en 1661, de la charge de gouvernante des enfants de France, qu'elle échangea en 1664 contre celle de dame d'honneur de la reine. La faveur, la plus méritée d'ailleurs, ne cessa de suivre M. de Montausier. Duc et pair en 1664, il fut choisi en 1668 comme gouverneur du Dauphin. Il conserva ces fonctions après la mort de sa femme, arrivée en 1671, et semble même y avoir cherché dans un travail opiniâtre le seul soulagement possible après une si grande douleur. Le mariage du Dauphin mit fin à sa mission, et depuis lors le duc de Montausier vécut complétement à l'écart: c'est pendant cette période qu'il laissa se développer la seule ombre qu'on puisse reprocher à son honorable et utile existence, la rudesse excessive et chagrine de son caractère. Ce défaut, comme l'a remarqué M. Roux, a suffi pour voiler aux yeux des contemporains et de la postérité l'éclat des vertus les plus brillantes et les plus solides; il rendit M. de Montausier odieux à bien des gens qui ne surent pas, comme Molière, découvrir sous le masque du *misanthrope*, — on sait qu'il a été le type de ce rôle, — le visage de l'homme de bien; il empoisonna enfin sa vieillesse en la faisant assister à de pénibles dissensions de famille que la prudence la plus ordinaire eût aisément conjurées. Le duc de Montausier mourut le 17 mai 1690.

Les lettres que je publie témoignent de l'estime toute particulière de M. de Montausier pour la marquise de Sablé. Je m'étonne que M. Amédée Roux n'ait pas même mentionné dans son travail cette intimité. Il a seulement publié, à la fin de l'appendice, la lettre par laquelle M. de Montausier remercie madame de Sablé d'avoir accepté l'offre qu'il lui avait faite d'aller habiter l'hôtel de Rambouillet : encore se contente-t-il de supposer que cette lettre s'adresse « probablement » à madame de Sablé [1]. Le

1. C'est par erreur que, page 27, nous avons indiqué cette lettre du 22 juin 1675 comme inédite : nous avons depuis constaté sa publication par M. Roux.

doute n'est pas certes permis en présence de l'annotation spéciale de Valant. La liaison de madame de Sablé avec madame de Montausier datait cependant de loin, car son mariage donna naissance à une querelle assez plaisante dont Tallemant nous a soigneusement conservé le récit. « La marquise de Sablé se plaignit qu'on ne l'avoit pas conviée. Mademoiselle de Rambouillet juroit qu'elle luy avoit dit que ce seroit une incivilité de luy donner la peine de faire six lieues, à elle qui estoit toujours quasy sur son lit et qui n'estoit pas autrement *portative*, car ce fut ce terme qui la chocqua le plus. La marquise, irritée, quoyqu'on l'eust reconviée après, n'en vouloyt point ouyr parler, et pour montrer qu'elle estoit aussi portative qu'une autre, elle monta en carrosse, en dessein d'aller voltiger et se faire voir autour de Ruel. Pour cela, une demoiselle à elle, nommée la Morinière, à qui elle avoit fait connoistre à apprendre les vents, regarde bien la girouette, et après l'avoir asseurée qu'il n'y avoit point d'orage à craindre, on part; mais elle ne fut pas plutôt au delà du pont de Neuilly que voilà tout le ciel brillant d'esclairs. La frayeur la prend; elle fait toucher à Paris, et le tonnerre estant assez fort, quoyqu'elle eust une grosse bourse de reliques, elle se cache dans les carrières de Chaillot, avec protestation de ne songer plus à se venger. A quelques jours de là, la paix se fit. »

A Rouen, ce 11e de may 1665.

Vos placets, madame, sont des ordres si absolus qu'on n'y peut désobéir, au moins quand on sçait aussi bien connoistre et respecter le mérite que je fais. Ainsi M. de Tiersan [1] est assuré que je feray pour son service

1. Tallemant consacre une historiette très-peu bienveillante à Gilles Ruellan, sieur de Roche-Portail, qui acquit la baronnie de Tiersan, dont son fils porta le nom.

ce qui dépendra de moi. J'apréhende bien qu'il ne se sente de mon peu de crédit, et c'est le moyen que j'en aye du dépit et de la confusion ; car, madame, à quoy seray-je bon, si je ne le suis pas mesme à rendre un office si peu considérable que celuy-là à une personne qui a l'honneur d'estre protégée par vous ; moy qui ay si souvent éprouvé les effets favorables de vostre généreuse et puissante protection. J'attendois à répondre à cet ordre si obligeant et si civil que j'ay receu de vous, que j'eusse veu M. de Tiersan, et j'avois mandé à M. Lambert de vous le faire sçavoir ; mais j'ay appris aujourd'huy qu'il estoit icy et qu'il m'estoit mesme venu voir sans que je l'eusse connu, de sorte que je ne luy en avois rien dit. Mais, madame, je répareray cela et l'iray demain voir et luy faire connoistre que personne n'a tant de pouvoir sur moy que vous, que j'honore avec un profond respect et à qui je suis sans réserve.

MONTAUSIER.

Ce 7e juin 1665, à Rouen.

Si vous sçaviez, madame, avec quelle confusion je me présente devant vous, et quelle honte j'ay de faire ce que je fais, vous auriez pitié de moy. Vous sçavez le respect, la considération, et si j'ose dire, l'amitié et la tendresse que j'ay pour vous, et le pouvoir absolu que vous avez sur moy. Vous n'ignorez pas non plus l'exactitude dont je fais profession pour tenir ce que j'ay promis. Cependant, madame, je me vois obligé de vous supplier très humblement de me dispenser, voilà qui cependant est bien vilain, d'obéir au commandement que vous m'avez fait de servir M. de Tiersan, contre M. de la Barre[1], et de trouver bon que je ne tienne pas la parole que j'ay donnée là-dessus. Vous vous rappellerez bien, madame, que quand vous me fites l'honneur de m'en parler, je m'excusay d'abord sur madame de Bourgon[2], et que je ne débrouillai par trop bien toute cette affaire. Je ne la débrouille que trop bien à cette heure, car madame de Bourgon est une femme qui me doit et à qui je ne voulois pas nuire, mais je dois à M. de la Barre et ne luy dois pas faire de mal : il m'en a pu faire et ne m'a pas pressé, au contraire. Il m'a fait plaisir et me peut incommoder à l'avenir en me prêtant. Voilà, madame l'estat des choses; je vous mets juge de ce que je dois faire et maîtresse de toutes mes actions. Ordonnez ce qu'il vous plaira et j'obéiray avec promptitude, estant assuré que je ne puis manquer quand je feray ce que vous me commanderez. Tout ce que je puis dire, c'est que si vous avez trouvé à propos que je ne sollicite pas contre M. de la Barre, je ne solliciteray pas contre M. de Tiersan non plus, quoique l'autre pût dire. Mais, madame, consolez moy un peu de ce que, trouvant si peu d'occasion de vous témoigner ma reconnoissance et mon zèle par mes actions, et s'en estant rencontré une petite, mon malheur y a fait naître un obstacle si considérable. Outre toutes les raisons qui me font rougir, la dernière lettre que j'ay eu l'honneur de recevoir de vous achève de me confondre. Elle est si belle, elle

1. Probablement Martin, sieur de la Barre, payeur de rentes, « garçon de plaisir et riche. »

2. Madame de Sablé avait une propriété à Bourgon.

est si obligeante, elle est si tendre, qu'elle suffiroit seule pour me convaincre d'ingratitude. Mais la connoissance parfaite que je sçais que vous avez de mon cœur me remet un peu. Vous sçavez, madame, que je suis à vous sans réserve et que je ne puis vous manquer. Je sçais de mon côté que vous estes toute bonne et toute raisonnable; cela me redonne courage et me persuade que vous ne m'en croirez pas moins pour cela votre très humble et obéissant serviteur.

MONTAUSIER.

Vous sçavez, madame, que vous estes la maîtresse de tout l'hostel de Rambouillet[1], et que m'estant donné l'honneur de vous le dire plusieurs fois, ce n'est plus à moy à en disposer, mais à vous seule. Je trouve étrange même que vous ne l'ayez pas voulu faire sans me faire l'honneur de m'en escrire, et vous pouviez bien penser que cela m'obligeroit davantage.

Donnez vos ordres au consierge, il y a assez de meubles et de lits sans que vous y fassiez rien apporter, et souvenez vous, s'il vous plaît, qu'après m'avoir flatté de l'espérance que vous iriez loger à l'hostel de Rambouillet, j'aurois un véritable déplaisir de me voir privé de cet honneur. Il y a plus de quinze jours, madame, que la Touche montre à tirer des armes à Monseigneur le Dauphin. Le Roy estoit en balance entre lui et Dujon; mais celuy-ci estant mort, il choisit en même tems

1. Dans la lettre datée du 22 juin 1675 et que nous avons reproduite dans notre *Introduction*, M. de Montausier remercie madame de Sablé d'avoir accepté l'offre d'habiter son hôtel.

l'autre. Je suis fasché que la chose ne soit plus en estat que j'y puisse servir un homme que vous me témoignez considérer particulièrement, car je n'aurois pas eu moins de joye de le faire que vous en auriez pu avoir de voir que ç'auroit été utilement. Je vous supplie très humblement, madame, d'en estre bien persuadée, et que parmi tant de personnes qui vous honorent et qui vous respectent, il n'y en a point qui soit avec autant de passion, d'attachement et de cordialité que moy, votre très humble et très obéissant serviteur.

MONTAUSIER.

Ce 2 novembre 1677, à Saint-Germain.

A M. VALANT

Ce 8e janvier 1678, à Saint-Germain.

JE viens d'apprendre, monsieur, avec bien du déplaisir, que madame la marquise de Sablé se trouve mal [1]; mais ce qui augmente de beaucoup ma douleur, c'est de ne pouvoir me rendre auprès d'elle, pour apprendre moy mesme de ses nouvelles. Néantmoins, si je croyois luy estre bon à quelque chose, je quitterois tout pour luy aller offrir mes services en cette occasion. Je vous prie de l'en vouloir assurer quand vous trouverez un tems propre de luy parler de moy sans l'incommoder. Je vous prie aussy d'escrire tous les soirs un petit mot

1. Elle mourut huit jours après, le 16 janvier.

de l'estat auquel elle sera. J'ai donné ordre à l'hostel de Rambouillet, pour qu'on l'allast prendre de vous, afin de me l'envoyer, et que je puisse sçavoir tous les jours des nouvelles d'une santé qui m'est si chère et à quoy je prends tant d'intérest ; en revanche, je vous assure que je vous tesmoigneray en toutes rencontres l'estime et la considération que j'ay pour vous.

MONTAUSIER.

XXVII

LA MARQUISE DE MONTAUSIER

Il suffit, ce me semble, de dire qu'il s'agit ici de Julie d'Angennes, fille de « la divine Arthénice, » de cette Mélanide comparable seulement à son amie Stéphanie (la marquise de Sablé), au sujet de laquelle Somaize a écrit : « Ce sont deux des premières précieuses et des plus considérées qui ayent jamais esté ; et pour autoriser cette vérité d'un témoignage illustre et irréprochable, voicy ce qu'en dit Philinte (Pinchesne) dans sa préface aux œuvres de Valère (Voiture) :—Mélanide et Stéphanie ne sont pas si tost nommées que nostre âme se remplit de l'image de deux personnes accomplies en elles-mêmes et dans toutes les belles connoissances. Je n'entreprends point leurs éloges ; mais je sçay que des princes, des ambassadeurs et des secrétaires d'Estat gardent leurs lettres comme les vrays modèles des pensées raisonnables et de la pureté de nostre langage. »

———

A Paris, le 17e octobre 1674.

Je ne sçais si M. de La Tour vous aura dit que j'eusse encore mieux aymé vostre silence que vostre compliment, car vostre civilité pour tout le monde estant aussy connue qu'elle est, ce silence eut esté plutôt une marque que vous auriez cru que je ne puis douter de l'honneur de vostre amitié qu'un défaut de souvenir; au reste, il faut que je vous dise que j'ay esté ce matin réveillée par une visite de M. Colbert et de M. son frère; je luy ay dit que je croyois que c'estoit par instinct qu'il me fesoit cet honneur, vous qui sçavez il y a si longtemps, l'inclination et l'estime que j'ay pour luy, entendez bien ce mot, il m'est venu de l'abondance du cœur et j'ay peur que ne le pouvant pas entendre comme vous, il le prêne pour un galimatias. Je luy ay trouvé la mine aussy douce que vénérable.

Marquise de Montausier.

XXVIII

HENRY DE MONTMORENCY-LAVAL

ÉVÊQUE DE LA ROCHELLE

Henry de Montmorency-Laval était le troisième fils de la marquise de Sablé. D'abord évêque de Saint-Pol-de-Léon et doyen de Saint-Martin de Tours, il devint enfin évêque de la Rochelle, et mourut en 1693, âgé de soixante et douze ans.

Connu d'abord sous le nom d'abbé de Boisdauphin, Henry de Laval vécut naturellement dans le meilleur monde parisien : Tallemant nous parle de sa liaison avec le marquis de Vardes et de son goût pour la chasse, sans cependant en médire autrement. D'après ces lettres que nous tirons du portefeuille 1508, fonds Saint-Germain, il paraît avoir été un évêque instruit, sensé et très-attaché à ses devoirs.

A Lermeno, ce 2 mars 1665.

Je ne pensois pas, Madame, me donner l'honneur de vous escrire avant mon voyage de Bordeaux où je m'en vais avec M. de Lusson pour la députation à l'assemblée générale du clergé; mais la lettre que vous m'avez fait l'honneur de m'escrire est si obligeante que je ne puis que je ne vous en tesmoigne ma recognoissance. Elle doit estre d'autant plus grande que vous avez la bonté de songer à mes pertes dans le temps mesme que vous en faites de considérables; et quoique vous en retiriez quelque chose par le moyen de vos amis, ce n'est pas moins une peine que d'en avoir besoin pour retirer ce qui est à soi légitimement. Vous avez encore, ce me semble, un sujet de consolation en ce que vous n'avez point affaire à la cour, et c'est ce qui me fait tout à fait désespérer des miennes, les amis de ce temps n'estant pas personnes à rien faire pour ceux pour qui ils devroient prendre quelque intérêt. Je leur fais pourtant assez de justice; car je cognois assez que le siècle n'est pas propre à faire plaisir. La personne de qui vous me faites l'honneur de me parler est de ce nombre, et quoique je sois fort bien avec luy, cependant je cognois assez que je ne dois rien espérer de ce costé-là. Je ne me fonde donc que sur le peu de crédit que j'ay de moy mesme pour parler au maistre; et si je fais encore un voyage à Paris je demanderai encore une audience où je remontrerai la justice de mes demandes. Après cela je me tiendrai à ce qu'il plaira à Dieu de disposer. Je ne sçais sur qui le Saint Esprit jettera le sort pour la députation. Il se peut faire que je le serai quoique je n'en parle à personne et que je tienne la chose fort indifférente. Mais comme je ne vois pas que les autres y pensent plus que moy, je puis me trouver député sans y avoir aucune affectation. Si j'estois à la Rochelle je vous enverrois le mandement que vous me tesmoignez souhaiter. Mais je n'en ay point ici ; je vous dirai seulement qu'il est très court, que je ne parle en aucune manière de la déclaration, que je ne fais point signer les religieuses, et que je déclare que je ne demande autre chose par la signature que la soumission et le respect qui est deu en telles occasions aux décisions du Saint Siége. Je l'ay envoyé aux archiprestres pour le faire signer dans leurs cures, et je leur ay insinué que s'il se trouvoit quelqu'un qui voulust faire quelques restrictions pour expliquer ce qui est deu en telles occasions, qu'ils les reçussent comme je suis résolu de l'expliquer si j'en suis requis. Voilà en substance ce qu'il contient. J'ay dans mon diocèse M. de Saint-Mesri qui est content de moy là-dessus. Je me confesse à vous, et vous dis plus que vous ne me demandiez ; car le mandement ne parle point ni d'explications ni de restrictions.

J'ai leu avec toute l'application possible la lettre de Mgr. d'Angers ; je crois qu'on ne la sçauroit trop lire, et qu'on la devroit sçavoir par cœur. Celle de M. de Paris dit tout ce qui se peut dire pour se justifier ; il y faudroit si peu de chose pour satisfaire tout le monde, que je m'estonne comme il ne le dit pas. Je crois et j'espère qu'il sera obligé de venir.

Je donnerai ordre que l'on retire du messager ce

que vous me faites l'honneur de m'envoyer. A nostre retour de Bordeaux nous vous en manderons nostre sentiment. M. de La Brosse vient avec moi en qualité de député du diocèse. Il me prie de vous assurer de ses respects. M. Gallion est tellement dans le mesnage qu'il ne songe qu'à cela. Je lui ay leu l'endroist de vostre lettre où vous lui faites l'honneur de parler de lui. Je me donnerai l'honneur de vous mander ce qui se passera à nostre assemblée. Cependant je vous supplie de croire que je suis tout à vous.

De Laval
Évesque de La Rochelle.

A La Rochelle, ce 22 mars 1665.

Vous me faistes l'honneur de me tesmoigner avec tant de bonté que vous souhaitez que je me donne souvent l'honneur de vous escrire, que je n'ay point plus de joie que lorsque j'ay quelque chose à vous mander. Nostre voyage de Bordeaux, où nous sommes allés, M. de Lusson et moy ensemble, pour la tenue de l'assemblée provinciale, servira de sujet à cette lettre. Nous en revînmes jeudi dernier en bonne santé après y avoir député Mgr. l'archevesque de Bordeaux, et Mgr. de Lusson pour le premier ordre, et pour le second, M. l'abbé de Bar et M. de Nemond, grand archidiacre d'Angoulesme. Peu s'en est fallu que je ne me sois trouvé député, et nous avons en cette rencontre combattu de civilité, M. de Lusson et moy. Il me vouloit déférer la députation, et moy à lui ; mais à la fin j'appris par un ami commun que M. Colbert lui avoit escrit et qu'il lui mandoit qu'il seroit bien aise qu'il se fist député, si faire se pouvoit. Je le fus trouver et lui dire positivement que je ne voulois point de la députation, et qu'il falloit qu'il l'acceptât. Il m'en a tesmoigné beaucoup de recognoissance; et comme je ne souhaitois d'estre député que pour l'avantage des affaires de mon Église, pour lesquelles j'avois travaillé pendant le voyage que j'avois fait à Paris, j'espérois qu'il auroit la bonté de tesmoigner à M. son frère combien il y alloit de l'avantage de la religion et de la gloire du Roy de faire une église à la Rochelle et de la mettre en estat de pouvoir passer pour une véritable cathédrale. Il me le promist. Ainsi je dois aussi bien espérer de sa recommandation que je pourrois faire de mes propres sollicitations. Si j'ay quelque regret de n'estre point à Paris, c'est pour ne pouvoir avoir l'honneur de vous voir et mes amis, car pour le reste je suis persuadé que je suis mieux dans mon diocèse, où j'espère travailler pendant tout cet été. Je m'assure, Madame, que vous ne blasmerez ni ma résidence, ni mon travail, et que vous m'en estimerez davantage de tâcher à m'acquitter de mes obligations. Après vous avoir rendu compte de ce qui s'est passé dans nostre voyage, je crois que je vous puis bien conter une affaire, et que vous aurez bien la bonté d'en user avec votre prudence ordinaire. C'est, Madame, que il y a un évesque de mes amis qui s'en va député à l'assemblée générale, avec lequel j'ay eu plusieurs conférences sur les affaires du temps. Je le trouve le mieux disposé pour donner la paix à l'Église, et travailler, s'il y a occasion de cela, fortement et solidement. Il m'a plusieurs fois demandé ce que je pensois qu'il faudroit faire pour cela, et si je ne sçavois point ce que vos amis souhaiteroient, et à quoi ils se réduiroient. C'est, Madame, ce que je vous demande, si c'est une chose sur laquelle ils se voulussent déclarer. Je n'ay en cela d'autre intérest que celui de la paix de l'Église et le repos de personnes de mérite, qui travailleroient plus utilement pour l'Église. Je ne trouve rien de si juste que de les traiter avec charité et conformément à la vérité. Et comme il ne faut pas que la charité qui nous fait désirer cette paix et cette réunion d'esprit trahisse les intérests de la vérité; aussi ne faut-il pas que la vérité qu'ils prétendent professer, et à laquelle ils veulent paroître s'attacher si inviolablement, soit si austère, que sans la blesser ils n'en puissent pas relascher de quelque chose. C'est, ce me semble, ce que saint Paul appelle *sapere ad sobrietatem*. Je vous demande pardon si je m'avance peut-être trop dans une affaire où de plus habiles gens que moy n'ont pas réussi. Mais je crois que les affaires qui se traitent quelquefois entre particuliers réussissent mieux que celles qui se traitent avec tant d'éclat, où bien souvent les deux partis veulent vaincre, et où la vérité domine rarement. J'espère que mon desseiu estant pieux, et conforme au rang que j'ai l'honneur de tenir dans l'Église, sera toujours approuvé de vous, et si vous avez la bonté de m'escrire ce que vous en sçavez, et ce que vous en pourrez apprendre de vos amis, je vous assure que j'en userai avec tout le zèle possible et avec toute la prudence que vous me prescrirez. Je ne vous nomme point la personne à qui j'en ay parlé. Vous la devinerez assez. Mais il n'y a pas longtemps que vous m'en parliez dans une de vos lettres. Je serai ravi que vous agréiez la proposition que je vous fais, et si vous la blasmez, au moins ne blasmerez-vous pas le motif qui m'a fait prendre la liberté de vous la faire. Je suis tout à vous.

De Laval
Évesque de La Rochelle.

XXIX

LE DUC D'ORLÉANS

Philippe Ier, fils puîné de Louis XIII, chef de la seconde maison d'Orléans, naquit en 1640, et mourut en 1701[1].

Trop souvent écarté des armées par la défiance jalouse de Louis XIV, le duc d'Orléans donna d'éclatantes preuves de courage chaque fois qu'il lui fut permis de prendre part aux grandes guerres de ce règne. Cette fois, il commandait l'armée opposée à celle du prince d'Orange, ayant sous ses ordres les maréchaux d'Humières et de Luxembourg. Vainqueur le 11 mars à Cassel, il força Saint-Omer à capituler.

———

3 avril 1677.

CELA est bien horrible, madame la marquise, de ne point encore vous avoir escrit, mais vous me con-

1. Voir, dans *Madame de Sablé*, plusieurs billets de Monsieur également adressés à la marquise, et datés des années 1667 et 1669.

noissez assez pour estre persuadée que si j'avois eu le temps, je l'aurois fait plus tôt. Mais dans le vray j'ay eu assez d'occupation depuis que je suis icy : celles que j'ay présentement me sont bien plus agréables puisque j'ay la permission de faire attaquer la place et que le Roy m'envoye vingt bataillons et soixante escadrons qui me mettent en estat d'attendre avec joye les ennemys s'ils veulent venir au secours de Saint-Omer, ce que je n'aurois pu faire avant cela, ce qui eut esté pour moy une chose très désagréable ; de plus, le Roy m'assure en me mandant les troupes qu'il fait marcher vers moy, que c'est autant pour ma satisfaction et ma gloire personnelle que pour la sienne et celle de son Estat. Jugez, je vous prie, quel effet cela doit faire en moy, me connoissant comme vous faites. Cela estant, je ne doute pas que vous ne soyez bien certaine que je ne changeray jamais dans mon cœur les sentimens d'estime et d'amitié que j'y ay pour vous.

XXX

LA MARQUISE DE PUISIEUX

Charlotte d'Étampes de Valençay, fille de Jean d'Étampes, seigneur de Valençay, chevalier de l'ordre du Roi et conseiller d'État, et de Sarah d'Harlincourt, était la huitième de neuf enfants qu'il laissa, à savoir : le marquis de Valençay, lieutenant général de la cavalerie légère; l'archevêque de Reims; le marquis d'Estiau; le cardinal de Valençay; Jean d'Étampes, président au grand conseil et ambassadeur; M. d'Estiau; la maréchale de la Châtre-Maisonfort; la baronne de Beauclerc d'Achères. Elle épousa, le 16 janvier 1615, Pierre Brulart, marquis de Sillery et de Puisieux, secrétaire d'État, veuf de Madeleine de Neuville-Villeroy [1]. Elle a laissé une médiocre

1. M. de Brulart n'eut d'enfants que de son second mariage : Louis, marquis de Sillery et de Puisieux, gendre du duc de La Rochefoucauld; — Nicolas, abbé de Saint-Basle; — Claude-Charles, chevalier de Malte; — Léonor, ecclésiastique, mort en 1699; — Charlotte, mariée le 15 mars 1640 à François d'Etampes, marquis de Mauny, lieutenant général; — Éléonore, abbesse d'Avenay; — Françoise, religieuse à la même abbaye.

trace dans la société du temps, à cause d'une malignité excessive et d'une humeur passablement maussade et difficile. « Elle a été belle, dit Tallemant, mais toujours extravagante. » Bussy, qui eut à se plaindre de ses plaisanteries, madame de Sévigné qui l'avait prudemment soignée tant qu'elle vécut, la déchirèrent peu charitablement par la suite.

Très-liée avec madame de Longueville, madame de Puisieux seconda très-activement mademoiselle de Vertus dans ses tentatives pour marier Mademoiselle avec le comte de Saint-Paul. Cette princesse nous le dit elle-même dans ses *Mémoires*. Il paraît qu'un jour, en présence de mesdames d'Épernon et de Rambures, la marquise aborda franchement ce sujet : « Vous feriez une bonne femme, me dit-elle, raconte Mademoiselle, et celui qui vous épouseroit ne seroit pas malheureux.... Ce n'est pas avec un roy que je voudrois vous marier. N'est-ce pas, grande princesse, reprit-elle avec sa manière d'autorité ordinaire, que vous seriez touchée d'avoir élevé un honnête homme? Je lui dis que oui, que j'avois été si malheureuse jusque-là, que peut-être serois-je plus heureuse dans le mariage; qu'au moins j'aurois le plaisir d'être aimée de quelqu'un. Madame de Puisieux me dit brusquement : Épousez M. de Longueville : l'aîné est prêtre; celui-ci est un parfait honnête homme, bien fait, qui vivra divinement bien avec vous. » Madame de Puisieux poursuivit avec ardeur cette négociation, au courant de laquelle elle tenait madame de Longueville, mais pour laquelle elle échoua, car, malgré ses protestations, Mademoiselle songeait alors à Monsieur. Madame de Puisieux lui répétait sans cesse qu'elle se leurait d'un vain espoir, et, revenant sur son sujet favori, elle voulait au moins que la princesse lui promît, ce projet ne réussissant pas, de donner suite à celui concernant M. de Longueville.

Mais aussi cette bizarrerie d'humeur, cette persistance exagérée avaient leurs inconvénients. Une fois madame de Puisieux répandit des bruits peu obligeants sur mademoiselle de Vertus, au sujet d'anciens commérages dont on a vainement cherché la clef, et mademoiselle de Vertus fit preuve de la plus généreuse bienveillance « .....Elle lui a dit, mande-t-elle à madame de Sablé, au sujet de la rencontre que madame de Puisieux fit d'un des domestiques de mademoiselle de Vertus, qu'elle veut estre flattée, qu'elle n'estoit pas contente de ce que je lui ai escrit trop succinctement, et qu'afin que je ne prétende cause d'ignorance de ce qu'elle veut estre flattée, qu'elle me le mandoit. Je prie Notre-Seigneur qu'il lui pardonne ou à elle ou à ceux qui se servent de son nom pour réveiller la grande affaire. On mérite pis que tout cela. » Elle se brouilla également avec madame de Sablé, et ce fut à mademoiselle de Vertus qu'elle s'adressa pour rentrer en grâce près de la toute-puissante marquise, ce qu'elle obtint. Nous voyons encore mademoiselle de Vertus assidue près d'elle quand elle fut atteinte d'une fluxion de poitrine. « La pauvre madame de Puisieux est assez mal, écrit-elle à madame de Sablé. Envoyez sçavoir de ses nouvelles, ou escrivez-moy que je vous en mande, afin que son mal ne se passe pas sans qu'elle entende parler de vous. »

Madame de Puisieux, en 1673, se chargea d'arranger une affaire d'intérêt assez importante entre M. de Mirepoix et M. de Grignan, qui avait précédemment épousé une belle-sœur de celui-ci. « Elle se pique d'arranger des choses impossibles. » L'affaire traîna, et madame de Sévigné mande à sa fille, le 25 décembre 1674 : « Cette bonne Puisieux nous auroit rendu mille services contre le Mirepoix, et la voilà morte. » Puis, quatre jours après : « Madame de Puisieux est ressuscitée; mais, ajoute-t-elle, n'est-ce pas mourir deux fois, bien près l'une de l'autre, car elle a quatre-vingts ans. » Cette résurrection en valait cependant la peine, car ce ne fut que le 8 septembre 1677 que madame de Puisieux se décida définitivement à mourir. Madame de Sévigné ne se tient plus alors : « Nous en voilà délivrés. Ne trouvez-vous pas, madame, qu'elle contraignoit un peu trop ses amis? » — « Il falloit marcher si droit avec elle, » mande Bussy-Rabutin à sa cousine, qui lui répond : « Cette Puisieux étoit bien épineuse. Dieu veuille avoir son âme. Il falloit, comme vous dites, charrier bien droit avec elle. » Bussy lui dit encore, en faisant allusion à sa plaisanterie sur sa *double* mort : « Et moi j'ajoute qu'elle nous auroit fort obligés de n'en pas faire à deux fois : cela ne valoit pas la peine de se rhabiller. »

Madame de Longueville appréciait avec beaucoup plus de bienveillance son « épineuse » amie, et mademoiselle de Scudéry écrivait très-franchement à Bussy, le 10 septembre 1677 : « Je suis triste, monsieur, je viens de l'enterrement de madame de Puisieux. On n'a jamais vu une personne mourir si vivante, avec tant de feu et tant de présence d'esprit. Il n'y avoit pas quinze personnes à l'enterrement de cette femme si connue et si recherchée[1]. » Tallemant des Réaux parle très-peu brillamment de la marquise, qui a un triste chapitre dans la *Description du pays de Braquerie*. Elle avait été fort belle et elle entretenait sa maison sur un pied véritablement ruineux. Il paraît qu'elle écouta d'abord le trésorier Morand, puis le chancelier Châteauneuf, et de façon à ce que personne, sauf l'excellent marquis de Puisieux, ne pût en ignorer. Elle sut cependant vieillir. Tallemant constate qu'elle avait eu « le soin de s'habiller modestement, quoyqu'elle fust encore fraische. » C'est à ce moment aussi qu'elle se convertit et qu'elle adopta cette sévérité dont madame de Sévigné et Bussy-Rabutin souffraient si peu volontiers les atteintes.

Madame de Puisieux avait un goût très-apprécié par la marquise de Sablé, et qui devait singulièrement disposer celle-ci en sa faveur : elle était, comme son amie, très-friande. Tallemant assure qu'elle mangea une fois, « depuis Pasques jusques à la Pentecoste, » pour la somme de dix-sept cents livres de « vedel mongane, » c'est-à-dire du veau qu'on élevait dans un certain canton de la Normandie, à la mode italienne, avec du lait, des œufs et du sucre. Il paraît même qu'elle laissa une dette assez considérable en « friponneries » chez le pâtissier voisin du couvent des

1. « Ce peu de monde connu à son enterrement, répond Bussy, après avoir esté si recherchée pendant sa vie, marque non-seulement la lâcheté du cœur humain, mais encore la crainte qu'on avoit d'elle quand elle vivoit. »

Dix-Vertus, — aujourd'hui l'Abbaye-aux-Bois, — où elle s'était retirée quand, voyant sa fortune diminuer et les années arriver, elle se décida à changer de genre de vie.

Pendant un certain temps, madame de Puisieux fut très-étroitement liée avec madame du Vigean : ces deux dames demeurant assez loin l'une de l'autre, s'écrivaient sans cesse, comme c'était alors la mode, et même les jours où elles avaient passé plusieurs heures ensemble. Mais la marquise était singulièrement jalouse : elle exigeait que le soir son amie ne reçût personne, quand elle ne pouvait y aller. Madame du Vigean finit par se lasser et se donna à la duchesse d'Aiguillon.

Je suis assurée que M. le Grand Prieur, vostre frère, ne vous a point dit les nouvelles qu'il a reçu de Marphe, car vous me l'auriez fait sçavoir : il s'est déclaré tout haut que M. le Grand Maistre ne s'opposoit plus au retour de mon nepveu : il l'a dit à sa table il y a deux jours, et hier à M. de Verdun[1]. Permettez moy donc de vous en rendre de très humbles actions de grâce, et de croire que je ne perdray jamais la mémoire de la manière obligeante dont vous en avez usé. Si je sçavois où vous estes et que vous voulussiez voir la plus ancienne

1. Henri, fils de Jacques d'Étampes, marquis de Valançay, et neveu par conséquent de madame de Puisieux; né en 1603, chevalier de Malte de minorité, grand-croix, ambassadeur de l'ordre à Rome, à Venise, commanda une escadre au service de France, et devint grand prieur de Champagne et abbé de Nourgueil. Il avait eu d'assez vifs démêlés avec le commandeur de Souvré et le fit même temporairement disgracier, à ce qu'apprend une lettre où M. de Longueville le recommande à madame de Sablé. Il remplaça ensuite M. de Souvré dans le grand prieuré de France, et mourut à Malte, le 10 avril 1678, comme on le destinait à recueillir la succession du grand-maître Colona.

de vos servantes et amies, je sortirois volontiers, quoy que présentement je n'ayme rien tant que de garder la maison.

DE VALLANÇAY.

A MADAME LA MARQUISE DE BOISDAUPHIN[1].

Vous avés pris trop de part à mes malheurs pour tarder un moment apprès estre arrivée en mon logis à vous tesmoigner selle que je prends à vostre joye de la charge que j'ay veu donner aujourd'huy par le Roy à Monsieur de Rochefort[2] de lieutenant des gendarmes de la compagnie de M. le Dauphin. Je l'ay veu remercier la Reyne mère et se présenter à M. le Dauphin. Il vous supplie avoir la bonté de nommer mon nom quand vous en escrirés à Madame vostre mère, je recevrois cet honneur là de luy aller dire moy mesme avec la mesme joye que quand nous estions jeunes; mais la discontinuation me fait croire que je fais mieux d'en user ainsy. Vous trouverez bon que j'en demeure là et que je vous assure de mes respects.

DE VALLANÇAY.

1. Madame de Boisdauphin envoya copie de ce billet à Valant, en ajoutant cette note : « Je vous prie de le lire à madame de Sablé, et sy elle vouloit m'escrire un petit mot pour lui dire, j'en serai bien aise, parce qu'elle a de la bonté pour moy. »

2. Époux de Madeleine de Laval-Montmorency, fille de Gilles, marquis de Laval, et de Madeleine Séguier, petite-fille de madame de Sablé. Madeleine Séguier était fille du duc de Villemor, chancelier de France, et de Madeleine Fabri, et veuve du marquis de Coislin, lieutenant général. Elle mourut le 31 avril 1710, âgée de quatre-vingt-douze ans.

XXXI

MADAME DE SAINT-ANGE

Mademoiselle de Boulogne épousa M. de Saint-Ange, qui mourut le 17 février 1651. Elle entra alors à Port-Royal et y était encore novice en 1654, sous le nom de sœur Anne de Sainte-Eugénie. — Elle paraît avoir été particulièrement liée avec la mère Angélique, qui lui écrivait assez souvent. Nous publions ces deux lettres à cause surtout des détails qu'elles renferment sur la mère Agnès et sur son intimité avec madame de Sablé.

Le soin si particulier et si obligeant que vous avez pour la conservation de notre chère mère fait que toute la communauté vous est infiniment redevable ; mais je ne puis m'empêcher en mon particulier, ma chère sœur, de vous en rendre de très humbles actions de grâces, et de vous assurer que j'en auray toute ma vie la reconnoissance que je dois; votre bonté est si grande que tout le monde y a recours, et ma sœur Sainte-Cécile espère d'en ressentir les effets ; c'est pourquoy je vous supplie très humblement en son nom, et au mien, de faire en sorte que Monsieur l'archevesque lui permette de suivre madame sa mère partout où elle ira. Il y a fort longtemps qu'elle luy rend tous les petits services dont elle a besoin, car encore que sa mère ne soit pas si âgée, la mère Agnès est souvent malade, et d'une délicatesse naturelle qui ne luy permet pas de se pouvoir passer d'une personne auprès d'elle ; or, parmy le grand nombre que nous sommes, et qui nous estimerions heureuses de la servir, il n'y en a point qui lui soit plus propre et à laquelle elle soit plus accoutumée qu'à ma sœur Sainte-Cécile. C'est pourquoy nous luy céderons toutes volontiers cet avantage, et nous vous serons fort obligées si vous obtenez cette grâce de votre prélat.

Je vous supplie très humblement de me faire celle de croire que quoy qu'il puisse arriver je serai plus à vous que personne au monde.

Ma sœur Sainte-Cécile veut que j'ajoute qu'elle n'oubliera jamais les obligations dont elle vous est redevable, et elle espère que si vous vous en souvenez vous mesme, vous prendrez plaisir à les augmenter encore par cette dernière qui sera le comble de toutes les autres.

Ce 10 septembre.

Ouy, ma très chère sœur, mademoiselle Datrie[1] vous verra quand elle voudra; la sainte mère le trouve fort bon, elle m'est toujours meilleure et je vous assure qu'elle a beaucoup d'estime et d'amitié pour vous. Au reste, je ne m'en dédis point, je crois l'air d'icy fort bon, car bien qu'il paroisse subtil, la rivière sans doute tempère cela; il faut être bien charitable, ma chère sœur, pour prendre tant de soin d'une santé qui vous est si inutile. Dieu sera votre récompense, je l'en prierai de tout mon cœur.

1. Nièce de madame de Maure, mademoiselle d'Atry avait quitté l'hôtel de la comtesse, quand la diminution de la fortune de celle-ci la contraignit de vivre plus étroitement; elle se retira alors à Port-Royal, et eut à soutenir un assez long procès contre le comte de Maure, devenu veuf.

XXXII

L'ABBÉ DE SAINTE-BEUVE

Il faudrait faire l'histoire de Port-Royal pour raconter réellement la vie de l'abbé de Sainte-Beuve. Quelques lignes suffiront ici. — Jacques de Sainte-Beuve naquit à Paris et fut reçu docteur en théologie dès 1638, à peine âgé de vingt-cinq ans ; il acquit rapidement une si grande réputation comme casuiste, que, de tous les points du royaume, on le consultait pour la direction des consciences.

Partisan de la doctrine de saint Augustin sur la grâce, l'abbé de Sainte-Beuve cherchait à demeurer dans une situation calme au milieu des agitations du temps. Ennemi de la doctrine janséniste, il suivit cependant le parti d'Arnauld et fut exclu avec lui de la Sorbonne. Rentré en grâce après avoir signé le formulaire, Sainte-Beuve vécut paisiblement à Paris, continuant à y être considéré comme le docteur casuiste par excellence. Il y mourut le 15 décembre 1677.

M. de Sainte-Beuve avait un frère, ecclésiastique également et auteur assez estimé, — et une sœur dont le portrait écrit figure dans la *Galerie* de mademoiselle de Montpensier.

Votre rhume a été le mal de tout le monde depuis que j'ai eu l'honneur de vous voir; mais vous avez eu par dessus celui de la hanche qui est très douloureux. N'ayez point d'inquiétude d'avoir rompu le carême dans cette incommodité double. Je suis très aise que vous ayez pris résolution de vous purger dans le besoin que vous en avez, mais je le suis encore plus de ce que vous voulez bien communier demain, ne l'ayant pu auparavant pour vos Pâques. Puisque vous avez estimé que vous hasarderiez si je vous voyois, à cause d'un petit reste de rhume que j'ai encore, vous ferez bien de vous confesser demain à un des prêtres bénédictins anglais, pour ensuite communier. Comme vous n'avez pu faire la pénitence que je vous avois ordonnée, il sera bon que vous fassiez quelque chose en la place. Je voudrois que ce fût une seconde aumône aux mêmes pauvres, et la récitation du dernier psaume de la pénitence, aujourd'huy et demain, devant votre confession. Tâchez aussi de ne donner point lieu à ces jugemens, et de vous occuper plutôt de la considération de vos imperfections pour les détester, que de celles du prochain qui ne pourroient que vous nuire. J'espère que N. S. continuera sur vous ses miséricordes, et qu'il achèvera en votre âme ce qu'il y a commencé pour sa plus grande gloire et pour votre salut.

On vous a dit vrai, madame. Feu Mons. l'archevêque de Paris a défendu la lecture de Jansénius et de tout ce qui étoit ou seroit fait pour et contre ce livre défendu. Il fit cette défense en publiant la constitution d'Urbain VIII. Depuis en publiant les constitutions d'Innocent X et d'Alexandre VIII, la défense particulière de ce même livre et de tous autres pour sa justification ont été défendus. La permission d'un nonce ne seroit pas suffisante pour lever la défense de l'évêque. Je vous avoue qu'on n'a pas eu toute la déférence qui étoit due à ces défenses, et qu'on n'a point laissé de lire ce livre, d'écrire pour sa justification et de lire les écrits faits pour cela. Il y en a qui ont voulu dire que ces défenses n'ont point été reçues et partant que maintenant elles n'obligent pas. Pour moi, je serai toujours de l'avis de la soumission. Mais comme l'écrit que vous avez n'est ni la traduction de ce livre, ni un écrit fait pour sa défense, et que vous m'avez dit qu'il ne contient rien des propositions condamnées, lesquelles vous voulez condamner de tout votre cœur avec l'Église, et que vous ne lisez cet écrit que pour votre instruction de la religion catholique, c'est ce qui a fait, Madame, que je me suis contenté de vous dire que vous prissiez garde, sous prétexte d'instruction morale, de vous embarrasser dans les propositions condamnées, et que vous étiez obligée de vous soumettre en cela comme en toute autre chose au jugement de l'Église. Pour peu que vous ayez de peine de cette défense, vous ferez bien de laisser la lecture de cet ouvrage, c'est mon sentiment. Je ne sais point qu'il se soit passé à la cour aucune chose qui me regarde. Vous m'obligerez de me dire ce que c'est, et je vous promets tout le secret, vous étant fort obligé d'y prendre part.

Catho m'a écrit ; je suis d'avis de différer de lui faire réponse jusqu'à ce que j'aie eu l'honneur de vous voir. Sa lettre tend à me demander si elle viendra en cette ville, chargée comme elle l'est de neveux et de nièces. Elle me parle de vous, et de sa demeure précédente. Mais il me semble qu'on ne veut point d'elle en tout, et que vous ne la souhaitez pas aussi ; c'est pourquoi elle fera mieux de demeurer que de venir.

Depuis ma lettre écrite j'ai vu, Madame, que je pouvois bien lui faire une réponse qui seroit dans votre pensée. Je vous l'envoie. Vous prendrez la peine de la faire cacheter, et de lui faire tenir.

XXXIII

LA MARÉCHALE DE SCHOMBERG

Ce billet est très-insignifiant ; mais je n'ai pu résister au désir de recueillir ces quelques lignes demeurées inédites et tracées par l'une des femmes les plus accomplies certainement du XVIIe siècle. Après le travail charmant et complet que M. Cousin lui a consacré, je me contenterai de rappeler brièvement sa vie. Marie de Hautefort naquit en 1616, fille du marquis de Hautefort et de Renée du Bellay. Amenée à Paris par sa grand'mère, madame de la Flotte-Hauterive, gouvernante des filles d'honneur de la reine-mère, elle fut placée parmi celles-ci et ne tarda pas à attirer l'attention du roi. On connaît de reste l'histoire des chastes amours de Louis XIII. En 1635, le cardinal de Richelieu parvint à supplanter la belle et sage Marie de Hautefort par mademoiselle de La Fayette, une de ses collègues, belle aussi et non moins sage ; mais elle ne satisfit nullement Richelieu, qui redouta même assez l'influence qu'elle semblait chercher à prendre, pour rappeler la faveur royale sur mademoiselle de Hautefort (1637). Celle-ci redevint l'amie et la confidente de Louis XIII, qui lui donna la survivance de la charge de sa grand'-mère, devenue dame d'atours de la reine, avec le titre de *madame*. Le cardinal la sacrifia de nouveau en 1640, et la fit même exiler; elle resta retirée dans une terre aux environs du Mans jusqu'à la mort du roi; elle fut rappelée dans les termes les plus affectueux par la reine Anne d'Autriche, dont elle était devenue, depuis son second retour à la cour, l'amie dévouée. Mais, pieuse et austère comme elle était, elle ne sut pas dissimuler assez ses sentiments et fatigua la reine par le blâme qu'elle formulait sans cesse contre la faveur de Mazarin. Uune rupture s'en suivit naturellement, et madame de Hautefort se retira au couvent des Filles-Sainte-Marie, où elle vécut fort entourée. Plusieurs personnages des plus considérables recherchaient alors sa main, entre autres, M. de Gesvres, le maréchal de Gassion et le maréchal duc de Schomberg. Elle épousa ce dernier en 1646. Veuve au bout de dix années d'une parfaite union, elle se retira au couvent de la Madeleine, dans la rue de Charonne, pour passer son deuil. Elle revint ensuite à Paris où elle vécut très-simplement, allant rarement à la cour. Seulement, quand le mal terrible qui torturait la reine fut arrivé à sa dernière période, la duchesse vint assidûment la voir. Elle s'établit ensuite dans une maison qu'elle s'était fait bâtir, suivant l'usage du temps, près du couvent de la Madeleine, et y mourut, après de longues souffrances, le 1er août 1691.

Madame de Schomberg écrivait avec élégance et esprit, ainsi qu'on en peut juger par la lettre qu'elle adressa à madame de Sablé, au sujet des *Maximes* de La Rochefoucauld, qu'elle avait beaucoup connu lors du dévouement de celui-ci pour la reine. M. Cousin regrette de n'avoir retrouvé de madame de Schomberg que deux billets à l'occasion d'une petite querelle entre madame de Sablé et d'Andilly, querelle où la duchesse fut choisie pour arbitre. Elle était très-liée avec madame de Louvois, nièce de madame de Sablé.

(1669.)

Je viens de faire une reflection quy me feroit la plus grande honte du monde, sy vous ne sçaviés aussy bien juger de mon cœur que vous faites et que vous ne sçusiez pas qu'il va droit quand mon esprit va de travers. En vérité, madame, il a été bien à l'anvers de ne vous avoir point assez remersiée de se que vous venés de faire pour moy. Mes, madame, je say que vous avés asés bonne opinon de moy pour croire que personne ne peut m'égaler aux sentimans de reconnoissance que j'ay pour tans de chose que je vous doy. Soufrés, sy vous plait, que je me sois satisfaite, en faisant sette petite réparation au défaut de mon esprit et non pas à celuy de mon cœur.

XXXIV

L'ABBÉ SINGLIN

Comme nous le disions en nommant l'abbé de Sainte-Beuve, pour parler de la vie de l'abbé Singlin il faudrait à la fois faire l'abrégé de l'histoire de Port-Royal et raconter une partie de l'existence de madame de Longueville. Je me contenterai de renseigner brièvement mes lecteurs sur ce grand docteur du jansénisme.

Antoine Singlin, fils d'un marchand de vin de Paris, y naquit au commencement du XVIIe siècle. Destiné au commerce, il demeura chez un négociant en draperie jusqu'à l'âge de vingt-deux ans : frappé alors de la grâce, il s'adressa à Vincent de Paul, et eut le courage de commencer ses classes comme un enfant de dix ans. Duvergier de Hauranne le prit ensuite avec lui, lui conféra la prêtrise et le plaça comme directeur spirituel à la tête du couvent des religieuses de Port-Royal (1639). Il fut naturellement mêlé étroitement dans la suite aux événements de cette célèbre abbaye. Expulsé au mois de juillet 1661, il se retira dans un château que madame de Longueville, alors sa pénitente, possédait aux environs de Beauvais. Il mourut, sans avoir pu revenir à Paris, au mois d'avril 1664 [1].

Ce 17e octobre 1661.

Vous avez trop de soin de nous. Je suis revenu dans ma solitude sûrement et je n'ai point été incommodé d'avoir parlé tout le jour comme je le fis, encore que je ne le pus guères faire à ma sœur Catherine qui est une partie cause de son mécontentement. Car je ne pense pas qu'elle attendît de moi une parole pour rentrer ; elle est assurément plus véritable seculière que religieuse. Il est fâcheux que vous ne vous entendiez pas bien l'une l'autre. Sa peine présentement d'être proche de vous est qu'elle s'imagine qu'elle vous est à charge, non pour la nourrir, car ce n'est pas par là que les personnes vous sont chargeantes, que vous ne désirez point vous servir d'elle, que vous l'épargnez trop, etc. Et je me persuade que la raison qui vous la peut rendre pénible est que vous croyez qu'elle ne se plaît pas à votre service. Je voudrois vous être à tous deux caution l'une de l'autre, afin qu'elle ait le plaisir de vous bien servir, et vous celui de l'être bien par une personne qui a de bonnes qualités pour cela, ayant toutes celles que vous peignez si bien pour en donner de l'envie de la prendre si elle pouvoit être en repos et être au logis en rentière étant ce qui lui est convenable pour n'avoir pas dix mille embarras que l'état religieux

1. Pour plus de détails, il faut se reporter au livre de M. Cousin, sur *Madame de Sablé*, et à notre étude sur *Madame de Maure et sa correspondance*.

lui donne. Je pourrois bien lui procurer l'entrée quand les novices et pensionnaires rentreront, tant pour les contenter que pour l'accorder à votre prière, le faisant avec tant de bonté et d'une manière qu'on ne peut pas avec justice vous le refuser, sans qu'il soit nécessaire que vous lui payiez sa pension ; elle gagnera sa vie par le service qu'elle peut rendre. Je lui ferai parler par celui qui la confesse ; si je la pouvois faire mettre auprès de Mme de Luynes en attendant le retour dans le monastère, je le ferois. Je ne sais si vous convenez avec elle que si vous vous mettez au dedans que vous n'y demeurerez pas, ne lui résistant et ne la contredisant pas sur ce point, il semble que vous en demeuriez d'accord ; et en effet il peut y avoir de l'apparence, ayant des choses en vous qui vous sont si particulières et si peu communes avec les personnes qui sont en religion, comme sont toutes vos frayeurs, ne pouvoir vous endormir sans qu'on vous endorme par la lecture, et autres choses semblables. Vous y penserez bien avant que d'entreprendre ce changement, pour n'avoir pas à vous remettre dans ce que vous quitterez. Elle vous seroit absolument nécessaire au dedans pour beaucoup de choses, afin de pourvoir à vos besoins dans la maison ne pouvant pas les pourvoir, et il y auroit à craindre que vous ne vous contraigniez plutôt que cela donnât la moindre ombre de peine ; car c'est encore en ce point où vous estes diligente de vous imaginer que vous estes pénible aux gens, et sur ce ton-là vous l'estes à vous même et aux autres par la peine que vous vous donnez pour n'en point donner, qui n'en est pas une petite à celles qui (vous) aiment. En tout cela, je vous exhorte à suivre le conseil de l'Évangile de compter avec soi même avant que de rien entreprendre, peur [de] ne pouvoir achever ce que l'on auroit commencé d'entreprendre. Ce que je vous souhaite le plus est l'amour et l'esprit de la solitude et de la prière, le mépris de vous même, de votre santé, de votre vie et de toute chose ; et avec cela tout ira bien, soit que vous entriez ou que vous demeuriez comme vous estes ; et pour cela il faut aimer et désirer l'autre vie en comparaison de laquelle celle-ci n'est que mort, estant remplie de misère, d'inquiétude et de crainte de la mort qui est souvent plus pénible que la mort même à souffrir.

XXXV

ÉLÉONORE DE SOUVRÉ

ABBESSE DE SAINT-AMAND DE ROUEN

L'abbaye bénédictine de Saint-Amand, située dans la ville de Rouen, appartenait en quelque sorte à la famille de Souvré. Marguerite de Souvré la reçut en 1630, la transmit en 1651 à sa nièce Éléonore, qui la passa à sa sœur, laquelle la conserva jusqu'à sa mort, arrivée en 1692. A celle-ci succéda encore une alliée, Marie-Élisabeth Barentin, nièce de sa belle-sœur. Ces dames y furent naturellement toutes ensevelies; mais, de plus, nous y voyons enterrés le père de l'abbesse Éléonore et le baron de Renouard, son frère, qui y avait deux de ses filles, Marie et Madeleine, religieuses [1]. Éléonore de Souvré est de toutes ces saintes femmes celle qui a le plus marqué et par ses vertus et par son esprit. « La Normandie n'a pas seulement produit de grands hommes, lit-on dans le *Cercle des femmes savantes*, publié en 1663, au nom d'*Amestris*, elle

1. Madame de Sablé y avait également sa fille aînée, Marie de Laval-Montmorency.

peut encore se vanter de la naissance de madame l'abbesse de Saint-Amand. » Elle naquit à Rouen en 1620 et fut probablement élevée à Saint-Amand par sa tante, dont elle devint la coadjutrice au mois de novembre 1640. Elle lui succéda en 1651 et reçut la bénédiction des mains de l'archevêque de Bourges, en grande cérémonie, le 27 mai, dans l'église du Val-de-Grâce, en présence du roi et de la reine sa mère. Quinze jours après, elle prenait possession du monastère et prêtait serment dans la cathédrale de Rouen. Madame de Saint-Amand venait souvent à Paris et y faisait grande figure dans la société précieuse. Somaize la classe dans son *Grand Dictionnaire*, et dit d'elle, sous le nom de *Siridamie* (1661) : « Elle paroît avoir eu une grande affection, un grand respect pour sa tante, la marquise de Sablé, qui se montroit, ce semble, passablement exigeante au sujet de la correspondance. Une fois, elle mande très-franchement à sa tante : « Dites moi un « peu combien vous m'ordonnez de vous escrire souvent, « afin que vous ne vous plaigniez plus de moi, et croyez « que quand je le sçauray, je le ferai sans froisser mon « inclination qui est toujours portée à faire toutes choses « qui me pourront mériter l'honneur de votre amitié. » Elle étoit liée avec madame de Longueville dont elle dit, au sujet de la mort du duc : « C'est un corps si affoibly qu'il « n'est pas capable de beaucoup de remèdes; je croy « qu'elle pensera un peu plus à sa santé qu'elle n'a fait « par toutes sortes de raisons. »

Éléonore de Souvré allait elle-même être longuement éprouvée par une maladie sur laquelle elle se fit peu d'illusion. « Je commence à m'habituer à mon mal et il ne me fait plus de peur; puisqu'il est sans remède, il faut vivre tout doucement avec lui tant qu'il plaira à Dieu que je sois en ce monde. » Elle dit encore à sa belle-sœur de Boisdauphin : « Il me semble que mon mal ne peut céder qu'aux ordres du grand médecin, car, quoiqu'il ne soit pas violent, il va, ce me semble, à la destruction de la vie. » Le 4 novembre 1670, elle écrit à sa tante : « Je suis si languissante que je ne crois pas passer l'hiver à cause de ma méchante poitrine. » Elle ne mourut que le 28 août

1672. Madame de Saint-Amand semble n'avoir jamais penché vers les idées du jansénisme. Ses lettres ne renferment qu'une seule allusion aux événements qui passionnaient la société alors, c'est quand elle offrit à sa tante de recueillir dans son abbaye quelques-unes des pensionnaires expulsées, en 1661, de Port-Royal. Elle aborda une seule fois directement le sujet, mais sans se prononcer : il s'agissait de l'entrée de la marquise de Boisdauphin à l'Abbaye-aux-Bois, où elle devait vivre, non en religieuse, mais comme pensionnaire, avec une chambre à feu et 4,000 livres de pension : « Priez la comtesse de Maure, qui est de vos amies et de celles de l'abbesse [1], ma chère tante, d'y mener ma cousine et sa compagne, parce que tout de bon je craindrois dans le temps qu'il est les approches de Port-Royal dans la pensée qu'on a [2]. »

(1661.)

J'AY reçeu celle dont vous m'avez honorée et je n'y fis pas responce dès le lendemain de peur de vous estre importune et depuis cela il m'est venu mille affaires qui m'ont dérobé tout mon temps. Voyla, ma chère tante, ce qui m'a privée de l'honneur de vous entretenir plutost et de vous dire que je ne croy rien de ce que vous me mendez de madame la Gouvernante. Si ceux qui en font coure le bruict avoient autant de congnoissance que vous avez l'une ou l'autre du bonheur qu'il y a d'estre mestresse de ses actions, il ne

1. Marie de Lannoy, qui avait transféré son abbaye de Compiègne à Paris en 1654, et était dans l'intimité de la reine Anne d'Autriche.— Morte en 1684.

2. J'extrais ces passages de billets réellement trop insignifiants pour être publiés. Ces lettres sont au nombre de douze ou quinze.

penseroient pas qu'avec un peu de bon sens on put changer cet estat en un autre où il y a un perpetuel asseujectissement et je suis asseurée que quelque amitié qu'elle aye pour ses enfans, ce ne cera point en destruisant son bonheur qu'elle fera leur fortune [1]; mais à propos de cela, ma chère tante, on m'avoit mendé il y a quelque temps que celuy où vous aviez la pensée pour vostre fille aisnée estoit dans le dessein de s'engager avec le fils d'une mareschalle de la place Royalle. Je ne sçay si cela est vray.

J'ay bien de la joye de ce que mon oncle [2] fait si bien son debvoir envers vous; mais je crains que cela ne serve de rien et que vous demeuriez toujours nichée où vous estes; cela est supportable pendant l'esté; mais en vérité, dans l'hiver, vous faites tant gronder de monde que vous debvriez bien vous approcher pour les apaiser. Si j'estois encore à Paris, je tacherois de vous le persuader plus fortement. Adieu, ma chère tante, je m'aperçois que ma lettre est escritte [3] à vostre mode et que vous auriez de la peine à en trouver la suitte si je n'y mettois le chiffre. Aymez toujours s'il vous plaist celle qui vous honore de tout son cœur et qui est vostre très obbéissante servente.

Ce 17e.

1. M. Cousin a publié ce passage depuis : *Je ne crois rien.*

2. Le grand-prieur de France, car tous les autres oncles de l'abbesse étaient morts avant cette époque.

3. Elle est écrite dans tous les sens.

(1661.)

Si j'ay cru estre obligée, ma chère tante, de vous faire de très humbles remerciemens des bonnes volontés que vous aviez fait paroître à madame la Mareschalle de La Motte [1] je dois bien les réitérer à présent que les effects s'en sont ensuivis et qu'elle jouit de l'honneur que vostre bonté et vos soings lui ont acquis. Il n'y a que vous au monde qui auroit de dessus vostre lit et sans coure les rues conduit une affaire de cette importance aussy heureusement qu'elle a esté et je vous asseure qu'on doit bien prier Dieu pour vostre conservation [2]; car il n'y en a point au monde comme vous; je prétends vous en dire bien davantage sur ce suject; mais ce ne sera point pour aujourd'huy car on ne me donne pas le temps de faire ma lettre plus emple et le courier estant à cheval je n'ay que celuy de vous supplier très humblement d'aymer toujours celle qui est votre très obéissante niepce et servente.

Ce 9e.

1. Sa nomination comme gouvernante des enfants de France. — Louise de Prie, fille unique de Louis, marquis de Toucy, et de Françoise de Saint-Gelais-Lusignan, — fille elle-même de Françoise de Souvré, belle-sœur de madame de Sablé, — mariée en 1650 à Philippe de La Mothe-Houdancourt, duc de Cardonne, maréchal de France, veuve le 24 mars 1657, morte le 6 janvier 1709, laissant la duchesse d'Aumont, la duchesse de Lévis Ventadour et la duchesse de La Ferté.

2. M. Cousin a publié cette lettre jusqu'ici.

Mars (1662).

Je crains que quelque autre personne que nous vous apprenne que les articles furent hier signés à huict heures du soir. Nous prétendons vous l'aller dire; mais par advence je prends la liberté de vous le mender par ce billet de la part de ma belle-sœur, qui crie miséricorde du mal des dents; ma niepce me prie de vous donner le bonjour de sa part et de vous envoyer un bouquet des fleurs qu'on luy vient d'envoyer.

Aoust (1663).

Je me suis donné l'honneur de vous faire sçavoir la raison qui m'empêchera de vous aller rendre mes respects, car j'ay une telle ponctualité pour ce qui vous regarde, ma très bonne et aimable tante, que je ne veux pas que vous puissiez avoir lieu de m'accuser le moins du monde. Cependant vos deux lettres me rendroient coupable si vous ne voulez bien vous persuader qu'il n'y a point de ma faute; m'estant bien informée de tout ce que vous m'ordonnerez de vous faire sçavoir touchant la poudre; ayant pressé ma mère plusieurs fois de me dire le nom de celuy qui s'est guéri, elle ne le sçait pas; mais elle est bien certaine que cela fait des merveilles. Son concierge a été guéri, et en a donné à des personnes fort languissantes qui s'en sont tout à fait bien trouvées. Voilà tout ce que j'en sçais; après cela je vous diray qu'il n'y a plus lors icy que moy qui suis enrhumée, car pour la rougeole elle est fort passée. M. Valant n'avoit garde de l'avoir icy, ni de pouvoir

l'apporter, car j'ai, je vous assure, eu grandes précautions pour faire fermer les fenêtres et brusler sans cesse des odeurs contre le mauvais air, de sorte que quand il vous a plu d'envoyer . . . .
. . . . vous rendre compte de mon obsédée ; je ne sçais pas qui vous en a pu parler, pour moy je trouve cela un peu chimérique, et si j'avois pu avoir le procès verbal je vous l'aurois envoyé pour vous en instruire, car je ne m'explique pas trop bien cette affaire que je sçais assez conséquente. L'on dit que cette fille a esté comme ensorcelée par un garçon qui luy a donné une poudre et qu'après luy en avoir fait avaler la nuit mesme elle alla au Sabat, et que quelque temps après ce même garçon ayant quitté le maistre ou estoit cette fille, il ne laissoit pas de se trouver quasi toutes les nuits avec elle, et l'on croit que c'est le diable, car elle le voyoit sans cesse lorsque personne ne le voyoit. Cela a duré quelque temps en des visions et disant des choses assez diaboliques ce qui l'a fait mener chez sa mère, où elle a toujours veu de cette sorte, dans le temps de ces apparitions ; mais hors de là elle est assez raisonnable, on la traite comme malade et frénétique. Elle dit dans le commencement de may qu'il lui arrivéroit quelque chose vers la saint Jean et la saint Pierre, ce qui ne manqua pas, le soir estant prête à se mettre au lit, elle avoua qu'elle se trouvoit mal, et qu'elle alloit prendre l'air ; sa mère la suivit à la porte, et fut bien surprise aussitôt qu'elle fut arrivée que sa fille fut transportée à deux cents pas d'elle, et d'entendre des bruits de trompettes et tambours, aussitôt elle fut avertir le curé du lieu, qui se leva et se revestit des habits sacerdotaux, c'est-à-dire

du surpli et de l'étole seulement, et fit prendre la croix et de l'eau bénite et des cierges bénits, et s'en alla au lieu que la mère lui dit qu'elle avoit esté transportée; en même temps qu'il en approcha s'éleva un tourbillon de vent et une vapeur noire horrible; il entendit, et avec luy tous ceux qui estoient présents au nombre de plus de trente, des hurlemens si terribles que cela luy fit juger qu'elle estoit transportée; en effet elle le fut de plus de trois cents pas, et après cela ils entendirent les mêmes tambours et trompettes, cela dura deux heures, le curé m'a dit lui mesme que le diable ne quitta pas son oreille en sifflant; car quand il fut à l'église, Monsieur de Beauvais[1] en ayant été informé la fit mener à Creille où elle a paru assez raisonnable, mais ayant été enfermée avec un prêtre on dit qu'elle a fait force hurlemens, ce qui a obligé monsieur de Beauvais de la mettre ailleurs; j'avois escrit pour en sçavoir quelque chose de nouveau.

Voilà ce qu'en dit le procès verbal, et vous jugerez bien que ce n'est pas grand chose, s'il arrive quelque chose digne de vous estre mendé, je vous en entretiendrai. Vraiment je me suis trouvée toute chagrine de vos reproches, car mon cœur ne manque en rien pour vous. J'aurois esté dès la première lettre vous dire toute l'histoire, si je l'avois sçue. Persuadez vous donc que votre nièce vous honore plus que personne, et je vous assure plus qu'elle mesme, car il n'y a rien que je ne fasse pour vous plaire, m'estant tout dévouée à ma belle tante[2].

1. Nicolas Choart de Buzanval, évêque de Beauvais, de la coterie janséniste.

2. A la suite est la copie du procès-verbal, conforme complé-

(1666.)

Je ne vous diré qu'un petit mot, ma chère tante, car nous partons pour aller dìner chez M. Renard [1], mais je vous menderay demain ce qui s'y cera passé ét quand nous pourrons avoir l'honneur de vous voir. Le Roy permit hier à M. de Louvoy d'exercer la charge de Monsieur son père [2], de sorte que le voyla secrétaire d'Estat. Je vous envoye des manches, si c'est de cette sorte que vous disiez, j'en ferai venir de Rouen. Adieu, ma chère tante.

J'avois desjà apris comme vous estes visitée de toutes les grandeurs. Le lieu ou vous estes leur est plus commode que celuy de vostre retraitte, mais cachez vous où il vous plaira, on vous cherchera toujours, car il y a si peu de personnes comme vous que toutes celles qui seront raisonnables vous chercheront avec soing.

C'est une estrange chose, ma chère tante, que d'avoir

tement à cette lettre, et cette note : « Catherine Fontaine est devenue grosse à son insçu : morte en mars 1676, on cria au miracle : le curé de Saint-Etienne le déclara.

« Elle épousa un crocheteur.

« M. Nicole dit : — Il y a eu fourberie, ou illusion diabolique, ou illusion d'imagination diabolique, ou c'est Dieu. »

1. Joseph de Souvré, baron de Renouard, fils du propre frère de madame de Sablé. C'est M. Paulin Pâris qui a trouvé le nom de ce personnage vainement cherché par M. Cousin.

2. C'est en 1666 que le roi lui permit d'exercer les fonctions de secrétaire d'État.

une fille à marier et d'avoir aussy peu d'assistance que ma sœur et moy en avons pour bien réussir dans cette affaire. Cela est cause qu'on manque dans toutes les autres pour se donner trop à celle-là; mais dans peu de jours cela cera terminé de fason ou d'autre, espuis je vous iray faire mes excuses de n'avoir pas esté chez vous, ny de ne vous avoir pas envoyé nos filles. J'ay eu l'honneur de voir madame de Chomberg, dont je suis fort satisfaite; pour madame de Longueville je ne luy ay pas encore rendu mes debvoirs; car en vérité on n'a pas un moment de temps. On raporta hier les articles qui sont respondus par M. le président Peltier. Je vous advoue que je trouve l'advence qu'on fait si fort au desoubs de ce que je m'estois imaginé que j'en ay fort mal dormy cette nuict. Je feray ce que je pourray pour vous aller consulter la dessus aujourd'huy ou demain; ma niepce n'est plus enrumée, mais ma belle sœur a mal au dents. Je ne vous en dis point davantage parce que j'espère avoir l'honneur de vous entretenir. Bonjour, ma chère tante.

Ce samedy.

Que l'amitié que j'ay pour vous, ma chère tante, et le plaisir que je prends d'entretenir tous vos amis et les miens de vos bontés s'accomode mal avec le silence qu'il y a si longtemps que je garde. En vérité j'en suis honteuse; mais c'est plus par ce que vous en pouvez penser que par la faute que j'y remarque; car si vous sçaviez comme je me justifie bien en moy mesme vous demeureriez d'accort avec moy que je ne suis pas aussy coupable que j'ay l'aparance de l'estre, parce qu'il me semble que je n'ay perdu les moments dans lesquels je me pouvois donner l'honneur de vous escrire que pour trouver des heures entières à vous entretenir. Car il me sembloit que j'avois mille choses à vous dire et qu'il falloit estre hors de l'embarras des visites et des affaires pour vous entretenir en repos. Vous me direz peut-estre que j'ay bien trouvé celuy d'escrire à ma belle sœur ; mais c'est que nous sommes faites l'un et l'autre une tâche de cela et quand nous y manquons c'est une si grande inquiétude que nous avons de l'estat de nos santés qu'il faut nécessairement de fréquentes lettres de part et d'autres pour nous mettre l'esprit en repos sur ce suject; et puis en me mandant de ses nouvelles, elle me dit aussy fort souvent des vostres, ce qui me rasseure sur la peine où je serois si je n'en avois que quand je vous en demende ; car je ne pourrois pas vivre sans cela, parce qu'en vérité vous estes la meilleure amie que j'aye au monde[1]. Et pour continuer à vous parler sans cérémonie je vous advoue, ma chère tante, que j'ay une amitié et une tendresse pour vous que je ne sens pour personne. Mais je serois bien misérable si j'estois dans d'autres sentimens après les bontés que vous m'avez toute ma vie tesmoignées, et particulièrement dans la dernière affaire, où vous avez tellement fait valoir mes interest que vous avez conduit les choses de la façon qu'il falloit pour me donner du repos et ce qui me resjouit

1. Elle revient souvent dans ses lettres sur ce reproche, et cherche toujours à prévenir les plaintes de sa tante. C'est ainsi qu'une autre fois elle lui mande :

« Mon silence ne vient pas d'un méchant fond, et ce n'est que le respect qui me fait passer quelques jours sans vous ren-

encore après cela, c'est que les autres y trouvent le leur. Car elles m'escrivent tous les jours sur la joye qu'elles ont d'estre dans ce lieu là; je vous advoue que j'en suis fort ayse. Ce que vous me mendez de madame de Louvoy me donne bien de la joye; mais quoy qu'elle fasse son devoir envers moy je ne serois pourtant pas contente d'elle si elle manque envers la famille et particulièrement à vous à qui je voudrois qu'on rendit toute sorte de respects, sçachant que personne ne les mérite mieux que ma chère tante de qui je suis très obéissante servante.

Ce lundy.

Je pensois, ma chère tante, me donner l'honneur de vous escrire par Me Gallois; mais le jour qu'elle partit je n'en pus avoir le temps quelque impatience que j'eusse de vous remercier de m'avoir adressé des personnes de leur mérite; vous sçavez qu'il y a des jours si pleins d'occupations qu'on n'est pas assez heureuse pour pouvoir choisir celle qui plaise davantage comme est celle de vous rendre ses debvoirs; car je vous asseure qu'elle m'est une des plus agréable de la vie et quoy que j'en profitte peu, cela est pourtant très vray qu'il n'y en [a] point qui me donne de joye plus

dre mes debvoirs; et puis la confiance que j'ai en vostre bonté et amitié m'en fait passer d'autres encore et souvent employer des moments à écrire à des personnes avec qui on a mille petits commerces d'affaire et amitié et de nouvelles, de sorte que c'est ce qui est cause que vous voyez voler de mes lettres jusque dans les mains de plusieurs de la famille. ».

sensible et je pense que c'est pour la punition de mes péchés que Dieu permet que j'en sois privée. Je ne vous peux dire la consolation que j'ay eüe de pouvoir demander particulièrement de vos nouvelles à ces dames et de les aprendre aussi bonnes qu'elles me les ont dites. Ne quittez point le lieu où vous estes, ma chère tante, puisqu'il contribue si fort à vostre santé, asseurément que celui du Port Royal est très rude et que vous feriez bien pour l'amour de vous et de vos amis de n'y plus retourner; j'ay bien impatience de savoir vostre sentiment sur mademoiselle de Toussy[1], mais je crois qu'elle a eu si peu l'honneur de vous voir que vous me le pouvez dire plus véritablement de sa bonne mine que de son esprit; je vous asseure qu'elle en a et je désirois avec passion qu'elle put estre quelques jours auprès de vous pour le pollir un peu et luy aprendre de se servir bien à propos de tout ce qu'elle sçait; car dans le couvent on n'est point capable de cela. J'ay apris avec bien de la joye ce que mon oncle avoit fait pour ma cousine et je vous supplie aussy[2], ma chère tante, de vous en resjouir, car asseurément qu'elle fera bien et j'en suis très bien persuadée depuis mon dernier voyage, ce qui me fait désirer fortement que la chose réussisse, car cette abbaye est en lieu où elle pourra vivre heureuse et avec seureté pour recepvoir tout le secours nécesaire et c'est une des choses que vous désiriez pour moy; il n'y en a point que je désire davan-

1. Louise de Prie, fille de François, baron de Planes, fille d'honneur de la grande-duchesse de Toscane.

2. Dans une lettre à sa cousine de Boisdauphin, l'abbesse l'informe que sa nièce « avoit fait une vie la plus grande du monde » au commandeur, pour le décider à lui servir une pension de 1,000 livres.

tage que d'estre aymée de ma chère tante à qui je suis, etc.

A MADAME DE BOISDAUPHIN[1]

RELIGIEUSE A L'ABBAYE-AUX-BOIS

(Février 1673.)

Je vous prie que M. Vallant sçache que le passage de saint Augustin m'a plu extrêmement. Sy j'osois mesler le prophane avec le saint, je luy parlerois aussy des vers espagnols par lesquels il a repoussé les agasseries de madame la grande Duchesse; ils sont sages et galands et sy ce n'est luy quy les a faicts, il faut que ce soit quelqu'un quy luy ressemble et quy ait sçeu joindre comme luy à l'insensibilité et à la dévotion toute la politesse que donne la plus fine galanterie.

A LA MÊME.

Il est vray, ma chère cousine, que Paris est un lieu où on ne vit qu'à force d'argent; cela me fait voir que vous serez bien heureuse d'en sortir pourvu que ce soit pour estre mieux, comme je crois asseurément que vous serez à Sainte-Scholastique où je ne vous abandonneray

1. Marguerite Barentin, fille de Charles, seigneur de Villeneuve, président en la cour des comptes, et de Madeleine de Kerquefinien; veuve de Charles de Souvré, marquis de Courtenvaux, — dont elle avait eu madame de Louvois, — elle se rema-

pas de toute manière ; c'est pourquoy vous ne pouvez rien hasarder en l'acceptant. Madame de Sablé me mande aujourd'huy que depuis qu'elle a appris qu'il vaut 5,000 francs, qu'elle consent à cette affaire, c'est pourquoy il faut terminer, afin que vous y puissiez estre pour Pacques; peut estre serez-vous plus heureuse là qu'en un lieu de plus grande conséquence, puisque ce n'est pas toujours les grands bruits qui font nostre bonheur et que la douceur de la vie y contribue plus que toute autre chose, et comme il y a longtemps que ces filles là vous désirent, vous ne devez point douter qu'elles ne vous soyent fort soumises. Si je peux quelque chose pour advancer cette affaire, mandez le moy, car j'auray toujours bien de la joye à vous servir avant toute chose, estant votre très humble servante. Mes complimens à ma sœur de Saint-Aubin, s'il vous plaist.

Ce 31.

ria à Urbain de Montmorency-Laval, marquis de Boisdauphin, fils de madame de Sablé; elle le perdit le 6 décembre 1661, en ayant eu deux fils, tués sans alliances, l'un au siége de Woerden, en 1672, l'autre à l'expédition de Chypre. Madame de Boisdauphin demeura veuve sans fortune, car son mari dut vendre tout son bien pour payer les dettes de son père et de son aïeul. Elle mourut à Paris le 8 février 1704, demeurant alors au monastère des Filles du Saint-Sacrement, au Marais.

XXXVI

LE MARQUIS DE SOURDIS

Charles d'Escoubleau, marquis de Sourdis et d'Alluye, est un personnage qui a occupé une place assez considérable dans la société précieuse et dont la vie cependant est assez inconnue. Très-lettré, aimant passionnément écrire, si l'on en juge d'après la quantité de pages de sa main conservées par Valant, il était fort recherché, ce semble, et ne jouissait cependant que d'une très-médiocre réputation.

Frère du belliqueux archevêque de Bordeaux, qui fut surintendant de la marine et n'aimait rien tant que guerroyer [1], le marquis de Sourdis naquit en 1588 : maréchal des camps et armées du roi, chevalier de ses Ordres en 1633, gouverneur de l'Orléanais, Blésois et pays Chartrain, il fit un mariage qui grandit singulièrement sa situation, ayant épousé Jeanne de Montluc, comtesse de Carmain, prin-

1. Voir notre *Histoire de la guerre maritime entre la France et l'Espagne, au* XVII*e siècle*, Revue de Provence et de Marseille, année 1860.

cesse de Chabannais, fille unique d'Adrien de Montluc et de Jeanne de Foix : elle lui donna cinq enfants [1]; mais il semble s'en être peu occupé et sa mort, arrivée en 1657, passa fort inaperçue dans l'existence de son inconstant époux. On avait du reste rêvé pour lui un mariage bien plus considérable : il s'agissait de Charlotte de Montmorency, celle-là même qui devint princesse de Condé. Il consentait à la prendre sans aucune dot, mais la vieille duchesse d'Angoulême se mit à la traverse et arrêta ce projet.

Sa femme, du reste, ne jouissait pas non plus d'une réputation très-irréprochable; le comte de Carmain disait, en parlant de sa fille et de son gendre : « Il peut faire sa fortune, car sa femme ne la luy fera jamais. » Et encore, à propos d'une aventure galante de la même, le comte de Gramont déclarait qu'il en était fâché « parce que c'est la fille du comte de Cramail, mais bien aise parce que c'est la femme du marquis de Sourdis. »

Ce pauvre marquis effectivement avait, à en croire Tallemant, la réputation d'avoir « fait d'infâmes choses à tout le monde. » — Il débuta dans la vie politique, quoique mestre de camp déjà d'un régiment de cavalerie, comme intendant de la maison de Richelieu. Il s'y distingua par le zèle excessif avec lequel il y défendit les préceptes de l'économie la plus voisine de la lésinerie. Gouverneur de l'Orléanais, pays Chartrain et Blésois, il résida assez fréquemment à Orléans et s'y signala par une mesquinerie aussi soigneusement appliquée à ses intérêts propres qu'à ceux d'autrui.

Il se trouva notamment au siége de son gouvernement, en 1652, lors de l'expédition de Mademoiselle à Orléans. « Il y étoit peu accrédité, dit-elle dans ses *Mémoires*, et sa conduite envers S. A. R. étoit telle, que l'on étoit bien

1. Le marquis d'Alluye, tué au siége de Renty, en 1637; Paul, marquis d'Alluye, gouverneur d'Orléans; le comte de Montluc; le marquis de Sourdis, gouverneur de Bordeaux, dont la fille unique épousa Colbert de Saint-Pouange, d'où les marquis de Colbert-Chabannais; la marquise d'Effiat.

aise de la voir ainsi. » Elle nous raconte, en effet, que « deux jours avant son arrivée, il avoit esté arrêté pendant qu'il faisoit sa ronde, et quand il s'étoit nommé ils (les bourgeois) ne l'avoient pas laissé passer sans le demander au corps de garde. » Une autre fois, ces mêmes malicieux bourgeois avaient barricadé sa porte pendant la nuit, de sorte qu'au matin il ne put sortir de chez lui. Sourdis avait la réputation d'appartenir au parti Mazarin, quoique ses intérêts dussent le rattacher, au contraire, à celui de Monsieur. Mademoiselle crut devoir s'en expliquer vivement avec lui et elle ne semble avoir accepté qu'à demi la protestation de dévouement par laquelle il lui répondit. Cette opposition se manifeste effectivement en plusieurs rencontres et Mademoiselle avoue franchement « en avoir pleuré de colère. » Enfin, Sourdis écouta les conseils de l'évêque d'Orléans et se remit décidément bien dans les bonnes grâces de la princesse. Elle ajoute à ce propos un détail assez piquant. Chaque matin il lui envoyait « un paquet de confiture. — Pendant notre démêlé, continue-t-elle, je n'en avois pas eu, de sorte que je dis à l'évêque, qui nous raccommoda, qu'il me restituât tout ce qui m'appartenoit, ce qu'il fit, car je ne perdis pas un paquet. »

C'est ensuite dans les salons précieux de Paris que nous retrouverons le marquis de Sourdis, appelé par Somaize, *Sarsanne*.

La satire des *Contrevérités* nous apprend que

Madame Cornuel abandonne Sourdis.

La belle madame Cornuel retint longtemps, en effet, M. de Sourdis, et leur liaison même se changea en une sincère amitié qui ne se démentit jamais, mais qui n'empêchait pas madame Cornuel de juger son ami avec les yeux les moins prévenus : on le verra par ce passage d'une lettre adressée par elle à la comtesse de Maure, le 23 octobre 1659, — c'est la seule lettre connue jusqu'à ce jour de madame Cornuel : — « Nous avons eu le marquis de Sourdis céans. Si M. le comte de Maure se rescria du portrait que j'en fis il y a quinze jours, ce n'est rien de le peindre de mémoire, il en faut faire un sur l'original. Vous sçavez, Madame, qu'il n'y avoit pas trois semaines qu'il estoit party de Paris, dimanche qu'il arriva céans le matin. Il a donc vu quatre de ses maisons, Amboise, Tours, des religieuses proche de Tours, affermi et rehaussé des terres, vendu de hauts bois, gaigné, cela entre nous, cent mille francs sur le marché avec le Roy. Il a basty deux maisons, abattu à Amboise, ordonné des levées de la rivière de Loire, avancé pour cela son argent, fait sa provision de vin, de bougie, et enfin tant de choses que reçu de l'argent m'échappe de la mémoire aussi bien que quelque léger arbitrage. Vous croyez donc, Madame, qu'à tout cela et n'estre que deux jours en chaque lieu, il n'y a pas eu du temps de reste ? Écoutez : Il a fait un roman, vers, prose, avantures. Je vous ay souhaitée à la lecture qu'il en fit, car rien n'est pareil à un homme âgé et veuf qu'il descrit, dont toute la contrée est dépendante, par la considération de son âge et de ses richesses. — De la mesme plume, il prend un autre portefeuille, et a écrit un Traité de la grâce, un de la médecine, et quelqu'autre de la physique. Dans le carosse il fait des devises avec don André, lesquelles mon ignorance ne connut que pour très chétives emblèmes. »

Ce portrait fut grandement apprécié dans la société du temps où l'on aimait singulièrement ces jeux d'esprit. Madame de Maure le communiqua à madame de Rambouillet qui en prisa hautement la ressemblance dans sa réponse : « Le personnage n'est pas méchant, à la vérité, mais il est brusque, et ce qui est fait est fait. Après tout, Madame, je vous rends mille grâces de m'avoir fait part d'une chose qui m'a fait plus rire que je n'avois fait il y a longtemps. » Et elle lui recommande d'envoyer également cette fameuse lettre « au bon M. Conrart. »

La liaison entre Sourdis et madame Cornuel fut très-vive pendant quelque temps : Tallemant, à cet égard, donne des preuves d'une singulière franchise ; mais à Orléans il eut aussi quelques aventures. Il courtisa d'abord une petite bourgeoise de quinze ans, la menant à la promenade,

« mais jamais la collation ne passoit le biscuit. » Pendant l'hiver, comme la mère de la belle s'ennuyait de voir tant de monde venir chez elle, Sourdis loua une arrière-boutique « pour y tenir leurs gambades, » mais à condition que chacun paierait deux sols marqués « pour le bois. » Et il dansait toutes les danses du temps et jouait aux petits jeux. Plus tard il brûla pour une dame de la ville, pendant le séjour de Mademoiselle. A ce propos madame Cornuel s'exprimait avec une verve dont je regrette de ne pouvoir rapporter ici les traits. Je citerai au moins ce qu'elle disait de son ami qui, tout en étant parfaitement avare, avait des goûts fastueux et ne voulait jamais sortir, par exemple, sans quatre chevaux et une suite nombreuse. « Que vous voylà ayse, lui disait-elle un jour, il me semble que c'est Jacob et ses chameaux ! »

Plus tard, revenu à Paris et ayant renoncé à la politique, nous voyons M. de Sourdis trôner dans les salons précieux. Lié avec mesdames de Sablé et de Maure, il figure, à chaque page, dans l'histoire des dernières années de la vie de ces deux femmes distinguées ; il cherchait dans les discussions religieuses un aliment à son activité. Moliniste comme M. de Maure, il eut de rudes discussions avec madame de Maure qui, sans être janséniste, penchait plus volontiers vers les idées de la marquise de Sablé, toute dévouée à Port-Royal et à sa doctrine. Madame de Maure en écrivit souvent à son amie et on peut constater dans les lettres que nous avons précédemment publiées, à quel degré de vivacité s'élevait parfois la discussion[1] : « Nous nous sommes pensé arracher les yeux, M. de Sourdis et moi, » écrit-elle un jour ; et une autre fois, nous voyons que les choses ne se passaient pas moins chaudement entre Sourdis et madame de Sablé, par une lettre qu'adressait madame de Maure à celle-ci : « Ce que vous escrivez à M. de Sourdis, que votre raison est pour lui et votre foi contre, et ce que M. le comte m'a dit aussi de la dispute que vous eûtes ensemble avant-hier, me fait juger que c'est que

1. *Madame la comtesse de Maure, sa vie et sa correspondance*, 1 vol. in-18. Paris, Gay, 1863.

vous tenez pour article de foi ce que dit saint Augustin dans le *Traité de la Grâce.* »

Une autre fois encore, madame de Maure manda à son amie qu'elle avait failli se brouiller tout à fait avec M. de Sourdis. L'épisode est assez piquant. Le marquis entra un beau jour chez madame de Maure parlant d'une décision de Mazarin qui attribuait aux gouverneurs de province une assimilation avec les personnages les plus considérables du royaume, ce qui le touchait fort, lui gouverneur de l'Orléanais : la comtesse se récrie et nomme plusieurs gouverneurs qu'elle trouvait de trop médiocre naissance pour figurer jamais parmi les « grands du royaume ; » la discussion s'anima singulièrement : surviennent le comte de Béthune et le prince de Guéménée, et les choses ne se calmèrent pas. Ces messieurs soutinrent l'opinion de madame de Maure, « ainsy la colère de M. de Sourdis redoubla, encore que tous deux traitassent cela le plus doucement qu'ils pouvoient. Aussy ayma-t-il mieux s'en aller avec eux que de demeurer un moment tout seul avec moy, et ayant esté quatre jours sans revenir, je croïois l'avoir perdu, quand il y revint hier. » Il reprit sa discussion, et madame de Maure s'efforça de lui faire comprendre « tout doucement, » qu'elle ne disputait que sur le caractère des grands du royaume, et la chose en resta enfin là. « Mais je m'apperçus dans son discours, ajoute la comtesse, qu'il s'étoit fait faire de grands remerciements par tous les gouverneurs et notamment à l'hostel de Rambouillet. »

Sarsanne, comme Somaize l'appelle dans son *Dictionnaire des Précieuses*, ne survécut pas longtemps à la comtesse de Maure ; celle-ci mourut en 1663, et Sourdis le 21 décembre 1666. — Il avait beaucoup écrit, comme le constate la lettre de madame Cornuel, mais jusqu'à présent on ne connaissait, je crois, de lui que les trois portraits écrits dans la *Galerie* de Mademoiselle de Montpensier : l'un est celui de madame de Maure, adressé à mademoiselle de Vandy, le second celui de la marquise de Créquy et le troisième celui de Mademoiselle. Ce dernier est en vers et a été quelquefois attribué par erreur à Segrais.

Somaize remarque que c'est au marquis de Sourdis que nous devons l'expression si fréquemment usitée aujourd'hui « être pénétré des sentiments de quelqu'un. »—Enfin, comme dernier trait relatif au marquis, nous constaterons que l'émailleur Grillet, qui était poëte quelquefois, lui adressa une épître des plus élogieuses où nous lisons :

Vrayment je suis bien étourdy !
Je ne sçaurois ouvrir ma veine
Pour un plus vaillant capitaine
Que ce grand marquis de Sourdy !

Comme vous ne voulez rien désirer et avez pouvoir même de défendre à vos désirs de paroistre, vous ne trouverez pas estrange que l'on soit dans la nécessité de se taire ou d'incommoder les personnes que l'on estime beaucoup ; cette considération me fit disparoistre l'autre jour, joint aussy qu'en irritant quelques personnes on est aussi aise de ne trouver personne que l'on désire d'en rencontrer chez d'autres [1].

Sourdis.

Je vous envoie le jugement que j'ay fait du livre de Charon comme vous me l'avez commandé absolument, ne m'estant pas possible de vous rien refuser. Je verray les maximes lorsqu'elles seront chez madame la comtesse de Maure. Je crois mademoiselle de Chalais assez

1. Ce billet paraît relatif à la discussion que nous venons de raconter au sujet des gouverneurs de province.

de mes amies pour la prier de me donner par écrit les raisons pour lesquelles il faut entendre saint Augustin autrement que je ne l'entends. Je vous donne parole que de bonne foy je m'y accorderay et je respondray article par article ce que mon petit sens me dictera et en peu de paroles : la vérité doit estre cherchée et elle doit aussy estre enseignée par ceux qui la sçavent ; car, en conscience ils y sont obligés, pour faire valoir le talent que Dieu a donné, autrement il est enfoui en terre qui fait la condamnation des méchans serviteurs dans l'Évangile.

SOURDIS.

Vous trouverez peut estre estrange que, dans un temps de retraite, j'ay arresté mon esprit sur cette matière, mais si vous en songez le sujet, qui n'est pas en faveur de l'amour, mais plustost contre, vous cesserez vostre étonnement, et principalement si vous vous souvenez de ce que vous m'avez dit de la nature de l'amour dont vous croyez mes sentimens fort éloignés des vostres, sur lesquels faisant réflexion par l'estime de l'esprit de madame la marquise de Sablé, j'ay creu que cette différence ne peut venir qu'en ce que vous faites capital de l'amour d'inclination et moy de celuy de congnoissance. Je ne sçais si j'aurois esté assez heureux en mon imagination dont j'attendray votre jugement.

SOURDIS.

Je ne vous aprendray rien de nouveau quand je vous feray congnoistre que je suis opiniastre, encore que je sois demeuré d'accord avec vous de l'amour d'inclination qui fait ses terribles effets et si violents, je n'ay pas abandonné l'amour de choix et d'élection ou de congnoissance, ce n'est pas abandonner son parti que d'aller chez les ennemis pour espionner afin d'en tirer les avantages pour son parti, j'estime que vous congnoistrez par cet arrest que je ne suis pas déserteur du parti de l'amour de congnoissance, mais un honnête espion pour son service et je m'asseure que encore que vostre opinion soit contraire, vous ne blasmerez pas la fermeté à chercher toutes les choses possibles pour soutenir ce que l'on a résolu.

Sourdis.

Je vous envoie les papiers que vous avez commandés contre la résolution que j'avois faite de ne les faire voir à personne. Il m'est souvenu en cet instant de ce que dit Renaut à Armide lorsque elle vint au camp de Godefroy de Bouillon et qu'elle le pria de la présenter au général de l'armée : peut-on refuser quelque chose à un tel intercesseur. Il n'est pas possible de n'obéir pas à ce que commande madame la marquise de Sablé. Vous trouverez le premier discours sec et tranchant pour la nouveauté et la chaleur de la dispute, et le second plus tempéré, après un long examen des raisons de part et d'autres, par la difficulté de se résoudre : si vous estes honneste vous m'envoierez les maximes, ou vous escrirez à madame la comtesse de Maure de me les envoier ; je les rendray à l'heure prescrite.

SOURDIS.

IL me semble que je ne dois estre satisfait de l'opinion que vous avez de mon opiniastreté aux choses de dispute par l'escrit que vous avez voulu voir, ni de mon honneur a escrire touchant l'amour. Je désire que vous congnoissiez ma dévotion par ces deux raisons que je vous envoie, dont je demande votre advis et votre sentiment et le temps auquel je verray les maximes.

SOURDIS.

J'AY esté adverty à huit endroits différens que j'avois une brouillerie dont je ne m'estois pas vanté. Vous croirez facilement que ce n'est pas moy qui en ay parlé, car je [ne] vous en aurois pas parlé si vous ne l'aviez apprise d'ailleurs et madame la comtesse de Maure ne le sçait pas encore. Je vous advoue que cela me met dans le dernier chagrin jusque à estre prest à quitter Paris ; entre plusieurs folies, j'ay celle-là de haïr horriblement ces vacarmes, et bien que j'ay les yeux de l'entendement assez ouverts pour congnoistre que mon honneur y est peu intéressé, mon honneur y est tellement blessé que je ne sçais quelle résolution je prendray.

SOURDIS.

Il ne seroit pas juste que vous crussiez que je n'eusse qu'une sorte de folie; vous en congnoisterez une autre par cet escrit, après lequel vous ne ferez sans doute nulle difficulté de m'envoyer les maximes, les fous sérieux ne peuvent estre plaisans de la langue, les fous guay ennuient aussi : il faut donc que la folie soit meslée du guay et du sérieux consécutivement.

Sourdis.

Vous m'avez tesmoigné désirer sçavoir mon sentiment sur l'eau qui monte dans les tuyaux de verre dont M. Rouau[1] a fait tant d'expériences; encore que je ne l'ay point dit encore dans l'assemblée, je ne laisse de le vous envoyer. Je crois que je fais bien voir que tout ce que l'on dit de la cause n'est pas véritable, mais je ne sçais si j'en dis le vrai, peut estre que demain j'en parlerai à l'assemblée.

Madame, après vous avoir remercié de votre salade de chicorée sauvage que je trouve très excellente, je vous envoie un petit mot touchant le discours d'avec vostre médecin, laquelle à mon opinion n'est pas sou-

1. Jacques Rohault, savant physicien, né à Amiens en 1620, mort en 1675 : il s'occupa spécialement de la partie démonstrative et mécanique de la physique, et fut un des disciples de la doctrine d Descartes.

tenable par un aussi honneste homme que vous m'avez assuré qu'il est, car les opinions peuvent bien se trouver différentes, mais elles ne peuvent jamais aller contre le bon sens, ce que ces messieurs pratiquent souvent et surtout en tous les points qui sont contraires à vostre croyance : j'attribue cela à l'envie qu'ils ont eu de contredire à la religion catholique, laquelle les a aveuglés. Il seroit facile de luy faire voir sans difficulté, s'il se veut un peu modérer, je seray toujours prest de vive voix ou par escrit. C'est vostre très humble serviteur.

SOURDIS.

JE vous envoie le papier dont je vous ay parlé et seray bien ayse d'en avoir vostre advis à conditions qu'il ne sera lu que de vous et de celui qui vous le lira Le dessein comprend toutes sortes de mécréans. Je seray bien ayse de sçavoir si vous l'approuvez et si les preuves vous semblent bonnes : s'il vous plaist de nous en donner quelques autres, nous les ajouterons avec joye. Il y a fort longtemps que ce traité est fait et n'a pas la polissure nécessaire si on le vouloit montrer.

SOURDIS.

JE vous envoie la lettre que vous m'avez confiée. En vérité c'est dommage qu'un aussy homme de bien que M. d'Alais [1] se laisse tromper, car je le crois trompé,

1. Nicolas Pavillon (1597-1677), évêque d'Aleth, un des quatre prélats jansénistes ; il fut d'abord avocat à Paris, puis il seconda saint Vincent de Paul et se fit connaître comme prédicateur : il fut pourvu de l'évêché d'Aleth, en 1639.

et ceux qui sont les auteurs et plus éclairés que luy ; leur livre de Denis Raymond nous ayant fait voir clairement qu'ils croyent en leur âme les cinq propositions et ne l'oseroient dire.

SOURDIS.

JE n'ay point entendu parler de ce que vous aviez promis touchant la prédestination de monsieur vostre médecin, et je doute même avec permission que vostre crédit aille jusque à l'obliger à escrire ce qu'il croit sur ce sujet. Après cet adveu je vous feray voir quelque chose sur ce sujet que j'ay préparé à ces jours de dévotion pour tous, mais particulièrement pour les chevaliers du S. Esprit.

SOURDIS.

J'AY releu ma petite préface ; les deux mots que vous y avés changé son meilleurs sans doute et plus naturels que les deux autres.

Quant à la naissance des grands il faut que je me sois mal expliqué, mon intention est de dire qu'il faut estre né grand pour bien congnoistre les grands obstacles qu'ils rencontrent pour les empescher d'ambrasser les vertus chrétiennes, qui sont bien plus forts et tout autres que ceux qui se présentent aux personnes de moindre naissance. Ils ne sçavent la vérité d'aucune chose; ceux qui les aprochent n'osent leur dire de peur de les fascher, ils les flattent toujours pour gangner leurs bonnes graces, non seulement il leur aident à trouver des voluptés où ils se portent, mais ils leur en cherchent et leur en suggerent et en inventent au lieu de les en détourner. Tout les porte aux délices avec facilité. Il semble mesme que tout cela est un apanage attaché à la grandeur; toutes ces choses ne se rencontrent pas aux personnes de moindre naissance qui au contraire ont avec peine et travail les sujets de leurs plaisirs; et ainsi ils ne sont pas si propres à congnoistre les peines que les grands ont à se retirer de ces embaras pour embrasser les vertus chrétiennes. Ainsi j'estime qu'il leur faut une vertu plus grande et au plus haut degré qu'aux personnes de moindre naissance et que mesmes pour en bien parler, il faut en avoir faict l'expérience. Voila mon intention, laquelle je soumets à vostre bon et délicat jugement; mais aussi je soumets l'expression qui est extremement nette et polie en vous.

I

POURQUOY L'AMOUR EST PEINT LES YEUX BANDEZ, NUD ET ENFANT.

Amour est peint avec un bandeau pour montrer que celuy qui ayme doit faire aveuglement toutes choses pour ce qu'il ayme[1].

1. Amour a les yeux bandés pour montrer qu'il n'excepte personne.

Amour a les yeux bandés pour montrer, en faveur des dames du temps, qu'il faut aimer tout ce qui se rencontre.

(Notes autographes.)

Amour est peint avec un bandeau parce qu'il ne doit voir que par les yeux de ce qu'il ayme.

Amour a les yeux bandez pour apprendre que les dieux ont les yeux fermez aux fautes des amans.

Amour a les yeux bandez pour montrer que ses mistères cherchent les ténèbres et non pas la lumière.

Amour a les yeux bandez pour montrer que ceux qui le veulent suivre, le doivent faire sans aucune considération.

Amour a les yeux bandez pour estre hors de pouvoir de s'esloigner du sujet qu'il ayme.

Amour a les yeux bandez pour n'estre diverti de ce qu'il ayme par aucun autre object.

Amour a les yeux bandez pour montrer que si l'amour naist par les yeux il se conserve et s'augmente par la pensée.

Amour a les yeux bandez pour conserver toujours la première idée qu'il a prise de ce qu'il ayme.

Amour a les yeux bandez pour montrer que celuy qui ayme se doit laisser conduire par ce qu'il ayme.

Amour est peint nud pour montrer qu'il ne faut avoir aucun défaut pour aymer et pour estre aymé.

Amour est peint nud pour montrer qu'il faut bien connoistre avant que d'aymer et qu'après on doit estre satisfaict.

Amour est peint nud pour montrer qu'il n'aprehende aucune incommodité pour ce qu'il ayme.

Amour est peint nud pour montrer qu'il ne doit point estre caché.

Amour est peint enfant pour montrer qu'il doit toujours estre comme lorsqu'il est né.

Amour est peint enfant pour montrer qu'il désire la jeunesse et qu'il fuit la vieillesse.

Amour est peint enfant pour montrer qu'il doit estre sans finesse et sans malice.

Amour est peint enfant pour s'introduire plus facilement et sans défiance.

Amour est peint enfant pour montrer qu'il faut avoir l'humeur guaye.

Amour est peint enfant pour montrer que le vray amour est celuy d'inclination et non celui de connoissance.

Amour est peint enfant pour montrer qu'il fait perdre le sens aux plus sages.

Amour est peint nud pour montrer sa grande chaleur.

Amour est peint nud pour montrer qu'un amoureux doit estre débarassé de toutes autres affaires et ne songer qu'à luy.

Amour est peint nud pour montrer que les amans se doivent connoistre l'un l'autre entièrement et sans réserve.

II

Calvin au livre II de son *Institution*, chapitre xvi, § 2, dit que Jésus-Christ douta de son salut, qu'il eut crainte d'estre damné et que de cette crainte procédoit la prière qu'il fist sur la croix avec pleurs.

Que ces paroles : « Mon Père, pourquoy m'avez-vous délaissé? » estoient des paroles de désespoir et qu'il nous a rachetez non pas par sa mort, mais par les peines des damnez qu'il a souffert, estant nostre caution, il a été obligé d'endurer la peine et la damnation dont nous estions chargez.

Après ce discours peut-on croire que la religion que Calvin enseigne soit bonne, et cela seul ne devroit-il pas la faire abhorrer?

Je vous assure, en vérité, qu'il n'y a point de huguenots qui ne soient athées ou ignorans et enivrez sans vouloir regarder et de se servir seulement de leur sens naturel.

III

Calvin seul a osé avancer que la grace et la foy justifiantes que l'on a par la prédestination ne se perd jamais depuis qu'elle a été reçeue.

Luther, Pierre martyr et plusieurs autres de leurs opinions ne sont pas d'accord de cette doctrine. Si cette justice et grâce ne se peut perdre, on la conserve dans les plus horribles péchés.

David l'avoit donc dans son adultère avec Betsabée et l'homicide d'Urie son mary. Saint Pierre l'avoit lorsqu'il nia Dieu par trois fois, et saint Thomas pendant son infidélité.

En vérité, Calvin et ses sectateurs ouvrent leur porte entièrement au libertinage puisqu'ils assurent que les hommes conservent les grâces de Dieu dans leurs débauches.

Cette seule opinion peut faire voir que leur doctrine n'est qu'un esgout et un cloaque d'impiété.

IV

Je ne puis assez m'estimer comment un aussi honneste homme qu'est M. vostre médecin peut dire qu'il ne faut pas se rapporter à l'Église pour l'interprétation du passage de l'Escriture sainte dont nous sommes en différend, après que je vois que saint Augustin dit qu'il ne croiroit pas à l'Évangile sans l'autorité de l'Escriture.

Dieu n'a promis l'infaillibilité à aucun particulier, mesme à saint Pierre, sur lequel il a fondé son Église, mais il l'a promis à l'Église avec une assistance perpétuelle.

V

Jugement du livre de Charron.

Le livre de la Sagesse de Charron est divisé en trois.

Si l'on ostoit à ce livre ce qui a esté pris de Montaigne, de Senèque, de Bodin, de Sextus Philosophus, d'Aristote, de Plutarque et de Cicéron, il ne resteroit à ce livre que les os disloqués et hors de leur place.

Il fait semblant de former un sage, et en effect il fait un impie.

Il parle licencieusement et témérairement de la religion, puis il se ramenne et se soumet, mais il ne guérit pas le mal qu'il a fait. Il parle de religion, comme si ce n'estoit que des inventions humaines et des coutumes, et voulant oster la superstition, il détruit la religion.

Il parle de l'immortalité de l'âme comme d'une opinion douteuse, et en voulant oster l'opinion, il arrache les vraies créances.

Il donne tout à la nature qu'il accompagne toujours de la raison.

Il veut establir la preudhommie et la faire passer devant la religion mesme.

Il veut rendre toutes les coutumes indifférentes, quelles qu'elles soient.

En effet, il est pyrrhonien, et, donnant presque tout

aux sens et à la nature, il renverse l'ordre de la morale.

Il ne dit rien de rien.

Il veut paroître savant sur les moindres détails.

Il ne faict pas beaucoup de différence de l'homme à la beste.

Il montre qu'il a dans le cœur des créances autres que n'ont les plus sages.

C'est proprement une rapsodie dont le style n'est ni clair ni élégant, plein d'épithètes superflues et affectées faisant des distincions à sa mode, contraires aux vrayes et philosophiques.

Ses divisions sont imparfaites; ses advis et ses enseignemens sont communs et triviaux.

Dans tout cet ouvrage on y reconnoît un défaut de porter les personnes à la volupté, à l'irréligion, au libertinage, et ne défendre rien de ce que la nature demande pourveu que ce soit modérément; à vivre pour soi avec peu en paix, et c'est sa devise, et enfin à cacher sa vie, se desrober au public, estre déserteur de sa patrie, et trahir des bonnes qualités, les rendant inutiles.

Ce livre est une fausse morale, dont les pièces ne se suivent pas, pleines de renvoys à ce qu'il a dit ou dira. Il semble y avoir quelque méthode dans tout cet ouvrage, mais elle est disproportionnée, confuse et hors des préceptes des sciences.

Il devoit laisser Montaigne en paix dans cette gaillarde et confuse liberté de parler de tout ce qu'il sçait, qu'il veut persuader venir de sa fantaisie et de son imagination.

Ce livre est dangereux aux jeunes gens et aux esprits

foibles, d'autant que le venin y est caché sous quelques fleurs, et on n'y peut rien apprendre qui ne soit dans des autres livres.

Quant à la division qu'il fait de ce que l'on doit à Dieu, à soy et à autruy, elle comprend la religion, les vertus morales et les intellectuelles, et celuy qui s'acquitteroit dignement de ces trois choses seroit religieux, sage et sçavant.

Quant aux préceptes qu'il donne pour s'exempter d'erreurs et de vices, cela est difficile et présuppose d'estre guary de l'ignorance et des fausses opinions ; et ainsy estre sçavant et reconnoissant la vérité des choses. Il devroit donner les vrays moyens de parvenir à ses fins, lesquelles sont très faciles à prescrire et très difficiles à y parvenir.

La liberté de juger de toutes choses dont il parle est très dangereuse, c'est entr'ouvrir la porte à toute sorte d'esprits, de mettre en doute toute chose.

Avoir la liberté de tout vouloir, c'est abandonner sa volonté et s'accoutumer à n'obéir pas à la raison.

Le troisième livre est tiré des morales et politiques imprimées par cent personnes : il devroit estre attaché au premier pour ne pas bailler de chapitres entrecoupés.

Il ne devroit estre permis d'escrire que pour produire quelques nouvelles et utiles pensées, ou pour esclaircir les choses obscures, mais d'escrire des larcins et des redictes, et en faire de fausses applications qui sont des moyens de gaster et de pervertir les esprits, il ne le faudroit pas souffrir, mais supprimer les livres et en chastier les autheurs.

XXXVII

LA MARQUISE DE TOUCY

Françoise de Saint-Gelais-Lusignan, fille de Arthur de Saint-Gelais-Lansac, marquis de Balon, et de Françoise de Souvré, mourut le 29 août 1673, ayant épousé Louis de Prie, marquis de Toucy : elle n'eut que deux filles : l'aînée, qui épousa, en 1639, M. de Bullion, marquis de Gallardon, et la cadette, unie, en 1650, au maréchal de La Mothe-Houdancourt.

Vous aurez raison de vous plaindre, mon aimable tante, car dans la vérité rien n'est plus coupable que mon silence. Donc il faut que je me justifie par le désir que j'ay chaque jour d'avoir l'honneur de vous embrasser avec de grands bras dont Madelon vous a donné l'expression qui me semble la meilleure du monde : mais il a fait un si horrible temps que l'on n'a jamais pu hasarder d'aller si loin, car la bonne madame de la Beine m'a engagé de vous l'amener, ayant sur le cœur de ne vous avoir point rendu ce qu'elle vous doit. Elle a fait à merveille de ce sirotonner. Ce matin un ancien médecin m'a appris un bouillon qui donne des forces et fait des merveilles, et cela n'a rien assurément qui respugne à votre humeur, car y n'y a point de.....[1] ny rien de rafraîchissant et sy je vous assure que le bonhomme a soixante douze ans qui n'en paroît pas cinquante, et un teint de rose ; dans la vérité quand on me propose des remèdes qui vont à prolonger les jours, je ne songe qu'à vous à qui j'en souhaite d'esternels. Je meurs d'envie de vous bien entretenir : Madame de Laval est arrivée et ma mère : vous aurez eu de leurs nouvelles, si elles ne vous ont déjà vu, c'estoit leur intention; pour moy la mienne est toujours de ne me jamais séparer de mon devoir, estant toute à vous et du fond du cœur.

DE TOUSSY.

Ce 4e novembre 1664.

1. Mots illisibles.

XXXVIII

MADEMOISELLE DE VERTUS

Françoise Catherine de Bretagne, dite mademoiselle de Vertus, naquit en 1617: son père était Claude de Bretagne, comte de Vertus et de Goëllo, baron d'Avaugour, descendant d'un frère naturel d'Anne de Bretagne. Sa mère, fille de Fouquet de la Varenne, n'a laissé que trop d'anecdotes à recueillir au peu bienveillant Tallemant des Réaux. Belle, intelligente, mais trop galante en effet, elle eut beaucoup d'enfants, deux fils et six filles, et ne s'en occupa nullement; devenue veuve en 1637, elle continua sa joyeuse existence et se remaria à soixante-treize ans avec un chevalier de la Porte, un jeune homme qui l'enterra sept ans plus tard seulement. Seconde des six filles, Françoise Catherine fut élevée dans un monastère : « Elle a du mérite, dit Tallemant, elle sçait le latin Elle n'est pas si belle que sa sœur. Elle écrit fort raisonnablement » Il ajoute ensuite : « Elle en fut tirée (du monastère où elle avait été élevée) par les flatteries de la cour où elle prit trop de part aux intrigues et aux plaisirs qu'elle désapprouvoit. » Sa jeunesse est mal connue. Tallemant dit : « L'affaire de M. de La Rochefoucauld l'a tort décriée, » et jusqu'à présent aucun des nombreux historiens qui se sont occupés du dix-septième siècle n'a pu éclaircir un mystère auquel ce passage d'une de ses lettres semblerait prêter quelque importance : « Il est vrai que je ne mérite pas de souffrir pour quelque chose de bon ; c'est la récompense de la bonne vie. La mienne a été si terrible que je n'ose espérer d'autres souffrances que celle que mes misérables péchés méritent [1]. » Quoi qu'il en soit, mademoiselle de Vertus passa une partie de sa jeunesse dans diverses grandes maisons, y occupant une position qui tenait probablement un peu de la dame de compagnie : elle fut ainsi d'abord chez la comtesse de Soissons qui mourut au mois de juin 1644, sans mentionner dans son testament mademoiselle de Vertus « qui a été cependant longtemps avec elle, dit Tallemant, et est une fille de mérite. » Elle paraît s'être attachée ensuite à la belle duchesse de Longueville : au mois d'octobre 1650 cependant, elle entra chez la duchesse douairière de Rohan, fille de Sully ; mais, dans tous les cas, elle était auprès de madame de Longueville quand celle-ci se retira à Montreuil-Bellay, en Anjou, pendant le demi-exil qui suivit sa sortie de Bordeaux. La lettre qui apprend ce détail et que M. Cousin a découverte constate la liaison du poëte Marigny avec mademoiselle de Vertus qui paraît d'ailleurs avoir été en assez grande faveur dans la coterie précieuse dès le début. Segrais lui a dédié son églogue d'*Amyre*, en y introduisant les éloges les plus emphatiques.

Mademoiselle de Vertus était dans une position fort gênée et plusieurs de ses lettres sont relatives au retrait de la pension qu'elle avait obtenue par l'entremise du cardinal

1. Ces paroles sont évidemment d'une pénitente exagérant ses torts. Il fut cependant une époque où mademoiselle de Vertus fut peu portée vers les choses religieuses, car le *Nécrologe de Port-Royal* dit positivement qu'elle se convertit avant madame de Longueville, qui, elle, revint à Dieu en 1654.

Mazarin et qu'on voulut lui supprimer à cause de son ardeur janséniste[1]. En revanche, madame de Longueville l'aimait fort et ne la laissait probablement manquer de rien: « Elle avoit beaucoup d'attachement pour madame de Longueville, dit Mademoiselle, et la servoit en tout ce qu'elle pouvoit en ses affaires pour son raccomodement avec son mari.» Elle l'accompagna à Moulins chez la duchesse de Montmorency, devenue religieuse à la Visitation et où la belle pénitente songea à se donner complétement à Dieu (août 1654). Elle la suivit plus tard en Normandie et demeura longtemps avec elle occupée à faire du bien et à s'avancer dans la voie de la perfection : elle passait quelquefois à la cour avec la duchesse, mais uniquement par devoir de bienséance. C'est pendant cette période que mademoiselle de Vertus embrassa les idées des disciples de Jansénius et devint une ardente adepte, puisqu'au plus fort des persécutions elle écrivait à madame de Sablé, en parlant de mémoires produits par les molinistes: « Quand je verrois ce qu'ils disent de la doctrine de Jansénius, je ne serois pas plus en doute pour cela de ce qu'elle contient, car si j'étois propre à avoir une opinion là-dessus, la manière dont ces messieurs de l'assemblée examinent les choses, ne me feroit point déférer à leur jugement. » Elle rentra à Paris probablement vers 1660 et fut mise en rapport avec madame de Sablé par la duchesse de Longueville, très-liée avec la marquise, et surtout par les doctrines jansénistes qui les réunissaient bien plus étroitement. Une grave affaire vint resserrer encore cette liaison qui parut dès lors des plus intimes et surtout des plus constantes. Mesdames de Vertus et de Sablé résolurent de donner à madame de Longueville M. Singlin, le plus éminent des docteurs de Port-Royal, pour directeur : ce fut une véritable négociation, avec visites secrètes,

1. Elle en parle souvent dans ses lettres (1661-1662) à madame de Sablé, et il paraît qu'elle dut la conservation de cette utile ressource à madame de Montausier. — M. Sainte-Beuve, dans son *Histoire de Port-Royal*, se trompe en disant que « son odieuse mère » lui retrancha sa pension.

déguisements, noms supposés, toute une mise en scène vraiment piquante. Mais enfin l'affaire réussit, et madame de Longueville fit sa confession générale au mois de novembre 1661. Mademoiselle de Vertus choisit le même directeur : « Ce sage ecclésiastique, dit Fontaine, fut surpris de voir en elle tant de foi et de piété, et il pensa à la joindre avec madame de Longueville pour être sa consolation dans son veuvage et sa compagne dans ses exercices spirituels. »

La vie de mademoiselle de Vertus sembla dès lors complétement remplie par les affaires de Port-Royal, ses devoirs envers madame de Longueville et sa liaison chaque jour plus intime avec madame de Sablé dont elle comprenait tous les petits travers, ayant soin de se mettre en quarantaine dès qu'elle avait le moindre rhume, lui prêchant gravement la résignation, quand la marquise, très-friande, comme on sait, gémissait de la disparition de son goût. Mademoiselle deVertus, d'ailleurs, était d'une santé déplorable, ce qui, certainement, la rendait plus sympathique à la marquise. En 1666 et 1669 notamment, elle fut très-gravement malade : la première fois même madame de Longueville mandait à madame de Sablé qu'elle craignait de la perdre.

Les affaires de Port-Royal absorbaient toutes les préoccupations de mademoiselle de Vertus : elles la compromettaient aussi, et nous avons vu comment elle faillit y perdre sa pension, ce qui la menaçait d'une telle pauvreté qu'elle écrivait à madame de Sablé : « Je suis bien obligée à Dieu de ce que dans le temps qu'il permit que ce secours m'est osté, il me donne celui de madame de Longueville, qui me fera la charité de me nourrir. » Le mariage de sa mère l'affligea grandement, et il paraît même qu'à ce propos elle engagea, de concert avec ses frères, un procès. Puis elle eut à gémir des calomnieux propos répandus sur elle par une femme assurément honnête et pieuse, mais d'une sévérité ridiculement outrée, la marquise de Puisieux, dont nous avons eu à nous occuper spécialement; bien plus encore, on lui reprocha d'être trop intime avec l'abbé de Bélesbat, un bel esprit des plus précieux [1], puis avec un chevalier de Montchevreuil.

A la mort de M. de Longueville (1663), nous voyons mademoiselle de Vertus de plus en plus occupée de sa veuve, qui demeurait avec deux enfants, dont l'un, le cadet, était son préféré, tandis que l'aîné, difforme et d'un triste caractère, l'affligeait profondément. Mademoiselle, dans ses *Mémoires,* se complaît à raconter à quel point mademoiselle de Vertus se sacrifiait pour son amie, et de quelle confiante reconnaissance celle-ci payait ce dévouement. Elle s'occupa activement de ce qui touchait à l'éducation du jeune prince de Longueville, et soutint énergiquement la duchesse à la mort M. Singlin (17 avril 1664). Mais aussi quand elle vit madame de Longueville solidement établie dans la voie religieuse, hors de tout embarras par l'entrée dans l'Église du comte de Dunois, et enfin Port-Royal triomphant et florissant, mademoiselle de Vertus songea à réaliser le vœu secret qu'elle nourrissait depuis longtemps et dont elle s'était ouverte à madame de Sablé seule, celui d'entrer complétement à Port-Royal. C'est au mois d'août 1669 qu'elle y fit sa première retraite, pour s'habituer doucement à cette nouvelle existence [2]: elle se fit construire un petit bâtiment modeste,

1. Dans une lettre de madame de Longueville, écrite à ce sujet à madame de Sablé, le 1er juin 1663, la duchesse repoussa ces bruits, mais ajouta un passage qui pouvait avoir une certaine gravité rétrospective : « Ce sot conte n'a rien au monde de fondé. M. l'abbé de Bélesbat a toujours continué à me voir, et pour elle, elle ne l'a pas vu depuis la rupture que vous sçavez. Vous devez donc, sur ma parole, renvoyer cela aussi loin qu'il doit estre renvoyé. »

2. Cette détermination affligea beaucoup madame de Longueville, qui écrivait à madame de Sablé, le 2 octobre 1669 : « Vous aurez bientôt à Paris mademoiselle de Vertus, qui va faire un autre voyage un peu plus considérable, quoiqu'il ne se fasse pas en pays si lointain. Cela vous attendrira bien sans doute. Pour moi, vous jugez bien que je commence à l'être beaucoup, quoique cette fois elle ne s'enferme pas encore pour tout à fait. » Fontaine, faisant allusion à la douleur que le départ définitif causa à la duchesse, dit : « Leur union et leur séparation bien décrites feroient deux fort beaux endroits. »

attenant, mais cependant séparé, à l'hôtel que madame de Longueville s'était fait élever à Port-Royal-des-Champs : elle ne fit encore qu'y passer quelque temps, en 1671 et 1672, et on peut croire que sa santé était pour beaucoup dans cet atermoiement, dont elle souffrait cruellement au fond de son cœur. Elle en sortit pour venir annoncer à madame de Longueville la mort du comte de Saint-Paul, tué au passage du Rhin, et madame de Sévigné nous a admirablement raconté cette scène grande et touchante. Mais aussi, à dater de ce jour, mademoiselle de Vertus ne sort plus de sa retraite; elle adopte le costume des novices, se soumettant à toutes les austérités de la maison, à tous les exercices de piété; mais il paraît que, toujours à cause de sa santé, ses supérieures refusaient d'admettre un engagement régulier. Le dimanche 11 novembre 1674 cependant, elle prononça des vœux, avec toutes les cérémonies de la prise de voile. Mais M. de Sacy et l'abbesse y ajoutaient des restrictions qui rendaient ce serment purement serment de conscience : madame de Longueville assistait à cette cérémonie. Pour la nouvelle « novice perpétuelle » il fut aussi strict que pour le reste de ses compagnes. Elle prolongea sa vie jusqu'au 21 novembre 1692 : donnant constamment l'exemple de la plus parfaite piété, de la plus admirable résignation, elle passa les onze dernières années de son existence sans pouvoir quitter son lit. « Je crois, monsieur, écrit à Nicole la sœur Élisabeth Le Féron, que vous comptez bien que la perte que nous venons de faire de mademoiselle de Vertus ajoute encore à nos peines, car je ne doute pas que vous ne voyez mieux que moi le vide qu'elle fait dans la maison. Vous connoissiez mieux que personne son mérite, et vous n'ignoriez pas l'affection et l'attachement qu'elle avoit pour cette communauté qui perd en elle une de ses véritables amies. Permettez-moi de vous dire, Monsieur, que vous en perdez une aussi en sa personne. Je lui dois ce témoignage qu'elle avoit pour vous toute l'estime possible, et que, dans toutes les occasions qui se sont présentées et que vous sçavez, elle en a donné toujours des preuves, par la manière juste et avantageuse dont elle a parlé de vous. »

Mademoiselle de Vertus, dans la seconde partie de sa vie, semble s'être singulièrement inquiétée de ses progrès dans la voie de la perfection où elle s'avançait sûrement cependant, conduite alors par M. du Guet, — qui avait succédé près d'elle, en 1686, à M. Le Tourneur. Le Père du Guet cherchait à la rassurer, et ses lettres à ce sujet sont pleines des plus graves et des plus éloquents enseignements. Mademoiselle de Vertus paraît avoir fini sa vie entourée de tristesses et d'appréhensions qui peuvent surprendre, mais qu'on comprend aisément quand on songe aux onze années de souffrances continuelles et d'isolement auxquelles elle fut condamnée [1]. Elle voulut être ensevelie dans le cimetière de Port-Royal, au milieu des religieuses auxquelles elle s'était volontairement associée. Le *Nécrologe* de l'abbaye renferme une épitaphe attribuée à Racine, et qui rend un juste et éclatant hommage à la piété et à la valeur morale de mademoiselle de Vertus : « Ici repose Françoise-Catherine de Bretagne, demoiselle de Vertus. Elle fut sérieuse, constante, généreuse dès l'enfance. Elle passa sa plus grande jeunesse pratiquant par piété la règle de saint Benoît dans un monastère : elle en fut tirée par les flatteries de la cour, où elle prit trop de part aux plaisirs et aux intrigues qu'elle désapprouvoit. Mais Dieu la fit enfin ressouvenir de ses premiers sentimens, car elle lui rendit tout son cœur. Il lui montra le sentier droit qui mène à la vie; car la princesse Anne de Bourbon l'y ayant suivie, elle la consola par l'exemple de sa joie dans les austérités d'un jeûne perpétuel, et la soutint par sa tranquillité au milieu de la tempête qui agitoit alors l'Église. Son application aux besoins de l'épouse de Jésus-Christ la rendit digne de contribuer à la paix de ses enfans. Après quoi, n'ayant plus rien à faire sur la terre qu'à se préparer à la mort,

1. « Mademoiselle de Vertus y achève (à Port-Royal-des-Champs) sa vie avec des douleurs inconcevables et une résignation extrême... » (Lettre de madame de Sévigné à sa fille, 26 janvier 1684.)

elle se retira dans ce monastère, où elle se seroit engagée sans ses infirmités. Elles l'attachèrent au lit durant les dernières années de sa vie; mais elles n'interrompirent ni sa régularité à la récitation de l'office, ni à toutes les heures de la communauté, ni son attention aux besoins du prochain, ni le progrès de son amour pour Dieu et pour son Église. Elle passa de ce monde âgée de soixante-quinze ans, après vingt et un ans de cloître et de souffrances, ayant disposé en faveur des pauvres du peu que ses grandes et continuelles aumônes lui avoient laissé. » On ne peut faire, je crois, un plus bel éloge de la vie de mademoiselle de Vertus qu'en ajoutant que tout ce que renfermait cette épitaphe était scrupuleusement exact.

Les lettres de mademoiselle de Vertus sont conservées dans le tome VII du portefeuille de Valant, au nombre de soixante-dix ou quatre-vingts, appartenant toutes à la période comprise entre son retour à Paris et son entrée à Port-Royal (1659-1670). Ces billets sont assez négligemment écrits, mais ils donnent de curieux détails sur cette période si curieuse par ses agitations religieuses et par les personnes éminentes qui y sont continuellement mentionnées. M. Cousin en a publié les deux tiers dans la *Bibliothèque de l'école des Chartes*, année 1852, et en a reproduit une partie seulement dans l'appendice qui complète d'une façon si intéressante son étude sur *Madame de Sablé*. Il est fâcheux qu'il ait donné seulement des extraits : la collection publiée *in extenso* n'aurait pas pris dix pages de plus dans la *Bibliothèque de l'école des Chartes* et aurait formé un ensemble plus agréable à lire et plus facile à étudier.

Parmi les billets et fragments de billets, car malheureusement les pages dans les portefeuilles de Valant ne concordent pas toujours, j'en ai recueilli une douzaine qui m'ont paru mériter la publicité aussi bien que ceux qui ont déjà été mis au jour. Une dizaine d'autres ne m'ont paru bons qu'à noter, renfermant seulement des protestations d'amitié pour madame de Sablé, ou des recettes de drogues ou de confitures, car la marquise recherchait presque également les unes et les autres.

Un jour mademoiselle de Vertus se confond en excuses sur ce qu'elle s'aperçoit que, demandant sans cesse les porteurs de madame de Sablé pour aller chez elle, elle lui coûte ainsi deux écus par visite : « Vrayment cela est épouvantable, mais je m'étois imaginée que vous leur donniez tous les ans quelque chose qu'ils travaillassent ou non. » Une autre fois, elle assure son amie de son affection en ces termes : « Je ne peux souffrir ces mots d'importunité dont vous vous servez pour me dire que vous avez peine de me demander de mes nouvelles, car en vérité c'est une marque que vous ne connoissez plus les sentimens de mon cœur pour vous; si vous les connoissiez, vous seriez sûre que toutes les marques de votre souvenir me réjouissent et me consolent. » A propos des menées dirigées contre Port-Royal : « Je n'ay pas mandé cela à M. d'Andilly de peur de le faire retomber malade : je luy escris seulement un mot pour lui demander de ses nouvelles. Je vous advoue, ma bonne Madame, que je suis toute troublée de cette nouvelle; la sainte volonté de Dieu soit faite. » Un autre jour mademoiselle de Vertus envoie à son amie une recette d'eau pour les yeux due au père Binet, provincial des Jésuites. Un billet trace un triste tableau des souffrances que mademoiselle de Vertus endura de 1664 à 1665. Je le cite pour faire mieux comprendre à quel degré de résignation il lui avait fallu parvenir pour soutenir cette incessante souffrance qui, vers cette époque, lui interdisait presqu'absolument l'usage de la voiture et lui faisait même franchir avec peine les quelques degrés qui composaient le perron de la demeure de madame de Sablé [1].

1. Les frères de mademoiselle de Vertus furent : Louis de Bretagne, marquis d'Avaugour, comte de Vertus, en Champagne, mort sans postérité de ses deux femmes, mademoiselle du Lude et mademoiselle de Clermont d'Entraigues; Claude de Bretagne, comte de Goëllo, qui laissa des enfants de sa femme, Judith Le Lièvre. — Ses sœurs furent : la duchesse de Rohan-Montbazon, morte en 1657; mademoiselle de Clisson, morte en 1695; mademoiselle de Chantorcé, en 1694; mademoiselle de Goëllo, en 1707 : Marie-Claire, abbesse de Malnoue,

Ce jour M. le Président a vu M. de Longueil, l'on dit que cela s'est fort bien passé. Je ne me donne point l'honneur de vous voir parce que je vois tous les jours M. de Longueil qui a toujours quelques petites fièvres. Je crois que le temps de l'accomodement n'est pas encore venu et que vous devez différer le soin de votre médiation. Je vous garde toujours des muscats, je ne sçais s'ils seront bons. Je les feray cueillir si je n'y puis aller.

Il me semble vous avoir déjà mandé que je ne crois pas qu'on doive estre en grand scrupule de faire de certains jugemens des gens, quoiqu'ils se trouvent faux. Il est vrai que je ne suis pas bon casuiste, principalement si tout le mal que vous pourriez avoir fait n'est causé que par la bonté que vous avez pour moy. Je vous assure qu'on fait toujours de mieux en mieux, mais si cette créature ne s'en alloit, je craindrois que l'autre ne fit trop bien, car vous le cognoissez.

Je vais donc mander à madame de Longueville que vous ne voulez point de nous. J'espère que vous vous porterez mieux le jour de la Notre-Dame : j'ay fait

en 1681, morte en 1711; Madeleine, religieuse; Philippe-Françoise, abbesse de Nidoiseau.

avertir M. le doyen lequel est ferme comme un rocher; si mesme cela afflige ma pauvre mère, ne leur dites rien, il ne faut point causer de peine sans besoin, je suis bien en peine de vostre mal.

Il estoit assez naturel de faire comme j'ai fait dans la vue que je l'ay fait, car premièrement celuy ou celle qui m'apportèrent vostre lettre n'attendirent point ma response et je n'ay pu vous envoyer quelqu'un à moy, n'ayant personne : secondement je m'estois mis dans la teste d'aller samedi chez vous, mais je ne pus en sortant de Port-Royal faire autre chose que me venir coucher, car je ne couchay pas au couvent. J'eus la mesme espérance pour hier et elle fut aussy peu suivie du succès que je désirois, car je n'eus point de porteurs, je revins en carosse et je ne puis sans une extrême peine monter vostre degré sans qu'on me porte ; de sorte que j'arrestay dans mon esprit d'aller demain disner chez vous ou mercredy et de vous dire toutes mes raisons qui sont sans doute très esloignées de vostre pensée, car je suis assurée qu'à moins que la teste me tourne, le respect et la véritable amitié que j'ay pour vous ne changeront jamais. Quand je sens cela dans mon cœur comme je le sens pour vous, je vous avoue que je n'en suis pas si ponctuelle, car je croy toujours que l'on n'en peut douter : il vous rend pourtant mille grâces de ce que vous l'avez fait parce que c'est une marque que vous avez quelque attention sur moy, et les gens comme moy n'en ont pas pour ceux qui leur sont indifférents ; ce sera donc demain que je vous estanderay mes raisons davantage et que je vous conjureray de croire que je suis très incapable de manquer jamais à tout ce que je vous dois.

(1661.)

. . . . . . M. le chancelier part la semaine qui vient pour aller à Ambroise interroger M. Fouquet. Représentez vous ce que cet homme *sentira* en paraissant en criminel devant celuy duquel il voulut la charge[1]. Vous aurez lundy madame de Longueville pour la fin de sa neuvaine. Trouvez bon que je charge ma sœur Catherine de faire un compliment à ma mère pour moy. Je suis toute à vous.

P. S. Votre amy[2] aura nom à l'avenir entre nous, M. de Montigny, s'il vous plaist, et notre petit amy[3] M. de La Planche. J'ay envie de rire et je bénis Dieu tout ensemble quand je songe que c'est pour de telles gens qu'il nous faut des chiffres et en la place de quoy nous les mettons : j'ai lue cela dans le texte tout le jour en songeant à nos cachoteries[4].

1. M. Cousin a publié cette seule phrase, en mettant *endurera* au lieu de *sentira*.

2. Le Père Singlin, que madame de Longueville prit pour directeur à l'automne 1661, à l'instigation de mesdames de Vertus et de Sablé.

3. M. l'abbé de Lalane.

4. Il s'agissait alors de l'admission du P. Singlin chez la duchesse.

(1661.)

Vous croyez bien, madame, que je seray ravie que ma sœur Catherine[1] vienne voir vostre amy icy, qu'elle y soit donc sur les trois heures, s'il vous plaist : je vous diray pourquoy je ne la veux pas plutost. Je vous manderay par elle des nouvelles de notre affaire, si j'en sçais devant que les gens se séparent ; vous en sçaurez toujours vendredy. Faites bien pour Dieu, ma bonne madame, et me croyez bien à vous, car j'y suis du fond de mon cœur : je vous feray rire quand j'auray l'honneur de vous voir, de la manière dont les bons pères sont dans les casettes de M. Fouquet. Je voudrois qu'on lui fist remarquer qu'il n'y a point de jansenistes.

Ordonnez s'il vous plaist à ma sœur Catherine de faire bien toucher à la sœur Épine tout ce que je luy envoye : vous ferez, s'il vous plaist, sçavoir aux bonnes mères que j'ay parlé à M. de Laon pour le miracle qui s'est fait dans son diocèse, il m'a promis de m'escrire. Je n'ay pas manqué de luy dire que nous ne nous vanterions pas de luy avoir donné un tel employ ; il m'en

1. La sœur Catherine était une novice de Port-Royal, qui fut mise pendant quelque temps près de madame de Sablé ; quand elle rentra au cloître, la mère Angélique de Saint-Jean dit d'elle : « Elle a été si longtemps à l'école de la tendresse, qu'il lui en coûtera plus qu'à une autre pour apprendre le langage des Évangiles. »

parut un peu penaud, mais il m'a dit qu'il ne s'en soucioit pas. J'ay un grand scrupule de ce que je vous ay esté nommer cette femme; je vous assure qu'il n'y a point de mal à croire d'elle : vous estes si propre à tenter les gens que l'on n'a plus de retenue dès que vous montrés quelque désir de sçavoir quelque chose.

(1662.)

MADAME de Longueville m'a mandé votre conversation d'hier sur ce qui me touche. Je vous rends grace, madame, de toutes vos bontés, elle m'a assurée que je vous puis aller voir, dont je suis très ayse : vous croyez bien que je me serviray de la permission que vous m'en donnez dès que je le pourray : en attendant je vous conjure de ne point parler à la personne que vous sçavez sur ce qui regarde le bien : prenez seulement vos mesures s'il vous plaist et si vous pouvez, pour que cette terrible aventure dernière ne fasse point de bruit et qu'on fasse bien avec cette dame en luy faisant voir qu'elle n'a point fait plaisir de croire en tel conte. Pour le reste, quand j'aurai eu l'honneur de vous voir, vous en userez comme vous le jugerez à propos, mais jusque-là n'en parlez pas, je vous en supplie, et ayez la bonté de ne parler que de vous mesme dans tout cela, car si quelque chose peut faire taire, c'est de luy tesmoigner que c'est une confiance de vous que vous ne voulez pas qui me revienne, si je sçais tout cela de mon chef, il n'y a personne à qui il n'en fasse une confidence : je ne vous aurois pas escrit là dessus parce que je sçais bien que vous sçavez mieux que moy comment il faut faire sans que je voulois vous conjurer de ne rien proposer qui regarde le bien. Cette personne n'est pas en estat d'en faire de celuy qui pourroit soulager les autres; je vous donne, madame, le bonjour, et je vous avoue que j'ay une grande impatience d'avoir l'honneur de vous voir.

Je ne dors pas, pour n'en avoir pas d'envie, mais c'est ce que je sens qui me l'oste, car dès que je suis au lit pour dormir, il me prend un battement et une inquiétude depuis les pieds jusqu'à la teste, une rougeur au visage et une sécheresse dans les yeux et dans le nez qui m'empeschent bien d'avoir envie de dormir, dès qu'il m'en prend un peu et que l'assoupissement vient, je me réveille avec des tressaillemens forcenés et des plaintes ou pour mieux dire des espèces de cris qui me réveilleroient quand je n'aurois que cela. Je me sens consumer depuis les pieds jusques à la teste et mes entrailles sont dans une esmotion pendant tout cela, comme si j'avois la fièvre. Voila ma sorte d'insomnie qui me laisse une telle foiblesse de teste que je suis incapable de penser à rien. Quand je puis, c'est-à-dire quand mon estomach est entièrement vuide, je bois du sirop de gomme battu dans de l'eau. Je ne fais rien que me laisser là. J'ay une lampe auprès de moy pour voir clair, afin de ne faire lever personne et je vois quelle heure il est. Je passe depuis trois mois quasy toutes mes nuits ainsy, surtout quand il y a longtemps que je n'ay esté saignée et baignée, car ces deux remèdes me procurent quelqu'adoucissement. Tout le reste ne me fait rien qu'aigrir mon mal, ce me semble. Je prie Notre-Seigneur que la vertu ne soit pas de cette nature-là. Il y a quelques nuits où je ne me sens pas tant de mal, mais seulement un grand esveillement et une grande sécheresse.

(1663.)

Voila l'escrit que je vous ay promis et mon escharpe que je vous envoie, je suis sy extrêmement enrumée que j'ay peine à escrire. Madame de Longueville m'a ordonné en partant de faire prier Dieu pour qu'elle ne fasse rien dans son voyage qui la rende indigne de la grace qu'elle espère recevoir à son retour. Vous aurez la bonté d'en prier nos mères s'il vous plaist. Madame, je suis bien mortifiée de ce que mon rume m'empesche d'aller chercher quelque petit coin pour dormir, car je vous avoue que j'ay une grande envie de passer quelques jours avec elles. J'ay bien dans la teste ce que M. de Montigny vous a dit de moy : hélas ! je suis si indigne d'une si grande grace que l'est celle qui dégage les gens tout à fait du monde, que je ne l'ose espérer quoique je la désire passionnément. — Je n'ay point encore retiré la copie du bref ; M. le doyen prie fort qu'on n'en parle pas, afin que la cognoissance qu'on auroit qu'il a esté vu ne donne pas la hardiesse de le publier. Je ne sçais rien du tout des affaires de nos amys : il me semble que c'est bon signe : on attend sans doute ce que l'on prétend extorquer de Rome contre eux ; songez comment ces gens du conseil de conscience sont puisqu'il faut qu'ils arrachent par force de Rome ce qu'on ne leur donneroit pas de bon gré, quelqu'envie qu'on a en ce païs-là de nuire à nos amys.

(1663.)

Quand mesme on entend de certaines gens, on ne se peut empescher de condamner ou au moins de douter que nos amys ayent tort, et puis quand on veut approfondir, on trouve que ce n'est plus ce qu'on a ouy dire et que les choses sont toutes différentes. Je vous dis tout cela parce que je pense qu'il n'y a quasi que nous deux qui nous soyons conservées comme nous sommes pour eux et afin que vous voyez ce qu'il y a à faire pour arrester si on peut tous ces dits; ce ne sont plus les ennemys, mais les amys qui leur font tort. J'ay ouy dire que M. de Comminges est fort modéré, mais ce n'est pas tout cela que je veux c'est un véritable rapport de tout [1] : enfin, il a fallu que je vous en parle pour me décharger un peu le cœur... J'enverray votre lettre à madame de Longueville, ce n'est pas un embarras ny la lassitude qui l'empesche de vous escrire, car elle me mande de luy faire sçavoir quand vous n'aurez point de

1. La persécution avait été reprise contre le monastère de Port-Royal: on avait fait sortir les pensionnaires et les novices. Mgr de Comminges, grand ami d'Arnauld d'Andilly, voulut essayer de rétablir la paix entre les Molinistes et les Jansénistes, et ses efforts semblèrent si bien marcher au début que M. de Choiseul écrivait : « Enfin il paroît visiblement que Dieu conduit cette affaire. » Il vint à Paris avec le père Ferrier et entama des conférences auxquelles furent convoqués MM. Arnauld, Singlin, de Barcos, autorisés pour

peur pour le faire. Oserois-je vous supplier de sçavoir tout doucement si M. le comte de Maure a reçu une lettre que je luy ay escrite, car si elle estoit perdue j'en ferois une autre. Après avoir bien tourné toutes les feuilles de vostre lettre, j'ay enfin tout trouvé : je l'enverray à madame de Longueville. Adieu, madame, je suis toute à vous, je ne sçaurois chercher d'autre defense pour finir, je n'avois pas peur que vous vissiez ce qui estoit dans ma poche, c'estoit un billet de M. Quelis et d'une autre personne qui luy escrit : vous entendez bien que voilà une grande imprudence à moy de l'avoir laissé là et que je ne vous craignois pas, mais ceux qui le trouveroient dans ma poche pourroient la lire.

(1665.)

. . . . . . Je ne sais rien de nouveau : âme vivante n'a vu le bref qui s'adresse au Roy [1] : je dis des personnes qui le pourroient redire. Je vous donne le bonjour : mandez-moy, par charité, si votre amy ne viendra pas disner ; je vous assure qu'il le faut, car plus il sera icy de bonne heure et mieux ce sera : mais il faut aussy que je le sçache, non pas pour luy faire des aprets, mais

cette circonstance à revenir de l'exil : ils refusèrent de paraître et se firent représenter seulement par l'abbé de Lalane et M. Girard. Ces tentatives n'amenèrent aucun résultat, Arnauld y apporta la plus complète mauvaise volonté, et finit par se retirer le 22 février 1663; les négociations continuèrent cependant, mais aboutirent seulement à l'esclandre causé par la lettre du 1er août par laquelle Arnauld recommença violemment la guerre.

1. Bulle du 15 février 1665, sommant les évêques récalcitrants de signer le *formulaire*.

afin de disposer mes petites affaires comme il faut à l'esgard de mes gens.

(1665 ou 1666.)

. . . . . . AYANT envoyé la lettre à quelqu'un de ses amys pour la donner au Roy, cet amy n'aura pas voulu le faire à cause du bruit qu'a fait celle de M. d'Angers jusques à ce qu'il en ait instruit M. d'Alet et qu'il ait un nouvel ordre de luy [1] : c'est que vous sçavez que M. de Saint-Cyran [2] a mandé que la lettre estoit du 4e juillet : cela se dit au moins, les menaces qu'on a fait au notaire apostolique s'il délivroit cet acte de messieurs les curés de Paris est une chose bien violente, ce me semble : nous causerons de tout cela quand j'aurai l'honneur de vous voir, car j'en suis bien plaine.

1. C'est en 1665 seulement que Nicolas Pavillon, évêque d'Aleth, se prononça à l'égard du *formulaire*. — Cette grave affaire peut être précisée en quelques mots. Le formulaire se divisait en deux parties : l'une comprenant un résumé de la doctrine déclarée contraire à la foi, et devant nécessairement être imposée à la soumission des fidèles; l'autre purement historique, où cette doctrine énoncée était attribuée à Jansénius, et pour laquelle il n'y avait pas lieu d'invoquer la même obligation, puisqu'il ne s'y agissait point de questions de foi. Quatre évêques (d'Angers, d'Aleth, de Beauvais et d'Amiens), soutenaient précisément cette thèse et repoussaient la créance forcée du fait. Le mandement de monseigneur d'Aleth est du 1er juin 1665, et fut mis à l'index le 18 janvier 1667.

2. Martin de Barcos, neveu de Duvergier de Hauranne et son successeur dans l'abbaye de Saint-Cyran, en 1644. Élève de Jansénius, il marqua d'une façon considérable dans les luttes religieuses de ce temps. Mort le 22 août 1678.

Je vous conjure de me mander des nouvelles de vostre santé. Je ne vous en demande point quand madame de Longueville vous escrit parce que je sçais celles que vous luy en mandez et que je ne veux pas vous donner la peine d'escrire deux lettres à la fois[1], je vous assure que nous parlons très souvent de vous d'une manière qui vous persuaderoit, si vous la voyez, que vous estes bien avant dans nos cœurs. Il ne faut pas me recommander de prier pour vous, car je le fais de mon propre sentiment, le mieux qu'il m'est possible; mais hélas, ma pauvre madame, je suis si misérable que je ne dois pas espérer que vous en receviez du secours, ainsi c'est plus pour satisfaire à mon extrême amitié pour vous que pour vous soulager que je le fais.

1. Mademoiselle de Vertus, avons-nous dit, accompagnait souvent madame de Longueville à la campagne ou en voyage.

XXXIX

L'ABBÉ DE LA VICTOIRE

Claude du Val de Coupeauville, un des lettrés du temps, était prieur de Saint-Luc-du-Bois-Achard et depuis 1639 abbé commendataire dé la Victoire, abbaye située près de Senlis. Il mourut le 8 décembre 1676.

L'abbé de la Victoire se prétendait marié par un lien idéal à la marquise de Sablé. « Il ne peut arriver de mauvaise intelligence entre nous qui ne tienne du divorce; car, ne vous ayant pas épousée pour vous donner un meilleur parti, je n'ai pas laissé de me faire dans le cœur un mariage clandestin avec vous qui durera éternellement.» Issu d'une ancienne famille de Rouen, il fut introduit à la cour par Voiture et s'insinua fort intimement dans les bonnes grâces du prince de Condé. L'abbé de la Victoire s'est fait une véritable réputation par ses bons mots et ses heureuses réparties. Un jour, la reine-mère passait à la Victoire et admirait l'excellente tenue des bâtiments. — « Madame, s'il plaisoit à Votre Majesté de m'en donner deux ou trois vieilles abbayes). je vous promets que je les ferois fort bien raccommoder. » Son avarice seule obscurcissait ses brillantes qualités. Un jour il invite Godeau à venir à son abbaye et à y loger, avec d'autant plus d'empressement que l'évêque avait vendu ses chevaux. « Vous viendrez en chaise. — Mais les porteurs qui seront au moins quatre, qu'en ferez-vous? — Je les attraperay bien, je vous envoyeray quérir en carrosse à une lieue de la Victoire. »

Littérateur élégant et savant, l'abbé de la Victoire a laissé les traductions de plusieurs épîtres de Cicéron qu'on retrouve dans les portefeuilles de Valant, et qu'il envoyait toujours à la marquise de Sablé, sa plus constante amie. Il faillit cependant se brouiller avec elle pour le plus singulier motif du monde. Tallemant nous raconte que, las de venir sans cesse frapper inutilement à la porte de madame de Sablé, l'abbé s'avisa de dire en parlant d'elle « feue madame la marquise de Sablé, » en ajoutant qu'il fallait faire tendre sa porte de tentures noires. « Cela fut rapporté à la marquise, car il l'avoit dit en plus d'un lieu : ce discours luy donna de l'horreur. Elle eut peur d'estre morte, et en fut brouillée longtemps avec luy. »

---

31 juillet.

Il s'est fait icy un jardin potager où il est si fou de croire qu'il vous verra, quoiqu'il n'y ait ni médecin, ni chirurgien qui sçache saigner..... Mais en attendant vous m'obligerez sensiblement, si vous me faites sçavoir des nouvelles de vostre santé et des pauvres dents, perles usées : je fais tous les jours de grandes réflexions sur leurs martyrs.....

M. Valant me fit voir la lettre de M. Pascal, laquelle est la plus obligeante du monde. Mais, madame, je ne sçais que penser d'un tesmoignage si advantageux; car si je considère d'une part la sincérité et le sçavoir sublime de ce grand homme, de l'autre aussi je sçais que la charité est la première des vertus chrétiennes, de sorte que j'ay de la peine à distinguer entre la justice et la grâce, principalement d'une personne qui sans doute le met en pratique avec tant de chaleur qu'il le soutient. Quoy qu'il en soit, je luy suis extrêmement obligé d'avoir daigné jeter les yeux sur un ouvrage aussi peu considérable, et je vous rends de très humbles grâces de m'avoir procuré cet honneur.....

A la Victoire, 1er juillet.

Que je serois heureux si ma vie pouvoit estre utile à une personne qui m'est aussi chère que vous. Croyez-moi, ne jugez point la personne qui vous soit agréable; quoique votre esprit vous fournisse tout et mesme trop pour votre repos, vous le devez voir. Et comme quoy la solitude ne me feroit-elle point beaucoup de peine puisque souvent j'ai observé que la compagnie n'arreste mesme pas des pensées pénibles qui vous viennent..... Il faut que je prenne la liberté de vous dire que vous vous faites bien des maux propres qui ne vous toucheront jamais.....

J'AY passé mon quatrième accès, c'est demain le cinquième; si vostre boutique n'est point espuisée et qu'après roy et reyne je puisse y avoir quelque charité, je vous en seray infiniment obligé, sinon qu'une prise de poudre de vipère est de la pure mocquerie, car mes accès ont toujours esté très sérieux; j'auray besoin d'instruction pour prendre ce remède très à propos : entre mes fièvres, je souffre de ne point vous voir.

Abbé DE LA VICTOIRE.

---

25 octobre 1675 (Port-Royal-des-Champs.)

NE me reprochez point ma dureté, madame ; je vous asseure que ce n'est que par tandresse que je ne vous dis point adieu, quelque courte que soit mon absence je sens tousjours beaucoup de peine lorsque je ne suis pas auprès de vous, et quoy que je ne vous quitte que des yeux, je dérobe mon départ comme j'eschappe autant que je puis à toutes les pansées qui me donnent de l'ennuy, et vous ne sçauriez croire après que j'ay gagné cela sur moy avec quelle attention je me redonne vostre presance. Elle est si forte que je vous voy bien plus icy qu'au Port Royale où l'on trouve assés souvent des accès incertains à la porte par les tems maigres et par tant de craintes dont elle est assiégée. Je suis icy auprès de vous tous les vandredys et les samedys comme aux autres jours; j'y esternue et tousse en toute liberté. Pleust à Dieu avoir ce degré d'esprit dont vous me flatez, je n'aurois pas la peur que j'ay lorsque je suis en conversation avec vous; et à l'heure que je vous escris la justesse et la délicatesse du vostre sont dangereuses pour le peu que j'en ay que j'ay purement abandonné à la nature qui en fait ce qui luy plaist. Je connois bien au moins qu'elle ne m'a pas donné les graces ny le choix des choses qui viennent des sources plus heureuses, mais en recompanse j'ay très bon marché de l'art : si ce qui y est vous plaist je me tiendré fort bien partagé sans me soucier de ce que les autres en trouveront à dire et de ce qui mesme seroit condamné par l'Académie pour n'estre pas correct. J'ay quelque coin de rusticque qui me fait trouver icy du plaisir dans ma solitude à ne voir que des bois et des ruisseaux; l'esté ne nous a point donné de si beaux (jours) que ceux de cete autonne; et quelque mespris qu'ayés fait du soleil, cette dame qui a acomply la vie avant que de mourir lorsqu'elle luy estoit comparable par sa beauté, j'ay toujours sçeu que ce n'estoit qu'une pure jalousie d'astre et que la lumière ne lui desplaisoit pas. J'en jouis icy dans un profond repos et lorsqu'elle est retirée je m'entretiens avec Messieurs du Port Royale qui me font une très bonne compagnie ; je brouille assés de papier sur des matières fort différentes, mais cela ne sert qu'à me faire connoistre qu'on ne se doibt point mesler d'escrire après eux. Vous me reverrez bien tost après la feste ; vous faites en vérité seule toute l'impatiance de mon retour.

XL

MADEMOISELLE DU VIGEAN

M. Cousin n'a trouvé dans les portefeuilles de Valant que deux billets de la sœur Marthe de Jésus : j'ai été assez heureux pour en découvrir deux autres qui sont réellement piquants et agréables. Tout le monde connaît la belle et pure jeune fille qui a été pendant plusieurs années l'idole de Condé et qui a été liée avec tout ce que la cour et Paris renfermait alors de considérable, ayant ensuite eu le bonheur de conserver, retirée au couvent des Carmélites, ses illustres et fidèles amitiés. Marthe du Vigean était fille de François Poussart de Fors, baron du Vigean, et d'Anne de Neufbourg : son père était protestant, mais ses deux filles [1] furent élevées dans la religion de leur mère, tandis que les deux fils suivirent celle de M. du Vigean [2]. Madame du Vigean occupait une place notable

1. La seconde fut mariée à M. de Pons, puis au duc de Richelieu, neveu de la duchesse d'Aiguillon.

2. Le marquis de Fors, tué au siége d'Arras ; — le baron du Vigean, marié à mademoiselle de Nettancourt, assassiné en 1663.

dans la société du temps, et devait à son intimité avec Voiture une certaine influence dans le monde lettré : elle passait ses étés à la Barre, près de Montmorency, et y avait de brillantes réceptions, où venaient la princesse de Condé et même la reine. Ses deux filles y étaient également goûtées, et tous les poëtes de la préciosité ont loué à l'envi leur beauté, leur grâce, leur esprit. Voiture les place, sans hésiter, sur la même ligne que mademoiselle de Bourbon et mademoiselle de Bouteville. « La marquise du Vigean étant malade, lit-on dans la *Vie de saint Vincent de Paul,* Vincent alla chez elle pour la consoler. Sa visite finie, au défaut de la mère, la fille se chargea de le reconduire. — Mademoiselle, lui dit-il, vous n'êtes pas faite pour le monde.— Elle comprit le sens de cette expression générale à laquelle elle auroit volontiers répondu : Si cet homme était prophète, il ne me tiendroit pas un pareil propos. Elle déclara au saint qu'elle n'avoit aucun goût pour la vie religieuse, et comme elle n'ignoroit point le crédit qu'il avoit auprès de Dieu, elle le pria fort de ne lui demander point qu'il la fît changer de sentiment. Vincent sortit et ne répliqua rien. Mademoiselle du Vigean le quitta plus résolue que jamais de s'établir dans le siècle. » Nous voyons, en effet, qu'elle fut menée bien jeune dans le monde, car on sait maintenant qu'elle est née en 1622, et elle figura parmi les danseuses citées par d'Ormesson au sujet du grand bal donné au Louvre par Louis XIII, en 1635. Cinq ans plus tard, Lenet nous apprend que le duc d'Enghien la rencontrant sans cesse, commença « à prendre pour elle une estime et une amitié qui devint plus tard un amour fort passionné et fort tendre. » Le mariage qu'on imposa, l'année suivante, au jeune prince avec Claire de Mailly-Brezé, ne le changea nullement : il se montra d'une extrême froideur pour sa femme, réservant pour mademoiselle du Vigean, dit encore Lenet, « toutes les marques d'une passion tendre et respectueuse. » Cette passion grandit singulièrement, ou du moins se montra beaucoup plus ouvertement. Après la mort de Richelieu, le duc songea à faire rompre son mariage, en même temps qu'il favorisait les amours de mademoiselle de Bouteville avec le marquis d'Andelot que M. du Vigean voulait faire épouser à sa fille.

Je ne prétends pas raconter à nouveau ce touchant roman qui constitue l'histoire de la liaison du grand Condé avec mademoiselle du Vigean. Celle-ci espérait la cassation du mariage, malgré l'impossibilité évidente de ce résultat, car après tout la duchesse d'Enghien était irréprochable dans sa conduite et venait de donner le jour à un fils. Elle refusa toutes les alliances qui lui furent proposées, le marquis d'Huxelles, le marquis de Saint-Mégrin, etc. Il fallait pourtant une fin à cette situation chaque jour plus fausse : en 1645, le duc d'Enghien, vainqueur à Nordlingen, pendant une grave maladie fit, à ce qu'il paraît, de sérieuses réflexions : une fois guéri, il prit la résolution de changer de vie. Mademoiselle du Vigean, dont tout ce roman n'avait nullement atteint la réputation, se soumit sans se plaindre, et chercha immédiatement dans la religion les secours qui pouvaient lui faire supporter ce coup cruel. Elle prit sur l'heure la détermination d'entrer dans un couvent, mais on chercha à la détourner de cette pensée, quoique certains auteurs aient, très à tort, prétendu qu'elle fut jetée malgré elle aux Carmélites. Madame d'Aiguillon insista principalement près d'elle, et pendant deux ans ces tentatives furent renouvelées. La duchesse lui demanda encore un an de délai, et après bien des pourparlers et des larmes, on convint de dix mois. « Un beau jour, écrit Anne de Fors à son frère le marquis de Fors (7 juin 1647), elle me dit : « Ma sœur, je ne donneray pas tout le « temps que j'ai promis ; car je m'en iray devant qu'il soit « huit jours. » Je la priay de me donner le temps d'écrire à ma mère pour qu'elle vînt luy parler..... Cependant j'allay encore à l'hostel de Longueville sçavoir de ses nouvelles, parce qu'on m'avoit dit qu'il étoit venu un courrier, et madame de Longueville m'écrivit pour m'en mander, et au bas du billet elle prioit ma sœur de venir la voir. Elle sortit donc pour y aller, et comme elle fut à moitié du chemin, elle dit à ses gens qu'il falloit qu'elle allast faire un tour aux Carmélites et qu'elle ne leur diroit qu'un mot. Elle fit tourner le carosse et s'y en alla, où elle est encore et ne prétend pas en sortir..... » Elle n'en sortit plus, en effet, et donna constamment l'exemple des plus grandes, j'allais dire des plus parfaites vertus. Entrée pendant l'été de l'année 1647, elle prit le nom de sœur Marthe de Jésus, et prononça probablement ses vœux en 1649 : les renseignements précis manquent à ce sujet. Elle fut sous-prieure du monastère en 1656, et mourut le 25 avril 1665, après trois mois et demi de maladie. Le prince de Condé ne chercha jamais à la revoir, mais il ne l'oublia jamais non plus, et Lenet constate, dans ses *Mémoires*, que ce prince « conserva toujours pour elle une mémoire pleine de respect. »

Les documents font malheureusement défaut pour la seconde partie de la vie de mademoiselle du Vigean, alors qu'elle s'appellait sœur Marthe de Jésus. Nous trouvons cependant dans la déposition qu'elle fit le 17 novembre 1650 pour l'affaire de la béatification de la Mère Madeleine de Saint-Joseph (mademoiselle de Fontaine), quelques détails bons à recueillir : « Fort peu de temps après mon entrée céans, ayant encore l'habit séculier et recevant grande contradiction de mes proches sur ma demeure en cette maison, je m'adressois souvent à la bienheureuse pour qu'elle m'obtînt la force de persévérer dans ma vocation. » Cette même pièce nous apprend qu'au mois d'avril 1649, elle fut malade « d'une fièvre continue dont je pensoys mourir. »

Je terminerai par un extrait de la circulaire adressée par la prieure des Carmélites à toutes les maisons de l'Ordre, lors de la mort de sœur Marthe de Jésus, ainsi que cela avait lieu à chaque décès de religieuse. « ... Cette chère sœur avoit un don éminent de piété, ne se lassant jamais de prier. Toutes ses matinées se passoient au chœur, et plusieurs heures de l'après-dîner, toujours à genoux. L'assistance à l'office divin étoit ses délices, et sa plus grande joie étoit de pouvoir y servir, quelque mal qu'elle en ressentît. Un jour une sœur lui dit que l'effort qu'elle faisoit pour y chanter contribuoit à son mal de poitrine. Elle répondit qu'elle n'étoit pas digne de souffrir pour une si bonne cause, ajoutant que le cardinal de Bérulle disoit que nos corps étant de nature à être usés, ce nous étoit un grand bonheur qu'ils le fussent pour Dieu..... On ne peut exprimer ce qu'elle a souffert pendant sa dernière maladie dans laquelle la langueur s'unit à la violence, avec des douleurs extrêmes et un étouffement qui lui ôtoit le repos des nuits entières; état qu'elle a porté avec la douceur et la patience la plus parfaite. Lorsqu'on lui demandoit le matin des nouvelles de sa nuit, elle répondoit : Je l'ai passée avec Notre Seigneur, et je ne l'ai pas trouvée longue. »

Que direz vous, ma très chère sœur, que je ne vous ai pas remerciée de ce que vous nous envoyastes hier et d'un si bon cœur. Nostre mère Marie Madeleine est si touchée de vos bontés qu'elle m'a ordonné de vous dire que vous ne luy partez point du cœur; elle vous plainct si fort de ce que vous souffrez et de ce que souffrent vos chères voisines qu'elle nous en parle tout le jour et me disoit encore hier que son ancienne amitié pour vous estoit toute renouvellée. Je ne vous dis rien de la mienne, croyant bien que vous estes très persuadée qu'elle est telle que vostre bonté vous la peut faire désirer.

Sœur Marthe de Jésus.
(Sœur indigne.)

La Reyne d'Angleterre trouve vos confitures admirables; nous les garderons soigneusement pour quand les reynes viendront céans.

Ce lundy matin.

Je n'ay point voulu vous respondre, ma chère sœur, qu'après avoir fait toutes sortes de perquisitions pour sçavoir s'il estoit vray qu'on eut manqué à la promesse que nous vous avons faite ; j'ay trouvé que non et que c'est un portier qui brusle chez luy les herbes dont vous vous plaigniez, et la fumée en estoit en telle sorte dans nostre jardin que les jardiniers dirent qu'ils en avoient pensé estouffer ; ainsi, ma très chère sœur, ce n'est pas de nostre côté que le mal vous vient, et je vous promets encore que jamais vous ne recevrez cette incommodité par nous qui vous honorons et aimons au delà de ce qui peut se dire et qui compatissons aussi à vos peines autant que vous le pouvez désirer d'une personne qui vous est entièrement acquise en nostre Seigneur.

Sœur Marthe de Jésus.
(Sœur indigne.)

Envoyez chez ce portier, ma chère sœur, pour luy faire mettre ordres à ses herbes.

XLI

NOTICE SUR LE DOCTEUR VALANT

Nous terminerons ce recueil par quelques extraits de lettres adressées à Valant. Valant tenait lui-même sa place dans ce monde brillant et lettré ; il est donc juste de lui rendre cet hommage, quand ce ne serait que par reconnaissance pour les trésors qu'il nous a conservés [1]. Il aimait évidemment écrire, et les lettres que lui adressait l'abbesse de Fontevrault témoignent assez de l'estime qu'inspiraient ses jugements en fait de littérature. Plutôt ami que médecin de la marquise de Sablé, Valant fut pourvu de la charge de médecin ordinaire de madame la duchesse de Guise après la mort de la marquise. Il entretenait une correspondance suivie avec l'abbesse de Montmartre, princesse de la maison de Guise qui lui adressait ce touchant billet au sujet de la mort de madame de Sablé, arrivée le 16 janvier 1678 :

1. Il semble que Valant vécut jusqu'à un âge assez avancé, d'après la date de la pièce que je publie ci-après sur la conspiration de Naples, en 1702.

Quoy que je croye, Monsieur, que vous me faites la justice d'estre bien persuadé que je prens plus de part que personne du monde à ce qui vous touche, je ne serois pas contente de moy même sy je ne vous disois combien je suis touchée de vostre douleur. Je crains que vous ne résistiez pas à la fatigue que vous avez eue, l'une et l'autre ensemble estant bien capables de vous accabler. Songez-y, je vous en conjure et ayez soin de vostre santé; je ne vous le demande pas seulement par l'intérêt de la mienne, mais par les sentimens d'estime et d'amitié que j'ay pour vous et que je serois ravie de vous persuader dans quelques occasions et combien je suis à vous de tout mon cœur. J'ay fait prier Dieu pour madame de Sablé que je regrette infiniment par l'estime particulier que j'avois de son mérite et de sa vertu.

Françoise Renée de Lorraine, dixième et dernière enfant du duc de Guise et de Catherine de Joyeuse, avait d'abord été abbesse de Saint-Pierre de Reims, abbaye presque inféodée dans sa maison : en 1644 elle fut nommée coadjutrice de madame de Beauvilliers, abbesse de Montmartre, et elle lui succéda le 21 avril 1657. Valant nous a conservé plusieurs des billets qu'il reçut d'elle : « Si j'en croyois madame de Bois-Dauphin, lui mande-t-elle le 5 septembre 1679, je serois persuadée qu'à l'heure où vous faites les choses les plus obligeantes, c'est précisément celle où vous sentez le moins ; mais le billet que je viens de recevoir seroit de trop mauvais augure pour moy, si je donnois lieu à cette opinion : ainsi je prends le parti de croire à la lettre ce que vous m'écrivez et de vous témoigner combien j'y suis sensible. » Le 16 septembre 1674, elle lui avait dit : « Vous me faites justice des sentimens que vous avez pour moy, puisqu'on ne peut avoir plus d'estime que je n'en ai pour vous, ni une plus véritable amitié. » Au mois de septembre 1680, l'abbesse se rendit à Fresne, à Marchais, château du duc de Guise, et à Reims [1]. De Fresne, elle écrit à son médecin, le 30 septembre :

Je ne serois pas contente, Monsieur, si vous appreniez par un autre que par moy mesme les progrès de ma santé : elle se fortifie . . . .
Après vous avoir dit tant de nouvelles du corps, il est bien juste que je vous en dise de l'estat où l'esprit et le cœur se trouvent : ils sont fort tranquilles et le dernier est toujours plein de reconnoissance et d'une véritable amitié pour vous que je ne sçaurois m'empescher de vous en assurer : vous sçavez bien que c'est de la meilleure foy du monde. Vous seriez content de me voir et je suis bien ayse que vous n'ayez pas mal placé votre confiance.

1. Elle quitta Reims le 10 octobre et rentra à Paris le 15 ou le 16. « Elle arriva hier à Reims, écrit M. d'Amades à Valant, le 11 octobre, dans la meilleure santé du monde, et en montant les degrés, elle voloit plutôt qu'elle ne montoit : on lui a fait des honneurs extraordinaires vrayment, et elle n'en a pas moins reçu de monseigneur l'archevesque et des religieuses de Saint-Pierre. » Le même jour, la sœur de l'abbesse, mademoiselle de Guise, qui mourut, sans alliance, en 1688, laissant des sommes considérables aux pauvres et aux maisons religieuses, notamment 150,000 liv. à l'abbaye de Montmartre, donnait les mêmes nouvelles au cher docteur. D'après ce billet l'abbesse avait une suite assez nombreuse, entre autres plusieurs de ses religieuses : « Que notre couvent, dit mademoiselle de Guise, se conduise à Paris heureusement, s'il plaît à Dieu. » Madame de Montmartre mourut dans son monastère, le 4 décembre 1682, âgée de soixante et un ans.

Par sa situation près de la duchesse de Guise, et logeant à ce titre au Luxembourg, Valant voyait le monde le plus considérable. Il nous apprend qu'il remit à la bonne duchesse de Toscane, Marguerite-Louise, — fille de Gaston, duc d'Orléans, et de Marguerite de Lorraine-Vaudemont, — des vers espagnols chantés à l'occasion de l'ambassade du maréchal de Créquy pour le mariage de la fille de Philippe, duc d'Orléans, avec le roi Charles II. Madame de Fontevrault écrivait à ce propos : « Il a par là repoussé les agasseries de madame la grande-duchesse ; ils sont sages et galants et sy ce n'est lui qui les a faits, il faut que ce soit quelqu'un quy luy ressamble, et quy ait sçeu joindre comme luy à l'insensibilité et à la dévotion toute la politesse que donne la plus fine galanterie [1]. » Valant nous a conservé de plus deux lettres de la grande-duchesse, l'une adressée à lui-même, l'autre toute remplie de compliments sur lui.

De Sainte-Mesme, ce 14e septembre 1680.

Il y a longtemps que je m'apperçois par ma propre expérience qu'avec la persévérance l'on vient à bout de tout, car enfin je vous ay mis à raison et j'espère qu'estant un autre homme vous me rendrez de grands soins : il y en a un pour le moins aussy dangereux que vous qui m'en rend beaucoup ; cela doit vous faire trembler, attendu que si vous avez eu des marques de mon inclination, vous n'avez pas eu de grandes preuves de ma constance. Les soins que vous avez eu de ma tante et les bons offices qu'elle veut rendre auprès de moy pourroient me faire soutenir une fidélité esbranlée.

1. Ces vers dont Valant a soigneusement conservé une traduction, sans dire qu'ils soient de lui, sont au moins très-insignifiants. Ils sont intitulés : « Couplets chantés à l'occasion de l'entrée du maréchal de Créquy à Madrid. »

Voilà ce que c'est de se ressoudre si fort, toutes les choses du monde ont de fâcheux intervalles, je vous conseille pourtant de ne pas perdre courage.

La seconde lettre est adressée à l'abbesse de Montmartre :

A Sainte-Mesme, 24 septembre 1680.

JE suis transportée de joye, ma très chère tante, d'avoir reçeu deux de vos lettres qui me marquent que vous vous portez mieux que vous n'avez jamais fait, et je connois par la nature de vostre mal que c'est une des charges qui vous donnera de la santé pour un temps infiny : moy qui m'entend en médecine en perfection, cela me fait espérer que vous vivrez aussy longtemps que je le souhaite. Je sçais si bon gré à M. Valant des soins qu'il a eu de vous que, quand je n'aurois pas eu pour luy cette passion que vous me connoissez depuis le temps que je l'ay eue, elle seroit venue dans le moment que j'ay lu vostre lettre; cela n'a donc fait qu'augmenter avec l'espérance qu'il me donne par un mot d'escrit plus tendrement. Je vous envoye une lettre pour M. Valant, sans dessus, car je vous demande des mystères et il n'en est pas ennemy. Je vous prie de vous souvenir de faire faire une trappe à mon grenier et que Charlotte-Catherine me fasse de la pommade pour les lèvres avec du raisin noir.

L'abbesse de Fontrevault avait une estime toute particulière pour Valant. Nous en avons déjà vu des preuves décisives. Voici encore deux lettres qu'elle lui écrivait :

A Fontevrault, ce 21 avril 1677.

Je vois bien, Monsieur, que vous m'avez puny de mon silence, puisque vous ne m'avez point envoyé le passage que vous m'aviez promis pour le commencement de caresme. Cependant je ne méritois point cet abandon ; car ça esté malgré moy et par des occupations indispensables de ma charge que j'ay esté privée du plaisir de vous escrire depuis les Roys jusqu'à la semaine de la Passion. J'ay eu huit filles à assister à la mort ; et à cette occupation a succédé celle du Jubilé, de sorte que j'ay esté contrainte de suspendre presque tous les comerces que j'ay avec mes amis. Je vous mende tout ce détail afin qu'en donnant la response que je vous envoie pour M. du Bois vous lui fassiez bien comprendre ce quy est cause qu'il la reçoit si tard. Comme je l'estime beaucoup et que je seray ravie d'avoir quelquefois de ses lettres, j'ay grand intérest qu'il ne me soupçonne d'aucune négligence à son esgard. J'ay esté extrèmement satisfaite du passage dè sainte Thérèse et encore plus de celuy de saint Bernard que vous avez donnés à Madame de Boisdauphin. Je vous prie, Monsieur, de recommencer à prendre soingt de moy et de croire que tout ce qui me vient de vostre part m'est toujours extrèmement agréable.

A Fontevrault, ce 6 mars.

Si vous n'aviez esté consulté pour mes maux de teste, je n'aurois pas l'assurance de faire une responce si tardive à la lettre que vous avez pris la peine de m'escrire. Mais comme j'espère que vous m'aurez condamné vous mesme à ne pas m'appliquer, je ne doute pas que vous ne m'aviez desja pardonné une négligence apparente. Si vous voulez me donner quelquefois des marques de vostre souvenir et me faire part du profit de vos lettres, vous verrez bien par l'exactitude que j'aurai à vous en remercier le cas que je fais de tout ce qui vient de vous et le désir que j'ai que vous me regardiés comme une de vos meilleures amies. Je vous assure, Monsieur, que je suis en effect de ce nombre et que je m'estimerois bien heureuse si je pouvois vous le prouver par quelque service considérable.

Il n'y a rien de mieux choisi que les livres que vous m'avez envoyé.

Madame la maréchale de Rochefort avait Valant pour médecin, et elle eut à le remercier d'avoir guéri son fils d'une grave maladie, tout en s'étonnant qu'un enfant de cet âge pût avoir des maux de tête aussi violents. Madame de Motteville le consulta longuement pour avoir son avis sur une poudre « mise en vogue comme guérissant toutes sortes de maux » par le célèbre docteur de Lorme. Madame de Péquigny le fit aussi fréquemment consulter par sa fille.

La sœur Marie du Saint-Sacrement (mademoiselle de la Thuillerie) lui écrit en 1674 pour le prier de venir au couvent : il soignait également les dames de Port-Royal-des-

Champs, si l'on en juge par ce billet qui prouve en même temps la piété du bon médecin :

Nos mères se sont tenues fort obligées de l'estime et de l'affection que vous témoignez pour elles dans le billet que vous m'avez fait l'honneur de m'escrire. Elles m'ont commandé de vous en faire leurs remerciemens et de vous assurer du soin qu'elles auront de prier pour vous comme vous le souhaitez. Pour moy, Monsieur, etc.

JEANNE MARCELLE SIMONIN.
Tourière de Port-Royal-des-Champs.

Ce 23e octobre 1681.

Les hommes les plus considérables ne témoignaient pas moins leur estime pour le médecin de madame de Sablé. Voici dans quels termes le duc de Montausier remerciait Valant des soins par lui donnés à la marquise :

Ce 18e janvier 1678, à Saint-Germain.

CETTE lettre, Monsieur, n'est pas seulement pour vous remercier de tous les soins que vous avez pris pour soulager mes inquiétudes, pendant la maladie de feue madame de Sablé, mais pour vous tesmoigner qu'entre l'extrême douleur que j'ay de sa perte, j'ay encore pris beaucoup de part au déplaisir que vous en avez eu. Nous connoissions trop bien vous et moy, son mérite extraordinaire pour ne pas la regretter toute notre vie. Je voudrois pouvoir vous estre utile et je vous supplie de croire qu'ayant toute l'estime et la considération que j'ay pour vous, je feray tout ce qui me sera possible pour vous en donner des marques en toute rencontre.

MONTAUSIER.

A l'occasion d'une indisposition antérieure de la marquise, il lui avait écrit :

Ce 19e mars 1672, à Versailles.

J'APPRIS hier des nouvelles de madame de Sablé, mais encore qu'on m'aye assuré que son indisposition n'est qu'un rhume, je ne laisse pas d'estre fort en inquiétude de sa santé. Vous sçavez, Monsieur, combien j'y prends de part, et qu'elle ne sçauroit jamais estre plus chère à personne qu'à moy, ainsi je vous supplie de m'en mander des nouvelles bien exactes par ce laquais que j'envoye exprès pour en avoir, vous ne sçauriez m'obliger davantage, et vous n'obligerez jamais personne qui vous estime et qui vous considère plus véritablement que moy.

Je mentionnerai encore des billets de M. de Vardes, publiés par M. Cousin comme adressés à la marquise, de M. de Santeul (1er décembre 1673), de M. Domat, pour lui raconter qu'il a été très-malade après avoir mangé des abricots rongés déjà par des rats, dans le jardin de madame Périer, rue Saint-Étienne-du-Mont. Voici enfin un billet du président de Longueil, frère de M. de Maisons, qui témoigne de la déférence dont on usait envers le docteur Valant.

Vendredi matin, 27 septembre 1675.

SI M. Valant pouvait quitter la ville seulement pour aujourd'hui, je le mènerois à Maisons à l'heure qu'il voudroit partir. Mon frère qui y est malade auroit grand besoin de sa présence et de son secours. Je le supplie de me mander s'il veut bien avoir la bonté d'y venir : c'est son très humble serviteur.

De Longueil.

Valant avait également des relations particulières avec la famille Pascal et avec Nicole, le célèbre théologien. Ce dernier lui écrivit pour le prier de donner des soins à ceux de ses parents qui devenaient malades. Ce billet est daté de Paris, 19 juillet 1689.

Je m'en vas, Monsieur, vous demander bien des grâces tout à la fois, et je crois cependant qu'il n'y en a aucune qui ne soit digne de vous et que vous ne soyez quelque jour très aise de m'avoir accordée. La première est d'avoir la bonté de consulter avec soin diverses incomodités d'une demoiselle de très grande piété qui se trouvera chez mademoiselle du Mesnil à l'heure que vous aurez la bonté de luy marquer[1]; la deuxième de ne point dire ni la consultation que vous faittes ni la prière que je me donne l'honneur de vous en faire, et la troisième de croire un peu sur ma parole que je ne sçache personne qui mérite mieux que vous luy fassiez

1. Une lettre adressée de Chartres, le 21 décembre 1680, par mademoiselle Nicole à mademoiselle du Mesnil, et dans laquelle elle la remercie d'avoir pris de nouveaux renseignements pour sa santé près de Valant, me semble indiquer assez clairement le nom de la personne à laquelle s'intéressait l'illustre théologien. On y remarque ce passage : « J'ay remis cette cure de lait au caresme; il me semble qu'elle sera fort propre à me faire faire pénitence. Si cette vie pouvoit contribuer à ma santé et à ma sainteté, je serois sans doute d'une très-heureuse condition. »

cette charité, comme je ne sçache personne qui soit plus digne que vous de la luy faire. Car assurément c'est une personne tout à Dieu, et du nombre de celles qui attireroient vostre affection et vostre estime, si vous la connoissiez particulièrement, je ne dis pas seulement par sa piété, mais aussi par la qualité de son esprit. Mais comme ce n'est pas dans une consultation qu'il peut paroistre, mettez cela s'il vous plait sur mon conte qui est déjà bien grand à vostre égard, quoy que la confiance que j'ay en vostre bonté fasse que je ne m'en trouve point chargé. Je suis tout à vous.

NICOLE.

Valant adressa lui-même à Nicole cette lettre assez intéressante, ce me semble, pour être publiée, et dont il avait soigneusement gardé la copie. Elle prouve qu'il s'occupait au moins autant de littérature que de médecine :

LA longueur de la maladie de madame de Montmartre nous a tellement occupés et affligés que nous n'avons quasy songé à autre chose ; mais voicy, Monsieur, une occasion qui me réveille et qui me tire en quelque sorte de l'assoupissement où j'étois : le père Mabillon fait réimprimer saint Bernard, revu de nouveau sur les manuscrits, augmenté de quelque chose et enrichi de plusieurs notes nouvelles. Il y a un des sermons sur les cantiques où il est parlé de l'amour de Dieu dont on peut abuser ; il seroit impatient de l'éclaircir par une excellente note. Le P. Mabillon y en a fait une dans l'édition précédente et Vendrok[1] une autre : ce seroit

1. Nicole lui-même.

rendre un grand service à l'Église, sy on pouvoit encore y donner un plus grand jour : l'on ne doute pas que vous ne le puissiez et ne vouliez bien y employer quelques heures de vostre temps......... M. le comte du Vexin mourut avant-hier à l'âge de neuf ans[1] : il estoit désigné à l'abbaye de Saint-Denis qui est de cent vingt mille francs de rentes, à celle de Saint-Germain qui est de soixante-dix mille francs et à celle de Cluny qui est de cinquante mille francs; ce pauvre enfant est bien heureux d'estre mort; il avoit beaucoup d'esprit, mais le corps tout contrefait par le dérangement des vertèbres. Le Roy a voulu qu'il fût enterré à Saint-Germain-des-Prés : on l'a mis vers le milieu du chœur, proche le roy Chilpéric : M. de Seignelay vint dire aux religieux les intentions du Roy : tous les pages et les valets de pied de la grande et petite écurie avec un flambeau chacun , les pages estoient à cheval.

12 janvier 1682.

Les relations de Valant avec la famille Pascal existaient par suite de la présence à Port-Royal des cinq enfants de madame Périer, Gilberte Pascal, sœur de Blaise, femme d'un esprit élevé, et d'une piété des plus austères. Le 28 août 1665, elle écrivait au docteur :

Si je ne jugeois de la bonne volonté que par les paroles, vostre long silence, Monsieur , m'auroit fait craindre que vous n'eussiez diminué quelque chose de celle que vous m'avez fait l'honneur de me tesmoi-

1. Louis-César de Bourbon, né en 1672, fils légitimé de Louis XIV et de mademoiselle de La Vallière.

ner jusques icy, mais comme j'en ay jugé par l'effet, et que j'ay sçu les soins continuels que vous avez eu de mes enfans, je vous assure, Monsieur, que je ne vous ay accusé ny de paresse ny d'oubly, et que j'ay seulement murmuré contre les continuelles occupations qui me privoient de la consolation de recevoir de vos nouvelles. J'ay bien de la douleur de ce qu'ayant manqué de vous rendre grâces de toutes vos bontés aussy souvent que je le devois, je n'ay point d'occasions de vous tesmoigner par mes services que j'en ay toute la reconnoissance imaginable et qu'ainsy vous avez lieu d'en douter; en vérité, Monsieur, vous me feriez injustice, et je vous crois trop équitable pour appréhender cela.

La lettre suivante, également de madame Périer, est curieuse par les détails qu'elle fournit sur l'intérieur de madame de Sablé qui aimait, ce me semble, beaucoup s'occuper des autres.

Vous verrez, Monsieur, par la lettre que mon fils se donne l'honneur de vous escrire, l'effet de la boisson des eaux. J'ay reçu une grande joie de les voir icy tous deux; mais vous jugez bien qu'elle est fort meslée, tant par le sujet qui les a obligez de faire ce voyage que par la peine que me donne la pensée d'une nouvelle séparation. Mais ils ont de si grands avantages dans le séjour de Paris que, bien loing de m'y opposer, je me dispose à les faire partir aussy tost que je croiray que leur santé le leur pourra permettre. La bonté que vous avez pour eux, Monsieur, n'est pas un des moindres sujets de consolation que j'aye de leur esloignement,

Ils m'ont réitéré les tesmoignages qu'ils m'en ont donné par leurs lettres. Je vous en ay une très sensible obligation et je prens la liberté de vous en demander très humblement la continuation. Je me donne l'honneur d'escrire à madame la marquise pour luy rendre grâces de la bonté qu'elle a eue de parler de moy à M. de Boisfranc, maistre des requestes, d'une manière qui m'a attiré des civilités incroyables de sa part. Il n'y a rien au monde de si obligeant que les soins qu'elle daigne prendre de me recommander ainsy à tous les gens de sa connoissance qui viennent en ce pays-cy, mais je n'ay pas osé prendre la liberté de luy donner un avis que j'ay creu que je devois faire passer par vous, afin que vous en usiez selon la prudence dont vous estes tout remply. Je ne sçais, Monsieur, si vous sçavez quelque chose de l'histoire de M. de Boisfranc; ainsy, dans cette incertitude, je crois devoir vous la dire.

C'est un jeune homme très accomply, et qui aura de très grands biens. Monsieur son père sur cela projette de grands desseins pour son établissement. Cependant ce jeune homme a fait une inclination qui ne plaist pas au père et comme on le voit engagé on a creu que l'esloignement pourroit y aporter quelque remède et c'est pour cela qu'on l'a envoyé dans ces provinces de Bourbonnois, d'Auvergne et de la Marche où il a de proches parens sous prétexte de les voir et d'aller à ses terres de ce pays-ci; enfin on le promène pour luy oster cette fantaisie de l'esprit. Depuis qu'il est party de cette ville c'est-à-dire depuis trois ou quatre jours j'ay apris par un de ses proches que M. de Boisfranc, le père, se défie de madame la marquise de Sablé, qu'il croit qu'elle entretient cette amourette et qu'elle fomente les inclinations de son fils contre ses intentions ; cela m'a extrêmement faschée et j'ay respondu à cela comme je devois, mais cela est inutile, car mon discours ne retournera pas à M. de Boisfranc. J'ai creu que je ne devois pas laisser ignorer cela à madame la marquise parce que je sçais que quoy qu'elle considère beaucoup le fils, elle a de grands esgards pour le père et qu'elle ne seroit pas bien aise qu'il creust qu'elle fait quelque chose contre ses intérests. Vous jugerez mieux que moy, Monsieur, de ce qu'il est à propos de faire là dessus; mais je vous prie de faire les choses en sorte que je ne paroisse point du tout là dedans ; c'est-à-dire que les gens qui m'ont fait ce discours ne puissent pas sçavoir que ce sont des personnes que je vois tous les jours et envers qui cela pourroit me faire des affaires. J'ay apris aussy qu'on intercepte toutes les lettres que la demoiselle escrit et si elle s'avisoit quoy qu'innocemment de parler dans ses lettres de madame la marquise vous voyez bien que cela redoubleroit les soupçons : ainsy je crois qu'il faut remédier à tout cela. Je vous supplie, Monsieur, d'avoir la bonté de faire mes excuses à Madame de ce que je ne luy ay pas dit tout cela à elle mesme ; j'ay eu plusieurs raisons pour en user ainsy : je ne sçavois pas s'il estoit à propos de le faire et d'ailleurs comme je n'ay pas accoutumé de luy parler d'affaires, je craignois qu'elle ne fist lire la lettre par quelqu'un de ses gens. Voilà, Monsieur, une commission que je vous donne avecques bien de la liberté, mais j'ay creu qu'elle ne vous seroit pas désagréable, puis qu'il s'agit du service de madame la marquise dont je sçais que les instérets vous sont infiniment plus chers que les vostres propres. Je vous supplie de vous souvenir aussy des miens et de mesnager les choses en sorte que dans l'ordre qu'on y mettra, on ne puisse connoistre que cet avis vient de moy, ny directement ny indirectement. Vous m'obligerez bien si vous voulez me donner avis quand vous aurez reçeu cette lettre, parce que comme j'ay esté obligée d'y mettre tous les noms, je serois bien faschée qu'elle fût perdue. Je vous prie aussy de me mander en mesme tems l'estat de vostre santé. J'ay eu bien de la joye d'aprendre par mes enfans vostre guérison aussy tost que vostre maladie. Je prie Dieu qu'il vous conserve aussy longtems et aussy heureusement que le souhaitte, Monsieur, vostre très humble et très obéissante servante.

G. Pascal.

Toute ma famille vous salue icy avecques tout le respect et la tendresse possibles, et vous demande la continuation de l'honneur de vostre amitié.

Voici enfin une lettre de madame de Sablé qui a échappé jusqu'à ce jour, croyons-nous, à tous ceux qui se sont occupés de la marquise et de son entourage ; elle donne quelques éclaircissements sur la famille de son médecin et témoigne de l'estime réelle qu'elle professait pour lui :

J'ay grand peur, Madame [1], que vous me trouviez bien hardie, ayant aussi peu l'honneur que j'ay d'estre connue de vous, d'oser vous faire une très humble suppli-

1. Est-ce la maréchale de Créquy dont le mari conquit la Lorraine en 1670 ?

cation, mais comme je vous connois par la réputation de vostre vertu et de vostre grande charité, j'espère que vous ne blasmerez pas la liberté que je prens et que vous aurez la bonté de m'accorder une lettre de faveur à M. vostre mary pour un marchand de Lyon nommé Vallant, fort honneste homme qui fait mes commissions en ce pays-là, frère de mon médecin. Il a une affaire à Nancy dans laquelle il a besoin en justice d'une protection qui ne peut estre plus grande que celle de vostre mary, ny estre mieux appuyée que par sa vertu auprès de luy. Vous sçavez, madame, que j'aurois beaucoup de voyes pour vous le demander, mais il y a tant de plaisir d'estre obligée d'une personne de vostre mérite que j'aymerois n'employer que moy mesme pour cela. Le motif qui m'oblige à l'entreprendre vous doit obliger à me pardonner et à me faire l'honneur de croire que personne n'est plus que je ne suis avec toute sorte de respect vostre très humble et très obéissante servante.

Marquise DE SABLÉ.

PIÈCES HISTORIQUES

I

EXTRAITS DE LETTRES ADRESSÉES DE PARIS
(AN 1655)

14 mars 1655.

La nuit du samedy au dimanche il y eut deux placards affichés par les intéressés de M. le cardinal de Retz, dans lesquels il estoit parlé des inclinations du Roy pour mademoiselle Mancini : madame D.... y estoit meslée, M. Ondedei et le sieur Bluet.

---

2 juillet 1655.

Sy avec les choses sérieuses l'on y peult mesler la galanterie, c'est une adventure assez légère que celle qui est arrivée au sieur Bartet, secrétaire du cabinet. Il est amoureux de madame de Gourville et comme il a des illustres rivaux qui sont le duc de Candalle et M. le comte de Lude, il s'est échappé de dire selon le conte que l'on en fait, que si l'on avoit osté les cheveux et les galans à M. de Candalle il ne seroit pas fort aimable, tellement que au commencement de cette sepmaine il fut arresté dans son carosse à neuf heures du matin au milieu de la rue Saint-Thomas du Louvre, dont l'un luy a rasé la moitié de la teste, les autres luy ont arraché ses galans et déchiré son rabat sans luy faire autre mal, et il n'en eu pas moins de peur, car il crioit que l'on eust pitié de son âme, car enfin auprès de Dieu l'âme de Bartet est aussi chère que celle d'un prince.

— M. le Prince l'a manqué belle : il a pensé estre pris par un parti et la vitesse de son cheval l'a sauvé.

Madame la comtesse de Bossu s'est retirée du monastère de Charonne où elle estoit et qu'elle avoit choisy pour sa demeure : elle a laissé ses demoiselles et ses femmes et vraisemblablement sera retournée avec les Espagnols.

---

30 juillet.

L'on a donné ordre au sieur Bartet de traiter de sa charge de secrétaire d'Estat.

---

25 août.

Il y a ici force dames accouchées en mesme tems, madame la duchesse de Mercœur d'un beau garçon, madame de Coallen aussy d'un garçon, mais madame de la Neuville et madame de Bournonville n'ont eu cha-cune qu'une fille. La grossesse de madame la duchesse d'Orléans est avortée, car ce n'estoit qu'un faux germe, mais pour celle de madame la princesse de Conty, elle passe présentement pour certaine.

— On a mis à la Bastille un vinaigrier qui avoit esté enfant de chœur de Nostre-Dame qui se mesloit d'assembler quelque canaille pour boire à la santé du cardinal de Retz, c'est où à présent est réduit le crédit de cette éminence.

---

10 septembre 1655.

Le duc de Mantoue est allé voir le Roy à Chantilly qui l'a reçeu, feignant d'aller à la chasse. M. le duc d'Anjou fut au devant de lui et comme ils virent le Roy, M. le duc de Mantoue mit pied à terre, le Roy ne laissa pas de marcher cinq ou six pas, et ensuite mit pied à terre : toutes les démarches furent observées et pourtant sy M. de Nogent ne fut venu qui les fit remonter à cheval, ils eussent été bien embarassés, car il n'y avoit personne pour tenir leurs chevaux. Il y avoit plusieurs circonstances à observer sur le sujet de cette entrevue, tant est-ce qu'il n'eut pas la permission de baiser la main de la Reyne, que parce que au festin le Roy avoit sa nef entière, que M. le duc d'Anjou eust un couteau à manche d'or, luy un couteau à manche d'ivoire : que le Roy avait un fauteuil, le duc d'Anjou un tabouret avec un carreau de soie, et M. de Mantoue un tabouret sans carreau; qu'il but à la santé du Roy et de Monsieur, sans qu'on luy fit raison, mais quelque habile qui aura plus de temps que moy en fera une relation plus particulière : il me suffit de dire deux choses, l'une que M. le duc de Mantoue s'est conduit en souverain sans avoir esté décontenancé en quelque façon que ce soit, l'autre que le festin a esté superbe et magnifique aussy beau qu'il se pouvoit voir, et tout le reste fort mal ordonné. Sy l'on en demande la raison c'est qu'en France personne ne fait sa charge et chacun se mesle à celle d'autruy.

---

8 octobre.

M. de Candale est de retour en cette ville et a veu la Cour en passant à Fontainebleau : quelques-uns de ses sergens ont été requis pour chercher le sieur Bartet, résident de Pologne en sa maison de Choisy, à dessein de luy faire insulte s'ils l'eussent rencontré, à cause qu'il s'estoit vanté de les avoir poursuivis jusque par delà Fontainebleau lorsqu'ils estoient sortis de Paris pour exécuter un arrest qu'il avoit obtenu contre eux.

Monsieur le cardinal est encore à Guise où il a continué à faire passer les convois : il a escrit à LL. MM. qu'il seroit de retour le 20 à Fontainebleau: où le Roy est indisposé et saigné quatre fois, la troisième saignée a été au pied,de quoy Sa Majesté s'est trouvée beaucoup soulagée. Aussitôt qu'elle sera en estat, on doit faire une grande chasse pour attrapper une beste qui a fait de grands ravages et défiguré et mangé plusieurs femmes et enfans.

---

12 novembre.

L'on croyoit que l'on amèneroit madame de Chastillon à la Bastille ou que l'on la mèneroit à la Fère, mais l'on dit que M. le maréchal de Turenne a respondu pour elle et que l'on l'a laissée à Merlou.

1er décembre.

Le bruit s'estant respandu du bref du pape qui donnoit au Roy la liberté de nommer un suffragant à l'archevesché de Paris, les évesques se sont assemblés et résolus entre eux de ne pas déférer à ce bref, jusqu'à mander les suffragans de Paris et les autres évesques qui ne sont pas de l'Assemblée pour tirer d'eux parolles de ne point accepter la suffragance. Cette fronde épiscopale a esté fort précipitée puisque le bref n'a pas encore paru et que l'on attend le retour du Roy pour en sçavoir la vérité. C'est le sujet pour lequel la Reyne a dit agréablement que les évesques faisoient comme Trivelin qui ne vouloit pas rendre la lettre dont il estoit porteur avant qu'il n'en eut la réponse.

L'on dit que Monsieur le grand maistre espousera cet hiver une niepce de Son Éminence et que ce ne sera pas mademoiselle de Mancini, mais la signora Marie, sa sœur.

II

LETTRE SUR LA CONSPIRATION DE NAPLES.

A Marly, 10 juillet 1702.

La cour estoit hier dans la plus grande consternation du monde à l'arrivée d'un courrier qui apporta le détail de la seconde conspiration qui devoit se faire à Naples, beaucoup plus cruelle que la première parce qu'on en vouloit à la personne du roy d'Espagne. Voicy comment elle a esté découverte : le cardinal Grimany [1], de la faction de l'Empereur, envoya de Rome à Naples, pendant que le roy y estoit, un prestre avec des lettres qu'il adressoit à des grands seigneurs déjà gagnés. Ce prestre après en avoir rendu quelques-unes, fit son possible pour voir le roy : après l'avoir approché deux ou trois fois, il ne put s'empêcher de dire que le roy avoit l'air adorable, et malheur, dit-il, à celuy qui se fait peine d'être du nombre de ses sujets. Aussitôt il demanda à parler au vice-roy et luy découvrit le dessein du cardinal Grimany en le priant de luy procurer l'honneur de parler à Sa Majesté en sa présence. Dès qu'il fut devant le roy, il se jetta à ses pieds, luy demanda pardon, et la liberté de luy dire ce qu'il avoit sur le cœur, et que ses avis mériteroient la vie : nonobstant la conspiration dont il estoit justement. Il dit à Sa Majesté

1. Vincent Grimany, créé cardinal en 1697, à la recommandation de l'Empereur ; vice-roi de Naples, mort le 24 septembre 1710.

que les premiers de la cour estoient convenus de l'égorger, et il en nomma plus de dix dont il monstra les lettres qu'il avoit dans sa poche. Il assura que le lendemain il viendroit dans la ville un moine portant des lettres pour les mesmes seigneurs pour prendre l'heure et le moment de leur assassinat. Le lendemain le religieux ne manqua pas d'entrer dans le ville, on l'arresta, on le trouva chargé de toutes les lettres; la prudence obligea le roy et le vice-roy de ne faire aucun esclat parce que le roy devoit partir le lendemain pour le Milanois, mais le jour d'après du départ, le vice-roy fit prendre prisonniers sept de ces seigneurs et cent vingt des premiers de la ville. Ce qu'il y avoit de plus fascheux, c'est que le roy en sortant de Naples emmenoit à sa suite trois traîtres : c'estoient trois capitaines de son régiment des gardes levé à Naples. Ils estoient convenus avec le cardinal Grimany que si les seigneurs napolitains manquoient leur coup ou par crainte ou par défaut de commodité, ils mettroient Sa Majesté entre les mains de quelques troupes que le prince Eugène avait introduites dans le Milanois déguisées de diverses manières et qui avoient leur rendez-vous sur le chemin du roy d'Espagne; mais tous ces malheureux projets estant découverts ont tourné au désavantage des traîtres. Le roy a continué son voyage et est arrivé à Milan où il n'a voulu recevoir aucun présent de la ville: ensuite à Crémone d'où il a esté rejoindre l'armée et commencera d'agir par le siége de Bersel (Verceil).

Le Roi levoit hier les mains de temps en temps au ciel en remerciant Dieu tout haut d'avoir conservé son petit-fils des mains des traîtres. Monseigneur en parloit encore ce matin avec un air triste et n'a pu s'empescher de dire qu'il aimeroit mieux le roy son fils à Madrid qu'en Italie. Mgr le duc de Bourgogne doit avoir décampé le 8 pour s'approcher de Nimègue.

La tranchée n'est pas encore ouverte devant Landau : ils n'ont pas même achevé leur circonvallation.

Le sieur de la Paletrière, commandant six galères du Roy à Ostende, attaqua un vaisseau hollandois monté de cinquante canons et de quatre cents hommes d'équipage à la vue de douze autres vaisseaux de la mesme nation qui ne purent luy donner aucun secours à cause du calme. Le combat dura trois heures et les Hollandois ne se rendirent que lors qu'ils virent qu'ils alloient couler à fond; les galères le remorquèrent et l'ont amené dans le port d'Ostende. Nous avons perdu deux lieutenans de galère et quarante hommes, et les ennemis soixante; il s'est tiré sur nos galères dans cette action plus de huit cents coups de canon sans presqu'aucun effet à cause de l'esloignement des douze vaisseaux.

III

NOTE SUR LES PAPIERS TROUVÉS CHEZ FOUQUET.

On a trouvé parmi ces papiers (de M. Fouquet) trois déclarations; l'une du marquis de Créquy qui tient la charge de général des galères pour un des enfans de M. le surintendant quand il sera en aage; la deuxième de M. de Breteuil, par laquelle il paroist que la charge de contrôleur général des finances est pour un autre de ces enfans; la troisième du commandeur de Neufchaise par laquelle il reconnoist que la vice-amirauté est pour un des enfans dudit sieur surintendant.

Outre de là, ou a trouvé une liste des pensionnaires : M. de Beaufort a quarante mille francs, Grammont, Clérambaut, et un autre maréchal de France à chacun dix mille escus, deux ducs et pairs, La Rochefoucauld et autres, dix mille escus.

Au sieur de Gesvres et un autre capitaine des gardes vingt-cinq mille livres; à plusieurs capitaines aux gardes, présidens et conseillers du parlement, que quelques-uns font monter à quatre-vingts, et presque à toutes les personnes considérables de chaque ordre et condition, à plusieurs dames et filles de la Reyne, mesme jusqu'à plusieurs valets de chambre.

Le duché de Penthièvre de vingt mille escus de rente que le sieur Seri.... avoit accepté a paru appartenir au surintendant.

Le mémoire de la despense de Vaux a esté trouvé monter desjà jusqu'à huit millions : on a trouvé dans cette maison cinq cents douzaines d'assiettes, trente-six douzaines de plats, et un sucrier d'or massif, et le Roy n'en a point.

On a fait seulement l'inventaire des meubles, le Roy ayant commandé de luy apporter tous les papiers dans des cassettes pour les examiner.

IV

LETTRE SUR L'ARRIVÉE DE LA REINE D'ESPAGNE A BURGOS.

A Burgos, le 22 novembre 1679[1].

Le 17 de ce mois, la reyne d'Espagne est arrivée à Brebiesca où M. le marquis de Villars est venu lui faire les révérences. Il vint chez moy dès le même soir et j'allay chez luy de mesme aussy ; je l'entretins tant pour lui donner connoissance de choses qui pendant le voyage estoient venues à la mienne que pour luy demander son avis sur la conduite que j'aurois à tenir durant le séjour que j'avois à faire à la cour d'Espagne. Le 18, de grand matin, nous sommes partis de Brebiesca et sommes venus coucher à Burgos où le roy devoit attendre la reyne, laquelle a trouvé la journée si longue qu'elle n'a pu la faire comme elle le croyoit. Le marquis d'Astorgo l'a fait coucher à Quinta la Paille, à trois lieues d'icy ; le roy avoit résolu apparement de faire la cérémonie du renouvellement des nopces sans M. de Villars et sans moy, et, pour mieux réussir, il avoit fait dire qu'elle se feroit secrètement à Burgos

1. Charles II, roi d'Espagne, épousa le 31 août 1679 la princesse Marie-Louise, fille du duc d'Orléans, laquelle mourut empoisonnée, croit-on, le 12 février 1689. Cette lettre raconte l'arrivée de cette princesse quand elle fut amenée en Espagne par le prince d'Harcourt, Alphonse de Lorraine-Elbeuf, et par sa femme Françoise de Brancas, dame du palais de la reine. Le prince est l'auteur de cette relation.

où il avoit résolu d'attendre la reyne. Cependant, j'ay appris qu'il partoit de grand matin pour aller l'espouser à Quinta la Paille ; j'en ay donné avis à M. de Villars, et nous nous y sommes rendus une heure avant S. M., laquelle a esté fort surprise de nous y trouver : les grands, qui voyoient que nous aurions la bonne place, avoient résolu le roy de nous faire la finesse. Le marquis d'Astorga et la caméraja major nous dirent de sa part qu'il ne falloit pas nous y trouver et que la cérémonie devoit se faire secrètement. A quoy M. de Villars, qui parle espagnol, luy a répondu que les instructions du Roy notre maistre nous chargeoient positivement d'y assister; que si le roy d'Espagne ne le vouloit pas souffrir, nous le supplions, pour notre décharge, de nous donner un acte signé de sa main qui marquât qu'il ne l'avoit pas voulu. Comme ils ont vu que nous étions fermes sur ce point, ils ont envoyé un homme au devant du roy luy en rendre compte : le roy a respondu que M. de Villars, ma femme et moy y pourrions estre, mais sans aucun autre François, ce qui a esté exécuté. Le roy y est arrivé à 11 heures. M. de Villars et moy sommes allés le recevoir à sa descente de son carosse ; le marquis d'Astorga luy a dit mon nom; aussitost il monta à l'antichambre de la reyne, précédé de plusieurs grands et suivi immédiatement de moy et de M. de Villars : l'antichambre servoit de chapelle. La reyne attendoit le roy, elle estoit entre l'autel et son prie-Dieu; le roy s'est advancé vers la reyne, elle luy a pris la main comme pour la baiser et a fait mine trois fois de suite de le vouloir faire; il l'en a toujours empeschée. Si j'osois en mander ma pensée, je dirois qu'il a l'air un peu épais, les manières ne m'en paroissent pas déliées et il n'a aucune grâce dans sa personne : il est petit comme le marquis de Richelieu, la taille fine, grande quantité de cheveux blonds et crépus par le bas, il a le teint blanc et délicat, le nez aquilin, mais grand et élevé, la bouche grande, mais assez bien façonnée, la lèvre vermeille et les dents belles, le menton large et pointu, le col long beaucoup trop, la voix fort grosse ; les mains et les jambes belles, mais il n'a aucun air ; la reyne et luy se sont mis à genoux. Les grands avoient pris la droite, estant entrés les premiers, M. de Villars pria le roy qu'il trouvât bon que nous fussions placés comme nous le devions, et quoyqu'on y fût dans ce moment, M. de Villars et moy avons passé à sa droite et nous sommes mis devant les grands. La cérémonie s'est donc faite; elle est fort peu différente de la françoise ; ce qu'il y a de plus est un lien blanc que l'on met en las d'amour autour du marié et de la mariée. On luy a mis aussy une toille de gaze blanche qui se tient sur l'espaule de l'homme et la teste de la femme ; elle sieyoit peu au roy, mais parfaitement à la reyne qui ne fut jamais si belle. Le tout estant finy, le roy prêt à sortir, je me suis advancé et luy ay fait un compliment de la part du Roy mon maistre, auquel il a respondu aussy civilement qu'il le devoit : M. de Villars a fait le sien et nous avons pris congé de luy et sommes venus disner à Burgos. J'oubliois de dire que ma femme aussy luy a fait sa révérence ; Mesdames de Clérembaut et de Grancey se sont mises à genoux et luy ont baisé la main, comme estant de la maison de la reyne. Ils ont entré seuls dans la chambre, le roy ayant dit qu'il ne vouloit pas de tiers dans sa conversation ; je crois que les gestes y ont pris plus de part que les paroles, car ils ne s'entendroient pas encore. On leur a servy ensuite à disner, après quoy ils sont montés tous deux en carosse pour venir à Burgos : le roy paroist fort amoureux (—sept lignes raturées—), elle alla disner à un couvent hors la ville qu'on appelle les Oualgos d'où elle revint ensuite et fit son entrée à cheval vestue à l'espagnole ; elle estoit sous un dais porté par plusieurs des messieurs de la ville; devant elle marchoient trois grands et après madame de Terranova et madame de Mortara, les dames et filles d'honneur et les duëgnes. Il y eut le soir feu d'artifice et comédie et pendant tout le temps que nous avons séjourné à Burgos ; le lendemain, 21, j'envoyai un gentilhomme espagnol que M. de Villars m'a donné pendant mon séjour, au secrétaire des dépesches, demander mon audience secrette qu'on n'avoit pu m'accorder le jour précédent ; je l'eus ce jour là et mesme mon audience publique et mon entrée; ce sont bien des affaires en un mesme jour, mais la brièveté du temps donna lieu à toutes ces choses. On m'a envoyé prendre chez moy par le marquis de Castelnovo et le corrégidor de la ville qui a fait les fonctions d'introducteur, celuy qui l'est estant malade à Madrid ; je crois que c'est flatterie : cependant, on a paru content de la noblesse qui m'a suivi et de la quantité de livrées que j'avois ; je suis sorty de chez moy à midy et suis allé à cheval jusqu'au palais.

J'avois à ma gauche la dame major et l'introducteur marchoit devant moy, et devant luy, deux à deux, les gens de qualité qui m'avoient accompagné, 12 gentilshommes à moy et 8 ou 10 François qui se sont trouvés icy, après ma carosse remplie de 12 pages et devant 32 hommes de livrée. J'ay fait les complimens du Roy mon maistre au roy et leur ay fait connoistre la valeur du présent ; il s'est fait expliquer ce que je luy avois dit et m'a respondu entr'autres choses qu'il espéroit que cette union serviroit de base à une paix qu'il souhaitoit si fort entre les deux couronnes. Il me fit l'honneur de me dire plusieurs choses obligeantes pour moy. De là j'allay chez la reyne en audience publique.

Aujourd'hui 22, ma femme et moy avons esté à une feste de taureaux, j'avoue que c'est à mon gré un médiocre spectacle. J'ai eu mon audience de congé dans laquelle j'ay reçu plusieurs marques de considération du roy; de là j'ay esté prendre celle de la reyne qui m'a donné mille assurances de respect et de tendresse pour le Roy et pour moy, elle s'est attendrie extrêmement et a rassemblé le conseil d'Estat trois fois pour sçavoir la manière dont ils me traiteroient, et m'a apposté sur les registres d'Espagne dans lesquels il n'est pas marqué que hormis les souverains aucun prince ayt reçu de l'Altesse des grands, et sur cela ils avoient résolu de me donner de l'Excellence. M. de Villars luy dit que jamais je ne changeray la chose. Je n'ay pas demandé à changer les coutumes d'un royaume, mais j'ay dit si haut qu'ils n'ont pu en prétexter cause d'ignorance que je querelerois le premier qui me donneroit de l'Excellence, qu'à la fin il a esté réglé qu'ils me parleroient en tiers personne et que tout le reste me donneroit de l'Altesse, ce qui a esté exécuté, car le marquis de Castelnovo qui est de famille de grands m'en a donné en venant au devant de moy pour l'audience.

V

LETTRE DE ROME.

A Rome, ce 5 janvier 1655.

Les dernières lettres de Naples portent que le général Black, anglois, y estant arrivé le 21 de may passé avec vingt-six vaisseaux de guerre, avoit envoyé aussitost complimenter le vice-roy et présenter des lettres de Cromwel, ensuite de quoy les Espagnols luy envoyèrent quantité de barques de rafraîchissemens, qu'il accepta, puis le 26 il partit du golfe de Naples tirant vers le Levant pour tascher d'éviter les différens qu'ils ont avec les Turcs, et comme on croit qu'il pourroit bien venir dans le golfe de Venise et tascher de ravager Lorette s'il leur estoit possible dans cette occasion d'une *sede vacante* qui approche. Cela est cause que le cardinal Antoine, qui en est le protecteur, y a envoyé tous les ordres nécessaires pour assembler les milices des environs et munir la place tant qu'il sera possible. Les mesmes lettres de Naples portent que le prince de Saint Severo, à l'instance de la noblesse, a esté délivré de Gaëte où il estoit prisonnier et est venu à Naples pour de là retourner à Sesternes.

Ces jours passés, le duc del Sesto, fils du marquis Spinola, arriva en cette ville avec sa femme, fille du connestable Colonna chez lequel ils sont logés.

Lundy dernier, le prince Ludovizio retourna icy de Zagarola avec sa femme et ses enfans, et mardy au soir le pape donna au sieur Febei, premier maistre des cérémonies, un canonicat qui vaquoit à Saint Pierre.

Pour ce qui est de la maladie du pape[1], il est toujours malade à l'extrémité et s'il peut encore vivre cette semaine, c'est un grand miracle : depuis lundy dernier nous avons toujours des alarmes toutes les nuits et comme M. le cardinal Antoine, comme camerlingue, doit aller chez le pape aussitost qu'il est mort pour luy fermer les yeux, rompre l'anneau pascal et dire le premier *de profundis* et puis s'en venir avec les cent-suisses chez luy, cela a esté cause que nous avons veillé presque toutes ces nuits dernières à cause du désir que nous avions de voir cette fonction. Le pape ne peut plus quasy parler et le peu qu'il dit, on ne l'entend pas. Il envoya quérir mardy dernier M. le cardinal Antoine qui s'y en alla à l'heure du disner et ne retourna qu'à la nuit.

Lundy dernier, le pape commença à faire son testament et donna à tous ses domestiques, à la prière du P. Aliva, jésuite, qui le lui persuada : laissant à chacun de ses estafiers cent escus et autres sommes plus considérables aux plus grands; et cinquante mille escus pour l'achesvement du bastiment de l'esglise Saint Agnès qu'il fait bastir : puis il légua quelque chose aux domestiques de dona Olympia[2] depuis le plus grand jusqu'au plus petit. Mardy, il ordonna ce qu'il vouloit laisser aux domestiques de Don Camillo, son neveu; mercredy, il légua à ceux du P. Justiniani et jeudy à ceux du P. Ludovizio, faisant aussy un don à dona Olympia

1. Innocent X (Jean-Baptiste Pampfili), mourut dans la nuit du 6 au 7 janvier 1655. C'est ce pontife qui donna le 31 mai 1653 la fameuse bulle contre les cinq propositions jansénistes.

2. Diane Olympia Maldachini, belle-sœur du pape, « femme de grand sens, dit Muratori, mais sujette au vertige de l'ambition et de l'intérêt. »

des profits de tout ce qui se feroit en daterie; mais puis après quand le sous dataire vint trouver le cardinal Antoine pour luy faire signer la minute de tous ces brefs-là, comme préfet des brefs, il respondit tout net qu'il falloit que le pape payât les debtes de la chambre apostolique, et puis il aviseroit s'il signeroit ces brefs.

Sa Sainteté a laissé de grands biens à D. Olympia et à D. Camillo qu'elle a remis en grâce et restitués en toutes charges, de mesme qu'à ses autres neveux, et leur a fait un don général de tout ce qu'il avoit, soit en espèces, soit autrement, ce qui a esté transporté tous ces jours-cy, partie chez D. Olympia en place Navonne, partie chez D. Camillo ; mais le principal a esté conduit chez le prince de Palestrine aux Quatre-Fontaines où D. Olympia a couché ces deux nuits dernières afin d'être plus en assurance de la fureur du peuple qui crie assez contre elle. On tient que les sommes qu'elle a eues depuis quinze jours montent à près de deux millions, et les autres parens en ont bien leur part ; à présent que l'on voit que le pape est à l'extrémité, chaque prince et cardinal fait des levées de gens de guerre pour garder son palais pendant le conclave en cas d'émotion ; et il n'y en a pas un qui n'en ait plus de cent cinquante ou deux cents ; on a travaillé déjà à faire des palissades de bois devant la porte de chaque palais, ainsy qu'on en a accoustumé de faire en pareille rencontre : et mesme on a déjà fait tous les compartimens des chambres dans la galerie du Vatican, et on y a porté tous les ais pour faire la séparation des chambres de chaque cardinal, à quoy on travaille fort et ferme jusque-là que le cardinal Caraffa et quelques autres y ont déjà envoyé des tapisseries et meubles à cet effet. Cependant les cardinaux ne s'oublient pas et sont continuellement en visite les uns chez les autres pour les brisgues de l'élection d'un nouveau pape. Les cardinaux d'Este et Antoine ne s'oublient pas non plus et sont toujours chez quelque cardinal *cognito* ou *incognito*, et on ne vit jamais tant les cardinaux se remuer qu'à présent jour et nuit ; mais ce qui est de plus joli est de voir de nuit les cardinaux aller seuls par les rues avec une lanterne sourde et des manteaux gris et rouges chercher ceux à qui ils ont à faire et mesme sans leur demander audience entrer par des portes dérobées. Le gouverneur de Rome n'ose plus dire mot à présent, et il est assez fasché d'avoir désobligé messieurs les cardinaux qui pourroient bien le déposer à présent, outre qu'il a perdu l'espérance du chapeau.

Le cardinal Grimaldi doit arriver demain ou après demain icy : le cardinal Savelli est arrivé il y a trois jours et chascun le visite afin de s'acquérir sa voix, car on fait estime de luy ; à la chapelle, jeudy l'après disnée à Monte Cavallo, le cardinal de Retz y assista pour la première fois en son rang comme les autres et aussy vendredy matin à la messe, mais il se retira des premiers afin d'éviter la rencontre des cardinaux françois qui estoient alors assez empeschés à parler à tous leurs amis à l'issue de la fonction. Le cardinal Cocchini assista aussy à ces deux chapelles là, n'y estant point venu depuis près de dix ans.

Le cardinal de Retz a fait ces jours passés un certain escrit sous le titre de *Lettres aux évesques de France* par lesquelles il les avertit que s'ils ne prennent garde à eux il leur en arrivera autant qu'à luy pour avoir les bénéfices; elle est imprimée et si je la puis avoir, je vous l'enverray, mais vous cognoistrez bien par là qu'il n'a que le nom de François. Je ne sçais pas ce qu'il fera dans le conclave, mais s'il pouvoit brouiller les Espagnols entre eux, ce seroit une belle chose, vu qu'il aime tant à remuer les cartes. Mercredy dernier le pape accorda la part du cardinal Panure à huit cardinaux de ses créatures entre lesquels sont Gualieri, Azzolini, Raggi, Cherubini, Coradi, Ottobori et Albici.

Tous les jours, on enlève ce qu'il y a chez le pape, et jusqu'aux chandèles et aux balais, on les porte chez D. Olympia et mesme toutes les paillasses; on a déjà fait les coings pour battre monnoie pendant le siége vacant aux armes de M. le cardinal Antoine comme camerlingue, et il y aura des pistoles, piastres, testons et pièces de sept sols et demy ou jules. J'en envoyeray la monstre l'un de ces jours, mais ce qui sera de beau sera de voir la croix du Saint Esprit et le cordon bleu empreints sur la monnoie qui se fera à Rome, ce qui fera assez enrager les Espagnols.

Le cardinal Gio Carlo de Toscane arriva hier au soir de Florence icy, et un quart d'heure après qu'il fut arrivé, M. le cardinal Antoine le fut voir chez M. le cardinal de Médécis où il est logé.

(*Original.*)

VI

NOTE SUR LA POLOGNE (VERS 1676)[1].

Le roy de Pologne, aujourd'huy Michel Sobiesky, a plusieurs enfans, mais on ne croit pas qu'ils luy succèdent parce que la reyne leur mère n'est point estimée dans la Pologne et plustost mesprisée, et cela fondé sur ce que la feue reyne de Pologne fit son mariage d'une manière fort misérable. Le magnat Sobieski fut attrapé :

1. L'auteur de cette note, peu favorable à la Pologne, se trompe en nommant le roi Michel Sobieski : il s'appelait Jean Sobieski, était né en 1629 et avait succédé à Michel Koributh Wisniowiecki, en 1674. Il mourut le 17 juin 1696 ; il avait épousé le 6 juillet 1665 Marie-Casimire de la Grange, veuve du prince Zamoïski et fille du marquis de la Grange d'Arquien, morte elle-même à Blois le 30 janvier 1716. Elle était liée avec mesdames de Sablé et de Maure.

Ses enfants furent Jacques-Louis-Henry, marié à une princesse de Bavière ; Alexandre, mort capucin à Rome en 1714 ; Constantin, et Cunégonde mariée à Maximilien, électeur de Bavière. A la mort du roi trois concurrents se trouvèrent en présence : Jacques, le prince de Conti et l'électeur de Saxe ; le premier fut exclu à cause de la haine que les Polonais portaient à la reine ; les deux autres furent élus simultanément et la couronne resta à l'électeur.

La feue reine mentionnée dans cette lettre était Marie-Louise de Gonzagues, fille du duc de Nevers, mariée à Ladislas VII et à Jean Casimir V, frères qui se succédèrent sur le trône de Pologne : elle mourut en 1667.

Cette lettre est d'un M. Destende qui adressa également à madame de Sablé une autre lettre très-peu importante sur les mœurs religieuses des Russes.

comme il témoignoit quelques bonnes volontés à sa femme qui estoit pour lors une des filles de la reyne, elle fit tout ce qu'elle put pour l'engager et un jour qui estoit de concert, elle luy permit tout ce qu'il voulut dans une chambre où la reyne estoit derrière une tapisserie avec un prestre et qui en sortirent en même temps et l'obligèrent à l'espouser. Michel Sobieski est présentement dans un assoupissement quasi continuel. Le chagrin de voir quasi les meilleurs parties de son pays entre les mains des Turcs sans l'avoir pu empescher, ny les arrester encore s'ils veulent passer plus loin; une poignée d'argent qu'il a sans sçavoir à quoy ny comment il l'emploiera luy a donné tant de chagrin que cela, joint à la vie qu'il mène pour le boire et le manger, le réduit à l'estat où il est. Ce fut le hasard qui l'a fait roy et qui le fera toujours en Pologne. Ils prennent de l'argent de tous les partis, promettent au mesme dessein de bien faire et quand ils sont rassemblés, après avoir esté longtemps à délibérer, si un de la compagnie vient à crier le nom de quelqu'un qui n'aura pas approché de cent lieues les autres dont on a parlé, tous, sans sçavoir pourquoy, se mettent à crier la mesme chose et voilà un roy fait. Dans la dernière élection, cela fut ainsy : presque tous les membres et les principaux avoient donné leur parole pour le duc de Lorraine, ils l'avoient mesme demandé à l'empereur.

Le mépris qu'ils ont pour la reyne est si grand qu'ils ont esté deux ou trois ans qu'ils ne la nommoient que *mulier regis nostri*, ne voulant pas lui donner le nom de reyne.

Nos opéras sont insupportables, les décorations choquent la vue tant elles sont contre la règle qui veut qu'à proportion que les choses s'esloignent, elles soient plus petites : icy, c'est tout le contraire. Les machines les plus grossières du monde, les cordes qui les soutiennent et que l'on voit à crever les yeux sont grosses comme le bras au lieu que cela doit estre insensible. Les femmes qui chantent au nombre de trois ou quatre ne font que glapir, et on n'entend rien de ce qu'elles disent aux troisièmes loges, non plus que les hommes qui chantent fort grossièrement. Ceux qui donnent les ballets ne font que sautiller comme des marionnettes et de fort petits pas.

JANSÉNISME

I

LETTRE SUR L'EXPULSION DES RELIGIEUSES DE PORT-ROYAL EN 1664 [1].

Du 3e septembre (1664).

Nous sommes si remplis d'indignation contre l'horrible traitement que l'on fait aux religieuses de Port-

1. Il s'agit évidemment ici de l'expulsion des douze religieuses de Port-Royal, qui eut lieu le 26 août 1664 : elles furent remplacées par des religieuses de la Visitation, dirigées par la mère de Fontaines.

Le 9 juin 1664, l'archevêque de Paris se rendit à Port-Royal pour exhorter les religieuses à signer le *formulaire :* sa visite dura jusqu'au 14 : les religieuses refusèrent toutes énergiquement, quelques-unes avec une excessive vivacité. Le prélat, en se retirant le dernier jour, brûla devant elles toutes les notes prises par lui pendant cet interrogatoire pour rendre pleine sécurité aux sœurs, leur assigna trois semaines pour réfléchir et leur laissa l'abbé Chamillart, docteur en Sor-

Royal que nous ne pouvons parler d'autre chose. Plus nous allons avant, plus nos cœurs en son icy pénétrés d'horreur. On nous mande que les filles de Sainte-Marie qui sont à Port-Royal disent qu'elles sont fort édifiées de la douceur des filles de Port-Royal, mais point de leur raison, n'ayant que l'opiniastreté, et qu'on voit qu'elles ont un entestement terrible resistant sans opposer aucune raison à ce qu'on leur dit. Voyez quelles peuvent estre ces filles, pour quelles ne prennent pas pour des raisons les deffences de ces pauvres religieuses de Port-Royal. Car on peut bien ne s'y pas rendre, mais on ne peut pas dire qu'elles agissent sans se fonder sur rien, et par seule opiniastreté. Et il faut estre bien bouché soy mesme pour appeller cela entestement. Voyés comme on les a bien choisies, c'est-à-dire incapables de douter par les raisons des autres, et d'y faire aucune aucune attention, allant toujours tout droit à ce que les jésuites leur ont dit, et n'en baissant pas d'un cran par ce qu'elles entendent. En vérité, cela fait fendre le cœur de les voir mises en de telles mains! J'aymerois mieux de vrays jésuites; car une fois par jour, ils conviendroient que ces filles ont

bonne pour confesseur et conseil. Chamillart n'eut aucun succès: il exagéra le pouvoir que lui conférait son titre. Le 21 août, l'archevêque revint, déclara les religieuses rebelles et leur défendit l'usage des sacrements. Le 26, des voitures vinrent prendre, en présence du prélat et d'un déploiement ridicule de force militaire, les douzes religieuses les plus compromises. Il visita ensuite tout le monastère; le 29 novembre, on enleva encore trois sœurs de Port-Royal. — Pour Port-Royal-des-Champs auquel a rapport cette lettre, il eut une année de tranquillité de plus : ce n'est qu'en juin 1665 que M. Chamillart y fut envoyé par l'archevêque, mais la mère de Fargis, supérieure, refusa de le recevoir.

leurs raisons et se contenteroient de les trouver moins bonnes que les leurs, mais ils ne les escouteroient pas, comme s'ils estoient comme des murailles. Pour moy j'ay une telle indignation de cette conduite que par cela seul, je m'attache à cette maison, leur conduite ayant tout l'air de la conduite des saincts, et la conduite de leurs ennemis tout l'opposé. Car qui a jamais ouï parler qu'on excommunie aujourd'huy des filles, qu'on les traitte demain en scélérates, et qu'on les desescommunie demain, sans qu'elles ayent changé de conduite? Enfin tous les caractères du bon party sont de leur costé, et tous ceux du mauvais sont de l'autre. Cela seul me détermineroit, quand j'agirois sans connoissance aucune des fonds de la cause, et il me semble qu'on peut apliquer à cecy ce que dit saint Cyprien ou Tertulien que le sang des martirs estoit la semence des chrétiens; car les persécutions de ces pauvres filles me déterminent quasi a estre janseniste, et me semblent devoir y déterminer tous les gens équitables qui, naturellement, se soulèvent contre ces sortes de choses-là, et s'instruisent pour trouver qu'elles sont mal fondées. Je vous supplie d'avoir la bonté de me mander tout ce que vous pouvez sçavoir de la suite de cette terrible tragédie et de me croire très parfaitement vostre très humble.

II

CHANSON CONTRE LES JÉSUITES.

Ils sont perdus, ces pauvres jansénistes,
On n'en parlera plus.
Nous triomphons, nous autres molinistes,
Nous les avons vaincus.
Sans alléguer nos pères, nos conciles,
Nous sommes habiles, nous,
Nous sommes habiles.

Plus goguenard avec sa robe noire
Que ne fut Rabelais,
Le père Annat[1], enflé de vaine gloire,
Crioit en plein palais :
Vous signerez, parbleu! le formulaire;
J'en fais mon affaire, moy,
J'en fais mon affaire.

Le grand Ferrier[2], accouru de Toulouse
Pour tromper un prélat,
Voyant l'effet de sa subtile rouze,
Chantoit avec esclat :
Je suis venu, j'ai veu, j'ai mis en fuite,
Je suis un jésuite, moy,
Je suis un jésuite.

RONDEAU

Il faut signer le benoît formulaire,
Dont père Annat, amusant le vulgaire,

1. Provincial des Jésuites, né vers 1607, il devint confesseur de Louis XIV en 1654 et tomba en disgrâce à la suite des remontrances qu'il adressa au roi au sujet de mademoiselle de La Vallière. Il mourut en 1670.
2. Jean Ferrier, jésuite, né à Rhodez en 1619; il fut aussi confesseur du roi, et mourut en 1674.

Depuis longtemps tient l'Église en échec,
Et, prétendant la mener par le bec,
Se fait moquer par la gent en bréviaire.
Mais cependant Ferrier, son émissaire,
A ses suyvants promet ample salaire,
Quand ils diront seulement par respect :
Il faut signer.

Un chacun mitonne son affaire:
On est au guet pour voir le réfractaire;
Abbés et clercs, on doit tout mettre à sec;
Or, à tel cas, comme je suis grand grec,
Je penserai que pour leur bien déplaire,
Il faut signer.

Contre Jansénius j'ai la plume à la main,
Je suis prêt à signer tout ce qu'on demande,
Qu'il soit ce qu'on voudra, calviniste ou romain,
Je veux conserver ma prébende.

III

LETTRE A MADEMOISELLE DE PORTE, SUR LES MIRACLES DU R. P. MARC.

A Paris, le 15e août 1681.

Comme nous ne sommes pas assurez, mademoiselle, que les lettres que nous avons l'honneur de vous escrire vous soient toujours rendues, cela fait que nous ne vous assurons pas de nos très humbles respects aussi souvent que nous ferions, et que nous sommes privez de la joye que nous aurions d'apprendre de temps en temps de vos nouvelles par quelqu'un de vos gens ; mais quoy qu'il en soit, je me suis résolu enfin d'avoir cest honneur là environ une fois le mois. Il se passe ordinairement des choses en ce lieu icy qui sont assez dignes d'estre sçeues, et, pour commencer, je crois que vous seriez bien aise d'apprendre que le capucin qu'on appelle le père Marc, à force de faire des miracles a esbranlé l'incrédulité des plus obstinez qui disent : Il en fait trop, il faudra enfin le croire : il donne la veue aux aveugles, fait marcher les boiteux, entendre les sourds, les bossus devant et derrière sont redressez. Et tout cela est escrit par plusieurs personnes que l'on dit estre dignes de bonne foy. J'ay veu une lettre sur cela d'un religieux de Saint Benoist qui passe parmi eux pour un homme qui a beaucoup de solidité et mesme de difficile créance, qui porte qu'il a veu des gens malades depuis longtemps de diverses maladies comme boiteux, aveugles, etc., et entre autres un qui avoit des douleurs par tout le corps, principalement vers l'estomach, qu'il a veu à son aise et visité pendant sa maladie qui avoit duré plus d'un an, qui a esté gueri sur-le-champ. M. de Fesquier a aussi mandé qu'il avoit esté chercher ce père dans un esprit de contradiction plutost que de prévention pour ses miracles et que devant qu'il eut donné sa bénédiction aux malades, il en considéra plusieurs de près, des boiteux, des aveugles, etc., et qu'après que la bénédiction fut donnée, il alla revoir ces gens, croyant les retrouver comme il les avoit veus, mais il trouva tout le contraire, car ils estoient comme s'ils n'avoient jamais eu de mal. On dit encore que M. de Louvoy en est quasi persuadé, parce qu'on luy a mandé qu'un officier qu'il connoissoit qui avoit les yeux tout perdus par le feu des armes estoit guéri parfaitement, qu'il n'y paroissoit pas. Un père de l'Oratoire, homme estimé, qui est en ce pays-là, confirme tout ce qu'on en dit. Les capucins, mais ils peuvent estre un peu suspects, en disent de si considérables, et avec des circonstances si particulières qu'on a toutes les peines de ne pas croire que cela est comme ils disent. Cependant il y a quelque chose qui me tient en suspens : premièrement, qu'il n'a fait aucun miracle en France, quoyque dans le temps qu'il passa à Lion tout le monde courut à luy, il donna beaucoup de bénédictions sur les personnes et sur des bouteilles d'huile que plusieurs lui apportèrent pour les bénir. Madame d'Aguesseau, femme de M. d'Aguesseau, intendant du Languedoc, a un fils incommodé d'une jambe. Cet enfant demanda à madame sa mère de le mener à ce père qui estoit à Lion dans le mesme temps qu'ils y estoient. Elle en fit quelque difficulté, il se mit à genoux devant elle pour l'en prier, elle luy demanda s'il avoit bien de la foy et s'il croyoit que cela le gériroit. Il répondit qu'ouy et qu'il croioit qu'il le guériroit. On pria madame du Guet, l'intendante de Lion, pour obtenir cette grâce du capucin. Ils y allèrent ensemble et d'abord que les portes furent ouvertes, la foule du monde qui attendoit estoit si grande, et se jeta avec tant d'impétuosité que madame d'Aguesseau pensa en estre estouffée. Elle s'en tira comme elle put et pria madame du Guet de faire en sorte qu'on vist ce père en particulier, ce qui fut fait.

On l'y mena, il reçeut la bénédiction avec une

grande joye et une grande confiance, mais sans aucun effet; car il est comme il estoit devant et on n'a point encore entendu dire qu'il ait fait aucun autre miracle à Lion. On trouve aussi qu'il y a quelque chose de bien irrégulier dans ses bénédictions qu'il donne partout publiquement, sans mission, et sans permission des évesques, et il y a des choses dans sa prière et dans un acte de contrition, qu'il a dressé et qu'on a fait imprimer pour ceux qui veulent recevoir cette bénédiction, dont tout le monde n'est pas content. Il dit dans un endroit que Dieu a tant d'horreur du péché qu'un seul luy fait plus de peine qu'il ne peut avoir de joye de toutes les bonnes actions des patriarches et des saints. Plusieurs religieuses de l'Abbaye-aux-Bois disent qu'elles n'entendent point son acte de contrition, qu'il y cherche trop de mystère, qu'il auroit plutost fait de dire que ce n'est qu'une forte douleur de cœur par un mouvement d'amour de Dieu, qui ne peut venir que du ciel. Le père Lupus[1], augustin de Louvain et qui fut un de ceux qui allèrent à Rome, il y a trois ou quatre ans, pour poursuivre la condamnation de plusieurs propositions de moralle (c'estoit un homme fort sçavant, le pape l'aimoit aussi et en faisoit grand cas); ce Père estoit malade et à l'extrémité dans le mois dernier. Le père Marc passa dans ce temps-là à Louvain, le bruit de ses miracles porta les religieux augustins à l'aller prier d'avoir la charité de venir voir leur père Lupus qu'ils

1. Religieux Augustin natif d'Yprès; il enseigna la philosophie à Cologne, puis la théologie à Louvain. Pendant son voyage à Rome, le pape lui offrit un évêché dans ses Etats et l'intendance de la sacristie, mais le Père Lupus refusa l'un et l'autre, préférant l'étude à ces dignités. Il mourut à Louvain en 1681, âgé de 70 ans.

craignoient fort de perdre. Le bon Père capucin y alla et comme il se faisoit un grand bruit qui n'estoit point ordinaire dans le couvent, à cause de beaucoup de monde qu'on n'avoit pu empescher d'entrer, le Père Lupus demanda à un Frère qui estoit pour lors auprès de luy ce que c'estoit, et comme il l'eut appris, il luy dit : *Dans l'estat où je suis, je ne dois demander que le pardon de mes péches; qu'il me fasse miséricorde. Je ne veux aussi luy demander autre chose et qu'il dispose de ma vie comme il luy plaira.* — Il pria ensuite ce Frère d'aller supplier de sa part le Père Marc de ne se pas donner la peine de venir dans sa chambre, qu'il luy estoit fort obligé de la charité qu'il avoit d'estre venu jusque-là pour luy, mais qu'il n'avoit besoin que de ses prières et de celles de tous ceux qui estoient icy pour obtenir de Dieu le pardon de ses fautes. Cela fust ainsi exécuté, le Père Marc s'en retourna et le Père Lupus demeura toujours dans les mesmes sentiments jusqu'au lendemain qu'il mourust. Beaucoup de personnes qui ont appris cette histoire ont dit qu'ils aimeroient mieux avoir dans leur cœur la véritable soumission de ce bon Père augustin que de faire des miracles comme le Père Marc.

Les affaires de Rome ne vont pas si vite qu'on l'avoit espéré. Le pape ne veut pas se relascher de rien et cela ambarasse fort Mgr le cardinal d'Estrée. On croit que l'assemblée du clergé de France se tiendra en cette ville pour cela, dans le mois prochain.

M. de Ponteveaux [1], oncle de M. de Tiange, vient de

1. Philippe-Eugène de Gorrevod, prince du Saint-Empire, duc de Pont-de-Vaux, mort sans alliance; il était fils d'Emmanuel de Gorrevod pour lequel la petite ville de Pont-de-Vaux en Bresse avait été érigée en duché, non pairie,

mourir, il luy laisse plus de 30 mille livres de rente qu'il substitue à son fils aisné. Il estoit duc et on croit que le duché passera sinon au père, au moins au fils.

M. Frémont[1] marie la fille cadette de madame la mareschale de Lorge, avec cent mille pistoles qu'il lui donne, au fils de M. de Croisy-Colbert qui est conseiller au Parlement, et on luy donne en mesme temps la survivance de président à mortier de M. son père[2].

Je crois qu'on vous aura mandé que M. de Termes a esté arresté[3]. On l'a mené à Vincennes. On croit que c'est pour le poison.

Voilà, mademoiselle, tout ce que nous avons des nouvelles. Nous en aurons peut estre de plus agréables dans le mois prochain, et nous aurons toujours une très grande joye de pouvoir vous assurer qu'on ne peut estre avec plus de respect que nous semmes, Mademoiselle, Vostre trés (*sic*).

au mois de février 1623. Le duché s'éteignit avec lui, dernier représentant de sa branche, et le testament produit en faveur du marquis de Thianges fut reconnu faux et déclaré nul.

1. M. de Fremont, seigneur d'Anneuil, garde du Trésor royal, père de la maréchale.

2. Ce mariage n'eût pas lieu. Geneviève de Durfort, seconde fille de la duchesse de Lorges, épousa, le 8 avril 1695, le duc de Lauzun, et Jean Baptiste Colbert, depuis marquis de Torcy et secrétaire d'État, né en 1665, épousa une fille de Simon Arnauld, marquis de Pomponne.

3. Cousin de M. de Montespan, et si pauvre qu'il se fit nommer premier valet de chambre du roi : accusé de tout répéter à son maître, il fut à moitié assommé, en 1684, par des suisses aux gages du duc de Bourbon et de la princesse de Conti.

VARIÉTÉS.

Les trois pièces suivantes, étrangères assurément au sujet de ce volume, m'ont paru cependant bonnes à recueillir. L'une est la copie d'une lettre fort plaisante, par laquelle Charles-Louis de Bavière, électeur palatin, annonce au marquis de Béringhem, premier écuyer du roi, le mariage de sa fille, Elisabeth-Charlotte, avec Monsieur, frère du roi, mariage qui fut célébré le 16 décembre 1671. Henry de Béringhem fit brillamment la guerre en Allemagne et fut capitaine de cuirassiers de Maurice de Nassau, charge que ce prince ne conférait ordinairement qu'à des membres de sa famille. L'électeur Charles-Louis y servit quelque temps et s'y lia très-intimement avec Béringhem qu'il n'appela jamais que son « capitaine. » Le marquis épousa une fille du marquis d'Uxelles et mourut le 30 avril 1692.

La seconde est un huitain de Scarron, de l'année 1651.

La dernière, enfin, une pièce assez plaisante sur les principaux poëtes du temps.

I

Strasbourg, 1/11 novembre 1671.

M... ancien gendarme est plus en danger d'estre appelé devant le commissaire que d'estre conduit devant le prévost pour le mariage dont il s'agit maintenant; on ne m'a pas laissé le temps qu'il falloit pour en advertir mon cher capitaine et en cela j'ai suivi le conseil que m'a donné le duc de Gramont en Allemagne de ne pas laisser au diable le loisir de s'en mêler, comme le meilleur et le plus grand gendarme de la chrétienté l'a ainsy voulu. J'ai cru que vous n'auriez pas de peine à me pardonner et que vous seriez encore bien persuadé que ce n'estoit pas manque d'amitié pour vous que de ne pas vous faire plutost part d'un bonheur aussy grand que l'est celuy de ma fille. Je vous prie de l'assister quelquefois de vos bons avis comme vous pourrez le faire présentement sans scandaliser le sexe aussy peu que moy et de lui tesmoigner toujours que vous aymez ce qui touche M. vostre très affectionné serviteur et ancien gendarme.

Charles Louis, P. Palatin.

II

A Paris, de mais le neufiesme
Qui n'eut ni foire, ni caresme,
L'an que le roy, le jour des roys
Partit, pour la seconde fois
Se retirant de cette ville
Pour gausser l'homme de Séville
Dont bien luy prit, et que Paris
Fut assiégé sans estre pris

SCARRON.

III

L'ARRIÈRE-BAN DES POÈTES

Apollon, prince du Parnasse,
A nos doctes sujets, l'honneur du genre humain,
Sans une plus longue préface,
Salut et la plume à la main!

Que tous ceux qui sçavent écrire
En éloge ou bien en satyre,
Se trouvent dans notre palais,
Montés sur des pégases frais,
Pour estre passés en revue
Par nostre lieutenant, le fameux Pélisson.
De là marcher en escadron
Et courir à perte de vue

Après le grand....... dont la rapidité
Entraîne avec soy la victoire,
Et rend la fortune et la gloire
Vassales de sa volonté.

Nous choisissons la renommée
Pour trompette de nostre armée;
Nous reconnoissons Port-Royal
Pour nostre meilleur arsenal.
Ses canons sont de bonne fonte,
Car rien ne les encloue et rien ne les démonte;
Nous nommons pour intendant
Nicole le président.

Ce vieillard du Marais, chef des visionnaires,
Qu'il a mis sur pied le premier,
Aura la charge de fourrier,
Des espaces imaginaires.

Ceux qui ne sont que traducteurs
Serviront d'escorte aux autheurs,
Et tant d'abbés, de qui la veine
S'abreuve dans l'eau d'hypocraine,
Seront de droit nos aumôniers,
Les libraires nos vivandiers.

Avec un gros formé de dragons satyriques,
Nous voulons que Boileau, le maréchal de camp,
Aille tout droit dans Amsterdam
Y brusler les gazettes au fond de ses boutiques;
Le mestre de camp Rabutin,
Avec un camp volant de chansons historiques,
Tâchera de forcer les lignes polyptiques
De Lisola, de Vanbrunen.

Ceux qui seront blessés auront des priviléges
Pour rester fainéans dans nos meilleurs colléges,
Où nous enjoignons aux régens
De bien traiter les braves gens.

Corneille, brigadier tragique,
Prendra son poste sur le Rhin,
Dont nous changeons les eaux en sources politiques
En faveur de l'heureux destin
Et de l'invincible courage
Des héros du climat françois,
Qui passèrent le Rhin à nage,
A la barbe des Holandois.

Pour notre ingénieur Racine,
Nous ordonnons qu'il soit auprès de nous porté
Au siége glorieux de la Franche-Comté,
Pour faire jouer les machines.

Baptiste dans Senef ira
En représenter l'opéra.

L'Académie, enfin, est le corps de réserve,
Où nous voulons que chacun serve,
Selon son rang d'antiquité,
Car telle est notre volonté.

FIN.

TABLE DES MATIÈRES

PIÈCES HISTORIQUES :

JANSÉNISME :

FIN DE LA TABLE.

PARIS.—IMPRIMÉ CHEZ BONAVENTURE ET DUCESSOIS,
55, QUAI DES AUGUSTINS.